Gottesdiener

Petra Morsbach

Gottesdiener

Eichborn.   Roman

1   2   3   05   04

© Eichborn AG, Frankfurt am Main, 2004
Lektorat: Doris Engelke
Umschlaggestaltung: Christina Hucke
Gesamtherstellung: Fuldaer Verlagsagentur, Fulda
ISBN 3-8218-0893-4

Verlagsverzeichnis schickt gern:
Eichborn Verlag, Kaiserstraße 66, 60329 Frankfurt am Main
www.eichborn.de

Kapitel Eins

Priester:
**Hochwürdiger Vater, die heilige Kirche bittet
dich, diese unsere Brüder zu Priestern zu
weihen.**

Bischof:
Weißt du, ob sie würdig sind?

Priester:
**Das Volk und die Verantwortlichen wurden
befragt;
ich bezeuge, daß sie für würdig gehalten
werden.**

Aus der Liturgie der Priesterweihe,
herausgegeben von den Liturgischen Instituten
Salzburg, Trier und Zürich

Advent

*Gott ist im Himmel, du bist auf der Erde, also mach
wenig Worte!*
(Koh 5,1)

Heute, ausgerechnet am letzten Adventssonntag,
hat er einen dummen Fehler gemacht; zumindest sieht
es so aus. Nachfragen darf er nicht, also hadert er.

Was ist passiert? Er hat nach der Abendmesse Frau
Danninger beleidigt, weil er gereizt und müde war.
Zwar hat sie ihn herausgefordert, aber er hätte sich
nicht herausfordern lassen dürfen. Frau Danninger ist
eine emsige Christin, nichts Schlechtes über sie!, aber
sie hat ein unheimliches Gespür für alle Empfindlich-
keiten ihrer Mitmenschen, da muß sie einfach losboh-
ren, sie kann nicht anders, und dann saugt sie sich fest.
Mittags auf der Straße hatte sie ihn auf die nächste
Osterwallfahrt angesprochen, geh, fahr ma doch nächstes Jahr nach Konnersreuth! Er, angespannt vor dem
Marathon der Weihnachtswoche, wollte erstens überhaupt nicht mit ihr über Ostern sprechen, zweitens
nicht von einer Wallfahrt und drittens schon gar nicht
von Konnersreuth. Er sagte knapp: »Hier in Bodering
kann man genausogut beten!« und ließ sie stehen.
Mehrere Adventstermine standen an: Seniorenweih-
nacht der Freiwilligen Feuerwehr, ein Ministranten-
gespräch, Stallweihnacht in Zwam mit Ansprache,
Abendgottesdienst. Nach dem Abendgottesdienst aber,
als er aus der Seitentür der Kirche auf den verschneiten Friedhof trat, ist Frau Danninger ihn richtig ange-
sprungen: Warum er nicht zur heiligen Resl will? Ob
er was gegen die hätte? Den Raucherkrebs von ihrem

Schwager hätt' die geheilt, wär' das nicht zu ihrer aller Bestem?

Er hätte wissen müssen, daß sie nicht locker läßt. Er war nicht geistesgegenwärtig. Er hatte Hunger und wußte, wenn Frau Danninger das Diskutieren anfängt, hört sie nicht wieder auf, also hat er ihr das Wort abgeschnitten: Sie könne jederzeit nach Konnersreuth fahren, er müsse ja nicht mit. Sie sagte, sie wollten aber alle zusammen ... »Bei uns ist die Kirch leer!«, schnauzte er. »Wenn Ihr hier keine Gemeinschaft findet, findets in Konnersreuth auch keine!«, und das war der schwerste Fehler: daß er »Ihr« gesagt hat. Auf einmal merkte er nämlich, daß sie Zuhörer hatten. Leute waren stehengeblieben, einige, die schon am Tor gewesen waren, drehten wieder um: Sie lassen sich von Frau Danninger ganz gern unterhalten.

Nun standen sie also da in der dunklen, feuchten Kälte, bliesen Atemwolken in die Luft und stampften mit den Füßen. Er musterte die Gruppe rasch: Tatsächlich waren einige notorische Wallfahrer darunter; die schauten verletzt drein. Die anderen hatten sich noch nicht entschlossen, ob sie nur neugierig oder auch vorwurfsvoll sein sollten. Ihm war unbehaglich. Seine Autorität besteht darin, daß sie glauben, er wisse Dinge, die sie nicht wissen und auch nicht wissen wollen; trotzdem oder gerade deshalb aber darf er sie nicht erniedrigen, sonst setzen sie sich zur Wehr, und das ist auch richtig so. Die Empfehlung des Bischofs für solche Anwandlungen ist, unauffällig auf die Bremse zu treten, denn einerseits soll der Fehlglaube eingeschränkt, andererseits die Volksfrömmigkeit nicht frustriert werden. Er dachte kurz nach und sagte dann: Es sei spät, er sei müde, Weihnachten stehe bevor, danach könne man über Ostern reden. Pfüa Gott. Er verabschiedete sich von allen per Handschlag. Dann ging er zurück in die Sakristei und zog seine Albe aus, hängte sie zusammen mit der Stola in den Schrank, faltete das Schultertuch zusammen und gab es der Mesnerin, die es dankenswerterweise waschen wollte. Er schlüpfte in seine Wolljacke und lief über den Friedhof zum Pfarrhaus, dann die Treppe hinauf direkt in die Küche. Seit halb elf Uhr vormittags hatte er nichts gegessen, ein Termin nach dem anderen, nur vor der Messe war eine halbe Stunde Zeit gewesen, aber da beachtet er die eucharistische Nüchternheit. Jetzt holt er die Aldi-Weißwürste aus dem Kühlschrank, reißt zwei aus der Packung und ißt sie im Stehen. Dann kommt ihm das selbst übertrieben vor, und die anderen drei Würste erhitzt er, während er in der Speisekammer nach süßem Senf sucht, den er nicht findet. Er ißt die heißen Würste ohne Senf, immerhin setzt er sich dazu hin und schabt das Brät mit dem Messer aus der Haut. Er trinkt Malzbier dazu.

Sie sind gutwillige, ordentliche Leute, sagt er sich. Sie sind ihm gewogen und wünschen sein Wohlwollen. Sie würden ihn nie zu etwas zwingen wollen und könnten es auch nicht. Es war ein blöder Moment. Isidor ärgert sich nur über sich, nicht über sie, und um das zu beweisen, macht er sich sofort über alle die wohlwollendsten Gedanken. Er wird ruhiger. Der Abend ist noch lang. Warum sollen sie nicht nach Konnersreuth fahren? überlegt er also. Das wird niemanden von ihnen besser oder schlechter machen, aber vielleicht dem einen oder anderen Mut und Hoffnung geben, und die haben sie alle nötig. Er geht sie rasch in Gedanken durch – Frau Valin, Frau Zwickl, Herrn Pechl und so weiter, alles Leute, die sonst so gut wie nichts miteinander zu tun haben – was ist bloß in sie gefahren? Oder hat er etwas Wichtiges übersehen?

Frau Valin zum Beispiel. Die hieß Willinger, bevor sie vor fünfzig Jahren einen Franzosen heiratete und nach Frankreich zog. Die Ehe scheiterte. Frau Valin arbeitete in Rouen als Bardame, später als Putzfrau. Den

Beruf wechselte sie, weil sie ihrem kleinen Sohn ein
Vorbild sein wollte. Er war ein einsichtiger und ge-
scheiter Bub, sie konnte ihn zur Arbeit mitnehmen,
dort saß er auf dem Perserteppich der großbürger-
lichen Wohnung und brachte sich selbst das Lesen bei.
Madame und Monsieur, ein kinderloses Rechtsanwalts-
ehepaar, waren schließlich so vernarrt in ihn, daß sie
vorschlugen, ihn zu adoptieren. Er würde eine Ausbildung bekommen, die seinem Talent entsprach, und die
großbürgerliche Wohnung sowie das Ferienhaus an
der bretonischen Küste erben. Die Bedingung war, daß
die leibliche Mutter den Platz räumte. Sie bekam eine
Abfindung und kehrte nach Bodering zurück. Der
Sohn erfüllte alle Erwartungen, er wurde Anwalt wie
die Adoptiveltern und hat inzwischen selber Kinder;
aber er ist auch ein diplomatischer Sohn und schreibt
seiner Mutter regelmäßig Briefe. Einmal im Jahr besucht sie ihn und die Enkel im bretonischen Ferienhaus, nie länger als eine Woche zwar, denn erstens will
sie niemandem zur Last fallen, und zweitens mokieren
sich die Enkel über ihr niederbayerisches Französisch;
drittens ist ihr die Bretagne zu windig. In Bodering lebt
sie unauffällig in einer Einzimmerwohnung. Sie ist
siebzig Jahre alt und krank – Füße, Hüften, Leber. Sie
färbt sich die Haare kupferrot und läuft seit Jahren im
selben abgewetzten grünen Wollmantel herum, sehr
klein, füllig, leicht nach vorn gebeugt, etwas schwankend, weil jeder Schritt sie schmerzt. In der Kirche hat
sie immer in der letzten Reihe gesessen und ist nie zur
Kommunion nach vorne gekommen. Von solchen Leuten gibt es einige in Bodering: Sie glauben, das Wohlwollen des Herrn verscherzt zu haben, vielleicht fürch-
ten sie auch, vom Pfarrer abgewiesen zu werden,
obwohl er sie weder abweisen darf noch will. Trotzig
und sehnsüchtig bleiben sie sitzen, während die Gemeinde vorn Schlange steht für die Kommunion, für
ihn ist's fast schlimmer als für sie, so daß er das Ge-

10

spräch mit ihnen sucht und gelegentlich auch findet. Frau Valin zum Beispiel trappelte wochenlang wie ein verschrecktes, lahmes Pferd davon, wenn er sich näherte. Als es ihm gelang, sie anzusprechen, lächelte sie mädchenhaft und irgendwie ergeben mit vom Lippenstift rot gefärbten großen Schneidezähnen und erzählte ihm alles: daß sie Bardame gewesen war, und die Sache mit dem Sohn. Ein bißchen wand sie sich; sie fand sich unwürdig, denn jemand in der Gemeinde hatte gesagt, sie habe ihren Sohn »verkauft«. Sie kämpfte mit den Tränen: Hatte sie ihn nicht wirklich verkauft? Aber was hätte sie ihm bieten können, als Putzfrau und Alkoholikerin? (Obwohl sie nie gern getrunken hat, als Bardame hat sie einfach mittrinken müssen, und jetzt geht's nimmer ohne, a Berufskrankheit, wissen S'.) Die Adoption war doch das Glück von dem Bub! Und nur *ihr* Unglück – nein, das auch nicht, denn natürlich war sein Glück auch ihres, oder ...? Und beim Wort »natürlich« kämpfte sie wieder mit den Tränen. Er erklärte, daß er nicht wisse, ob es hier überhaupt etwas zu verzeihen gebe, wenn aber ja, dann habe Gott ihr mit Sicherheit verziehen. Sie lächelte wieder mädchenhaft und machte eine Bewegung, als wolle sie ihm um den Hals fallen.

Frau Zwickl weigert sich aus einem anderen Grund, an der Kommunion teilzunehmen: Sie war früher Nonne und hat den Orden wegen eines Mannes verlassen. Der Mann verließ bald darauf sie, und dann fand sie noch einen Mann. Sie selbst findet, das gehe eigentlich zu weit. Sie will keine Kommunion, weil schon das Verlassen des Ordens eine Art Scheidung gewesen sei, sie wisse, was sie sich und der Kirche schuldig sei und nehme keine Almosen. »Almosen von Gott?« hat Isidor überrascht gefragt. »Ja!« rief sie heftig. Sie ist eine stolze Frau, vielleicht hat sie es deshalb im Orden nicht ausgehalten. Jetzt arbeitet sie als Realschullehrerin in Zwiesel, täglich eine Stunde Fahrt; ihre Schüler hassen sie. Der Kirche aber bleibt sie auf ihre schroffe Art treu. Sie begleitet alle Wallfahrten, »*das* jedenfalls kann man mir *nicht* verbieten!« Als er fragte: »Wer v-verbietet Ihnen was?«, wandte sie sich ab. Ihr wirklicher Feind ist ihr Gewissen, glaubt er. Andererseits ist ihr Gewissen von der Kirche geprägt, und da kann etliches schief gehen, er darf ihr nichts vorwerfen. Die kleinen Kämpfe, die sie gelegentlich mit ihm führt, sind nichts gegen ihren Kampf mit sich selbst.

Die Eheleute Zenzi und Baptist Koller wallfahrten seit Jahrzehnten aus Dankbarkeit, weil sie so ein glückliches Paar sind. Sie möchten miteinander mindestens neunzig werden. Jetzt sind sie fünfundachtzig und in einer schweren Krise, die damit begann, daß Zenzi sich ein Bein brach. Vorgestern ist sie zum ersten Mal ohne Gehgerät ein paar Schritte gegangen, da tranken die beiden einen Piccolo auf die nächsten fünf Jahre. Aber am gleichen Abend las Zenzi in einer Zeitschrift etwas über Brustkrebs-Symptome und erschrak, denn eines dieser Symptome traf genau auf sie zu: eine zweieinhalb Zentimeter große Verhärtung, länglich, festgebacken, mit Hauteinziehung. Am nächsten Tag ging sie zum Arzt. Sie muß noch morgen zur Operation ins Krankenhaus; das Geschwür könnte sich öffnen. »Aber mir warn doch dreiasechzg Jahr verheirat'!« sagen sie erschüttert.

Herr Pechl wallfahrtet, um seine Seele zu retten. Er will überallhin. Mit dem Bayerischen Pilgerbüro ist er schon in Rom, Lourdes, Fatima und Jerusalem gewesen, und natürlich begleitet er sämtliche Wallfahrten in Niederbayern, am liebsten Fußwallfahrten. Da singt und betet er unaufhörlich laut, während er in seinem sonstigen Leben nichts sagt. Herr Pechl hat den ganzen Weltkrieg an der Ostfront verbracht, keiner weiß, was er dort erlebt hat, aber danach ist er verstummt. Mit dem Wallfahrten begann er, als er in den fünfziger Jahren ein mongoloides Kind bekam. Warum erst da?

Er hatte dieses Kind sofort in ein Heim geben wollen, nur mit Mühe konnte die Frau ihn hindern. Wirft er sich das vor? Oder fühlt er sich durch den behinderten Sohn bestraft für etwas, das er im Krieg getan und dann vergessen hat? Hat die vermeintliche Strafe oder unerwartetes Mitleid die Erinnerung geweckt? Andererseits: Selbst wenn sein Schock nicht von dem herrührt, was er erlitt, sondern von dem, was er getan hat: Wer macht sich nicht schuldig im Krieg? Wer kann schwerbewaffneten, von Jugend und Todesangst verwirrten Buben vorwerfen, daß sie umeinander schießen? Herr Pechl, kurzum, ist einer der verläßlichsten Gläubigen von Bodering, und man sollte nicht fragen, in welche Gräuel er verstrickt war, um es zu werden.

Zu guter Letzt war, gänzlich überraschend, Professor Weikl dabei, der interessanteste und bedeutendste Sohn von Bodering. Wilhelm Weikl hat vor über fünfzig Jahren Bodering verlassen, um in München Biochemie zu studieren, und wurde ein so erfolgreicher Forscher, daß er einen Ruf nach Amerika bekam. Drei Jahrzehnte war er Professor in Princeton, er hat Preise, Auszeichnungen und einen amerikanischen Paß bekommen, seine drei Söhne sind ebenfalls Wissenschaftler an amerikanischen Universitäten.

Als Herr Weikl aber vor fünfzehn Jahren in Rente ging, stellte er fest, daß er überhaupt keine Freunde hatte. Seine Frau, die inzwischen schwermütig geworden war, hatte erst recht keine Freunde, und so kam es, daß beide binnen eines Jahres völlig vereinsamten. Nun reisten sie immer öfter nach Bodering, seine Verwandtschaft besuchen. Das erste Mal hatte der Lokalanzeiger auf Seite eins darüber berichtet, sogar mit Foto, woraufhin ab sofort jeder Herrn Weikl kannte, denn der war ein interessanter, gutaussehender Mann. Herr Weikl war sogar zum Gottesdienst erschienen und hatte mit intelligenter, ironischer Miene gelauscht. Zufällig war es eine sehr gelungene Predigt gewesen, und als Herr Weikl die Kommunion entgegennahm, hatte er Isidor zugelächelt, gewissermaßen zwinkernd: Wir wissen ja, daß es Blödsinn ist, trotzdem gut gemacht, Herr Kollege, nette Folklore! Durch all die Jahre tauchte er seitdem in der Kirche auf, mindestens einmal pro Deutschlandbesuch, hörte konzentriert und skeptisch zu, mit leise zunehmender Sentimentalität. Seit etwa acht Jahren sieht er bedrückt aus, und bei diesem Winterbesuch sogar trostlos. Seine Frau sei kürzlich gestorben, hört man. Jahrelang siechte sie dahin, erst brach sie sich den Fuß, dann bekam sie Diabetes, dann Krebs, dann einen Schlaganfall, und depressiv war sie sowieso. Die Boderinger Verwandten erzählten, daß er bei seinen Besuchen immer öfter in Tränen ausbrach. Die letzten Jahre hatte die Frau in einem Bostoner Pflegeheim gelegen, das fast die ganze Professoren-Pension von achtzigtausend Dollar im Jahr verschlang, außerdem mußte der Mann jeden Tag mit dem Auto hinfahren und seine Frau füttern – von selber aß sie nichts, und das Personal hatte keine Zeit. Während er sie fütterte, beschimpfte sie ihn – er sei das Schlimmste, was ihr je im Leben widerfahren sei, sie hätte ihm niemals nach Amerika folgen dürfen und so weiter –, und wenn sie konnte, biß sie ihn in den Finger, worauf er jedes Mal weinte.

Auch die Boderinger sind inzwischen ungnädig mit Professor Weikl. Hatte der nicht vor Jahrzehnten seine senile Mutter in einem Deggendorfer Altersheim sich selbst überlassen und ihr gerade mal zu Weihnachten eine Karte geschickt? heißt es. Andererseits war auch die Rede von einem dunklen Geheimnis: Die Mutter war schwierig gewesen, niemand weiß, was vorgefallen ist zwischen Mutter und Sohn. Insgesamt hatte Weikl Glück, er genoß in vollen Zügen das Leben und staunt nun, wie bitter die Neige ist. Nicht ein grausames Schicksal hat ihn gebrochen, sondern das banale Alter. Auf einmal ist er wehrlos gegen Vorwürfe, die jahrzehntelang an ihm abperlten; woraus man schließen darf, daß er auch seine eigene innere Stimme gegen sich hat, und das ist erfahrungsgemäß die härteste von allen, ob mit oder ohne Grund. Denn das Gewissen ist ein gefährliches Tier.

Isidor

Weil er an mir hängt, will ich ihn retten,
ich will ihn schützen,
denn er kennt meinen Namen.
(Ps 91,14)

Warum ist er Priester geworden? Er wollte gut sein und anderen helfen, hat er vor vierzig Jahren geantwortet. Er wollte sich opfern, hätte er vor zwanzig Jahren gesagt: Was sollte er sonst tun? Er bestand zu 66 Prozent aus Wasser und versprach sich nichts von sich. Heute, da ihn seit dreißig Jahren keiner gefragt hat, würde er wahrscheinlich mit einem Scherz antworten: Was bleibt einem anderes übrig, wenn man Isidor Rattenhuber heißt, rothaarig ist und stottert?

Im Ernst würde er sagen: Die Kirche hat ihn gerettet. Sie bot die Gegenwelt zu seinem trostlosen Elternhaus. Seine Eltern waren keine schlechten Menschen, aber wüst, laut und ziellos. Sie arbeiteten hart auf ihrem kleinen Bauernhof, und wenn sie arbeiteten, schwiegen sie, aber wenn sie nicht arbeiteten, bekämpften sie einander gnadenlos. Das Haus hatte dünne Wände und einfache Bretter zwischen Erdgeschoß und erstem Stock, und wenn sie stritten, klang es für Isidor wie Weltuntergang. Es gibt eine Fotographie vom zweijährigen Isidor, da hat er trübe Augen und eine umwölkte, wie vom Stirnrunzeln muskulös gewordene Stirn.

Er fürchtete vor allem die Unberechenbarkeit seiner Mutter. Sie konnte mit Zärtlichkeiten über ihn herfallen wie eine Naturgewalt und ihn dann tagelang mit Schweigen strafen. Er wußte nie, was er falsch gemacht hatte. Er sehnte sich nach Regeln. Sie beklagte ihm gegenüber den Jähzorn des Vaters, aber wenn der Vater mal friedlich war, mußte sie ihn provozieren. Nur in der Kirche riß sie sich zusammen. Schon als kleiner Bub genoß Isidor, wie die Mutter auf Befehl sich bekreuzigte und das Vaterunser murmelte. Sie unterwarf sich dem Ritus, und Isidor, auf ihrem Schoß sitzend, hatte zum ersten Mal ein Gefühl von Macht. Ihm gefielen die bunten Fenster, das Dämmerlicht, die seltsamen Malereien, die verrenkten Gestalten an den Wänden, der Weihrauchduft, die Nester von Kerzen in den Nischen. Er genoß die geheimnisvolle Ordnung der Messe und sehnte sich danach, ihren Sinn zu verstehen. Er malte Buchstaben ab und fragte verschiedene Erwachsene, was sie bedeuteten. Eine Tante übte mit ihm an Groschenromanen das Lesen und sagte: »Na Isi, bist ja a ganz a gscheiter Bua!«, da hätte er sich am liebsten adoptieren lassen.

Einmal am Heiligen Abend stritten die Eltern derart rasend, daß Isidor dachte, sie bringen sich um (und in allem Entsetzen fand, es wäre vielleicht das Beste so). Die damals schwerfällige, aufgetriebene Mutter floh ins Schlafzimmer und schloß ab, der Vater brüllte auf die Tür ein, und Isidor saß mit klopfendem Herzen allein vor dem Christbaum. Auf einmal hielt er es nicht mehr aus und floh ohne Schuhe über die verschneite, dunkle Straße zur Kirche. Dort fand ihn die Schwester des Pfarrers und brachte ihn ins Pfarrhaus. »D'M-m-m-muatta h-h-h-h-h-« versuchte Isidor zu erklären – je aufgeregter er war, desto stärker stotterte er, was leider bis heute so geblieben ist. »Scho guat«, antwortete der Pfarrer. »Woaßt eigentlich, Isidor, daß d' scho da herin gwesn bist?«

Der Pfarrer hatte einmal den vielleicht drei- oder vierjährigen Isidor bei Hochwasser aufgelesen und ins Pfarrhaus getragen. Isidor erinnerte sich nicht, aber er war so elektrisiert, daß er danach Zeugen suchte und befragte. Und zwar hatten seine Eltern den kleinen Isidor wie immer, wenn sie draußen arbeiteten, mit einem Strick ans Tischbein gebunden, damit er nicht weglief. An dem Tag war Hochwasser angesagt. Sie wickelten den Kühen Lappen um die Klauen, damit sie im Stall nicht ausrutschten, dann eilten sie für andere Besorgungen davon. Währenddessen trat die Vils über die Ufer und sprudelte unter der Stubentür herein. Der kleine Isidor an seiner Fessel kletterte auf einen Stuhl, dann auf den Tisch und weinte, und in diesem Augenblick lief eben der Pfarrer vorbei, sah ihn durchs offene Fenster, kam herein und nahm ihn mit. Warum nahm er ihn mit? Hochwasser war im März nichts Besonderes, es stieg selten über zwanzig Zentimeter. Angeblich hat aber Isidor die Hände gerungen und »D'Sintflut! D'Sintflut!« gerufen, und da hat sich der Pfarrer zuständig gefühlt. In Isidors erweckter Erinnerung immerhin schwammen Stühle durchs Zimmer und verbanden sich mit anderen Details zu einem Bild von zwingender Gegenwärtigkeit: der abrupte, hinkende Schritt des Pfarrers, die Bugwelle um dessen Knie, der seltsamerweise blaue Himmel, schließlich das Schmatzen, mit dem das schlammige Wasser den Talar freigab. Es wurde Isidors erste, ganz persönliche, köstliche Errettungslegende.

Ihr folgte eine zweite Errettung, die weniger dramatisch, aber eigentlich noch wunderbarer war. Isidor hatte sich wieder ins Pfarrhaus geflüchtet, stumm, finster und verkrampft, und der Pfarrer, der keine Zeit hatte, schob ihn in sein Büro. Isidor blieb fast das Herz stehen, so beeindruckt war er: Eine Regalwand voller Bücher. Der Geruch von Staub und Papier. Und ein Schreibtisch mächtig wie ein Altar, auf dem eine Messinglampe stand, schimmernd wie ein Kelch oder eine Monstranz. In Isidors Elternhaus gab es kein Regal, keine Bücher und keinen Tisch außer dem in der Küche. Auch keinen Stuhl wie diesen gepolsterten Schreibtischsessel mit Armlehnen, breit, ehrfurchtgebietend, einladend. Zögernd setzte sich Isidor auf diesen Stuhl. Hätte ihn ein strafender Blitz getroffen, hätte er das korrekt gefunden, aber er konnte nicht anders. Vorsichtig zog er das Buch, das auf dem Tisch lag, an sich heran, ein rotes mit Ledereinband und Goldschnitt. Er las: »Schott – Meßbuch der Heiligen Kirche« und fühlte sich unbeschreiblich glücklich, als sei er am Ziel. Er lehnte das Buch mit dem Rücken gegen die Tischkante und blätterte versunken darin. »Bist am Lesen, Isidor?« hörte er hinter sich den Pfarrer fragen. »Lies amoi vor!«

Isidor las laut: »*Zu Dir erhebe ich meine Seele; mein Gott, auf Dich vertraue ich. Drob werd ich nicht erröten, noch sollen meine Feinde mich verlachen. Denn all die vielen, die auf Dich warten, werden nicht enttäuscht.*« Er sah auf, weil er seine Ohren brennen fühlte. Das Zimmer war heller geworden. Er hatte nicht gestottert. Er saß in einem anderen Zimmer. Es war eine andere Welt.

Der Pfarrer blätterte und zeigte mit dem Finger auf eine Stelle. »Und jetzt lies dös.«

»*Ihr Kleinmütigen, seid getrost und fürchtet euch nicht. Seht, unser Gott kommt und erlöst uns.*« Jemand sprach direkt zu Isidor, für ihn und über ihn.

Und noch eine Stelle. Isidor las wie in Trance: »*In heiliger Gemeinschaft ehren wir dabei vor allem das Andenken der glorreichen, allzeit reinen Jungfrau Maria, der Mutter Jesu Christi, unseres Herrn und Gottes (wie auch Deiner heiligen Apostel und Blutzeugen Petrus und Paulus, Andreas, Jakobus, Johannes, Thomas, Jakobus, Philippus, Bartholomäus, Matthäus, Simon und Thaddäus; Linus, Kletus, Klemens, Xystus, Kornelius, Cyprianus, Kosmas und Damianus ...)*« Er stotterte nicht und verlas sich kein einziges Mal. Er war befreit! Er rannte nach Hause, um das Wunder zu verkünden: »I w-war g-g-grad beim Pf-pf-pf-pf-pf-«

»Isidor«, sagte seine Mutter, »schalt dei Hirn ein, bevor daß d' das Mei aufmachst.«

»Ich bin in die Tiefe des Meeres geraten, und die Flut verschlingt mich!« stieß Isidor hervor.

»Daß d' ma net damisch wirst«, murmelte sie beeindruckt.

Isidor wußte jetzt, wohin er gehörte. Man hielt ihn nicht mehr für einen Deppen. Er bekam von seiner Tante ein Meßbuch geschenkt, in dem er ungestört lesen durfte. Auch aus anderen Gründen wurde sein Leben leichter: Die Eltern gaben die Landwirtschaft auf. Der Vater lernte um und zog als Fleischbeschauer durch die Dörfer. Die Mutter gebar einen weiteren Sohn, den sie sofort närrisch liebte, so daß Isidor vor ihren Launen sicher war.

Vor allem hatte er sich einen neuen Vater erwählt. Pfarrer Stettner hatte seit dem ersten Weltkrieg einen Holzfuß, litt an Gicht und war oft kurz angebunden. Nur das hielt Isidor davon ab, ihm auf Schritt und Tritt zu folgen. Aber Stettner mit seiner konzentrierten, kraftvollen Ausstrahlung gab auch aus der Ferne ein gutes Vorbild ab. Isidor beobachtete seine überlegte Gestik bei den liturgischen Handlungen, seine Haltung bei Kreuzzeichen, Kniebeugen, Sitzen und Stehen, die knappe Würde seiner Bewegungen trotz – oder wegen – Holzfuß und Gicht. Isidor selbst hätte gern Holzfuß und Gicht in Kauf genommen, um so zu werden.

Erst später begriff er Stettners pastorale Leistung, die symbolisch effektvoll, aber etwas willkürlich war. Stettner versöhnte zum Beispiel zwei befeindete Nachbarfamilien, indem er am Ostersonntag einen Kreidestrich über die Mitte der Straße zog und die Leute mit ziemlich groben Worten nötigte, sich über dem Kreidestrich die Hand zu geben. Nein, sie haben sich danach nicht lieber, erklärte er Isidor, aber jetzt müssen sie sich benehmen. Das leuchtete Isidor ein. Als die Großmutter der einen Familie starb, holte Pfarrer Stettner persönlich die andere Familie zum Begräbnis und ließ weder Ernte noch kranke Kuh als Ausrede gelten. »Damits euch net schämen müßts, wenn ihr die Traudl im Himmel trefts!« – »Im Himmi?« rief die überlebende Großmutter erschrocken. »Jo wos! Is die do aa drint?«

Pfarrer Stettner hat auch beschlossen, daß Isidor aufs Gymnasium gehöre. Isidors Eltern wehrten sich nur fünf Minuten, denn mit dem Buben war eh nichts anzufangen. Mit elf Jahren zog Isidor also ins Benediktinerinternat, erleichtert, dem häßlichen, lärmenden Leerlauf daheim entronnen zu sein, etwas ängstlich, weil er in diesen Tagen überhaupt keinen Satz zu Ende brachte, und auch traurig, weil seine Eltern so gar keine Trauer zeigten. Immerhin waren sie auf eine gewisse ratlose Weise freundlich zu ihm. Die Tante aber sagte laut, daß sie stolz auf ihn sei, und hat ihm jahrelang Päckchen geschickt.

Acht Jahre später besuchte Isidor Pfarrer Stettner, um ihm mitzuteilen, daß er ins Passauer Priesterseminar eintreten wolle. Es war keine leichte Entscheidung gewesen: Er war voller Zweifel, sowohl was das Seminar als auch was ihn selbst anbetraf, und die Entscheidung hatte durchaus Opfercharakter. Außerdem war er pathetisch gestimmt, weil er eigentlich auf diese Weise ausdrücken wollte, daß er Stettner sein Leben verdanke. »So, zum Pfarrer wuist?« kicherten die Eltern. »Is er denn dahoam? Vielleicht fahrt er grad wieder auf Regensburg, zu de städtischen Bienen?«

Pfarrer Stettner hatte sich Ende der fünfziger Jahre als einer der ersten Dorfhamer ein Auto geleistet, einen VW mit Brezelfenster. Mit diesem VW fuhr er in seinen freien Stunden durch die Gegend, man sichtete ihn mal hier, mal dort, und gelegentlich verschwand er ganz. Soeben war im Dorf das Gerücht aufgekommen, der Pfarrer fahre jeden Montag nach Regensburg in ein Bordell. Isidor glaubte das nicht, wollte aber mit den Eltern nicht streiten, weil er inzwischen ihre Dummheit mehr fürchtete als ihre Kampfkraft. Schon gar nicht hat er mit Stettner darüber gesprochen; er weiß nicht mal, ob Stettner von dem Gerücht wußte.

Er wunderte sich, als er eintrat, vor allem darüber, wie klein Stettner war: Isidor überragte ihn inzwischen um Haupteslänge. Außerdem war Stettner in Zivil, wodurch er schmaler wirkte, wiewohl immer noch zäh und energisch. Jedenfalls kam Isidor mit seiner Neuigkeit vom Priesterseminar nicht wirklich an. Er hatte natürlich Anerkennung von Stettner erhofft, eine Äußerung der Freude, zumindest Rührung, aber Stettner sagte nur barsch: »Oana muaß as ja mocha!«, und es blieb unklar, ob er damit Isidor meinte oder sich selbst.

Weitere acht Jahre später fand in Dorfham Isidors Primiz statt, seine erste heilige Messe. Es war für Isidor der wichtigste und zugleich traurigste Tag seines Lebens. Der neue Ortspriester, der Isidor empfing und unterstützte, war bereits entschlossen, um einer Frau willen aus dem Klerikerstand auszutreten. Der Tag sollte ein Volksfest werden, weshalb die Messe unter freiem Himmel auf dem Sportplatz stattfand, und alle Vereine kamen auch mit Fahnen und Bannern, aber es war so heiß – dreißig Grad, glühender Wind, stechende Sonne –, daß einige Leute einen Hitzschlag erlitten und von der Freiwilligen Feuerwehr weggetragen werden mußten. Die übrige Gemeinde flüchtete unter das Tribünendach und das Vordach des Geräteschuppens. Erst nach der Messe entdeckte Isidor, dessen schweißgetränktes Schultertuch ihn in den Hals biß wie ein dorniges Joch, unter einem schwarzen Schirm auf einem Klappstuhl Pfarrer Stettner, der aus einem Altersheim angereist und ebenfalls der Ohnmacht nahe war.

Isidor hat Pfarrer Stettner noch einige Male in diesem Kloster-Altersheim besucht. Das lief immer ähnlich ab: Isidor e-e-e-erzählte von seinen Mühen als Kaplan, und Pfarrer Stettner, inzwischen weißhaarig und ausgebleicht, schlief darüber ein. Wenn er erwachte, sagte er: »Merk dir, Isidor: Das eine ist die Theologie, das andere die Pastoral!« Auf diese Weise hat er Isidor, den er durch Regeln errettete, allmählich wieder von den Regeln befreit. Und Isidor, der in der schwankenden Welt leidenschaftlich eine Ordnung suchte, fand sie ausgerechnet durch einen Menschen, das unberechenbarste Wesen überhaupt. Er lernte, seinen Gefühlen zu trauen, weil Stettner ihnen traute. Wie konnte er einem zerrütteten, vor Haß halb wahnsinnigen Paar sagen: Was Gott verbunden hat, soll der Mensch nicht scheiden? Und sollte er wirklich Ehepaaren, die aus Not keine weiteren Kinder wollten, die Kommunion verweigern? Stettner murmelte im Erwachen: »Machst as scho recht, Isidor!«, und Isidor war erleichtert wie nach einer Generalabsolution. Zum Ausklang spielten sie auf Stettners teurem Plattenspieler Barockmusik, und Stettner erzählte vom tiefsten Kummer seines Lebens, daß nämlich Bach evangelisch gewesen war.

Als Isidor seine erste Pfarrei übernahm, hatte er immer seltener Zeit für solche Besuche, und das Telefonieren war schwierig, weil Stettner taub wurde. Eines Tages rief ein Kollege an, er solle ihn vom Pfarrer Stettner grüßen. – »Ach!« rief Isidor erfreut, »Wie g-g-geht's eahm denn?« – »Er is an dem Tag gstorben.«

Isidor erbte von Stettner ein lückenhaftes Manuskript, das Stettners Kindheit bis zum zwölften Lebensjahr behandelte und mit einem Halbsatz abbrach: »Nachdem es Gott in seiner Güte gefallen hat, mich –« Der Text bis dahin war nüchtern, fast unpersönlich, eher beschreibend als erzählend, mehr Volkskunde als Autobiographie. Stettner war das elfte von dreizehn Kindern gewesen und sehr arm, allerdings auch nicht ärmer als alle anderen. Wovon war die Rede? Hungern und Frieren, mit blutigen Füßen Ährensammeln auf Stoppelfeldern, Knochenarbeit, Husten, Läuse, Schorf. Die schwangeren Frauen gingen mit zur Ernte, und wenn die Wehen einsetzten, legten sie sich in den Weizen und gebaren. Bevor die Altbauern den Hof an die Kinder übergaben, handelten sie aus, wieviel Brennholz fürs Austragshäusl und wieviel Brot und Speck ihnen zustand. Über dem Feilschen ging oft der Familienfriede verloren, sinnloserweise, denn die Bauern kürzten die Rationen in den folgenden Jahren sowieso, bis die Alten verhungerten oder erfroren. Sterbenden hängte man eine Glocke ans Bett, die über eine Schnur mit ihrem Handgelenk verbunden war. Wenn sie in Angst oder Todeskampf an der Schnur rissen, bimmelte die Glocke, und die draußen auf dem Feld knieten nieder und bekreuzigten sich, dann arbeiteten sie weiter.

Isidor selbst hatte einmal Stettner lebhaft, sogar andächtig von seiner Kindheit erzählen hören. Das Manuskript aber war, der Jahreszahl auf dem Deckblatt nach, um 1935 geschrieben worden, woraus Isidor schloß, daß Stettners Erinnerung später vieles abgemildert hatte. Daraus leitete er den siebten seiner privaten Leitsätze ab. Isidor hat nämlich Leitsätze, die er in Krisensituationen abruft. Satz eins: Das Heil liegt in der Erkenntnis. Satz zwei: Man muß sich anständig benehmen, auch wenn's nichts nützt. Satz drei: Alles gleicht sich aus. Satz vier: Die erste Folge eines Fehlverhaltens ist Verdunkelung des Bewußtseins. Satz fünf: Gewohnheit ist stärker als Sexualität. Und so weiter. Die Sätze sind, zugegeben, von stark unterschiedlicher Qualität, aber sie alle sind auf persönliche, manche auf dramatische Weise zu ihm gekommen, und sie helfen ihm immer noch ab und zu. Satz sieben also verdankt sich Stettners Umgang mit seiner bitterarmen Kindheit und lautet: Schmerz unterliegt einer starken Amnesie.

Vormittag

Ist wohl ein Mensch vor Gott gerecht,
ein Mann vor seinem Schöpfer rein?
(Ijob 4,19)

Am anderen Morgen, als er in der Küche seinen Frühstückskaffee trinkt, hat Isidor Konnersreuth beinah vergessen. Es ist viertel nach fünf, Schneeflocken wirbeln gegen das schwarze Fenster. Der Wind heult ums Haus, aber drinnen ist es warm und still. Isidor umfaßt das heiße Haferl mit beiden Händen. Gleich, um sechs Uhr, ist Rorategottesdienst in der Nepomuk-Kapelle, der erste von über dreißig Terminen dieser Woche (Buß-, Rorate- und Festgottesdienste in zwei Kirchen und einer Klinik, Erstbeichte der Erstkommunikanten, Krankenkommunion in zwei Pfarreien, Probe für Adventsingen und so weiter). Isidor wird seine Kraft einteilen und sich auf das Wesentliche konzentrieren. Und dazu gehört zunächst einmal: Nachsicht.

Isidor hat schon vor dreißig Jahren aufgegeben, nach Gerechten zu suchen, denn wenn sich nicht mal in Sodom zehn Gerechte fanden – in einer Stadt, im Heiligen Land, beim Auserwählten Volk! –, was kann man da von Niederbayern erwarten, und dann noch ausgerechnet von Bodering?

Außerdem ist nicht mal er selbst gerecht.

Dies wird seine achtundzwanzigste Weihnacht in Bodering. Er wird es gut machen, obwohl Weihnachten nicht sein Lieblingsfest ist. Zu viel Unruhe in der Gemeinde, zu viel Remmidemmi, Feier- und Genußterror, zu den Festtagen selbst oft Enttäuschung und Streß, weil die Leute zu viel erwarten. Anstatt der Ankunft des Erlösers zu gedenken, reiben sie sich an ihrer Unerlöstheit auf. Isidor spürt die Erwartung wie die Anspannung, er versucht die Leute spirituell aufzuladen, damit sie gelassener und dankbarer miteinander umgehen können, und jedes Jahr erlebt er kleine Erfolge und krasse Mißerfolge.

Immerhin, sie kommen in die Kirche. Er weiß nicht, was in ihnen vorgeht, aber sie wirken ergriffener als sonst. Gelegentlich sagt einer, daß für ihn die Kirche zu Weihnachten am wichtigsten sei. Isidor weiß nicht, ob das als Kompliment gemeint ist. Er selbst freut sich auf Ostern. An dieses Fest knüpft sich sein persönlicher Glaube. Es ist spirituell dramatischer, liturgisch tiefer, äußerlich festlicher, vom Schwung sich verlängernder Tage und der Ahnung des Frühlings erhellt.

Um viertel vor sechs, auf dem Weg in die Sakristei, sieht er unter den ersten Kirchgängern schon Frau Danninger und Herrn Pechl mit Frau und Sohn als eingemummte Schatten durch das Dunkel der Kapelle zustreben und bedauert, daß er gestern so streng war. Später, beim Rorate, sieht er in der letzten Reihe sogar das Ehepaar Koller, das kurz vor der Abfahrt ins Krankenhaus noch den Segen des Herrn erbitten will.

Das gemeinsame Frühstück findet im Empfangszimmer des Pfarrhauses statt. Frau Haberl hat Kaffee in Thermoskannen, Brezen und Butter bereitgestellt. Zwölf Leute sind mitgekommen, und nachdem das Ehepaar Koller sich sorgenvoll verabschiedet hat, wird die Stimmung aus irgendeinem Grund plötzlich heiter, und alle reden über Wallfahrten, lachend wie Abenteurer nach überstandenen Strapazen.

Ein einsamer Höhepunkt war Lourdes. War das schön! Der festliche heilige Bezirk, die vielen ober- und unterirdischen Kirchen und Kapellen! Sie haben gebetet, bis ihnen die Avemarias zu den Ohren rauskamen. Heilige Messe morgens an der Grotte, heilige Messe in der Rosenkranzbasilika, internationale Sonntagsmesse in St. Pius X. mit zwanzigtausend Gläubigen, überhaupt ständig irgendwo Messen in verschiedenen Sprachen. Rosenkranz, Anbetung, Beichte, Sakramentsprozession, Lichterprozession ... Kreuzweg nachmittags bei dreißig Grad (hinter ihnen ging eine italienische Gruppe, deren achtzigjähriger Pfarrer im schwarzen Talar ab Station elf gestützt werden mußte), Kreuzweg morgens um sieben bei Dauerregen (als Herr Bayer die Fürbitten vorlas, floß aus der Krempe seines komischen australischen Huts plötzlich ein kleiner Wasserfall in das Gebetsbücherl). Batterien von Kerzen brannten in kleinen Schuppen mit Blechdächern. Tausende blauer Rollstuhlrikschas zogen im Gänsemarsch auf rot angemalten Rollstuhlwegen durch die Stadt zur Grotte ... Eine Armee von Rollstühlen führte die Lichterprozession an, und jeweils beim Refrain (»Avé, avé, avé Mariaaa!«) hoben auch diese Schwerkranken ihre Kerzen wie Banner ... Am zweiten Tag, erinnerts euch, wie's geregnet hat? Alle dachten, die Lichterprozession fällt aus, bis fünf vor neun standen sie schlotternd unter ihren Regenschirmen in der Abenddämmerung, und dann versiegte plötzlich der Regen, die Wolken rissen auf, und über der Burg stand ein phantastischer Regenbogen ... Ach! Und der schöne Busausflug ins Gebirge hinauf nach Gavarnie, traumhaft: eine kleine Naturarena, umstanden von dreitausend Meter hohen Gipfeln mit ewigem Schnee – kalter Wind, aber klare Sicht, unglaublich! Bei diesem Ausflug waren viele Pilger aus der Steiermark dabei, und die Boderinger erörtern nun kurz, ob das Steirische nicht komisch klinge. Nach vernünftiger Überlegung beschließen sie: nein, aber eigentlich finden sie, doch. Nett warn's, die Steirer! Einige Behinderte dabei, aber auch die hatten Gaudi. Auf der Rückfahrt verteilte der steirische Pfarrer Gesangsbücher der Alpenvereinsjugend, und während der Bus die Serpentinen hinabkroch, schmetterten die Pilger aus voller Kehle Bergsteigerlieder. Danach erzählte ein Grazer durchs Mikro schlüpfrige Witze, einen nach dem anderen, und sie haben so gelacht, daß sie dachten, den Bus haut's aus der Kurve. Abends noch mal Lichterprozession, die dritte. Vor der Heimfahrt füllten sie etliche Liter heiliges Lourdes-Wasser in Kanister, Isidor segnete alles vor der Abreise im Hotelfoyer, und zum Abschluß sangen sie – leise, um die anderen Hotelgäste nicht zu stören – »Nun danket alle Gott!«.

Auch Isidor mochte Lourdes. Die freundliche Stadt hat ihm gefallen, das weite, sonnige Land, die anrührende Geschichte der armen Bernadette, zu der die Muttergottes gesagt hatte: »Würden Sie mir den Gefallen erweisen, hierher zu kommen?« Die unfanatische Andacht seiner Leute. Es hat ihm gefallen, als einer von hundertzwanzig Priestern im weißen Meßgewand mit goldener Stola in die internationale Messe einzuziehen. Schön, mal nicht allein zu sein! Schönes Gefühl, für so viele Menschen zu zelebrieren, auch wenn er nie zu seiner Predigt kam, weil jedes Mal wichtigere Geistliche dabei waren. Seine Boderinger schienen das mehr zu bedauern als er. »So is dös bei uns in der Kirch: Ober sticht Unter!« erklärte Isidor vergnügt, und Frau Danninger bemerkte großzügig, sie sei überzeugt, daß Isidors Predigt viel besser gewesen wäre.

Heute, an diesem stockdunklen kalten Dezembermorgen im Bayerwald, kommt Lourdes ihnen allen vor wie ein Traum. Nie waren sie so nett zueinander, nie waren sie sich so einig. »Ach, Herr Rattenhuber!« sagt Frau Haberl schmelzend, »i freu mi ja so auf Konnersreuth!«

Isidor dankt Frau Haberl für ihre Mühe mit dem Frühstück und verabschiedet sich. Er muß noch drei Frauen die Krankenkommunion bringen und für die ganze Woche einkaufen.

Jetzt beschließt er, achtzehn Kilometer weit in die Kreisstadt Dambach zum Einkaufszentrum zu fahren; damit er nicht im Boderinger Kramladen an der Kasse anstehen muß, und damit niemand kommentiert, was er kauft. Er zieht seinen dunkelgrauen Wollmantel an, den Hut, Schal, überprüft schnell den Inhalt der Versehtasche (Ölampulle, Hostiendose, Taschenstola, Leinentücherl), wirft fünf Plastiktüten in den Kofferraum und fährt los.

Der erste der drei Hausbesuche gilt Frau Huber. Frau Huber sitzt nach einem Beinbruch im Bett, fünfundachtzig Jahre alt, ausgemergelt, aber mit leuchtenden Augen. Früher war sie ein Energiebündel, sie schuftete wie ein Pferd und trieb ihre Familie unbarmherzig an. Ihre Kinder liebt sie nicht, aber sie wußte: »I brauch a Tochter für d' Altersversorgung.« In jeder Familie gibt es den Augenblick, wo alle den Tod des siechen Mitglieds wünschen, sie hören dann auf, etwas anderes vorzugeben, auch Isidor gegenüber. Die Tochter stöhnt: »Wie lang muaß i dös noch ertrong?« Sie fügt hinzu: »I dua mei Pflicht, aber mei Muatta is a Kreiz!« Eine knarrende Stiege führt zum Zimmer der Kranken, einer dunklen kleinen Stube mit dünnen Wänden. Frau Huber sitzt aufrecht im bemalten Bauernbett und strahlt ihm entgegen: »Setzn S' Eahna her, Herr Pfarrer! Haha!« Sie hat sich angewöhnt, immer munter zu sein. Der Stoff zur Munterkeit fehlt inzwischen, aber ihre Moral ist enorm. Nach der Kommunion sagt sie: »Amen. Haha!« – »Bis boid!« ruft sie ihm nach. »Kemma S' boid wieda, nachher bet ma mitanand! Haha!«

Die alte Frau Staus zwei Häuser weiter brütet depressiv vor sich hin. Früher war sie Putzfrau im Steigenberger Hotel, »keinen Tag krank, immer im Dienst«. Ihre Knie sind ruiniert, sie kann kaum gehen und wankt durch den Flur auf ihn zu. Aber ihr Kopf ist klar. Isidor betet mit ihr: Vaterunser. Gegrüßet seist du Maria. Psalm 23. Seele Christi heilige mich. Als sie fertig sind, würde Frau Staus am liebsten von vorn beginnen, aber er weiß, wie oft sie auch beten, sie wird vorwurfsvoll bleiben. Ihre Trauer ist bodenlos. »Am liebsten wär i tot. Zwoaraneinzg Jahr, dös is koa Spaß.«

»So vui Leit wärn f-froh drüber«, gibt Isidor zu bedenken.

»Wieso? Es hat ja ois koan Sinn! Die Politiker streiten und streiten, und nix kimmt dabei raus!«

Letzter Besuch: Frau Valery. Die ist wesentlich jünger als die ersten beiden, Mitte Sechzig vielleicht, alleinlebend, und hat ihn zum ersten Mal zu sich gebeten: Sie hat sich auf dem Emmeramfest beim Tanzen den Oberschenkelhals gebrochen, es gab Komplikationen, Monate später läuft sie immer noch auf Krücken. Früher war sie Schneiderin. In den achtziger Jahren spezialisierte sie sich auf extravagante Trachten für Touristen, und seit sie in Rente ist, malt sie auch. Sie war immer lebenslustig, auch in die Kirche kam sie bunt gekleidet. Isidor ahnt, daß sie ihn eher zur Gesellschaft als zur Kommunion gerufen hat; er muß etwas aufpassen, denn sie manipuliert gern, sie ist aufreizend und distanzlos. Wie sagt der Herr? *Im Hause meines Vaters sind viele Wohnungen*, und wen Gott einläßt, darf Isidor nicht rauswerfen. Also reißt er sich zusammen.

Frau Valery also – üppig, geblümter Morgenmantel, blondgefärbtes Haar, rote Krücken – besteht darauf, ihn in der Stube mit Kaffee zu bewirten, und während er mit einer gewissen Ohnmacht ihren feinen Marmorkuchen ißt, erklärt sie, daß sie mit ihm über die Vergänglichkeit sprechen wolle.

Über die Vergänglichkeit?

Ja, alles geht so schnell zu Ende, und da ist eigentlich nicht einzusehen, warum es auch noch so unkomfortabel sein muß. Isidor steigt mit halber Aufmerksamkeit auf das Thema ein (was ist komfortabel, was unkomfortabel, und was dürfen wir vom Leben erwarten?), aber er liegt mit jedem Ansatz daneben, und schließlich kommt Frau Valery zur Sache: Ihr Liebhaber lebe nicht mit ihr zusammen, sie würde das gern ändern. Der Liebhaber ist Peter Greilich, ein wohlhabender Witwer, ehemals Filialleiter der Boderinger Sparkasse; kein Kostverächter, dabei aber konsequenter Kirchgänger und neuerdings Pfarrgemeinderat. Isidor solle doch in seiner Gegenwart zur Sprache bringen, daß es Frau Valery nicht zuzumuten sei, in der Küche zu malen, regt Frau Valery an; Peter habe schließlich so eine große Wohnung! Noch bevor sich Isidor von seiner Überraschung erholt hat, bittet sie ihn, ihre Bilder im Pfarrsaal auszuhängen zum Verkauf. Schon öffnet sie eine große Mappe und zeigt ihm ihre Werke. Die Bilder ähneln einander in Motiv und Ausführung: geflügelte rosa Engel, die auf Christbäumen oder in verschneiten Krippen sitzen. Alle Engel haben eigenartig starre Gesichter mit glasigen Augen. Modelle für sie waren offensichtlich Puppen; Isidor findet eine davon hinter einem Kissen, während Frau Valery auf ihren roten Krücken hinausturnt, um ans Telefon zu gehen, wo sie ihrem Peter sagt, auch der Pfarrer finde, man dürfe ihr nicht zumuten, in der Küche zu malen. An ihrer Reaktion merkt Isidor, daß Peter ihr nicht glaubt, und das ist gut so, da muß er sie nicht zurechtweisen. Er hat nicht gewußt, wie verrückt sie ist. Er verflucht wieder einmal seine Anfälligkeit, sich bewirten zu lassen.

Als Isidor den Wagen aus Bodering hinaussteuert, hängen graue Wolken zwischen den Hängen, die das Hochtal einschließen. Die Straße steigt bis zur Talschwelle etwas an und geht danach in leichten Serpentinen hügelab. Unten sieht Isidor wie einen dunklen See den Fichtenwald liegen, dann wird er von ihm verschluckt. Nach vier Kilometern erreicht er die breite, frisch geräumte Bundesstraße. Nach sechs weiteren verläßt er den Wald und fährt zwischen schmutzigen Schneewällen in die Kreisstadt ein.

Er schiebt seinen Einkaufswagen durch die Kaufhalle und lädt ein, ohne zu überlegen, Hauptsache, es reicht bis nach Weihnachten. Brot zum Aufbacken.

Schwarzbrot zur Not. Butter, Aufschnitt, Schmalz, Tief-
kühlgerichte, ein Kilo Orangen, Kaffee, Tee, Milch. Gelegentlich grüßen ihn Leute, die er nicht kennt. Er
grüßt zurück, keine Zwischenfälle, jetzt steht er schon
wieder auf dem Parkplatz und lädt die Tüten in seinen
Kofferraum. Dort erst spricht ihn jemand an. Herr Mittermüller aus Bodering.

»Grüß Gott, Herr Pfarrer!«

»Grüß Gott!« antwortet Isidor unbefangen. »Wia
geht's denn oiwei?« fügt er hinzu, weil Mittermüller
sich nähert.

Normalerweise antworten die Leute: »Guat, Dankschön«, ziehen den Hut und gehen weiter, es ist nur
ein Ritual. Herr Mittermüller aber stellt sich vor Isidor
auf und seufzt: »Dankschön, 's muaß hoit.«

Herr Mittermüller ist achtzig, ein großer, rüstiger
Mann mit weißem Schnurrbart. Im Krieg war er Offi-
zier gewesen, nach dem Krieg Vertreter, außerdem jahrelang Boderings bester Vereinsfußballer. Robust. Neben zwei Frauen und vier Kindern hatte er sein ganzes
Leben lang Geliebte. Aber jetzt wirkt er angeschlagen.
Warum? Wie geht es denn seiner Annette?

»Ja, das ist der Grund, weshalb ich ein wenig klagen
muß!« spricht Herr Mittermüller in formellem Hochdeutsch. »Sie versorgt mich nicht mehr!«

Hat sie ihn verlassen?

Annette, zwanzig Jahre jünger als Herr Mittermüller, ist vor rund zehn Jahren seine Haushälterin geworden: Sie kochte für ihn, wusch seine Wäsche und
putzte seine Wohnung gegen Entgelt. Als er anfing, mit
ihr zu schlafen, hörte er auf, sie zu bezahlen, denn sie
war ja jetzt seine Geliebte. Sie bekochte, bewusch und
beputzte ihn weiterhin, behielt aber ihre eigene Wohnung und führte auf diese Weise zwei Haushalte.

»An Schlaganfall hot s' ghobt«, beantwortet Mittermüller die ungestellte Frage. »Auf Krucken lauft s' grad
a so. Meistens liegt s' nur rum.«

»Wo?«

»Z'Haus. Naa, net bei mir!«

Hat er sie besucht? Kümmert er sich um sie, so wie sie jahrelang sich um ihn gekümmert hat?

»Naa«, sagt er, »dös is vorbei. Dös wird nix mehr mit der Annette.«

Er sieht unglücklich aus. »Aber i hob g'hört, mir machen im Frühling a Wallfahrt?« erkundigt er sich jetzt erwartungsvoll. Isidor erinnert sich, daß Herr Mittermüller auch früher recht gern mitgegangen ist. Seine Annette hatte er im Bus nach Burghausen kennengelernt (wer viel wallfahrt, wird selten heilig).

Die Erinnerung scheint ihn zu beleben, denn seine Augen beginnen zu funkeln. Er versucht gar nicht, den Gedanken zu verbergen, sondern hüstelt und zwinkert erregt: »Konnersreuth?«

Nachmittag

Alles, was deine Hand, solange du Kraft hast, zu tun vorfindet, das tu! Denn es gibt weder Tun noch Rechnen noch Können noch Wissen in der Unterwelt, zu der du unterwegs bist.
(Koh 9,10)

Zu Hause lädt Isidor seine Einkäufe in den mannshohen Kühlschrank, den er gekauft hat, als ihn im Sommer seine Haushälterin verließ. Sie war seine ältere Cousine, er hatte sie gemocht; eine fremde Frau will er nicht im Haus. Da aber ein Kühlschrank einen lebendigen Menschen schlecht ersetzt, ist Isidor oft mißmutig, wenn er die Fächer füllt.

Er kocht Kaffee und schmiert sich ein Schmalzbrot, den noch lauwarmen Leberkäse ißt er aus dem Papier. Während er Kaffee trinkt, durchblättert er die Zeitung.

Nebenbei notiert er auf einem Block Einfälle für die Feiertagspredigten.

Um viertel nach fünf fährt er zur Kurklinik, die zweieinhalb Kilometer außerhalb des Ortes liegt. Es ist bereits dunkel, das Schneetreiben hat aufgehört, aber die Kälte läßt nicht nach, beim Abbiegen schlingert er über gefrorene Matschstreifen. Er fährt in die Tiefgarage, die in den Abhang hineingebaut ist. Der Weg zum Andachtsraum führt durch lange Flure, zwei Treppenhäuser und ein riesiges verglastes Foyer mit wuchernden Zimmerpflanzen. Das Andachtszimmer ist nüchtern – große Fenster, helle Holzstühle mit grauem Stoffbezug. Ein modernes Kruzifix hängt an der Wand hinter dem Altar, etwas seitlich auf einem kleinen Sockel steht eine Madonna im frühgotischen Stil. Im Altar, einem abschließbaren Kasten auf Rädern, liegen Kerzen und Altarwäsche bereit. Isidor breitet das Altartuch über den Kasten, holt Hostienschale, Kelch, Kruzifix, Hostien, Lektionar, Schott und Meßkännchen aus dem Meßkoffer und baut alles auf. Er füllt ein Meßkännchen mit Leitungswasser, das andere mit Traubensaft, den er ebenfalls mitgebracht hat als Ersatz für Wein, den er mit einer Sondererlaubnis des Ordinariats aus guten Gründen meidet. Er zieht Albe und lila Stola an, zündet die Kerze an, öffnet die Tür.

Platz hat der Raum vielleicht für dreißig Personen, und er wird fast voll: Die Menschen kommen in Rollstühlen, mit Gehgestellen oder Gipsbeinen, auf Krükken. Sie beten laut und singen kräftig, entschlossener als sonst: Wer Weihnachten im Krankenhaus verbringen muß, um den steht es wirklich schlecht; deswegen gibt sich Isidor jetzt besondere Mühe, was ihm übrigens leicht fällt, da ihn die Sehnsucht der kleinen Zufallsgemeinde trägt.

Weil sie nicht nach vorne kommen können, geht er durch die Reihen und gibt jedem eine Hostie, sie murmeln: »Amen!« Am Stephanitag wird es vormittags eine Messe im Foyer des Klinikums geben, da werden einige von ihnen weinen.

Er segnet sie. Sie rollen und hinken hinaus. Er wartet, bis der Raum sich geleert hat, und hilft noch einer Oma, deren Krücke sich zwischen den Stühlen verkeilt hat und die prompt in Tränen ausbricht und ihre Sünden beklagt. Isidor versucht, die Oma zu beruhigen, die offenbar ihre Sündhaftigkeit nach dem Maß der empfundenen Strafe einschätzt: ihrer Gebrechlichkeit. Endlich ist die Frau draußen. Isidor schließt die Tür, widersteht der Versuchung, seine von ihren Tränen nassen Hände am Altartuch abzuwischen, zieht Stola und Albe aus, faltet beide zusammen, legt sie in das Köfferchen und packt die Bücher dazu. Kerzen und Altartücher verschließt er wieder im Altarschrank.

Hätte er die Frau nach ihren tatsächlichen Sünden gefragt, wären wahrscheinlich gar keine herausgekommen, überlegt er routiniert, als er den BMW aus der Tiefgarage hinauf in die Dunkelheit steuert. Er staunt nicht selten über die Vorwürfe, mit denen die Leute sich peinigen. Etwa mit einem vor zwanzig Jahren in einem Hotel gestohlenen Handtuch (das sicherlich für etwas anderes steht, aber für was?). Eine alte Frau aus seiner Gemeinde kommt regelmäßig zur Beichte, weil sie einen Vorwurf ihres Sohnes nicht verwinden kann: Sie hätte einmal gedroht, ihn mit dem Gürtel zu schlagen. Hat sie das wirklich gedroht? Sie erinnert sich nicht, weder an den Gürtel noch an die Drohung; nur an den Vorwurf, aber genau besehen nicht mal an den. Vielleicht hat sie alles nur geträumt? Warum? Sie lügt nicht, aber sie hat weder den Willen noch das Talent zur Wahrheit; einzig ihre Qual ist echt. Möglicherweise. Handtuch, Gürtel und Vorwurf sind Symbole, auf die Isidor mit anderen symbolischen Mitteln antworten muß.

Und vielleicht ist das gut so? Isidor hat einmal einen Ausspruch des Philosophen Jaspers gelesen, sinn-

34

gemäß: Der Mensch sei mehr, als er von sich wissen könne. Damals las er das gern, sozusagen als Mitteilung über eine Art Gratis-Gutschrift. Inzwischen nimmt er das Gegenteil an: Der Mensch ist viel weniger, als er ahnt. Weil er aber auch das ahnt, will er nichts genau wissen und regt sich lieber andauernd darüber auf, wie viel ihm verborgen bleibt. Die menschliche Seele ist eine Trickkiste. Seltsamerweise erleichtert Isidor auch dieses Konzept, vielleicht, weil es ihn auf seine eigentliche Sendung zurückführt und die einzigen Heilmittel, die bleiben, die nämlich, die Gott zu geben hat: Barmherzigkeit. Gnade.

Trotzdem kann Isidor es nicht lassen, das ihn umgebende Leben ständig nach Wert und Würde abzufragen. Dahinter steht ein philosophisches Privatprogramm, das ungefähr so lautet: Wahrheit und Lüge, Ehrlichkeit und Heuchelei, Moral und Egoismus sind unlösbar miteinander verklumpt; wir reiben uns zwischen spirituellen Sehnsüchten und unspirituellen Tatsachen auf; und geklärt wird nichts, nicht mal im letzten Augenblick. Die Zeit geht über alles hinweg und löscht das Bewußtsein aus, bevor auch nur die Fragen richtig gestellt wurden. Isidors Programm nun besteht darin, daß er die Fragen richtig zu stellen versucht. Eine richtig gestellte Frage hat, ebenso wie ein wahres Wort, erlösende Kraft; das muß mit Gott zu tun haben. Und wenn Isidor einmal rechtzeitig *die* Frage stellt, die unser aller Existenz erfaßt, wird Gott vielleicht antworten. Wie, ist noch unklar. Aber das ist der mystische Hintergedanke. Unnötig zu sagen, daß Isidor sein Programm vor den Kollegen wohlweislich verborgen hält; er fürchtet ihren Spott. Freund Gregor aus der Nachbarpfarrei Dambach nennt Isidors Hang zu Analyse und Bilanz zwanghaft und meint, Isidor mache das, weil er in seiner Freizeit sonst nichts zu tun habe. Und auch das ist nicht falsch. Fest steht: Als Isidor sich das Programm vor dreißig Jahren ausgedacht hat, als er es

erstmals vor sich selbst in Worte faßte mit der Zielset-
zung, in dreißig Jahren die Lösung zu haben, da lächelte er über seine Bescheidenheit und freute sich
über das tiefgestapelte Ziel. Heute findet er, daß es
Hochstapelei war.

Bodering

Sie sagten zu Mose: Rede du mit uns, dann wollen wir
hören. Gott soll nicht mit uns reden, sonst sterben wir.
(Ex 20,19)

Vor achtundzwanzig Jahren hat Isidor die Stelle in
Bodering angetreten; weil es von seiner letzten Pfarrei
nur zwölf Kilometer entfernt war und aus symbolischen Gründen zu Fuß. Die Boderinger boten an, ihn
mit Pferd und Kutsche zu holen, aber das wollte er
nicht: Vielleicht würde es ihm in Bodering ja nicht gefallen, und auf welche Weise sollte er gehen, nachdem
er mit der Kutsche gekommen war? Das Argument
leuchtete den Boderingern ein, und viele begleiteten
ihn daraufhin auf seinem Fußmarsch, einige sogar von
Anfang an, obwohl der Weg fast durchweg bergauf
ging. Immer mehr Leute gesellten sich dazu, so daß in
Bodering schließlich fast fünfhundert Leute ankamen,
eine Prozession. Die Fußgänger sangen ausgelassen,
die übrige Gemeinde erwartete sie mit Böllerschützen,
Blaskapelle und Feuerwehr. Isidor saß erschöpft und
zufrieden zwischen Bürgermeister und Honoratioren
und bekam unablässig Spießbraten und Bier gereicht,
während ihn alle persönlich und geradezu zärtlich be-
grüßten.
Bodering liegt im breiten Hochtal des Grammer-
bachs, der als kleiner Wasserfall vom Grammerberg
herunterspringt. Der fast dreizehnhundert Meter hohe

Grammerberg begrenzt das Tal nach Norden, der niedrigere, aus einer Reihe kahler Kuppen bestehende Schattenberg nach Süden; nach Osten und Westen schließt jeweils ein kleiner Paß das Tal. Das Klima ist streng, in der Talsenke gibt es bis in den Juni hinein Frost, und in den früheren harten Wintern lag der Schnee oft anderthalb Meter hoch. Manche Winter waren so hart, daß Wasserläufe und Hausbrunnen einfroren, die Leute ihre Schuppen nicht verlassen und ihre Toten nicht begraben konnten. Bis ins neunzehnte Jahrhundert hinein gab es Wölfe und Bären. Wenn die Menschen im Herbst und Winter im Dunkeln zum Gottesdienst gingen, nahmen sie zum Schutz brennende Spanlichter mit.

Die Leute waren bitter arm. Getreide wuchs in dieser hohen Lage nicht, es gab nur ein paar Almen, auf denen im Sommer Vieh weidete. Der Ort lebte von der Forstwirtschaft. Fast alle männlichen Boderinger wurden Holzfäller. Sie lebten mit ihren Familien in Blockhäusern, die im Dreck standen, brachen im Morgengrauen auf, keuchten auf Holzschuhen ein bis zwei Stunden lang in die Wälder hinauf, fällten, entasteten, stapelten die vom Forstmeister markierten Bäume, brachten sie im Winter mit großen Hörnerschlitten zu Tal und kamen spät abends zurück, falls sie nicht über die Woche in Rindenhütten im Wald kampierten. Windwurf und Schneebruch forderten Opfer, der Winterzug mit den schwer beladenen Schlitten war besonders gefährlich. Männer brachen sich die Knochen, wurden von Schlitten überfahren und von Bäumen erschlagen oder erdrückt, einige erfroren im Wald. Einige arbeiteten als Köhler und schwelten in von Hand aufgeschichteten Meilern Holz zu Kohle, die waren tagelang beißendem Rauch ausgesetzt und erkrankten an Haut- oder Lungenkrebs. Nur der Forstmeister, der den Holzabbau organisierte, blieb gesund. Er war der mächtigste Mann des Orts, denn Wohl und Wehe der

Region hingen von ihm ab. Er wohnte in einer Barock-villa wie ein kleiner Fürst.

Einzelne Boderinger arbeiteten im Bergwerk des Nachbarorts Grammering, wo seit dem Mittelalter Eisenerz gebrochen und verhüttet wurde. Von denen starben viele an Silikose. Die Grube wurde nach dem zweiten Weltkrieg aufgelassen. Den letzten überlebenden Bergmann hat Isidor noch kennengelernt: Die Boderinger nannten ihn den Staublungen-Clemens. Er lag sommers im Liegestuhl in seinem Garten und rang nach Luft, bis er in Isidors siebtem Boderinger Jahr qualvoll erstickte.

Hundertfünfzig Jahre lang bestand in Bodering ein Benediktinerkloster, das 1803 mit der Säkularisierung aufgehoben wurde. Bildungsmöglichkeiten gab es danach für die Boderinger nicht mehr: Die Verkehrswege waren zu schlecht, die Entfernungen zu groß. Wer studieren wollte und konnte, ging hinunter in die Klöster und Städte im altbesiedelten Land und kehrte nicht zurück.

Die Wende für Bodering kam erst nach dem letzten Krieg, als Bodering für den Fremdenverkehr entdeckt wurde. Die Boderinger hatten immer den Ruf gehabt, hart und ausdauernd arbeiten zu können. Nun wurden sie auch für Flexibilität und Initiative bekannt. Rasch eigneten sie sich das Dienstleistungsgewerbe an. Sie beherbergten zur Ferienzeit Gäste in ihren Wohnungen, während sie selbst in die Keller oder Speicher auswichen, und bauten außerhalb der Saison Häuser mit Gastzimmern und Einliegerwohnungen. Alle Häuser hatten Balkone mit Holzverzierungen und Geranien über die ganze Front. Die Boderinger schnitzten und schreinerten unermüdlich, »die reinsten Holzwürmer« hat Isidors Vorgänger sie genannt. Die Söhne arbeiteten im Winter als Skilehrer. Einige Skihaserl aus Berlin, Belgien und Holland blieben in Bodering hängen und wurden ein lebendiger Beweis für die beträchtliche Boderinger Assimilationskraft.

Inzwischen blühte das Wirtschaftswunder. Das Tal war bald mit ausladenden zwei- bis dreistöckigen Häusern gefüllt, so daß das zweihundert Zimmer große Steigenberger Hotel nur mehr am Ortsrand hinter dem westlichen Paß Platz fand. In den siebziger Jahren entstand eine Kurklinik hinter dem östlichen Paß, etwas tiefer gelegen. Eine Sportanlage und ein kleiner Vergnügungspark wurden angelegt. Nur wenige Bauherren kamen von außen. Bodering hatte einen tatkräftigen Bürgermeister, der einfallsreich behördliche Gelder abschöpfte: Regional-, Infrastruktur-, Grenzland- und Straßenbauförderung. Außerdem gab es sieben dynamische Unternehmer. Nachdem die Boderinger sich jahrhundertelang von Forstamt, Bergwerk und Staat hatten ausbeuten lassen, beuteten sie sich nun gegenseitig aus. Die Unternehmer hatten den Ort im Griff und bestimmten die Löhne. Allerdings beklagte sich niemand, da es mit allen aufwärts ging. Die Leute arbeiteten so hart wie je, und wenn sie feierten, ließen sie es entsprechend krachen.

Als Isidor in Bodering Pfarrer wurde, hatten die Boderinger Gründerjahre ihren Höhepunkt erreicht. Die Söhne der Boderinger Gründer hatten allerdings nicht annähernd deren Durchschlagskraft, sei es, weil sie verwöhnt waren, sei es, weil sie sich im Schatten der selbstherrlichen Väter nicht hatten entwickeln können, sei es, weil es in Bodering auch einfach nichts mehr zu gründen gab. Der Glasunternehmer Auer sagte düster: »Normalerweise braucht's zwei Generationen, um eine Firma zugrundezurichten, mein Sohn schafft's in einer.« Er behielt recht. Der Sohn eines anderen Unternehmers verprügelte seine Frau, die viel Geld in den Betrieb gebracht hatte, und beleidigte den Buchhalter; zuletzt verschwand er, um auf einer Yacht in Mallorca zu leben, wo er die Hafengebühren nicht bezahlte; seitdem hat keiner mehr von ihm gehört. Ein weiterer, eigentlich tüchtiger, einfallsreicher Sohn versuchte sich als Müllentsorger.

»Habts g'hört, der Sepp macht jetzt auf Container!«

»Jo wos, Container?«

»Na da stelln's Container auf, d'Leit schmeißn wos nei, und nachher hoin's as wieder ab!«

Aber der Sepp erschlich sich Subventionen, indem er Restmüll als Grünpunkt-Material ausgab, fälschte Kiloangaben, indem er die Fahrer mit der Fracht mitwog, und so weiter. Im Landratsamt hatte er einen Komplizen, der brachte sich, als die Sache aufflog, sogar um. Sepp wurde zu einer Bewährungsstrafe verurteilt und leistete den Offenbarungseid.

Ein weiterer Unternehmerssohn übernahm das Management des Steigenberger Hotels. Sofort nach Vertragsunterzeichnung kaufte er einen Luxus-BMW und eine Villa für einskommazwei Millionen Mark. Er war ein hübscher, repräsentativer Kerl – im Bauerntheater hatte er überzeugend den »sauberen Burschen« gespielt –, aber er besaß weder Beobachtungsgabe, noch Verantwortungsgefühl, noch Initiative noch Fleiß, und nur ein einziger trauriger Grund hinderte ihn daran, das Haus zugrundezurichten: Er erkrankte an Blutkrebs und starb binnen eines Jahres.

Wenn ein Boderinger stirbt, trauern die Hinterbliebenen so heftig, wie sie sonst feiern. Zu den Begräbnissen kommen fast alle, und selten werden Isidors Predigten so aufmerksam verfolgt. Selten werden daran auch so hohe Ansprüche gestellt: Isidor muß die Einmaligkeit jedes Boderingers würdigen, aber er soll nicht lobhudeln, das nähmen sie ihm nicht ab. Er muß die Fehler des Verstorbenen beim Namen nennen und gewissermaßen von einer höheren Warte aus interpretieren, so daß sie verzeihbar werden; verzeihbar, aber nur mit Mühe. Dann unterwirft die Gemeinde sich dieser Mühe. Isidor spürt bis an den Altar die metaphysische Eruption. So konsequent die Boderinger das Jenseits sonst ignorieren, so inbrünstig geben sie sich ihm nun hin, geloben aus tiefer Seele Besserung und halten sich wirklich ein paar Wochen lang daran.

Sie sterben mit Anstand. Wenn sie's nicht mehr packen, bleiben sie zu Hause. Sie rufen zum Beispiel beim Arbeitgeber an und sagen: »Du, i kimm jetzt fei nimmer.« Ähnlich reagieren sie auf Seelenkrisen. Der Vater des jungen Mannes, der an Blutkrebs starb, hatte sich früher damit gebrüstet, wie er schon als Lehrling seine Lehrherrn betrog. Nun saß er zu Hause und aß kaum noch, und wenn ihn bei seinen seltenen, unsicheren Gängen auf der Straße jemand ansprach, brach er in Tränen aus. Ein anderer Bürger, der die Kasse des Schützenvereins verzockt hatte, verletzte sich selbst mit einem Taschenmesser, um einen gewaltsamen Raub der Vereinskasse vorzutäuschen. Doch er verstrickte sich in Widersprüche. Nicht mal der Schützenverein war an einer Strafverfolgung interessiert; der Mann aber traute sich danach nicht mehr aus dem Haus.

Wenn so einer sich lebendig begräbt, ist Isidor machtlos. Wo soll er ansetzen? Die Leute schämen sich unendlich, aber nicht, weil sie das Geschenk des Lebens mißbraucht haben durch Suff, Zocken, Hurerei, sondern weil sie den Respekt der anderen verloren zu haben glauben, die weiterhin saufen, huren und zokken.

Isidor wirft das den Boderingern nicht vor. Er respektiert die spezifische Boderinger Mischung aus Kraft, Temperament, Unbedenklichkeit und Langeweile, die er aus der harten Geschichte des Ortes ableitet. Er versteht, daß die Boderinger in jahrhundertelanger Schufterei nicht gelernt haben, mit der Muße umzugehen. Er bewundert den Einfallsreichtum, mit dem sie ihre Balkone schnitzen, ihre Gärten bepflanzen und seine Kirche schmücken, er achtet ihre Inbrunst beim

Feiern und Sterben. Er ist dazu da, um sie daran zu erinnern, daß es noch eine andere Welt gibt, zu der er ihnen vielleicht den Weg zeigen kann, wenn sie sich in dieser Welt nicht mehr auskennen.

Die Boderinger ihrerseits haben ihn mit offenen Armen aufgenommen. Sein Vorgänger war ein asketischer, etwas verknöcherter Mann gewesen, mit dem sie nichts anfangen konnten und den sie zuletzt nur noch unwillig ertrugen. Sie hatten sich immer einen jungen Pfarrer gewünscht, der ihrer Vitalität entsprach. Denn der Pfarrer war für sie außerordentlich wichtig. Sie brauchten ihn nicht nur bei Taufen, Firmungen, Hochzeiten, Trauerfeiern, Gebetsstunden, Wallfahrten und Prozessionen, sondern auch bei den Jahresversammlungen sämtlicher Vereine und bei allen Festen. Er weihte ihre neuen Häuser, Geschäfte, Fahnen und Geräte. Dafür unterstützten sie ihn bei allem, was er tat: bei der Montage der elektrischen Glockenläutanlage, bei der Anschaffung der fünften, vierzig Tonnen schweren Glocke, bei der Renovierung von Kirche und Pfarrhaus, beim Aufsetzen eines neuen Turmkreuzes, schließlich bei der Kupfereindeckung des Kirchturmhelms, nachdem das hundert Jahre alte Schieferdach undicht geworden war. Zu Weihnachten holten sie ihm aus dem Wald für die Kirche die prächtigsten Fichten und schmückten sie hingebungsvoll. Inzwischen hat die Zahl der Gottesdienstbesucher in Bodering wie überall stark abgenommen, aber aus der Kirche tritt fast niemand aus. Sie leisten sich sozusagen einen Verbindungsmann zum Himmel, und daß sie Isidor zusätzlich für einen guten Menschen halten, steigert ihr Selbstwertgefühl. Sie würden niemals ein Begräbnis von einem Pastoralreferenten ausrichten lassen, selbst wenn sie vierzig Jahre lang nicht in der Kirche waren: Ohne Kommunion, das kommt nicht in Frage, »unsre Oma is uns dös wert!« Ohne Isidor geht es nicht.

Andererseits machen sie, was sie wollen. Mit bestimmten Dingen behelligen sie ihn nicht. Das gilt insbesondere für Familienplanung: Sie finden, davon verstehe er nichts, und wollen ihn schonen.

Sie bleiben bei all ihren Gewohnheiten. Zum Beispiel feiern sie exzessiv das Patroziniumsfest des hl. Emmeram. Da bauen sie ein Festzelt und ein paar Karussells auf und feiern vier Tage lang: einen Tag für die Gemeinden, einen für die Vereine, einen für die Feuerwehr und einen für die Betriebe. Die Leute nehmen für alle vier Tage Urlaub und saufen wie die Wahnsinnigen. Vorher besuchen sie die Eröffnungsmesse, um sich Isidors Ermahnungen anzuhören, und nachher schleppen sie sich mit grünen Gesichtern zum Bußgottesdienst.

Ein eigenes Ritual sind seit den Gründerjahren die Gruppenausflüge derjenigen sieben Boderinger Unternehmer, die richtig Geld scheffeln. Diese Touren führen vorzugsweise nach Thailand oder Brasilien, wo die Ausflügler nach Herzenslust saufen und huren. Ihre Frauen bleiben zu Hause oder gehen mit Isidor und den sittsameren Boderingern auf Wallfahrt.

Kapitel Zwei

Bischof:
Liebe Brüder!
Bevor ihr die Priesterweihe empfangt,
sollt ihr vor der ganzen Gemeinde
bekunden, daß ihr diesen Dienst auf euch
nehmen und euer Leben lang erfüllen
wollt.

So frage ich euch:
Seid ihr bereit,
das Priesteramt als zuverlässige
Mitarbeiter des Bischofs auszuüben
und so unter der Führung des
Heiligen Geistes die Gemeinde
des Herrn umsichtig zu leiten?

Die Weihekandidaten antworten gemeinsam.

Weihekandidaten:
Ich bin bereit.

Aus der Liturgie der Priesterweihe,
herausgegeben von den Liturgischen Instituten
Salzburg, Trier und Zürich

St. Emmeram

Wenn nicht der Herr das Haus baut,
müht sich jeder umsonst, der daran baut.
(Ps 127,1)

So finster Außenstehenden – aber nur denen – Bodering vorkommen mag, so hell und klar ist Boderings Kirche, St. Emmeram. Für Isidor ist sie die ansprechendste, edelste Kirche des Bayerischen Waldes, er hat sieben seiner besten Jahre für ihre Renovierung hingegeben, und daß er nie daran gedacht hat, Bodering zu verlassen, liegt auch an ihr.

Ihm gefällt zum Beispiel, daß sie als frühbarocke Kirche relativ schlicht gehalten ist. Sie ist einschiffig und hat ein hohes Tonnengewölbe, das auf weißen Pilastern ruht. Große, hochgestellte Bogenfenster, sechs im Langhaus, vier im Chor, lassen von allen Seiten Licht herein, und da auch die Wände weiß sind, funkelt sie bei Sonne wie ein himmlisches Schiff. Die Ornamentik kommt ohne quellende Formen und dunklen Protz aus: Bis auf die vergoldeten Kapitelle und ein schlichtes Kranzgesims fehlt jede Stukkatur. Sogar der Beichtstuhl ist ein einfacher Holzkasten, um den herum allerdings der Maler eine üppige Marmordekoration mit Sockel, Säulen und einer prächtigen roten Kartusche gemalt hat.

Am hölzernen Hochaltar gefällt Isidor die lebendige Darstellung von Mariä Verkündigung: Maria sitzt in einer dämmrigen Kammer, und über ihr schwebt der Erzengel Gabriel mit gewaltigen Flügeln, die im weichen Licht der Abendsonne schimmern. Gabriel blickt freundlich, beinah zärtlich auf Maria herab, während er ihr verkündet, daß der Herr sie erwählt habe. Maria, ein einfaches, zartes Mädchen, ist halb erschrocken, halb vertrauensvoll, auch ein bißchen geschmeichelt; man könnte meinen, eine leichte Röte überfliegt ihr Gesicht.

Der Hochaltar wird flankiert von zwei Stuckmarmorsäulen, rot mit weißer Äderung. Die Altarbeleuchtung, für die Isidor weder Kosten noch Mühen gescheut hat, hebt den heiligen Geist auf dem Giebelgesims, Gottvater und Sohn im Auszug, Gabriels goldene Flügel und Marias liebliches Gesicht hervor, dazu diese roten Säulen, die mit ihrer unruhigen Zeichnung wie Flammen wirken.

Auch die transparent wirkenden Fresken im Deckengewölbe stammen vom Maler des Hochaltarbildes und zeigen die Geschichte des hl. Emmeram in ebenso ausdrucksvollen Bildern. Die Figuren haben den Schwung und die Sinnlichkeit des Barocks ohne dessen übersteigerte Theatralik. Zu Isidors Entzücken hat der Maler die Geschichte in einem imaginären Bodering angesiedelt, obwohl sie sich eigentlich südlich der Donau abgespielt hat.

Der heilige Emmeram war ein Regensburger Bischof und Missionar des 7. Jahrhunderts. Auf einer Pilgerreise nach Rom traf er in München die Herzogstochter Uta, die unehelich schwanger war und ihm ihre Not beichtete. Emmeram erlaubte ihr, einige Tage nach seiner Abreise ihn als Kindsvater auszugeben, um ihren Geliebten zu retten; er dachte, er würde zum Zeitpunkt des Geständnisses schon außer Landes sein. Utas Bruder aber holte ihn bei Bad Aibling ein, ließ ihn an eine Leiter binden, blenden und ihm Hände und Füße abhauen. Da Emmeram sich vorher einem Mitbruder anvertraut hatte und außerdem sein Leichnam wundersam zu leuchten begann, erkannte der Herzog, daß ein Unschuldiger getötet worden war.

Am Bild des Martyriums fällt auf, daß das Gesicht

des hl. Emmeram dem des Erzengels Gabriel ähnelt. Von der Leiter aus, während Blut aus seinen Waden sprudelt, blickt Emmeram beruhigend auf die arme Uta, die den Blick dankbar und unsicher erwidert. Uta ähnelt der Jungfrau Maria aus dem Hochaltar. Der Henker hält zwar schon den Dolch zur Blendung gezückt, zögert aber und sieht eher unbehaglich auf den jungen Adligen, dessen Kleidung der eines Boderinger Forstmeisters ähnelt.

Die übrigen Fresken im Langhaus zeigen: Bodering im Sturzregen, während der Leichnam des Heiligen auf ein Schiff getragen wird (der Legende nach beendete das Martyrium eine 40tägige Dürreperiode). Die römische Mauer, vor der Emmeram in Regensburg bestattet lag, im Schneesturm, Uta kniet am Grab. Eine alte Frau hinter ihr, offenbar von Emmeram geheilt, wirft die Krücken beiseite. Dann: Die Erhebung der Gebeine des Heiligen durch Bischof Gaubald im 8. Jahrhundert: noch einmal Bodering, diesmal im Frühling, Schnee auf den Fichten des Grammerbergs, die blanke Kappe des Schattenbergs von zartem Grün überzogen. Hinten links die Kirche St. Emmeram, in voller Barockpracht ins 8. Jahrhundert versetzt: weiß mit gelb abgesetzten Ornamenten, ein eleganter Turm mit achteckigem Glockengeschoß und Schindelhaube. Das Chorgewölbe schließlich zeigt des Heiligen Verklärung: Engel tragen ihn zwischen weißen Wölkchen hindurch gen Himmel.

Isidor feiert die heilige Messe überall gern, am liebsten aber in dieser Kirche. Ihn stimuliert die Vorstellung des freundlichen Engels vom Hochaltar, der mit erhobenem Lilienstab über der unschuldigen Maria schwebt, während links und rechts von ihnen die roten Marmorsäulen flackern. Der Augenblick ist ebenso intim wie feierlich und bedeutet, daß Maria den Schmerz, der dieser Begegnung folgt, nie bereuen wird. Ihr Sohn wird sterben, aber wieder auferstehen;

und Isidor im feierlichen Meßgewand, nur ein paar Meter vor dem Altar stehend und durch eine dezente Beleuchtung mit ihm verbunden, wird dabei helfen. Marias Zuversicht tröstet ihn, aber auch er tröstet Maria. Er hat in seinem Leben an vielem gezweifelt, aber nie an der Heiligkeit dieser Handlung. Sie ist schwer zu begreifen, aber er spürt sie geradezu körperlich, im Herzen, in den Augen, in seiner Stimme, die bei der Lesung der heiligen Worte einen besonderen Klang gewinnt.

Der Kirche gilt Isidors erster Blick aus dem Fenster, jeden Morgen.

Heute wirbelt Schnee um den Turm, während sich langsam die blaue Dämmerung hebt. Im Hof kratzt Nachbarin Liesl mit der Schneeschaufel. Als die Glocke halb neun schlägt, legt sich ein leichter Widerschein von Morgenrot auf St. Emmeram.

Der Tag verläuft undramatisch. Es gibt nur wenige Termine: Um neun in der Dreifaltigkeitskirche Treffen mit dem evangelischen Kollegen zur Vorbereitung des ökumenischen Silvestergottesdienstes. Halb elf Erstbeichte der Erstkommunikanten in Bodering. Nachmittags um vier Schülergottesdienst in Zwam mit anschließender Krippenspiel-Probe. Um halb sieben ist er fertig. Den letzten Termin – eine kurze Besprechung mit Feuerwehrhauptmann Bertl Rupp, der das Licht von Bethlehem im Weihnachtsgottesdienst überbringen wird – erledigt Isidor zu Fuß, damit er auch mal an die frische Luft kommt. Es ist eine halbe Stunde zu gehen.

Bei Rupp geschieht dann noch etwas Unerwartetes: Christine, die Pfarrsekretärin, ruft an und bittet um eine Woche Urlaub, weil ihr Bruder erkrankt sei. Daß sie Isidor hinterhertelefoniert, um ihn das zu fragen, ist nicht ungewöhnlich: Sie liebt dramatische Aktionen.

Natürlich gibt Isidor ihr frei. Aber ein bißchen bedauert er es. Am Weihnachtsabend hätte der Bruder zu Besuch kommen sollen, und auch Isidor wäre eingeladen gewesen. Christel kocht sehr gut, und die Gegenwart des Bruders wirkt beruhigend auf sie. Es wäre schön gewesen.

Christine ist fünfzig, Witwe, starke Raucherin. Ihr Bruder Anselm ist im gleichen Alter wie Isidor und ebenfalls Pfarrer, ein untersetzter Mann mit stahlblauen Augen und kräftigem Händedruck. Weil er vierzig Kilometer von Bodering entfernt lebt, kommt er nur ein- bis zweimal im Jahr, jeweils abends nach hohen Festtagen. Dann betet er und singt Marienlieder mit einer tragenden, charaktervollen Tenorstimme. Isidor schätzt ihn als uneitlen, frommen Kollegen und bedauerte manchmal sogar, ihn nicht zum Nachbarn zu haben.

Aber dieser Anselm ist seit längerer Zeit nicht gesund. Christine hat schon öfter davon gesprochen: Er sei immer müde, komme morgens schwer aus dem Bett, das Herz tue ihm weh. Jetzt habe sich das zugespitzt, und Christine ist sehr aufgeregt. Nein, sie wisse nicht, was es sei. Arzt? Habe er nicht besucht, er wolle es nicht abklären, er könne jetzt seine Gemeinde nicht im Stich lassen. Mit der Arbeit gehe es noch irgendwie. Der Anselm sei halt so – traurig, sagt sie, deshalb wolle sie ihm beistehen. »W-wünscht er das?« fragt Isidor. – »Ja«, sagt sie mit bebender Stimme.

Kurz besprechen sie miteinander die Maßnahmen. Christine, die sehr zuverlässig ist, wird einen Zettel an die Tür zum Pfarrbüro heften, auf dem sie alles erklärt, und falls jemand noch eine Messe bestellen will, kann er das schriftlich tun; Formulare und Umschläge liegen bereit, das Geld (zehn Euro mit, fünf Euro ohne Orgel) muß er eben passend bereitlegen, ein Briefkasten hängt an der Tür. Zwei halbe Tage die Woche wird Isidor es ohne Sekretärin schaffen. Christine tut ihm leid. Sie hat im Leben wenig Glück gehabt. Der Bruder ist sehr wichtig für sie, und anscheinend ist sie auch wich-

tig für ihn, aber zu sich will er sie nicht holen. Es muß
ihm schlecht gehen, wenn er sie für eine ganze Woche
kommen läßt.

Um halb neun Uhr, nach einer Suppe von Frau
Rupp, macht Isidor sich auf den Heimweg.

Was mag Anselm fehlen? fragt er sich, während er
durch die Kälte stapft, die prickelnde Frostluft tief ein-
atmend. Ist er traurig wegen seiner Krankheit oder
krank wegen seiner Traurigkeit? Im letzteren Fall wär's
ein Glück, daß Anselm nicht in der Nähe lebt, denkt
Isidor mit schlechtem Gewissen. Am Ende müßt ich
noch für ihn einspringen.

Der Nachteil freilich ist, daß Isidor den Weihnachtsabend allein verbringen wird.

FEHLER

Den Kreis des Himmels umschritt ich allein,
in der Tiefe des Abgrunds ging ich umher.
(Sir 25,4)

Auf dem Heimweg wählt er eine Abkürzung, am
Sportplatz vorbei. Es ist eine fast traumhafte Stimmung,
heller Mondschein, einzelne, große Schneeflocken in
der kalten Luft, der tiefe Schnee verschluckt jeden
Schritt.

Beim Sportplatz Lärm: Im Schießstandschuppen
wird gefeiert. Die Fenster sind erleuchtet, man sieht
Männer in Bewegung. Als Isidor sich nähert, hört er
ein Krachen; die Holzwände beben, als flöge jemand
dagegen.

Dann springt die Tür auf, und aus dem erleuchteten
Raum taumelt ein Mann. Sein Oberkörper wird vom eigenen Gewicht waagerecht nach vorn gezogen, die Beine stolpern seinem Schwerpunkt hinterher. Der Mann

folgt seinen ausgestreckten Armen auf eine Buche zu, die fünf Meter entfernt steht. Die Tür fällt ins Schloß und wird wieder aufgerissen, aufgesprengt geradezu; ein zweiter Mann folgt, der dem ersten sehr ähnlich sieht. Ihre glasigen Augen treffen gleichzeitig Isidor, der erschrickt; dann stürzen sie in einer orangen Lichtbahn, die von torkelnden Schatten unterbrochen wird, auf die Buche zu. »Halt!« ruft Isidor laut, »paßts auf!« Er ist wirklich erschrocken. Er will natürlich die beiden Männer retten, weil er immer alle retten will, außerdem aber glaubt er, sie erkannt zu haben, und sie erinnern ihn an einen seiner ärgsten Fehler.

Wenn Isidor Bilanz über seine geistlichen und sozialen Leistungen ziehen will, tut er sich immer schwer. Auch nach sorgfältiger Prüfung trifft er selten auf eindeutige Ergebnisse. Seine Fehler aber stehen, wenn er sie in Gedanken auch nur versehentlich streift, immer gleich bildfüllend vor ihm, kompakt wie Soldaten. Auch jetzt, in diesen wenigen Sekunden angesichts der auf den Baum zustolpernden Burschen, ist die ganze Reihe erbarmungslos wieder da. Isidor glaubt zum Beispiel, daß er mit schuld am Tod seines leiblichen Bruders war. Und: Als Student hat er seinen besten Freund beleidigt, bewußt und mutwillig, ohne jeden vernünftigen Grund. Weiter: Er hätte einmal beinah im Beichtgespräch einer Frau einen unsittlichen Antrag gemacht (das, immerhin, war auch in Gedanken nicht annähernd so brutal, wie Isidor es hier vor sich formuliert; Isidor neigt dazu, bei seinen Selbstanklagen zu übertreiben, weil ihm das ein Gefühl von Vorsprung verschafft). Weiter: Eine Zeit lang, bis vor etwa sieben Jahren, hat Isidor wesentlich zu viel getrunken, was weitere Fehler nach sich zog. Und so fort. Jetzt erinnern ihn diese beiden Männer jäh an ein weiteres Versagen.

Und zwar hatte Isidor vor Jahren, als er an der Dambacher Berufsschule unterrichtete, zwei Schüler, die in seinen Religionsstunden fast ununterbrochen husteten. Zuerst hielt er es für Absicht, dann stellte er fest, sie waren wirklich erkältet, aber warum konnten sie nicht besser auf sich achtgeben? Es waren zwei Brüder, im Alter nur ein Jahr auseinander, die Fliesenleger werden wollten; sie waren immer zusammen. Isidor sah sie nur gelegentlich im Blockunterricht, aber sie husteten im Herbst, sie husteten im Winter und husteten im Frühjahr, sie husteten sogar im Sommer. Wahrscheinlich steckten sie sich unaufhörlich gegenseitig an, jedenfalls gingen sie ihm ziemlich auf die Nerven, wie sie da in der letzten Reihe vor sich hinröhrten. Einmal – Isidor sprach gerade über die Reisen des Paulus – fing der eine auch noch an zu schnarchen. Die ständig murmelnde Klasse verstummte und lauschte fast andächtig, dann johlte sie. Isidor, dem keiner mehr zuhörte, warf ein Stück Kreide nach dem Schnarcher und traf ihn mitten auf die Stirn. Es war ein harter Schuß. Der Bursche fuhr zusammen, schüttelte den Kopf und taumelte fluchend hinaus. Sein Bruder stürzte mit einem Schrei hinterher, wobei er Isidor beinah noch angerempelt hätte, ebenfalls fluchend in einem seltsamen Jammerton. Eigentlich hätte Isidor merken müssen, daß hier etwas Besonderes vorlag. Damals aber erteilte er beiden Brüdern einen strengen Verweis. Ein Kollege versuchte, ihn milde zu stimmen, weil beide Buben schon aus anderen Gründen verwarnt worden waren. Isidor antwortete, er v-verzeihe viel, aber irgendeine Grenze an P-provokation müsse schließlich gelten. Der ältere Bruder mußte das Jahr wiederholen; im Disziplinarausschuß sprach sich Isidor nicht mehr gegen ihn aus, allerdings auch nicht für ihn. Das Problem war, daß die beiden kein Vertrauen zu ihm hatten. Er hatte sich ihr Vertrauen nicht verdient.

Viel später erfuhr er, daß beide Brüder wohnsitzlos waren: Als der eine vierzehn, der andere dreizehn war,

starb ihr Vater, und die Mutter nahm einen anderen
Mann mit drei kleinen Kindern in die enge Wohnung,
so daß kein Platz mehr für sie war. Ihr Vater, der das
möglicherweise vorhersah, hatte ihnen auf dem Totenbett die Instruktion gegeben, erstens unbedingt eine
Ausbildung zu machen und zweitens fest zusammen-
zuhalten. Also begannen sie ihre Lehre, ohne zu wissen, wo sie nachts ihr Haupt betten sollten. Zuerst
schliefen sie im Wald in einem Zelt, dann in einer leer-
stehenden Scheune. Sie fanden einen Trick, durchs
Fenster in die Garderoben am Sportplatz einzudringen
und dort zu duschen, im Winter auch gelegentlich zu
übernachten. Aus irgendeinem Grund waren sie überzeugt, daß sie ihre Lehrstelle verlieren würden, wenn
das herauskam. Um sich nicht zu verplappern, mieden
sie die Gesellschaft der Kollegen. Erst als beide ihren
Gesellenbrief hatten, erzählten sie alles einem Lehrer
ihres Vertrauens, den sie zufällig auf der Straße trafen.
Sie luden ihn sogar zum Kaffeetrinken nach Hause ein.
Inzwischen bewohnten sie zusammen ein Einzim-
merappartement mit zwei Matratzen auf dem Boden
und kaum Möbeln. Aber sehr ordentlich, hat der Lehrer später Isidor erzählt. Und im peinlich sauberen,
frisch gekachelten Bad lagen nebeneinander wie Tro-
phäen zwei Rasierapparate, obwohl beiden Buben noch
kaum Bärte wuchsen.

Isidor ist die Geschichte nahegegangen. Wann immer er jemanden aus dieser Klasse traf, hat er sich nach
dem Schicksal der Brüder erkundigt, die inzwischen in
Deggendorf leben. Dem Vernehmen nach schienen sie
sich normal zu entwickeln; aber gesehen hat er keinen
von ihnen mehr. Nun glaubt er sie in den beiden Be-
soffenen zu erkennen und wird von tiefem Bedauern
gepackt. Fast ein Viertel der Buben, an deren Erziehung
er beteiligt war, säuft, das ist bitter genug; aber diese
beiden, hat Isidor sich immer gewünscht, diese beiden
bitte ausnahmsweise nicht. Die waren so tapfer, daß sie

es hätten schaffen müssen; zumindest dann, wenn er sie beschützt hätte.

Er nähert sich langsam. Sie stieren ihm entgegen. Jetzt fällt das Licht aus der Hütte auch auf ihn. Sie kennen ihn nicht. Auch er kennt sie nicht. Er sieht sie deutlich, weil sie sich aneinander aufrichten und so stehen bleiben, schwankend zwar, aber einigermaßen stabil gegeneinander gestützt. Keiner ähnelt den beiden Brüdern. Sie sind es nicht! Es ist zwar immer noch schlimm, daß sie sich kurz vor Weihnachten ohne Not so zusaufen; aber der andere Fall wäre noch schlimmer gewesen, zumindest für Isidor, der hier auch mal an sich selber denken darf.

»Geh wos wuistn, du Arsch?« lallt einer der beiden.

»Rennts euch net die Köpf' ein«, sagt Isidor und setzt erleichtert seinen Weg fort.

Entwicklung

Ihr werdet hinausgehen und Freudensprünge machen wie Kälber, die aus dem Stall kommen, spricht der Herr der Heere.
(Mal 3,20)

Von seinem ersten Tag im Benediktinerinternat sind Isidor nur wenige Details in Erinnerung geblieben: die Begrüßung durch den Pater Direktor, der Raum mit den Spinden, der Schlafsaal mit vierzig Betten, durch dessen Mitte ein meterlanger metallener Waschtrog ging, der Arbeitsraum mit kleinen Tischen und Schubladen für Bücher und Hefte, die Kapelle, der Eßsaal. Seine Mutter schenkte ihm eine Tafel Schokolade und reiste ab. Später stand er etwas verloren vor einer verschlossenen Tür, womöglich der des Speisesaals. Auf einmal fühlte er einen Stoß in die Kniekehle. Er fuhr herum und sah in die vor Haß glühenden Augen eines Buben, den er nicht kannte. Er wußte nicht, wodurch er sich diesen Haß zugezogen hatte, aber ein Irrtum war ausgeschlossen: Ohne Umschweife stieß ihm der nun die rechte Faust unter den Rippenbogen, so daß Isidor nach Luft rang. An diesem Punkt bricht die Erinnerung ab. Sie setzt erst wieder ein, als Isidor für ein Wochenende nach Hause entlassen wurde. Er dachte: »Schon?« In Wirklichkeit aber waren vier Wochen vergangen. Diese vier Wochen sind nicht in sein Gedächtnis zurückgekehrt.

Dann gewöhnte er sich an das Gymnasium. Er war einer von dreihundert Buben in einem großen, dunklen Kasten, er fiel nicht auf. Der streng geregelte Tagesablauf stillte sein Bedürfnis nach Ordnung. Am liebsten war ihm die stille Beschäftigung im Studiersaal: Er erledigte seine Hausaufgaben in einer Stunde und konnte dann an seinem Platz noch zwei bis drei Stunden Bücher lesen oder träumen, das war wunderbar: zwei Stunden Ruhe und Sicherheit. Er bekam gute Noten und wurde gelobt.

Mehr Schwierigkeiten hatte er außerhalb des Internats. Eines Tages wurde offenbar, daß er nicht schwimmen konnte. Alle Dorfhamer Buben konnten schwimmen, wahrscheinlich hatten sie es von ihren Vätern gelernt; nur Isidor nicht, der seinen Vater fürchtete und mied. Eines Sonntags stieß die Bande beim Stromern auf ein Ruderboot, das im Schilf eines kleinen Sees an einer Kette hing. Sie knackten das Schloß und ruderten auf den See hinaus, und dort sprangen sie ins Wasser und schwammen und warfen in ihrem Übermut auch Isidor, der sich heftig wehrte, über Bord.

Isidor sank durch eine rauschende Wolke aus Luftbläschen; er war so verblüfft, daß er nicht strampelte. An der Wasseroberfläche, die aussah wie eine Decke aus trübem, waberndem Licht, wedelten die schlanken Körper der Buben; weit, zu weit entfernt von ihm stand der Rumpf des Boots. Gleichgültige kleine Fische schwammen vor seinen Augen vorbei. Er dachte: Das also ist der Tod. Dann stieß er, ohne nachzudenken, sich mit den Füßen vom Grund ab (es waren vielleicht anderthalb Meter bis zur Oberfläche), klammerte sich an den Körper eines Schwimmers und wurde an ihn geklammert von den anderen aus dem Wasser gezogen.

Ein weiteres Übel waren vier Klassenkameraden, die nach freien Wochenenden im selben Zug wie Isidor zum Internat fuhren. Sie stiegen in verschiedenen Orten zu und fanden in einem Abteil zusammen. Isidor, der einzige Dorfhamer, suchte sich einen anderen Platz. Dort stellten sie ihn eines Tages, während er seine Hausaufgaben durchsah. Sie schnappten sich sein Lateinheft, verglichen seine Lösungen mit ihren und schrieben sie ab, denn Isidor war einer der besten Lateinschüler. Immerhin gaben sie ihm das Heft mit Dank zurück. Auf der nächsten Fahrt aber forderten sie, er selbst müsse »Da-da-danke!« sagen, bevor er das Heft zurückbekam. Isidor sagte: »Danke.« – »Nein«, lachten sie, »da-da-danke! hoaßt dös.« Auf der übernächsten Fahrt stürzten sie auf ihn zu, schrieen: »Isi, Heft her!«, und schließlich rissen sie all seine Hefte aus dem Ranzen, ohne zu fragen. Zu Hause taten sie keinen Strich mehr, weil sie sich auf Isidor verließen, und je fauler sie wurden, desto unverschämter wurden sie. Isidor machte die Erfahrung, daß der Mißhandelnde dem Mißhandelten niemals verzeiht: Noch der rücksichtsloseste Mensch legt Wert auf die Illusion, im Recht zu sein, und wenn sein Opfer nicht verächtlich ist, muß er es dazu machen. Eines Tages kippten sie den Inhalt seines Ranzens auf den Boden, und Isidor mußte unter den Bänken herumkriechen, um alles wieder aufzusammeln. Er schwieg. Je mehr sie ihn mißhandelten, desto mehr verachtete er sie. Auf der nächsten Fahrt versteckte er das Lateinheft unter seinem Hemd. Im Unterricht mußten die vier lügen, sie hätten ihre Hefte vergessen, und auch Isidor log, um sein Geheimnis zu wahren. Der Lehrer prüfte alle mündlich, und die vier bekamen eine Sechs. Sie waren dumm. Noch drei Mal wiederholte sich das Spiel, dann baten sie Isidor um Hilfe. Isidor fand es schade, daß er sie erst hatte betrügen müssen, um ihren Respekt zu erwerben. Er fragte sich, ob Respekt ohne Betrug überhaupt zu erwerben sei. Aber er genoß den Respekt.

Wer er war, entnahm er vor allem den Bemerkungen anderer, und er registrierte mit einer gewissen Befriedigung, daß ihm fast alle mehr zutrauten als er sich selbst; das galt auch für den Sport, den er haßte. Beim Fußballspielen wurde er, weil er ein breites Kreuz, aber langsame Füße hatte, als Torwart eingeteilt. Wenn die gegnerischen Stürmer mit dem Ball auf ihn zurannten, als wollten sie ihn über den Haufen schießen, war sein erster Impuls *Flucht*. Dann, weil er wußte, daß Flucht nicht in Frage kam, warf er sich in einer Art Todesmut den Angreifern entgegen, um den Winkel zu verkleinern und den Schuß zu behindern. Er fand es jedes Mal grausam und gewöhnte sich nicht daran. Er kassierte auch viele Tore, trotzdem schien es ohne ihn nicht zu gehen. Einmal hörte er den Sportlehrer sagen: »Auf Isidor ist Verlaß«, und obwohl ihn am Anfang der Verdacht quälte, daß das vielleicht ironisch gemeint gewesen war, rief er sich den Satz häufig ins Gedächtnis zurück.

War auf ihn Verlaß? Er war nicht sicher, ob er besser war als die anderen, von denen er überhaupt nichts hielt. Einmal hat er zum Beispiel etwas ganz Schreckliches Pater Maurus angetan. Pater Maurus beaufsichtigte den unteren, Isidors, Schlafsaal. Sein Zimmer grenzte direkt an diesen Saal, damit er sofort zur Stelle sein konnte, wenn etwas war, und natürlich war dauernd was. Aber Pater Maurus war gütig, er verstand die Buben und verzieh ihnen alles, ganz im Gegensatz zu

Pater Martin, der den oberen Schlafsaal mit Schärfe und Strafen kontrollierte. Alle Schüler liebten Pater Maurus, aber sie machten sich auch über ihn lustig. Pater Maurus hatte nämlich ein süßes Geheimnis, das längst keins mehr war: Er aß für sein Leben gern Griesbrei mit Rosinen. Er kochte sich – niemand wußte, woher er die Zutaten bekam – jeden Sonntag auf seinem kleinen Ölofen diesen Griesbrei, und weil er schlecht sah, kleckerte er; Schüler behaupteten, daß sein Ofen, Tisch und Türstock von Griesbrei und Honig buchstäblich klebten. Eines Abends wurde Pater Maurus hinausgerufen; man rief ihn immer exakt während seiner süßen Stunden heraus. Das war an einem milden Sommerabend, draußen war es noch hell, drinnen aber stickig und schwül, sie hatten eine Fliegenplage, und auf einmal begannen die Zöglinge, die das Wochenende im Internat verbringen mußten und sowieso wild, gereizt und angeödet waren, Fliegen zu erschlagen und in Maurus' Griesbrei zu rühren, und Isidor machte mit, ohne zu wissen warum. Die Sache hat ihn so beschämt, daß er sie nicht einmal beichten konnte. Er nahm zwar einen Anlauf, geriet darüber aber so ins Stottern, daß Pater Beda die Geduld verlor und ihn lossprach, bevor auch nur Pater Maurus' Name gefallen war. Isidor träumte noch nächtelang von riesigen zerquetschten Fliegen.

Gelegentlich schrieb ihm seine Mutter. Briefe an die Zöglinge wurden vor dem Mittagessen von den Präfekten ausgeteilt. Die Buben warteten stehend vor ihren Tischen, bis die Präfekten zum erhöhten Präfektentisch gezogen waren. Dann sprachen alle stehend miteinander das Tischgebet, worauf man sich setzte und schweigend aß. Manche Schüler hatten auf ihre Briefe so sehnlich gewartet, daß sie noch vor der Suppe, auf die Gefahr hin, zu kurz zu kommen, die Umschläge aufrissen und lasen. Andere beherrschten sich bis nach der Suppe. Isidor las viel später, im Studien-

60

saal, mit einer Mischung aus Sehnsucht und Verachtung: »Denk an uns Bub wir haben dich trotzdem lieb möge der Heiland dir helfen wie er mir nicht geholfen hat.«

Jedes vierte Wochenende durfte er nach Hause, aber weder dann noch in den Ferien hat er seine Mutter gefragt, was sie mit solchen Worten meine. Er begrüßte sie würdevoll und verzog sich zum Lernen in den ersten Stock ins Austragsstüberl, das nach dem Tod der Großmutter nicht ausgeräumt worden war und immer noch nach Urin roch. Die Fenster waren schmutzig, unter dem Tisch lag Staub in dicken Flocken. Isidor putzte und fegte nicht; er war entschlossen, in diesem Haushalt keinen Handschlag zu tun; er gehörte nicht mehr dazu. »Geh wos lernstn oiwei, wos d' eh scho guade Noten host?« fragte die Mutter beinah scheu, und er gab auf Hochdeutsch zurück: »Ich habe gute Noten, *w-weil* ich lerne!« Weil er nicht gegen das vierte Gebot verstoßen wollte, wahrte er gegen seine Eltern eine gläserne Höflichkeit, aber sein Groll steigerte sich von Tag zu Tag. Er wuchs schnell und litt ununterbrochen an einem Wolfshunger, der zu Hause nie gestillt wurde: Seine Mutter hatte selten was Rechtes zum Essen da, brauchte Stunden zum Kochen, weil sie so konfus war, und ließ vieles anbrennen. Sie war arm, bemerkte er in lichten Augenblicken: Die ganze Familie war arm. Der Vater verdiente wenig, aber als Fleischbeschauer aß er sich auf den Dörfern bei seinen Gastgebern durch, deswegen spürte er es nicht. Nie brachte er seiner Familie auch nur ein Stück Wurst mit. Je dicker er wurde, desto dünner wurde seine Frau. Später hat sie als Putzfrau gearbeitet, aber zu dieser Zeit mußte sie auf Isidors kleinen Bruder aufpassen, und es fehlte an allem. Sie suchte Unterstützung bei Isidor, aber Isidor blieb kalt. Warum half er ihr nicht, wo sie doch angeschlagen war? Isidor war durchdrungen vom Gedanken an Barmherzigkeit, aber zu Hause brachte

er keine auf. Wenn die Mutter einen hysterischen Anfall bekam oder der Vater brüllte, drückte er sich Wachs
in die Ohren.

Auch sein kleiner Bruder Barnabas schrie, wie alle.
Isidor unterstellte ihm, daß er nicht aus Not schrie,
sondern mutwillig: Barnabas hatte es gut. Er war nie
ans Tischbein gebunden und nie mit Schweigen gestraft worden, er war sich seiner Mutter jederzeit gewiß. Nun erhob er auch Anspruch auf Isidor. Er turnte
die Treppe hinauf, riß die Tür auf und brüllte irgendwas. »Bist stad!« fauchte Isidor. Barnabas brüllte noch
lauter. Er war natürlich klein und töricht, aber er hatte
schon begriffen, wenn er lang genug brüllt, kriegt er,
was er will. Isidor lächelte kalt. Er hebelte sich sorgfältig mit einem Bleistift die Wachspfropfen aus den Ohren, um die Rücksichtslosigkeit auf sich wirken zu lassen; dann stand er auf, ging auf Barnabas zu und
schlug ihm, der vor Schreck verstummte, die Lateinfi-
bel auf den Kopf.

Isidor kämpfte still und beharrlich um einen Platz
im Leben. Weil eine Jugend ohne Liebe aber herzzer-
reißend ist, sah er sich plötzlich gar nicht still um die
Liebe von Pfarrer Stettner kämpfen. Er bot sich zum
Beispiel an jedem freien Sonntag als Ministrant an. Er
wollte in der Frühmesse morgens um sechs mit Stettner das lateinische Stufengebet sprechen. Leider wurde er immer gemeinsam mit Huber Sepp, dem Sohn
des Dorfschmieds, eingeteilt, der kein Latein konnte
und den Text plapperte wie ein Papagei. Isidor wurde
immer lauter; er wußte, daß er hätte murmeln sollen,
aber er wollte, daß alle – Stettner, die Gemeinde – hörten, wie flüssig er, der Stotterer, Latein sprach. Je lauter
er wurde, desto leiser wurde Huber Sepp. Die Gemeinde hörte auf, in den Gebetbüchern zu blättern,
und auch die Rosenkränze verstummten. Beim *Suscipiat* verhedderte Sepp sich ohnehin immer, diesmal
aber stieg er ganz aus, und Isidor flötete in die Stille

hinein: »*Suscípiat Dóminus sacrifícium de mánibus tuis/ ad laudem et glóriam nóminis sui,/ ad utilitátem quoque nostram,/ totiúsque Ecclésiae suae sanctae.*«

Er war unbändig stolz. Aber Stettner schnauzte nach der Messe nur: »Ich weiß, daß du's kannst!« und ging. Vor Bitterkeit und Scham brachte Isidor an diesem Tag keinen Bissen mehr herunter. Warum wurde ihm seine Bereitschaft so schlecht vergolten? Drei leidvolle Wochen lang suchte er nach einem erträglichen Sinn in Stettners Reaktion. Er überlegte, daß vielleicht Huber ein Depp sei und deswegen von Stettner unterstützt wurde. Immerhin hatte Stettner gewußt, daß Isidor keine Unterstützung brauchte – »Ich weiß, daß du's kannst!« (Jawohl: »Auf Isidor ist Verlaß!«). Aber die Grobheit schmerzte tief. War nicht auch Jesus manchmal grob gewesen? dachte Isidor dann. Hatte er nicht Petrus angefahren: »*Weiche von mir, Satan!*«, nur weil Petrus ihn bat, sich nicht von den Hohenpriestern umbringen zu lassen? Gerade noch hatte Jesus gesagt: »*Du bist Petrus, und auf diesen Felsen werde ich meine Kirche bauen!*«, und dann das! Hatte Jesus sich also in Petrus getäuscht? Oder war er launisch? Merkte er denn nicht, daß aus Petrus' Worten reine Liebe sprach? Wie konnte Jesus alles verstehen und verzeihen, wenn er nicht mal das verstand und verzieh? Der einzige Mensch, der wirklich alles verstand und verzieh, war Pater Maurus, aber dem hatten sie tote Fliegen in den Griesbrei gerührt, dachte Isidor, nun von seiner eigenen Schlechtigkeit gepeinigt. Er warf sich Hochmut vor, weil er sich mit Petrus verglich und Jesus gegenüber skeptisch war; ihm fiel ein, wie er seinen Bruder Barnabas auf den Kopf geschlagen und seine Mutter im Stich gelassen hatte, und er gestand sich ebenfalls ein, daß er nicht zum Lobe des Herrn, sondern aus Eitelkeit das *Suscipiat* so laut gesprochen hatte. Das Schlimmste aber war: Er würde all das jederzeit wieder tun. (*Ein guter Mensch bringt Gutes hervor, weil er Gutes in sich hat, und ein böser Mensch bringt Böses hervor, weil er Böses in sich hat.)* Deshalb durfte er sich nicht mehr in Gefahr bringen. Nein, er würde nie mehr bei Stettner ministrieren und am besten überhaupt nicht mehr nach Dorfham fahren, beschloß er. Andererseits: Wo sollte er sonst hin?

Er sah den Tatsachen ins Auge: Pfarrer Stettner hatte ihn weggeschickt und aufgegeben. Erst jetzt begriff Isidor die Tragweite des Martyriums Christi, der nach allen auch noch von seinem Vater verlassen worden war. Es war unmenschlich! Isidor würde Christus nicht nachfolgen können, im Tod schon gar nicht, aber auch nicht im Leben. Denn wer war er schon? Christus war immerhin der Sohn Gottes gewesen. Und seine Mutter war die heilige Jungfrau Maria und nicht Rosa Rattenhuber.

Erst jetzt, mit dreizehn Jahren, suchte Isidor Kontakt zu seinen Klassenkameraden. Die erste Phase der Annäherung war jeweils von Spott über sein Stottern geprägt; er ging sie todesmutig an wie die Stürmerangriffe auf sein Tor. Er entwickelte die Taktik, andere zu befragen, um von sich selbst abzulenken. Die Fragen mußten kurz sein, damit möglichst wenig Gelegenheit zum Stottern blieb (Wia moanst dös? Warum? Wo?). Da diese Formeln bald auf neuen Spott stießen, entwarf er längere und differenziertere Fragen. Die lernte er auswendig; keine einfache Aufgabe, da er im Internat nie allein war. Bei schlechtem Wetter, wenn es niemanden sonst nach draußen zog, ging er im hinteren Teil des Hofs auf und ab und übte. Er übte manchmal auch im Stillen. Es half nicht immer, aber er merkte dann zumindest rechtzeitig, ob es sich lohne, überhaupt den Mund aufzumachen.

Nachdem er diese Phase hinter sich gebracht hatte, stellte er fest, daß die Kameraden von ganz anderen Fragen bewegt wurden als er. Ihnen wuchsen Haare unter den Achseln und im Gesicht, sie mußten sich rasieren und wurden darüber ziemlich närrisch. Sie dachten an Frauen! Die ganze Klasse war in zwei Fraktionen gespalten, von denen die eine für Sophia Loren, die andere für Gina Lollobrigida schwärmte. Sie schnitten Fotos aus Illustrierten, sammelten und verglichen, und dieser Streit, ein bißchen scherzhaft, aber auch obsessiv geführt, nahm kein Ende. Isidor, als einer der Jüngsten seiner Klasse, begriff nicht, worüber sich alle so aufregten. Er fand beide Frauen zum Speien.

Not

Glücklich der Mann, der in der Versuchung standhält.
Denn wenn er sich bewährt, wird er den Kranz
des Lebens erhalten, der denen verheißen ist,
die Gott lieben.
(Jak 1,12)

Ein Jahr später fand er aber zumindest Sophia Loren nicht mehr zum Speien, sondern stellte sich vor, wie er sie umarmt. Dabei wurde ihm heiß und so schwindlig, daß er beschloß, die Phantasie nachts fortzusetzen, wenn er lag und nicht umfallen konnte.

Am nächsten Tag hatte er einen schweren Stotteranfall. Sein ganzer Körper zuckte, die Augen traten hervor, er biß sich auf die Zunge, und weil das im Unterricht geschah, kicherten seine Mitschüler, worauf Isidor aus dem Klassenzimmer floh. Nachmittags versuchte er sich zu erinnern, bei welchen Worten das passiert war, und weil er sie nicht fand, nahm er an, der Anfall sei eine Strafe dafür, daß er nachts in Gedanken Sophia Loren umarmt hatte. Er beschloß, nicht mehr an sie zu denken, was einige Wochen lang half. Dann dachte er an nichts anderes mehr. Die Stotteranfälle häuften sich, und mit seiner bisherigen Technik – kurze, einstudierte Sätze, Vermeiden bestimmter Situationen, Themen und Konsonanten – kam er ihnen nicht mehr bei. Kaum hatte er sich angewöhnt, Wörter zu meiden, die mit K, P und T begannen, brachen ihm auch solche mit M, N und D weg; schließlich stolperte er über den Buchstaben G und stellte ganze Sätze von Perfekt auf Imperfekt um, was maniriert klang und zu neuem Spott führte. Zuletzt mißlang auch das. Wenn er aufgerufen wurde, brach ihm der Schweiß aus. Schlimmstenfalls verlor er die Kontrolle über sich so weit, daß er verstummte und hilflos nach Luft rang. Er fühlte sich wie von einem Dämon besessen. Seine Leistungen gingen in den Keller.

Er übte das Sprechen vor dem Spiegel und sah, wie beim Stotteranfall sein Kopf zur Seite flog, wie er keuchte, rot anlief, die Lippen vorstülpte und die Zunge herausstreckte; er stampfte mit dem Fuß und hatte das Bedürfnis, den Spiegel zu zerschlagen. Es war abstoßend und niederschmetternd. Und fast noch grausamer als der Anblick des zuckenden Idioten, der schon beim Gedanken ans Abitur kein Wort mehr herausbrachte, war die Erkenntnis: Keine Frau würde ihn jemals anschauen, geschweige denn mögen. Er gelobte, auf alle Frauen zu verzichten, wenn er nur vom Stottern befreit würde. Freilich war das eine absurde Maßnahme, denn: Wenn er durchfiel und kein Pfarrer wurde, würde ihn wegen des Stotterns keine Frau wollen. Wenn er aber nicht stotterte und das Abitur bestand und Pfarrer würde, durfte er sowieso keine haben, selbst wenn eine ihn wollte. Das Angebot war also nichts wert, und es funktionierte ja auch nicht. Allein die Idee war, zu Ende gedacht, eine Demütigung: Das gewaltigste Opfer, das er anzubieten hatte, war nichts wert.

Was sollte er tun? Als Kind hatte er einmal eine langwierige Halsentzündung gehabt und jeden Tag um Genesung gebetet. Jeden Morgen erwachte er mit

Schluckweh, aber er blieb vertrauensvoll, und als er nach drei Wochen endlich genas, war er sicher, ohne Beten hätte es fünf Wochen gedauert. Jetzt betete er um Befreiung von seiner Schwäche, aber alles wurde nur schlimmer. Auf einmal fand er sich lächerlich, wie er betete und flehte ohne die geringste Antwort. Er redete an eine Wand hin. Entweder war er Gott gleichgültig, oder es gab gar keinen Gott.

Es gab keinen Gott.

Dann wären alle um ihn herum, die Präfekten, Patres, Pfarrer Stettner, im Irrtum. War das möglich – so gescheite Männer? Oder spielten sie ein Spiel und legten alle Leute rein, wie Isidors Mitschüler Benno behauptete? Isidor überprüfte seine Gefühle: Er war nicht aufgeregt, nicht erschrocken, eher erstaunt. Seine Rettung durch Pfarrer Stettner, die ersten frei gesprochenen Bibelworte, die inbrünstigen Kindergebete, das Glück, das er in der heiligen Messe empfand – war das alles Täuschung? Jetzt empfand er Trauer. Aber war Trauer über eine Ent-Täuschung nicht immer noch sinnvoller als andauernde Verlassenheit?

Im übrigen war es egal: Er war sowieso verloren. Er würde sich noch ein bißchen am Gymnasium zu halten versuchen. Mit etwas Glück konnte er die zehnte Klasse schaffen und dann irgendeine Ausbildung im mittleren Verwaltungsdienst machen, möglichst ohne jemals wieder seinen Eltern und Pfarrer Stettner unter die Augen zu treten. Wenn er keine Stelle fand, würde er in die Donau springen, dachte er kühl. Das war zwar eine Todsünde, aber wen kümmerte das? Gott hätte ihn ja retten können, wenn es ihn gab. An Isidor lag es nicht. Er hatte wirklich alles versucht.

Was nun?

Von Frauen dachte er inzwischen schlecht in einer Weise, die ihm selbst übertrieben vorkam. Tags schien ihm, er müßte vor Scham tot umfallen, wenn auch nur der harmloseste Teil von dem, was er sich nachts vorstellte, offenbar würde (er fand es noch peinlicher als das, was er mit den Händen tat).

Er bekam Angst. Ein Klassenausflug – Schwimmen, auch das noch! – war vorgesehen, und als Isidor mit den anderen das Haus verlassen sollte, brach ihm der Schweiß aus, und sein Herz klopfte wie rasend. Er brachte buchstäblich den Fuß nicht über die Schwelle.

Gregor

Das andere Mal brannte die Flamme mit ungewöhnlicher Kraft mitten im Wasser.
(Weish 16,19)

»Wie lautet die Kreiszahl Pi, bis auf fünf Stellen nach dem Komma – Rattenhuber?«

»Dreikomm-maeinsv-viereinsf-fünf-«

»Wir sprechen in ganzen Sätzen.«

(Gerade das hatte Isidor vermeiden wollen – den verfluchten Anfangskonsonanten P, und dann auch noch in Kombination mit i!)

»P—p—p—p—p-i ist... d-d-dreik-k-kom-m-mav-v-v—«

»Jetzt nochmal verständlich!«

»P—p—p—ppp—i ist d-d-d—d—k-k-k——«

»Kann jemand helfen?« fragte Pater Theobald.

Gregor meldete sich. »Der Isidor kann nichts dafür, daß er stottert.«

»Was willst du damit sagen, Brennauer?«

»Daß Sie sich über ihn lustig machen, finde ich unchristlich«, sagte Gregor mühsam.

Alle saßen starr. Nie hatte einer Pater Theobald widersprochen, und dann noch mit diesem Argument. Es war beinah Blasphemie. Es war undenkbar. Wie kam er nur darauf?

Gregor selbst war kreidebleich.

Aber dann geschah ein Wunder: Pater Theobald setzte nach einigen Schrecksekunden den Unterricht fort, als sei nichts geschehen. Auch in den nächsten Tagen kam kein schriftlicher Verweis.

Pater Theobald rief Isidor nie mehr auf.

Gregor wurde damit in Isidors Augen der tapferste Mensch der Welt. Und er selbst, Isidor, faßte Mut, weil der tapferste Mensch der Welt sich für ihn eingesetzt hatte.

Der schöne, mutige, hilfsbereite Gregor war erst in der neunten Klasse zu ihnen gestoßen. Angeblich war er »eingewiesen« worden, nachdem er auf dem humanistischen Gymnasium von Passau seinen Griechischlehrer niedergeschlagen hatte. Isidor hätte darüber gern mehr gewußt, war aber zu schüchtern, um Gregors Freundschaft zu suchen. Dann gewann er sie durch einen Glücksfall, der Gregors Unglück war.

Gregor hatte nämlich einen schweren Unfall. Als er ohne Führerschein mit einem geliehenen Motorroller viel zu schnell über einen Feldweg raste, flog er auf einmal samt Roller durch die Luft, wo Fahrer und Fahrzeug sich trennten, wunderbarerweise, denn der Fahrer stürzte zu Boden, das Fahrzeug aber zerschellte an einem Baum. Erst eine Stunde später fand ein Bauer den Buben, der auf dem Rücken lag bei vollem Bewußtsein, aber ohne Gefühl in den Beinen. Im Krankenhaus nagelten Chirurgen das mehrfach gebrochene Becken zusammen; für das gequetschte Rückenmark konnten sie nichts tun. Monatelang lag Gregor in einer Passauer Klinik und versuchte den Gedanken zu verarbeiten, daß er vielleicht gelähmt bleiben würde.

Eines Sonntagnachmittags besuchte ihn dort Isidor, und der Anblick des blassen Gregor erschütterte ihn so, daß er kein Wort hervorbrachte. Zum ersten Mal in seinem Leben empfand er Mitleid für einen anderen, und dieses Gefühl brachte ihn schlagartig zu sich, vielleicht sogar erst wirklich ins Leben. Während er da wortlos stand, lächelte Gregor ihm aufmunternd zu und erklärte, wahrscheinlich sei seine Gefühllosigkeit ein Glück, denn so spüre er wenigstens das zertrümmerte Becken nicht. In diesem Augenblick betrat Gregors Mutter das Zimmer, und Isidor lernte eine weitere Seite an sich kennen, von der er nichts geahnt hatte.

Gregors Mutter begann nämlich, kaum, daß sie Isidor vorgestellt worden war, laut ihr Schicksal zu beklagen, das ihr die Hilfe ihres Sohnes entrissen habe. Nicht *ihn* beklagte sie, sondern *sich*; nicht *sein* entsetzliches Schicksal, sondern *ihres,* von dem Isidor keine Minute lang bezweifelte, daß es banal war (alle Frauenschicksale waren banal). Er hörte Gregor erstickt rufen: »Mama ... nicht ...!«, fuhr herum und sah Gregors schönes, tapferes Gesicht von Mitleid verzerrt: Gregor, der um sich selbst nicht weinte, kämpfte mit den Tränen wegen *ihr.* Isidor krampfte es das Herz zusammen, er wußte nicht, wohin er schauen sollte, zuckte mit dem Ellbogen und warf dabei die Thermoskanne um, die auf Gregors Nachttisch stand, worauf sich der Kamillentee über Gregors Bett ergoß. Es war keine Absicht gewesen, und Isidor entschuldigte sich sofort heftig, aber er hatte keinen Versuch gemacht, die Kanne aufzufangen, weil er über die Unterbrechung der Szene froh war. Während eine schimpfende Krankenschwester Bettdecke und Matratze neu bezog, mußten Isidor und Gregors Mutter draußen warten; sie setzten sich auf zwei hölzerne Stühle am Ende des Ganges, und dort erzählte Gregors Mutter Isidor unversehens ihr ganzes Leben.

Sie hatte traurige Rehaugen und behandelte ihn wie einen kleinen Priester und dabei seltsamerweise wie einen großen Mann. Isidor geriet in höchste Verlegenheit, denn er sah, daß sie schön war, und fand sie gleichzeitig uralt (sicher schon Vierzig). Um von sich abzulenken, stellte er höfliche Fragen, und zu seiner Bestürzung antwortete sie übergenau.

Kurz gesagt war es so, daß sie entsetzlich unter der notorischen Untreue ihres Mannes litt; Gregor, der einzige Sohn, war ihre letzte Stütze gewesen, und so weiter, und so fort. Die nächste Schicht der Wahrheit offenbarte eine Sünde: Sie selbst hatte diesen Mann ihrer Schwester, mit der er vorher verlobt gewesen war, ausgespannt, und das warf sie sich vor. Es war leicht gewesen, ihn abzuwerben, weil er eben leicht abwerbbar war, während sie gedacht hatte, daß so etwas nur ihr gelingen könnte. Ein paar gute Jahre hatte es gegeben: Er war Geschäftsmann und verdiente gut, und der Inbegriff des Glücks dieser Zeit war gewesen, daß er oben in seinem Büro arbeitete, während sie unten auf dem Sofa liegend in Modezeitschriften blätterte. Dann fühlte sie, wie sie den Mann verlor. Zu der Kränkung, betrogen und verlassen zu werden, kam Existenzangst: Sie hatte ja keinen Beruf. Zweimal versuchte sie sich umzubringen, und zweimal hat der kleine Gregor sie gerettet. Schließlich besann sie sich ihres Glaubens, worauf sie zu wünschen begann, ihr Gregor würde Priester werden, damit ihre Sünde getilgt werde und anderen Frauen kein Schaden entstand.

Isidor hörte von Grauen geschüttelt zu. Natürlich mißbilligte er seinem Katechismuswissen gemäß die Untreue des Gatten, aber er mißtraute auch der Frau, hinter deren Verletztheit er etwas Saugendes, Rücksichtsloses spürte. Er gratulierte Gregor insgeheim zu der Attacke auf den Griechischlehrer, die er ohne weiteres als Befreiungsschlag deutete. Und als er etwas später der Frau zurück ins Krankenzimmer folgte, wobei er sie nebenbei noch körperlich zu ihren Ungunsten mit Sophia Loren verglich, brach er, knapp fünfzehn Jahre alt, ein Verworfener, sogar seiner eigenen Einschätzung nach eine Null, über ihr den Stab. Gregors Mutter aber sagte mit schmelzender Stimme zu ihrem Sohn: »Der Isidor, das ist der Verständigste von euch allen!«

Gregor wurde wie durch ein Wunder gesund. Am Beginn dieser Genesung stand ein Berufungserlebnis: Er träumte, er sei allein in der Wüste, wo Gott zu ihm sagte: »Ich brauche dich!« – »Ja wie denn!« hatte Gregor geschrien und auf seine unbeweglichen Beine gezeigt, worauf er fiebrig, durstig und verzweifelt erwachte und in seiner Verlassenheit schwor: Sollte er je wieder gehen können, würde er Priester werden. Bis dahin hatte er sich nämlich gesträubt. Am nächsten Tag erklopfte der Nervenarzt mit seinem Hämmerchen zum ersten Mal wieder einen Reflex im linken Bein. Am Nachmittag kam ein Freund zu Besuch, der seltsamerweise ein Herrenhuter Losungsbuch bei sich trug, und Gregor las die Tageslosung: »*Ich will meine Hand nicht von dir lassen, bis daß du getan hast, wozu ich dich berufen habe.*«

OFFENE WORTE

Wer darf hinaufziehn zum Berg des Herrn,
wer darf stehn an seiner heiligen Stätte?
(Ps 24,3)

Gregor war es auch, der Isidor mit Pater Ulrich zusammenbrachte.

Pater Ulrich, ein angespannter, asketischer Mann, der an einem, allerdings unauffälligen, nervösen Tick litt, unterrichtete Geschichte, Kunstgeschichte und Philosophie. Er galt als unnahbar, aber Gregor verkündete, daß Pater Ulrich »genial« sei. Keine weitere Begründung. Immerhin: »Er ist bereit, dir Nachhilfeunterricht zu geben«, erfuhr Isidor. Isidor stand in Mathematik, Physik, Chemie und Griechisch auf der Kippe, aber seine Leistungen hatten sich auf niedrigem Niveau stabilisiert. Vielleicht käme er davon? Wozu? Nur nicht nachdenken! Eines Samstagnachmittags, als er sich mit üblen

Phantasien in irgendwelchen Ecken herumdrückte, las Gregor ihn auf und brachte ihn zu Pater Ulrich.

Ein düsteres Zimmer, vollgestellt mit dunkelbraunen verglasten Bücherschränken; nur zwei Stühle. Pater Ulrich setzte Isidor an seinen perfekt aufgeräumten Schreibtisch und ließ ihn in einem Kunstbuch blättern. Der zermürbte Isidor gewann den Bildern tatsächlich etwas ab, doch fragte er sich, was dieser Nachhilfeunterricht sollte, da seine Schwierigkeiten ja anderswo lagen.

»Deine Schwierigkeiten liegen nicht in der Mathematik, sondern im Stottern«, sagte Pater Ulrich. »Du machst dich fertig, weil du glaubst, dich davon befreien zu müssen. Ich sage dir: Du kannst dich nicht befreien, aber das ist nicht so schlimm. Stottern ist schließlich keine Schande. Auch Moses und Paulus haben gestottert. Du kannst lernen, vernünftig damit umzugehen. Der erste Schritt ist, nicht zu verstummen und nicht zu fliehen.«

»N-n-nicht zu v-v-verstummen und n-n-nicht zu f-f-f-fliehen?« fragte Isidor zweifelnd. Schon lange hatte er nicht mehr so viele Wörter hintereinander gesagt. Er schluckte.

In den folgenden Wochen brachte Pater Ulrich ihm bei, langsamer zu sprechen und durch eine Art Dehnung der Anfangskonsonanten das Klackern zu vermeiden. Isidor war manchmal gequält, weil Pater Ulrich gerade auf den gefährlichen Konsonanten herumritt, aber Pater Ulrich sagte: »Die Angst holt dich immer ein, vor ihr kannst du nicht fliehen. Für jeden Konsonanten, den du meidest, rückt ein anderer nach. Mit jedem Konsonanten, den du aussprichst, besiegst du die Angst.« Den schwierigen Wörtern (Rarararattenh-h-h-h-) folgten die schwierigen Sätze. »Es ist nicht wichtig, daß du flüssig sprichst, sondern daß du verständlich zu Ende sprichst. Vor allem: Sieh deinen Gesprächspartner an! Nein, nein. Sieh mich an. Sieh mich an!«

Nach den gefährlichen Sätzen übten sie gefährliche Situationen, zuerst in der Kammer, dann, Monate später, draußen. Wenn sein Kopf nicht zur Seite flog, geriet er auch nicht in Panik, lernte Isidor. Vor allem sah er, daß seine Gesprächspartner keineswegs so höhnisch auf ihn blickten, wie er angenommen hatte. In kritischen Gesprächen stellte er sich vor, er blicke in das aufmerksame, leise zuckende Gesicht von Pater Ulrich. Das beruhigte ihn. Nicht verstummen und nicht fliehen, wiederholte er. Jedes klare Wort, das er hörte und das auszusprechen ihm gelang, erfüllte ihn mit Hoffnung. Und klare Worte fielen nun immer häufiger.

Pater Ulrich redete am liebsten über Kunst und stellte dann Testfragen. Isidor sollte nicht nur wiedergeben, was er gehört hatte, sondern auch nachhaken, hinsehen und, falls vorhanden, eigene Gedanken ausdrücken. Isidor faßte schneller Mut, als er gedacht hatte, und reagierte stark auf Pater Ulrichs Interpretationen. Pater Ulrich zeigte ihm Fotos gotischer Kathedralen und sprach über die Wirkung von Form und Maß. Erst durch Begrenzung werden Dimensionen spürbar, merkte sich Isidor. Der in Höhe und Weite begrenzte Innenraum einer Kathedrale kann größer wirken als der viel höhere und weitere Himmel. Weniges blendet so wie eine weiße Stelle auf einer bemalten Leinwand. Es geht nie um die Optik, sondern immer um die Intention, und die Intention lebt von der Idee. Ähnlich verhält es sich mit dem Menschen: Erst durch eine Idee, die ihn konzentriert und diszipliniert, erfüllt er seine Bestimmung, nicht durch Trägheit und Genuß. Individualität ist zu formendes Material, sonst nichts. Wer ohne Idee lebt, existiert wirkungslos wie eine Amöbe und beleidigt eigentlich Gottes Plan.

»Die Laokoon-Gruppe wirst du nie mehr vergessen, obwohl sicher ist, daß weder Laokoon noch seine Söhne so aussahen, wie der Bildhauer sie geschaffen hat.

Wir wissen nicht mal, ob die Geschichte überhaupt stimmt. Aber die Idee stimmt. Deshalb haben diese drei mehr Wahrhaftigkeit als die meisten Menschen, die du in deinem realen Leben sehen wirst.« Für Isidor klang das abenteuerlich, aber auch verheißungsvoll. Er schloß die Augen und stellte fest, daß er tatsächlich die Gesichter einiger Mitschüler nicht zusammenbrachte. Noch deutlicher als Laokoon allerdings sah er vor sich sämtliche Abbildungen des Autoquartetts.

»Warum ist P-pater Ulrich g-g-genial?« fragte er Gregor.

»Er denkt über vieles ganz anders. Er ist ein Spätberufener ... viel freier!«

Eines Samstagnachmittags besuchten sie Pater Ulrich gemeinsam, und Isidor hörte Gregor überraschend offen mit Pater Ulrich über den Priesterberuf reden; anscheinend setzten sie eine Diskussion fort, die sie vor längerer Zeit begonnen hatten.

Gregors Problem war, daß er immer noch vor Mitleid mit seiner untüchtigen Mutter zerschmolz, während er bereits ahnte, daß er das Temperament seines Vaters geerbt hatte. Er stand zu seinem Wort, aber er fürchtete sich sehr. Pater Ulrich meinte dazu mit einer Deutlichkeit, die Isidor die Sprache verschlug: »Ich werde nicht sagen: Wenn's euch überkommt, denkt an Jesus, dann seid ihr's los. Ihr werdet's nicht los! Ich werde euch auch nicht sagen, die fleischliche Liebe sei des Teufels. Sie ist es nicht! Das Problem ist nicht die fleischliche Liebe, sondern daß sie einen in so klägliche Zusammenhänge reißt. Eine keifende Ehefrau in einer engen Wohung, dumme, wichtigtuerische Schwiegereltern, unberechenbare, vorwurfsvolle, verschwendungssüchtige Kinder – all das ist mit einer geistigen Lebensform unvereinbar!«

Isidor war elektrisiert. Das Problem ist nicht die fleischliche Liebe, sondern daß sie einen in so klägliche Zusammenhänge reißt – als hätte er's geahnt! Vollkommen klar: Er wollte nicht die keifende Ehefrau, sondern die geistige Lebensform.

»Ihr« sagte Pater Ulrich zu Gregor und Isidor in einer unnachahmlich feierlichen Betonung. »Auf irgend etwas müßt ihr verzichten!« Die anderen nannte er »Gescheiterte«. »Eigentlich müßte jeder, der durch unsere Schule geht, Priester werden. Nur ein Drittel schafft es. Aber die, die zu schwach sind, *das* sind unsere Leute! Die behalten ihr Leben lang ein schlechtes Gewissen, und später, als Rechtsanwälte, Ärzte und Professoren, werden sie versuchen, es für uns abzuleisten!«

Isidor, der nie ein Berufungserlebnis gehabt hatte wie Gregor, sondern einfach tat, was von ihm erwartet wurde, fühlte sich geschmeichelt, obwohl er sich ein bißchen wunderte, daß man ihn immer noch auf der Rechnung hatte. Versuchsweise fragte er sich: Was kann eine Kirche leisten, die *mich* braucht? »Die Kirche braucht dich nicht«, sprach Pater Ulrich leichthin, als könne er Gedanken lesen. »Du brauchst sie! Sieh dir das an!« Isidor sah im aufgeschlagen auf dem Tisch liegenden Buch über den venezianischen Markusdom ein farbiges Foto: Aufblick in die Kuppeln und Gewölbe mit dem Pantokrator und den Aposteln und Engeln auf schimmerndem Gold. »Du kannst ein Teil davon werden!« sagte Pater Ulrich. Es klang wie: Dann gehört alles dir.

Pater Ulrich taute nun immer mehr auf. Bei einem anderen Samstagstreffen – ohne Gregor – erzählte er, wie er als junger Mann zu Fuß quer durch Frankreich gepilgert war, um die berühmten romanischen und gotischen Kathedralen zu sehen: Amiens, Laon, Reims, Notre Dame in Paris, Chartres … Er redete von endlosen, staubigen Wegen zwischen Feldern voll schrillender Lerchen, über Hitze und Kälte, bissige Hunde und Mückenstiche, schweren Schlaf in merkwürdigen Herbergen oder unter freiem Himmel in steinigen Gräben, *und dann* zur Belohnung das gewaltige Erlebnis der Kathedralen – das Leuchten des Raums, das Feuer im bunten Glas turmhoher Fenster. Isidor hörte begeistert zu und empfand es als Wunder, daß er dem Schicksal, in Dorfham Kühe zu melken, entronnen war. Er blätterte so versunken in den Büchern, daß er nicht merkte, wie Pater Ulrichs Redestrom verebbte. Dann hörte er den Pater mit weicher Stimme aus der Ecke des Zimmers sagen: »Als Schauender, nicht als Glaubender geht Isidor seinen Weg ...« Isidor kehrte aus dem Reich der Bilder in die Wirklichkeit zurück und wunderte sich zutiefst: über die anerkennende Stimme, darüber, daß Pater Ulrich etwas Persönliches zu ihm sagte, während Isidor selbst sich ihm gegenüber immer nur als Nummer gefühlt hatte; schließlich über die Beobachtung, daß er ein Schauender sei, und dann, daß er auf einem Weg sein sollte – beides war ihm bisher nicht bewußt gewesen. Er wandte sich um. »Als Glaubende, nicht als Sch-schauende ...«, murmelte er fragend, um Pater Ulrich auf den Versprecher aufmerksam zumachen.

»Schauen und Glauben ist kein Gegensatz«, sagte Pater Ulrich. »Denn Gott ist immer in dem, was du siehst. Wenn du ihn darin nicht erkennst, erkennst du ihn nirgends – das, was du siehst, ist das Eigentliche. Näher kannst du der Wahrheit nicht kommen.«

Isidor nickte, obwohl er nicht verstand. Wo blieb da die Idee, von der Pater Ulrich früher immer gesprochen hatte?

»Die gotischen Kathedralen sind die vollendeten Häuser Gottes«, redete Pater Ulrich von seiner Zimmerecke aus, »gültigere sind nicht gebaut worden. Aber sie bedeuten auch eine Grenze. Man ist überwältigt, begeistert und sehnsüchtig angesichts dieser Erhabenheit ... Man schaut und ist immer noch überwältigt, begeistert und sehnsüchtig ... aber was dann? Man hält es nicht aus! Denn sie sind keine Lösung, sondern eine Potenzierung des Rätsels – genau wie Theologie oder Musik, die das Rätsel ebenfalls potenzieren ... aber nicht, um es zu erklären, sondern um seine Aura aus-

77

zukosten, seine Verheißung, seine Gewalt ... Du gehst in die Knie, aber dann wird dir kalt, der Magen knurrt, du sehnst dich nach einer körperlichen Berührung ...« Er stand jetzt neben Isidor und legte ihm seine Rechte auf das Haupt. »Weißt du eigentlich, was das bedeutet, apostolische Sukzession?«

Isidor sagte: »Ich m-m-muß jetzt g-gehn!«

»Ja, natürlich – selbstverständlich –« Pater Ulrich stand schon wieder in der Ecke des Zimmers. »Willst du das Buch mitnehmen? Soll ich es dir leihen?«

Von dieser Wendung erzählte Isidor niemandem. Pater Ulrich lud ihn nicht mehr ein. Viele Jahre später fragte Gregor einmal: »Hat er bei dir auch plötzlich in der Ecke gestanden? Ja, im Bücherregal stand eine Flasche Obstler, hinter der Konkordanz. Da zog er ab und zu einen Schluck. Und dann redete er so interessante Sachen.« Isidor hatte nichts von einer Flasche gesehen und auch keinen Alkoholatem gespürt. Inzwischen dachte er mit Bedauern und Dankbarkeit an Pater Ulrich, der ihm die Augen geöffnet und die Zunge gelöst hatte. Jetzt, wo es zu spät war, suchte Isidor gewissermaßen ein Konzept für Pater Ulrich, fand aber keins. Gelegentlich träumte er von ihm. Er erwachte mit dem Gefühl, daß einer den anderen verraten habe, wobei unklar blieb, wer wen.

Konzept

Der Schlangenbeschwörer hat keinen Vorteil,
wenn die Schlange beißt, bevor er sie beschworen hat.
(Koh 10,11)

Auch heute noch macht Isidor sich für die Menschen, mit denen er zu tun hat, ein Konzept. Er begründet diese Notwendigkeit mit der Vertracktheit der

Menschen und der Kürze des Lebens. Dieses Konzept geht selten auf; aber wehe, wenn er keines hat. Einmal spendete er einer Siebzigjährigen die Krankensalbung und hatte vergessen, daß sie ihn für den Teufel hielt. Er wunderte sich über ihren stechenden Blick, während er sprach: »Durch diese heilige Salbung helfe dir der Herr in seinem reichen Erbarmen, er stehe dir bei mit der Kraft des Heiligen Geistes.« Als er sich vorbeugte, um ihr das Öl auf die Stirn zu tupfen, zerrte sie plötzlich mit kotigen Händen an seiner Stola, und er mußte sie niederringen, um nicht gewürgt zu werden. Natürlich gab er sich selbst die Schuld: Er hätte die Frau wiedererkennen müssen, aber er hatte sich weder bei ihrem Namen noch bei ihrer Adresse etwas gedacht. Verdächtig war auch gewesen, daß sie auf seine Anrede nicht reagierte, als er ins Zimmer trat. Sie lag flach auf dem Rücken mit angelegten Armen wie eine Mumie, rotbraun verkrustete Streifen im geschwollenen Gesicht. Spätestens bei den Striemen hätte er aufmerken müssen: Die Frau hatte ihn vor Jahren gefragt, ob sie vom Teufel besessen sei. Nein, hatte er gesagt, es gibt keinen Teufel. »Und wos is dös?« hatte sie heiser gefragt und auf die Wunden in ihrem Gesicht gezeigt: Sie pflegte sich mit schmutzigen, krallenartigen Fingernägeln Furchen ins Gesicht zu schneiden, weil sie sich aus irgendeinem Grund haßte. Isidor hatte versucht, sie auf Vorgänge in ihrer eigenen Seele aufmerksam zu machen, auf innere Mißverständnisse gewissermaßen, die manchmal ihre Macht verlieren, wenn man ihnen auf die Spur kommt. Aber sie interessierte sich nur für den Teufel. Er fand die Geschichte so abwegig, daß er sie vergaß. Inzwischen spürt er Hustenreiz, wenn er sich erinnert.

Ein anderes Mal wurde er zu einer Wegzehrung gerufen, während er gerade im Ochsenwirt an der Jahreshauptversammlung der Jäger teilnahm. Er saß, als Vertreter der grundbesitzenden Kirche, neben dem

Bürgermeister und aß genußvoll ein Wiener Schnitzel, als ein Angehöriger des Sterbenden ihn ansprach. Isidor brach sofort auf und holte im Pfarrhaus die Versehtasche. Erst als er den Wagen des Angehörigen vor sich schlingern sah, schöpfte er Verdacht: Hatte der Mann nicht schon im Wirtshaus eine Fahne gehabt? Und wie hatte er überhaupt gewußt, wo Isidor anzutreffen war? Später stellte sich heraus, der Mann war aus dem Haus, in dem sein sterbender Vater lag, geflohen und hatte die Skrupel auf der Jägerversammlung mit Alkohol begossen, bis er sich entschloß, Isidor anzusprechen. Isidor hatte ihn im vollen Wirtshaus nur nicht bemerkt. Als er dem Mann in die Wohnung folgte, saß die ganze Familie vorm Fernseher. Nichts war vorbereitet, weder Tisch noch Tuch noch Kerze; der Alte lag tot mit offenen Augen im Nebenzimmer. Isidor erinnerte sich, daß es ein wüster Alter gewesen war, der seine Familie erpreßt und mißhandelt hatte, und die Familie war nach seinem Ebenbild geraten. Sie hatten seinen Tod ersehnt, aber als sie den Vater nun so liegen sahen, erschraken sie doch. Isidor kennt das: Die Leute peinigen einander bis aufs Blut, aber wenn dann nach Jahren und Jahrzehnten dieser gegenseitigen Plage einer stirbt, stehen die anderen vor einem Rätsel und rufen Isidor. Neben dem Sohn, der ihn geholt hatte, waren noch die Schwiegertochter da, zwei weitere Kinder des Verstorbenen mit Gatten und insgesamt fünf Enkel. Isidor betete für den Verstorbenen: »Gott, unser Vater, wir empfehlen dir unseren Bruder Simon Hufnagl. Für ihn ist die Zeit der Pilgerschaft zu Ende. Befreie ihn von allem Bösen, daß er heimkehre in deinen ewigen Frieden ...« Sie standen stumm hinter ihm, und als er geendet hatte und auf das »Amen« wartete, schluchzte die Frau plötzlich auf: »Nur a ganz a kloans Sachl!« Das bezog sich, unschwer zu erraten, auf das Erbe und wurde von wütendem Geknurre des Mannes beantwortet. Als Isidor sich umdrehte, fiel ihm auf, daß die Frau ein Veilchenauge hatte. Der ebenfalls betrunkene älteste Hufnagl-Sohn begann auf ihn einzureden, wohin er den Toten zu schaffen und was er mit ihm anzustellen habe. Isidor erklärte, daß sein Amt ein anderes sei. Der Mann starrte ihn mißtrauisch an wie einen unfähigen Dienstboten, den man nur deshalb nicht rauswirft, weil er nichts kostet. In diesem Augenblick begann die Frau, die anscheinend Valium geschluckt hatte, herumzutorkeln. Isidor kennt auch das. Manche Hinterbliebene betäuben sich, weil sie unter Schock stehen, manche tun es einfach gewohnheitsmäßig bei jeder Mißempfindung, manche, weil sie glauben, sich bei einem Todesfall eben betäuben zu müssen, und wieder andere sogar, weil sie über die Maßen beunruhigt sind, daß sie *nicht* trauern. Isidor war zu müde, um den vorliegenden Fall zu analysieren, aber er bemerkte, daß hier alle einander feind waren, sogar die Kinder – die ganze Familie kochte vor Wut. Nur ihm zollten sie widerwillig Respekt, weil sie glaubten, daß er irgendwie mit dem Jenseits in Verbindung stehe. Er blieb da, um zu verhindern, daß sie übereinander herfielen. Währenddessen dachte er an sein Wiener Schnitzel und haßte sie alle von Herzen. Endlich traf ein Onkel aus Walpertskirchen ein, der die Bande im Griff hatte, und Isidor verabschiedete sich. Er ging hungrig zu Bett.

Isidors Konzept für kritische Situationen besteht also darin, sich Charakter und Schicksal der Leute möglichst genau ins Gedächtnis zu rufen und vorab verschiedene Taktiken zu überlegen. Gelegentlich klappt es: Einmal hat Isidor eine schwer zerstrittene Familie am Bett des sterbenden Vaters versöhnt, indem er genau die richtigen Worte fand und die richtigen Gebete im richtigen Ton sprach. Der Alte war schwierig gewesen, außerdem ein erklärter Kirchenfeind. Aber als Isidor ihn salbte, rollte eine Träne aus seinem Auge, er bat seine Familie um Verzeihung und stimmte zu, das neue, beleidigende Testament zu zerreißen; er starb erleichtert. Die ganze Familie betete, und dann versöhnten sie sich zu Isidors Überraschung augenblicklich, indem sie einander um den Hals fielen und weinten und mit Scham über all das sprachen, was sie einander angetan hatten.

Auch Folgendes gibt es: Ein mittleres Konzept führt zu unerwartet günstigen Ergebnissen, die langfristig aber Schlechteres ergeben, als die beste Vorbereitung hätte vermeiden können. So ist es bei einem Kollegen von Isidor gewesen, dem Pfarrer Hubert Ettenrieder aus Wiesdorf. Isidor kannte Hubert noch vom Priesterseminar und war froh, ihn zum Nachbarn zu bekommen: Hubert war ein praktischer, offenherziger Mann. Als vor dreizehn Jahren ein Wiesdorfer Unternehmer eine große Fernsehschüssel aufbauen wollte, damit alle Haushalte von Wiesdorf Satellitenprogramme empfangen konnten, predigte Hubert gegen den Satelliten und ermutigte die Gemeinde, sich zu widersetzen. Für den Unternehmer (er hätte an der Großschüssel ordentlich verdient) war es eine finanzielle, für Hubert eine moralische Frage. Der Unternehmer verlangte von Hubert, er solle die Satellitenprogramme wenigstens mal anschauen, bevor er seine Gemeinde verrückt mache. Hubert willigte aus taktischen Gründen ein. Der Unternehmer installierte provisorisch für ihn Schüssel, Empfänger und Farbfernseher, und als er ging, sagte er warnend: »Geh, Hochwürden, machst koan Schmarrn!« Hubert lud Isidor zu einem Test-Fernsehabend ein.

Isidor hatte sich seinen ersten Fernseher mit über dreißig Jahren zugelegt und benützte ihn selten, er kam nicht dazu. Hubert aber sah regelmäßig und mit Abscheu. Beide amüsierten sich ein bißchen über den Anlaß ihres Treffens und tranken mehrere Gläser Bier, bevor sie die Kiste einschalteten.

Im ersten Programm lief ein Fußballspiel, das freu-

82

te sie. Sie tranken weiter, kauten Erdnüsse und bestaunten die Farben und das gute Bild. Hubert rühmte, als übe er für eine Predigt, die Frustrationstoleranz der Spieler, den sittlichen Wert der Kameradschaft und den Kampfgeist, der vonnöten sei, um neunzig Minuten lang auf ein Tor einzurennen. Isidor imponierte weniger, wie man kämpft und siegt, als wie man verliert und immer weiter kämpft. Nachdem das Spiel zu Ende war, knipsten sie sich durch die Programme und fanden fast überall Werbung. »Das ist gegen die M-menschenwürde«, sagte Isidor mit schwerer Zunge. Hubert fand schließlich den Deutschen Sportkanal. Dort lief ein Boxkampf.

Sie sahen zwei Boxer mit offenen Mündern durch den Ring taumeln, halb ohnmächtig aneinandergeklammert, mit aufgerissenen Augen, geschwollener Stirn, blutendem Ohr; bei Treffern spritzte der Schweiß, und Tausende Zuschauer brüllten orgiastisch.

Eurosport zeigte ein Catch-Turnier. Ein über zwei Meter großer weißer Fettwanst besiegte einen muskulösen Schwarzen, indem er ihn einfach an sich drückte. Nach zehn Sekunden ließ er ihn zu Boden fallen, und der Schwarze schnappte, auf dem Boden liegend, nach Luft. Während der Ringrichter zählte, trat der Hüne plötzlich dem Liegenden mit aller Kraft auf den Hals. Der kleine Ringrichter stemmte sich vergeblich gegen ihn, der Schwarze zappelte und zuckte, andere Catcher sprangen in den Ring und zerrten an dem Hünen, der Schläge austeilte. Das Publikum raste. Der Kommentator schrie mit überschnappender Stimme: »Das ist ja eine Sensation, liebe Zuschauer, ein so früher Höhepunkt zu einem so frühen Zeitpunkt, schalten Sie nicht aus, gleich geht's weiter, gleich ist Eurosport wieder live dabei bei diesem, das kann ich jetzt schon sagen, SENSATIONELLEN Turnier ...« Werbung.

Hubert: »Da ist nichts aufzuhalten.«

Isidor: »Wir sind v-verloren.«

Sie schalteten aus und tranken wortlos noch ein Bier, dann verabschiedete sich Isidor. Hubert aber testete allein weiter, geriet in ein Tennismatch mit Boris Becker und verfiel augenblicklich der Faszination des Tennissports. Sein Kampf gegen das Satellitenfernsehen war damit beendet. Er bezahlte gegen den Widerstand des Unternehmers die Satellitenanlage, sah möglichst alle Tennisturniere im Fernsehen und nahm wichtige Spiele auf Video auf. Er begann sogar Tennisunterricht zu nehmen und ermunterte Isidor, mitzutun. Zwei Jahre lang nahmen sie gemeinsam Trainerstunden und buchten Urlaube in Tenniscamps, danach konnten sie miteinander spielen. Isidor hatte, wenn er richtig traf, den härteren Schlag, Hubert die schnelleren Beine. Isidor mochte das Tennisspiel, Hubert aber wurde regelrecht süchtig danach, nahm zusätzliche Stunden und zog Isidor sportlich davon, so daß Isidor seinen Partner verlor.

Hubert also hatte mit vierzig Jahren wirklich Seins gefunden, er eilte in jeder freien Minute zum Tennisplatz und trug Tennisschuhe sogar zur Albe in der hl. Messe. Das traurige Ende der unerwartet guten Entwicklung aber war, daß Hubert einige Jahre später auf dem Tennisplatz zu Tode kam: Als er sich nach einem Ball streckte, erlitt er einen Herzinfarkt, hing – das schwören die Wiesbacher – noch etwa zwei Sekunden lang mit ausgestreckten Armen wie ein Gekreuzigter in der Luft und stürzte zu Boden. Seinem letzten Willen entsprechend wurde er in der Kirche aufgebahrt, damit die Wiesbacher von ihm Abschied nehmen konnten. Die Kinder bekamen an dem Tag sogar schulfrei, und weil das Gerücht ging, er werde mit einem Tennisschläger in der Hand begraben, gingen auch wirklich alle hin.

Entscheidung

Die Nacht ist vorgerückt, der Tag ist nahe. Darum
laßt uns ablegen die Werke der Finsternis und anlegen
die Waffen des Lichts.
(Röm 13,12)

Die Abiturienten bezogen Zweierzimmer unterm
Dach. Isidor teilte man als Zimmergenossen Benno zu,
weil Isidor der einzige war, der sich gegen den unver-
träglichen Benno nicht lauthals gesträubt hatte.

Isidors Kapital zu Beginn dieses Abiturjahrs waren
ein paar Sätze über sich, die er aufgeschnappt hatte:
»Auf Isidor ist Verlaß.« – »Ich weiß, daß du's kannst.«
– »Der Isidor, das ist der Verständigste von euch allen.«
– »Isidor ... geht als Schauender, nicht als Glaubender
seinen Weg.« Benno erweiterte die Liste um den Satz:
»Dir trau ich sogar zu, den Antimodernisten-Eid zu
schwören!«, woran Isidor freute, daß Benno ihm überhaupt etwas zutraute, denn Bennos Wort bedeutete
ihm viel.

Benno galt als musikalische Spitzenbegabung und
hatte sich schon mit vierzehn als Klosterorganist eta-
bliert. Wenn er sonntags nach dem Hochamt die Leute hinausspielte, hörte Isidor immer so lang wie möglich zu, weil er sich unter diesen Klängen besonders
gläubig fühlte. Freilich hatte Benno auch Scherze auf
Lager. Zur Kommunion zum Beispiel spielte er vorzugsweise Melodien aus dem Wunschkonzert, das sie
Samstag nachts heimlich im Schlafsaal hörten, wozu
sie den Radiodetektor an einen Heizkörper anschlos-
sen. Die Schüler feixten, wenn sie am anderen Morgen
zur Kommunion »In Hamburg sind die Nächte lang«
hörten; die Patres merkten nichts. Ein weiterer Scherz
war, daß Benno, wann immer der weltliche Musiklehrer nicht da war, sonntags zur Abendmesse die Lieder
bis zu einer Quart höher spielte, damit die älteren

Schüler ordentlich grölen mußten. Ab der sechsten Klasse bekamen sie nämlich Sonntag abends Bier und waren enthemmt; die hohe Lage zwang sie zu drücken, und Benno amüsierte sich noch stundenlang über die plötzliche Dominanz der mutierten Stimmen über die Knabensoprane.

Die Schnelligkeit, mit der Benno zwischen Leichtfertigkeit und Ergriffenheit hin- und herwechselte, befremdete Isidor, bis er beschloß, Bennos unverschämte Seite zu ignorieren. Manche Entwicklung gab ihm recht. Als Benno die Musik von Bruckner kennenlernte, wurde er ernst; er blieb wochenlang unansprechbar und übte an der Orgel bis zum Delirium. Einmal gab er ein Bruckner-Konzert, nach dem wirklich alle Schüler, kaum aus den engen Kirchenbänken heraus, im Mittelgang auf die Knie sanken. Benno hatte sie umgeblasen. Danach stieg der Organist linkisch und grimassierend von der Empore und beleidigte alle, die in seine Nähe kamen.

Benno interessierte sich für Isidor deswegen, weil Isidor seit dem Stimmbruch eine kräftige, brauchbar timbrierte Baritonstimme entwickelt hatte und Benno ein Gesangsensemble gründen wollte. »Wo Isidor in seiner Qual verstummt, gab Gott ihm eine schöne Stimme, Sein Lob zu singen!« spottete er. Isidor übte tatsächlich mit Hingabe, weil er sich beim Singen Gott näher fühlte. Benno bemerkte überrascht: »Du glaubst ja, was du singst!« Er fügte hinzu: »Wie sich das fürs musikalische Fußvolk gehört.« Pause. »Und fürs Fußvolk überhaupt.« Isidor hätte beleidigt sein können, war es aber nicht. Die Musik galt ihm inzwischen als wahrer Gottesbeweis, und Benno, ihrem Boten, verzieh er fast alles.

Zum Dank nahm Benno ihn mit auf seine Ausflüge in die Stadt. Benno besaß einen Schlüssel zur Orgelempore, von der eine Wendeltreppe hinunter in die Kirche führte, und durch die Kirchentür entwichen sie

86

in die Welt, was in der Regel Eisdiele bedeutete oder die Samstagnachmittagsvorstellung im Kino. Gelegentlich bekam Benno mit Begleitung offiziell Ausgang, um nach Passau ins Konzert zu fahren, und weil er von Haus aus wohlhabend war, lud er Isidor anschließend ins Wirtshaus ein. Dort traktierte er ihn mit Schweinebraten und Bier, bis Isidor sich übergab, und sprach Dinge aus, die Isidor nicht mal zu denken wagte. Isidor, der dazu neigte, Bennos musikalische Autorität auf alle anderen Bereiche zu übertragen, lauschte fasziniert. Als Benno erklärte, der Apostel Paulus mit seinen Drohungen, Schmeicheleien und haltlosen Behauptungen sei ein größenwahnsinniger Demagoge gewesen und eigentlich ein Fall für die Psychiatrie, erschrak Isidor zwar etwas. Aber er widersprach nicht.

Isidor hatte eine besondere Technik entwickelt: Er holte sich seine Kraft für ein Gefühl aus der vollkommenen Hingabe an das entgegengesetzte Gefühl. Er konfrontierte sich so hart mit seiner Unfähigkeit, bis er sich auf seine Fähigkeiten besann. Er wälzte sich so tief in seiner Ohnmacht, bis seine Neugier erwachte. Er entwickelte Mut aus Furcht und sogar, mit Mühe, ein bißchen Anerkennung aus Haß und Neid. Er registrierte so viele Widersprüche in Bibel und Liturgie, bis er sich für ungläubig hielt, um zu bemerken, daß etwas in ihm unbeeindruckt weiterglaubte. Es war eine im Prinzip sinnvolle, nur in der Praxis etwas aufwendige Methode, da Isidor immer wieder abstürzte und viel Kraft unter dem Zwang verlor, ständig die Positionen einzureißen, die er gestern aufgerichtet hatte, und umgekehrt. Immerhin stellte er fest, daß er beim Errichten der Positionen allmählich höher hinaufgelangte, während er nach dem Abräumen immer das gleiche öde Trümmerfeld sah.

Gregor, den sie schon damals begannen, den Großartigen zu nennen, weil er nicht nur wußte, was für jeden das Beste war, sondern dieses Wissen auch immer besonders wirkungsvoll kundtat, Gregor also legte ihm einen Band mit philosophischen Texten vor und sagte: »Lies das hier! Nur das Kapitel Plotin – das andere kannst vergessen, das verstehst eh nicht.« Isidor las die Worte Plotins, des heidnischen Philosophen aus dem dritten Jahrhundert: »Was war es doch, was die Seelen veranlaßte, Gottes, ihres Vaters, zu vergessen und ihn, an dem sie Anteil haben und dem sie ganz angehören, und mit ihm sich selbst nicht mehr zu kennen? Der Anfang des Unheils war für sie die Überhebung und der Werdedrang und der erste Zwiespalt und der Wille, sich selber anzugehören. Und indem sie ihre Lust hatten an dieser Eigenmächtigkeit und sich immer mehr dem selbstischen Triebe hingaben, liefen sie den entgegengesetzten Weg, machten den Abfall immer größer und vergaßen, daß sie selbst von dorther stammen ...«

Genau.

Klassenkamerad Franz schenkte ihm mit liebender Gebärde zum Geburtstag einen Band Hölderlin – einen Leinenband mit Golddruck, ein unerwartet kostbares Geschenk, das Isidor verwirrt und andächtig entgegennahm. »Denn sind nur reinen Herzens, / Wie Kinder, wir, sind schuldlos unsere Hände, / Des Vaters Strahl, der reine, versengt es nicht / und tieferschüttert, eines Gottes Leiden / Mitleidend, bleibt das ewige Herz doch fest«, las er. Kloß im Hals. »Ach! der Menge gefällt, was auf dem Marktplatz taugt, / Und es ehret der Knecht nur den Gewaltsamen; / An das Göttliche glauben / Die allein, die es selber sind.«

Ja.

Isidor mißtraute fast allen Menschen: den Eltern, den Frauen sowieso, den Mitschülern, den Patres, sogar ein bißchen Pfarrer Stettner. Künstlern aber mißtraute er nie. Benno fragte: »Was zierst du dich eigentlich? Der Liebe des Herrn entkommst du nicht!«, und Isidor fragte sich: Warum lacht er? Er hat ja recht!

Im Abiturjahr spürte Isidor fast körperlich, wie die

Zuversicht in ihm wuchs. Er, der jahrelang abgewartet hatte, sehnte sich plötzlich nach dem Pathos der Entscheidung. Erzwungener Verzicht mag das Resultat einer Niederlage sein, dachte er. Freiwilliger Verzicht aber kann doch auch Macht bedeuten, oder?

Als er Bennos Einladung zu einer Sauftour ausschlug, knurrte Benno: »Hätt ich mir denken können! Wir alle sind hier verdorben worden, und du verläßt das Haus als *anima candida*!« Isidor dachte: Wenn du wüßtest!, sagte aber nichts, weil er merkte, daß Benno beeindruckt war.

Benno beeindruckte durch Kühnheit und Talent, Isidor durch Gehorsam und Verzicht, na gut, ein bißchen traurig war's schon. Aber Isidor fing ja gerade erst an. Warum sollte es ihm nicht gelingen, sich selbst und die Banalität seines Lebens zu überwinden? Man muß ja an einer schweren Aufgabe nicht unbedingt scheitern! Man kann auch an ihr wachsen, höher, als man es sich jemals träumen ließ.

Kapitel Drei

Bischof:
**Christus, unser Hohepriester,
hat sich um unseretwillen dem Vater
dargebracht.
Seid ihr bereit, euch Christus, dem Herrn,
von Tag zu Tag enger zu verbinden und so
zum Heil der Menschen für Gott zu leben?**

Weihekandidaten:
Mit Gottes Hilfe bin ich bereit.

Aus der Liturgie der Priesterweihe,
herausgegeben von den Liturgischen Instituten
Salzburg, Trier und Zürich

Höher

Man kann auch nicht sagen: Seht, hier ist es!, oder:
Dort ist es! Denn: Das Reich Gottes ist (schon) mitten
unter euch.
(Lk 17,21)

Fünf Termine: 11:00 Gespräch mit Michael Dold,
16.00 Andacht in der Dreifaltigkeitskirche, anschließend dort 17:00-18:00 Beicht- und Gesprächsmöglichkeit, 19:00 Bußgottesdienst in St. Emmeram, 20:00
Adventsingen.

Um halb neun unerwartet ein Anruf des Bestat-
tungsunternehmers Pongratz: »Sie, die Urna is fei do,
von dem Herrn Sattler. Is do a bißl schnell kemma –
pressiert ja nimmer so, Urna – do is jo scho ois
g'schehn!«

Herr Sattler ist beim Überwintern auf La Palma gestorben, und es hatte noch keinen Bestattungstermin
gegeben. Pongratz schlägt nun Donnerstag, den 10. Ja-
nuar, zehn Uhr vor. Isidor muß dafür einen Termin
umlegen, akzeptiert aber, da er gegen Pongratz sowieso machtlos ist: Pongratz arbeitet für alle Dörfer im
Umkreis Dambach und kombiniert die Schichten seiner 320-Euro-Kräfte so, daß möglichst wenig Lohn-
und Fahrtkosten anfallen; die Pfarrer haben sich darauf
einzustellen. Isidor wundert sich nur, daß Pongratz
sich ausgerechnet jetzt, vier Tage vor Weihnachten,
wegen dem Herrn Sattler meldet. »Ah dös wissn S' no
net! Die Frau Rauch is heit g'storben, im Maria-Mag-
dalena-Krankenhaus!« Ihm liege daran, daß man die
Frau Rauch am gleichen Tag wie den Herrn Sattler be-
erdige, zum Beispiel um zwölf Uhr. Ebenfalls eine Ur-

nenbestattung, die Verwandten hätten darauf bestanden und in den Termin schon eingewilligt.

Frau Rauch war achtzig Jahre alt, Schilddrüsenkrebs, unverheiratet, in Bodering weder Freunde noch Verwandte. Sie hinterläßt ihrem einzigen Neffen, der in der Nähe von Passau wohnt, fünfzigtausend Euro.

Eine halbe Stunde später ruft der Neffe an. »Oiso mir ham uns überlegt, am Donnerstag um zwölfe wird's beerdigt, a Stund früher kennt ma do sei, dann kennt ma um hoibe drei wieda fahrn.«

Isidor sagt: Eine Stunde reiche nicht, er müsse nach dem Gespräch ja noch die Trauerrede schreiben, am besten, sie kämen am Abend vorher.

Der Neffe ruft jemandem zu: »Du Li, der schafft's net in oana Stund.« Dann wieder in den Hörer, vorwurfsvoll: »Aber da müaß ma ja a Pension nehma!«

Ja. Genau dazu will er sie zwingen: in Bodering zu sitzen, damit sie wenigstens aus Versehen ein bißchen über ihre Tante nachdenken, um die sie sich nie gekümmert haben.

Isidor hört eine kühle Frauenstimme mit asiatischem Akzent zu dem Neffen sprechen. Dann sagt der Neffe unwillig, er habe wirklich überhaupt keine Zeit, höchstens seine Frau könne er am Vorabend schicken, aber die habe die Tante noch nie gesehen.

Isidor zögert. Er nimmt Trauerreden ernst: Zu Beerdigungen gehen die Leute in sich, viele nur dann, in ihrem ganzen Leben. Angesichts des Todes findet keiner Worte, deshalb brauchen sie Isidor. Isidor versucht, in ihnen ein Gefühl für das Mysterium der Existenz zu wecken, er will im verflossenen Leben die Spuren von Gottes Liebe entdecken und zeigen, daß diese Liebe mit dem Tod nicht aufhört. Isidor spürt in diesem Punkt sogar ein Sendungsbewußtsein, aber jetzt ist er zu angespannt, um mit dem Neffen zu ringen. Er stellt also widerwillig am Telefon die anfallenden Fragen. Der Neffe ist nicht kooperativ.

94

Wo s' geboren is? Sie, dös woaß i fei nimmer!

Wie? Fuffzg Euro für an Chor? Kamma da net a CD spuin?

Isidor fühlt sich wie einer von den religiösen Palmkübeln, die in der Aussegnungshalle stehen.

Anschließend zwei übliche Unterbrechungen. Zuerst ein kräftiger Mann mit einer dicken Krücke, der an der Haustür klingelt mit der Bitte um Benzin – Durchreise, Notfall, Forderung fünfzig Euro. Isidor gibt ihm zehn Euro (er hat extra eine Kasse dafür), und der Mann fragt indigniert, was er denn mit zehn Euro anfangen solle.

»Wollen Sie's n-nicht?« fragt Isidor.

»Damit krieg ich doch den Tank nicht voll!«

Wortwechsel. Der Mann schimpft: »Sie sehn doch, daß ich behindert bin! Was ist das für eine Kirche, die Barmherzigkeit predigt, aber die Hilflosen sich selbst überläßt«, usw. Vor Hochfesten kommen immer Leute dieses Schlages, allerdings sind es, seit unten im Tal die Bundesstraße fertiggestellt wurde, weniger geworden. An diesem Tag klingelt nur noch einer, ein magerer, verfrorener junger Mann mit schlechten Zähnen und nikotingelben Fingern, der sich als Tierpfleger des Zirkus Bellina vorstellt. Aus materieller Not sei der Zirkus gezwungen, unten in Rinchmais zu überwintern, und nun sei auch noch Bruni das Kamel an einem Magengeschwür erkrankt und müsse operiert werden. Während der Mann ergreifend die Qualen von Bruni schildert, klingelt das Telefon. Isidor, der an solchen Vormittagen vorsichtshalber das Schnurlose bei sich trägt, nimmt ab. Es meldet sich eine Frau mit rumänischem Akzent als Zirkuschefin Bellina: Sie möchte nur mitteilen, Bruni dem Kamel gehe es blendend, es habe keineswegs ein Magengeschwür und müsse auch nicht operiert werden; nur für den Fall, daß demnächst jemand vorbeikäme.

Danach keine Zwischenfälle mehr. Niemand redet

von Konnersreuth. Es ist ein stimmungsvoller Tag, blau, dämmrig, Frost, Schneetreiben. Der Termin mit Michael Dold ist erfreulich: Michael will heiraten, er muß es einfach sagen; gestern wurde sein Antrag angenommen, Isidor ist der erste, der es erfährt. Michael war Isidors frömmster Ministrant und hilft immer noch manchmal aus, obwohl er inzwischen einundzwanzig ist und Isidor um einen halben Kopf überragt. In Bodering fragte man sich sogar, ob er einmal Pfarrer würde, und war sehr ergriffen, denn noch nie ist aus Bodering ein Pfarrer hervorgegangen. Aber Michael traute sich dann doch nicht. Als er Isidor ein Foto seiner zugegeben süßen Braut zeigt, errötet er. Isidor gratuliert und freut sich auch aus symbolischen Gründen über den baldigen Hochzeitstermin, denn geheiratet wird immer weniger. Im letzten Jahr mußte Isidor sieben Leute begraben, bevor er ein Paar trauen durfte.

Nachmittag. Die Andacht in der Dreifaltigkeitskirche ist mäßig besucht. Die Beicht- und Gesprächsmöglichkeit wird niemand wahrnehmen, darin ist sich Isidor sicher, er sitzt im Beichtzimmer bei geöffneter Tür und denkt über die Weihnachtspredigt nach. Zehn Minuten vor fünf aber klopft es leise, und herein gleitet Afra Schmalfuß, die Mesnerin, die mit ihm die Ministrantenpläne besprechen will. Er wundert sich und fürchtet, daß die Ministrantenpläne ein Vorwand für ein ernsteres Anliegen sind. Afra Schmalfuß nämlich beklagt seit einiger Zeit ihr undankbares Ehrenamt, Isidor kennt alle Punkte auswendig und gibt ihr recht: ständig angehängt, Sonntags nie frei, Kirche und Kapelle auf- und zusperren, Bücher bereitlegen, für Lektor und Kommunionhelfer einspringen, Kerzenwachs aus den Gewändern bügeln, außerdem Rosenkränze und sogar Wortgottesdienst halten ... Afra Schmalfuß ist siebzig und nicht gesund.

Isidor weiß nicht, was er ohne sie anfangen würde. Sie wird auch im Dorf hoch geschätzt. Wenn sie – groß und schlank, seit einem Bandscheibenvorfall etwas steif – wie ein ruhiges Schiff mit leisem Wellenschlag über den Friedhof zieht, kommen die Leute in Scharen zu ihr und erzählen, was sie sich dem Pfarrer nicht zu sagen trauen. In flüssigen Sätzen und singender sudetendeutscher Intonation gibt sie es an Isidor weiter, gelegentlich mit einem hintergründigen Lächeln, ansonsten ohne Kommentar. Eigentlich wirkt sie auf vertrauenerweckende Weise ziemlich rätselhaft. Auch heute. Als es fünf läutet, gesteht sie förmlich, daß die Ministrantenpläne eine Intrige waren und sie ihn eigentlich nur bitten wollte, sie mit hinauf ins Dorf zu nehmen – sie sei zu Untersuchungen in der Klinik gewesen.

»Zu Untersuchungen?« fragt Isidor alarmiert.

»Alles in Ordnung«, lächelt sie feierlich. »Das Weitere ist mein Geheimnis.«

Ein guter Tag!

Um sieben der Bußgottesdienst ist nicht schlecht besucht, und abends die Chorsänger sind so gut aufgelegt, daß Isidor sogar etwas länger bleibt, um bei der Probe zuzuhören; eigentlich ist er hier nur Gastgeber, er stellt ihnen St. Emmeram zur Verfügung. Als er um halb zehn nach Hause kommt, findet er auf seinem Anrufbeantworter noch eine erfreuliche Nachricht: Der Neffe der Frau Rauch sagt die Beerdigung ab. Er werde die Urne in seinem Dorf begraben, das sei näher und billiger.

Ein herrlicher Tag! Isidor streicht den Termin aus seinem Kalender. Frau Rauch lebte zurückgezogen, und vielleicht wären gar keine Leute gekommen, alle wären beim Leichenschmaus des beliebten Herrn Sattler gewesen. Isidor hatte sich schon im Rauchmantel allein mit zwei Ministranten am Grab gesehen, vor sich nur das ausdruckslose Gesicht der kühlstimmigen Li, während er erklärt, daß wir Christen an die Wiederauferstehung glauben.

SEMINAR

*Als ich mir vorgenommen hatte zu erkennen, was
Wissen wirklich ist, und zu beobachten, welches Ge-
schäft eigentlich auf der Erde getätigt wird, da sah ich
ein, daß der Mensch, selbst wenn er seinen Augen bei
Tag und Nacht keinen Schlaf gönnt, das Tun Gottes
in seiner Ganzheit nicht wiederfinden kann.*

(Koh 8,16-17)

Die Passauer Studienzeit hat sich als ewiger heller
Frühling in Isidors Gedächtnis eingebrannt. Ihm gefiel
einfach alles: das Priesterseminar beim Dom im Herzen der Stadt, der Dom selbst, die Stadt, sein Status als
Seminarist, seine Zukunft als Angehöriger der geistlichen Elite, das Studium – alles war verheißungsvoll
und würdig. Was für ein Kontrast zu seiner bedrük-
kenden Kindheit und zu den wirren, angstvollen Tagen
im Internat! Ihm schien, als wäre er aus einem langen,
düsteren Tunnel ans Licht getreten, und er atmete sozusagen ununterbrochen auf.

Sein Studium fiel in die Jahre des Zweiten Vatikanischen Konzils, und er freute sich an der Aufbruchs-
stimmung im Seminar ebenso wie an der zunächst
noch eingehaltenen Strenge der alten Liturgie. Gefühls-
exzesse, Planlosigkeit und Willkür waren die Schrecken
seiner Kindheit gewesen, so daß er Struktur schon an
sich schätzte. Magisch aufgeladene Strukturen und
heilige Zeremonien aber erregten ihn geradezu, weil
sie nicht nur Ordnung versprachen, sondern auch Gefühl zugleich bedeuteten und bannten. Der Prunk der
Gottesdienste im Dom benebelte ihn: der feierliche
Einzug von Bischof, Domkapitel und der diözesanen
Geistlichkeit, die Choreographie der Männer in prächtigen Gewändern vor dem Altar im Glanz des Lichts,
das leise Klingeln der Ketten am Weihrauchfaß, Weih-
rauchschwaden, die bis in die Kuppel emporstiegen,

ein Heer von Gläubigen, das unter Bekreuzigungen in die Knie sank.

Isidor liebte auch den Dom. Stundenlang konnte er den modernen Hochaltar betrachten, der die Steinigung des heiligen Stephanus zeigt. Eine hohe, dabei trotzdem leicht, fast elegant wirkende Skulpturengruppe aus feinem Silberblech auf Pappelholz, ebenso abstrakt wie sinnlich: Stephanus ist zu Boden gegangen, während die Henker mit Steinen bewaffnet um ihn herum stehen. Er stützt sich mit der Hand auf und wirkt benommen, aber sein Blick geht nach oben – kein Zweifel, es ist der Moment, in dem er den Himmel offen sieht. Das Gegenlicht bewirkt eine leichte Unschärfe, die Bewegung und Spannung bedeutet. Blut und Schweiß spritzen von Stephanus' Haupt – das ist die Gloriole. Die Entrücktheit des Heiligen im Augenblick der physischen Erniedrigung, seine Einsamkeit inmitten der Henker, seine Kraft noch jetzt, im Sterben, am Boden, das bewegte Isidor tief. Zu verschiedenen Tageszeiten und Lichtverhältnissen hat er diese Szene angesehen, und ging dabei oft plötzlich in die Knie und betete. Der Gotteszeuge Isidor. Er fühlte sich zu allem bereit.

Einen ebenso starken Eindruck machte die Orgel. Sie brachte sein Blut zum Schäumen. Er schrieb an Benno, der inzwischen in München am Konservatorium studierte: »Warum sind wir hier nie in ein Orgelkonzert gegangen? Stell dir vor, die größte Kirchenorgel der Welt! Fünf Orgeln mit über 200 klingenden Registern und 17 000 Pfeifen, die von einem Generalspieltisch aus bedient werden!« Benno antwortete in gewohnter Grobheit: »Daß ich in die Provinz fahre, um eine *Orgel* anzuhören, kannst du schlechterdings nicht verlangen. Das ist ein gar zu banales Instrument.« – »Warum banal?« schrieb Isidor gekränkt zurück. – »Weil man darauf Töne nicht gestalten kann, mein armer Freund. Da drückst du ja nur auf eine Taste, und es macht ›bäh‹!«

Diese Korrespondenz schlief ein. Dafür schloß Isidor mit seinen Klassenkameraden Gregor und Franz, die zusammen mit ihm ins Seminar eingetreten waren, eine beinah enthusiastische Freundschaft. In der Schule waren sie locker befreundet gewesen, nun wurden sie unzertrennlich. Franz war groß, herzlich, schüchtern, von schneller Auffassungsgabe und unendlich wohlerzogen. Er hätte zum Beispiel selbst im höchsten Zorn niemals »Leck mich« gesagt, sondern höchstens: »Wenn dich Haß und Neid umringen, denk an Götz von Berlichingen!« Gregor dagegen war kritisch, originell und neugierig, alles Eigenschaften, die im Seminar nicht favorisiert wurden; aber für Gregor schienen andere Gesetze zu gelten. Der Jesuiten-Spiritual lud ihn zu philosophischen Gesprächen. Der Regens selbst holte für ihn Nietzsche aus dem Giftschrank. Niemand wunderte sich, daß ausgerechnet Gregor zwei Jahre in Rom studieren durfte.

Isidor büffelte.

Gregor kehrte aus Rom zurück und erzählte frohlockend Wunderdinge vom Vatikanischen Konzil. Neubeginn! Anschluß an die neue Zeit, Öffnung zu Wissenschaft und geistigem Leben! Transparenz! Demokratie (wirklich?)! Die Seminaristen warfen ihm Übertreibung vor (er neigte dazu), aber er zeigte ihnen Abschriften von Texten Karl Rahners, die im Germanicum kursierten, und sie lasen staunend; nichts mehr schien unmöglich. Abschaffung von Bücherindex und Antimodernisten-Eid! Der Zölibat stehe zur Disposition! Erneuerung der Liturgie, Messe in der Volkssprache, stärkere Einbeziehung der Gläubigen. Lockerung der Beichtrituale, keine Kluft mehr zwischen Gläubigen und Klerus, und so fort.

Vieles davon trat tatsächlich ein. Als sie im Weihejahrgang ihre künftigen Amtshandlungen einstudierten, war die lateinische Messe noch in Kraft, aber die deutsche wurde schon geübt. Bei der Prüfung taufte

Isidor eine Holzpuppe auf Latein. Gregor aber erhielt die Aufgabe, eine hl. Messe von der Gabenbereitung bis zur Wandlung zu lesen, und las sie auf Deutsch. »Was fällt Ihnen ein!« schimpfte der Subregens. »Noch mal von vorne, und zwar auf Latein!« Gregor begann von vorn – wieder auf Deutsch. Und kam damit durch.

Andere Hoffnungen wurden enttäuscht. Der Regens sagte: »Hütets euch vor den Frauen! Erst findet ihr's nett, dann gibt's an Kuß, und dann wollt ihr einander ganz gehören. Je weiter ihr gegangen seid, desto schwerer wird's euch fallen, das ehelose Leben.«

Der Spiritual mahnte: »Immer ein Tisch zwischen Priester und Frau!«

»Tja«, sagte Franz erleichtert.

Gregor: »Ihr werdet sehn! Ein großer Teil der Moraltheologie ist bald Makulatur!«

»Mit der Demut h-h-hapert's bei dir, Gregor«, gab Isidor zu bedenken. »Was glaubst denn, wer du sein wirst?«

»Verheirateter fortschrittlicher Bischof!« gab Gregor wie aus der Pistole geschossen zurück.

Manche Professoren schienen von Euphorie erfüllt, viele zumindest erwartungsvoll. Einer gestand, er fühle sich wie aus einem Schraubstock befreit; er wurde aber zum Alkoholiker, keiner verstand warum. Jahre später erklärte er Gregor: Offenbar stürzt, wer in Fesseln zu gut hat gehen können, ohne Fesseln bei jedem Schritt.

Andere Professoren verteidigten heftig die Tradition, vor allem das vermeintlich sakrosankte tridentinische Meßbuch. Das ergab kuriose Effekte, aus denen Gregor in den folgenden Jahren Kabarettnummern baute. Eine davon galt seinem Heimatpfarrer, der des Lateinischen so wenig mächtig gewesen war, daß er stoisch aus dem Meßbuch ablas: »Hodie non dicitur: *Gloria in excelsis deo*!« (Heute wird das *Gloria* nicht gelesen!), und sich trotzdem nicht vom Lateinischen trennen mochte, weil er ausgerechnet darin seine Autorität verankert sah. Eine

Serie von Kabarettnummern galt dem armen Domvikar, der sich durch die Liturgiereform regelrecht gestraft fühlte. Den zitierte Gregor seitenweise. Etwa seinen Beichtzuspruch am Vorabend des 3. Fastensonntags: »Das Evangelium am dritten Fastensonntag der *früheren Leseordnung* berichtet, daß der Satan einen Menschen stumm macht ...«, und den halb geistesabwesenden, halb kläglichen Tonfall solcher Rede baute Gregor von Runde zu Runde aus. »Der böse Feind bedeutet auch für uns eine nicht unerhebliche Gefahr. Ja, kein geringerer als der erste Papst hat den allgemein gültigen Alarmruf ausgestoßen: ›*Brüder, seid nüchtern und wachsam, euer Widersacher, der Teufel, geht wie ein brüllender Löwe umher und sucht, wen er verschlingen kann*‹ ...« Da gab es ein paar klingende, wiewohl etwas unbehagliche Lachsalven von Franz. Aber das war erst viel später.

Noch studierten sie, und Isidor nahm es für selbstverständlich, daß er das Seminar auf dem Scheitelpunkt einer historischen Wende besuchen durfte, gerade so, als hätte die Historie auf ihn gewartet. Es war ja, wie gesagt, sein ewiger heller Frühling.

Widersprüche

Du liebst alles, was ist, und verabscheust nichts von dem, was du gemacht hast; denn hättest du etwas gehaßt, so hättest du es nicht geschaffen.
(Weish 11,24)

Natürlich ist jede Legende nur ein Teil der Wahrheit. Beim genauen Hinsehen ist alles viel komplizierter; aber Widersprüche heben das Ideal nicht auf, da ist sich Isidor sicher.

Wie kam er darauf? Den Anstoß hatte natürlich Gregor gegeben, der ein unermüdlicher, wenn auch unsystematischer Leser war. Eines Tages stellte er Friedrich Hebbels »Gefühl des vollkommenen Widerspruchs in allen Dingen« zur Diskussion, und Isidor war so elektrisiert, daß er ein Glas Wein verschüttete.

Franz sah nirgends einen Widerspruch. Er regte sich in seiner warmherzigen Art sogar über den Satz auf, denn er fand alles großartig.

Isidor aber war von der Wortfügung beeindruckt und begann, aus dem *vollkommenen* Widerspruch einen neuen Leitsatz zu bauen, der die widersprüchliche Vollkommenheit der Schöpfung betraf. Falsch! schimpfte Gregor. Das Wort vollkommen sei von Hebbel im Sinne von *gänzlich*, *total* gemeint, nicht im Sinne von *perfekt*, *vollendet*. Aber Isidor interessierte sich gar nicht mehr für Hebbel, er folgte einer ganz anderen Spur. Der Rand seines Bewußtseins war nämlich verklebt von Widersprüchen. Sie belasteten und störten das Bild, und er mußte ziemlich viel Ideologie aufwenden, um sie zu bannen. Nun folgerte er: Die Widersprüche gehören dazu. Ohne sie ist das Bild nicht *vollkommen*. Dieses göttliche Bild müssen wir suchen, das im Weg stehende menschliche Bild aber, das von Angst und Berechnung verzerrt ist, müssen wir überwinden. Erst wenn man eine Sache frei von Mythos und Kult betrachtet, stößt man zum Kern ihres Geheimnisses vor. Zwar ist der Kern eines Geheimnisses immer noch ein Geheimnis, aber man ist dort näher an seiner Bedeutung und seiner Kraft. Und irgendwann wird man vielleicht begreifen, worin die bestehen.

»Also ich weiß nicht, Isidor ... Wo findest du denn in der Heiligen Schrift ... Ist das nicht Häresie?« fragte Franz.

Auch Gregor formulierte ein paar Zweifel. Aber Gregor selbst war der verkörperte Widerspruch. Er besaß eine Wendejacke, die außen schwarz war und innen rotschwarz kariert. An freien Tagen verließ er das Seminar sittlich schwarz einbetoniert, und hinter der nächsten Ecke, wenn niemand hinsah, spätestens aber im Zug, drehte er die rotkarierte Seite nach außen und wurde ein freier Mann. Isidor machte ihn auf den Widerspruch aufmerksam, und dann lachten sie ausgelassen, denn auf einmal kam ihnen alles vor wie ein Spiel. Sie benahmen – und fühlten – sich zwar schon recht würdevoll und schätzten um dieser Würde willen durchaus die reichlichen Tabus ihres Metiers, aber sie waren auch neugierig und leichtfertig und fühlten sich imstande, die Regeln ihres Amtes zumindest innerlich ein bißchen zu unterlaufen.

Isidor blieb bei seiner Widerspruchs-Idee und bedurfte ihrer auch, bei allen Themen.

Zum Beispiel Konzil. Fast zwanzig Jahre nach der Weihe traf er zufällig seinen alten Professor Vogelsang angetrunken in einer Bar bei Passau. Ein warmer Sommerabend, ein Kaff auf der österreichischen Innseite, eine Spelunke mit klebrigem Linoleumboden, die nach Moder, Rauch und altem Bier roch. Der Emeritus, Neutestamentler und Spezialist für griechische Philosophie, war früher ein feuriger Begleiter des Konzils gewesen, ein imponierender, ernster, durchgeistigter Mann, von den Studenten verehrt. »Ah, da ist ja eins meiner Opfer!« rief er, als er Isidor erblickte. »Na, Herr ... Herr ... – ? Immer noch dabei?« Er kicherte in seltsamer Erregung vor sich hin und machte eine obszöne Geste gegen den Wirt, mit dem er offenbar gerade am Streiten gewesen war.

»Bin ich froh, daß ich nicht mehr unter den kalten blauen Füßen dieser Leiche predigen muß!« sagte er zu Isidor. »Können Sie sich vorstellen, was das bedeutet: *sechzig Jahre* zwischen den Statuen grotesker Martyrer, die schwachsinnig grinsend ihre Gedärme um irgendwelche Zaunpfähle wickeln? Zwanzig, dreißig, vierzig Jahre lang bringt man den gesunden Menschenverstand in sich zum Schweigen, der einem sagt, daß eine Ästhetik des Perversen niemals Ausdruck einer Ethik der Vernunft sein kann; und schon gar keine Botschaft der Liebe. Auf einmal wird einem klar: Es geht hier weder um Liebe noch um Vernunft, nicht einmal um Moral, sondern nur um Macht. Die Kirche ist ein Verbrechersyndikat!« Hier hörte er auf zu kichern und begann zu fluchen. Die Kirche sei eine der absurdesten Verirrungen der Menschheit und ausschließlich dafür zu loben, daß sie seit Jahrhunderten die Botschaft weitertrage, die sie selbst richte – Matthäus 23. *Weh euch, ihr Schriftgelehrten und Pharisäer, ihr Heuchler! Ihr verschließt den Menschen das Himmelreich. Ihr geht selbst nicht hinein; aber ihr laßt auch die nicht hinein, die hineingehen wollen,* und alle folgenden Verse! Dieses Sündenkonto habe die Kirche übrigens noch um einige Spezialitäten bereichert, indem sie zum Beispiel ihren Dienern Liebe und Freundschaft verbiete und sie durch Drohung ruiniere. Die katholische Kirche sei der verlogenste, bizarrste Verein, der auf Erden sein Unwesen treibe, und so fort. »Und – infam! ... Infam! Da holen wir uns aus jedem Dorf die intelligentesten Buben und erziehen sie zu Vollstrecker-Sklaven: Wir rauben ihnen ihr Privatleben, damit sie in ihrer Einsamkeit nichts anderes tun können, als ihren Gemeinden im Nacken zu sitzen, die Menschen zur Preisgabe ihrer Geheimnisse zu zwingen und dann ihr schlechtes Gewissen auszubeuten. Angeblich gewähren wir dafür Macht ... aber wem taugt eine solche Macht, die die Taube Ewigkeit verspricht und den Spatz Leben in der Hand zermalmt? Sehen Sie mich an!« bellte er. »Sehen Sie mich an! Was sehen Sie? Sechzig Jahre Grausamkeit und Deformation. *Sechzig Jahre!* Für diesen verstockten, miefigen, bösartigen Katholizismus habe ich das Gut des Lebens verschleudert, mich betrügen lassen und niemandem geholfen außer den Betrügern, andere zu betrügen. Solche wie Sie. Ach Gott.«

»F-früher haben Sie das nie auch n-n-nur angedeutet,« murmelte Isidor verlegen.

»Pah!« rief der. »Wes Brot ich eß, des Lied ich sing!«

Auch dieser Mann kam wie Isidor aus bescheidenen Verhältnissen, wie Isidor verdankte er seinen sozialen Aufstieg der Kirche, die dafür natürlich Forderungen gestellt hatte, und wie Isidor hatte er an diesem einsamen Sommerabend eine Spelunke aufgesucht, um sich heimlich vollaufen zu lassen. Als Isidor sich der Übereinstimmung bewußt wurde, packte ihn die Angst. Er warf zwar der Kirche nichts vor, war aber auch noch keine achtzig Jahre alt; wer weiß, wie er später fühlen würde? Um sich zu beruhigen, suchte er nach biographischen Unterschieden und fand sie im Konzil. Natürlich war die Kirche, die Professor Vogelsang geprägt hatte, rigider und kälter gewesen. »Wir zwingen niemanden mehr zur P-preisgabe seiner G-geheimnisse«, sagte er, als er sich verabschiedete. »Seit dem K-konzil hat sich vieles gebessert. Sie selbst haben das K-konzil ja damals untersch-stützt ... Dafür haben wir Ihnen zu d-danken ... wir wissen das.«

»Die Liturgiereform war eine Katastrophe!« rief Professor Vogelsang ihm nach. »Das Lateinische besaß wenigstens noch irgendeine Magie! Im Deutschen aber merkt man gar zu schnell, was für eine dünne Suppe diese Texte sind!«

Föhn

Die einen sind stark durch Wagen,
die andern durch Rosse,
wir aber sind stark im Namen des Herrn.
(Ps 20,8)

Franz studierte in Passau, weil er mit seinen Freunden zusammenbleiben wollte. Dabei stammte er eigentlich aus München und hätte auch dort studieren können; seine Eltern führten in Schwabing ein großes Haus. Gregor neckte Franz ein bißchen und meinte, es ziehe ihn offenbar zu den Bauern, womit er solche wie Isidor meinte, die tatsächlich das Gros der Passauer Theologiestudenten ausmachten. Aber Franz – damals wußten sie noch nicht, wie reich er wirklich war – war ohne jeden Dünkel und einfach treu.

Sein Vater war Richter, ein schneidiger Mann. Die Mutter, ihrem Gatten ergeben, sagte fast nichts, hat aber einmal ziemlich häßlich Isidors Stottern nachgeahmt. Außerdem gab es einen zehn Jahre älteren, ebenfalls schneidigen Bruder, von Beruf Kampfflieger der Bundesluftwaffe. Franz äußerte sich mit Unbehagen über diesen Bruder, der, wie später herauskam, recht grausam gewesen war. Er hatte den kleinen Franz zum Beispiel gezwungen, auf einem Holzscheit zu knien. Noch später stellte sich heraus: Auch der Vater war ein Anhänger dieser Strafe gewesen. Der Vater war überhaupt Anhänger vieler Strafen gewesen. Franz aber respektierte ihn derart, daß er lange nicht einmal aussprechen konnte, daß er gezüchtigt worden war. Er sagte nur: »Mein Vater ist ein sehr gerechter Mann.« Oder (nach dessen Tod): »Mein Vater war außerordentlich gerecht.« Oder: »Mein Vater, weißt du, war extrem gerecht. Immerhin Vorsitzender Richter im Oberlandesgericht.«

Gelegentlich lud Franz seine Freunde nach München ein, und sie staunten über die weiträumige Wohnung am Englischen Garten mit sieben Zimmern, Lüstern, Antiquitäten und Ölgemälden. Es ging dort etwas förmlich zu, aber sie waren sowieso meistens unterwegs, streiften durch die Stadt und besuchten Museen, Theater und Konzerte. Isidor merkte, wie befangen Franz zu Hause wirkte. Inzwischen war Franz nicht mehr dicklich, sondern ein langer Schlacks mit einem großen runden Kopf. Zu Hause wurden seine Bewegungen weich und unbestimmt, und einmal war sein Vater zornig wegen irgendwas, da taumelte der einen Meter neunzig große Franz herum wie ein verschreckter Welpe. Isidor nahm ihn bei der Schulter und führte ihn hinaus – zum ersten Mal ergriff er für jemanden die Initiative, und das lag nur daran, daß er launische Eltern zum Erbrechen kannte und wußte, daß da nur räumliche Entfernung half. »Fahr ma w-woanders hin, Franz!« sagte er. »Es gibt keinen G-grund, sich dem auszusetzen. Überall wird's dir besser gehen, sogar draußen in einem Heustadl.« Franz sah aus, als kämpfe er mit den Tränen, aber auf einmal hellte sich sein Gesicht auf, und er sagte: »Mei! Wir können ja nach Südtirol!« Die Familie, stellte sich heraus, besaß dort ein Haus für die Sommerfrische. Anscheinend wäre Franz von selbst nie auf die Idee gekommen, dorthin zu fahren.

Es war ein ausgebautes altes Bauernhaus über dem Dorf Meran, und von da an verbrachten sie zu dritt dort alle Ferien. Fern von seinen Eltern erwies sich Franz als großartiger Gastgeber. Mit Hilfe der Freunde schleppte er Rucksäcke voll Käse, Schinken, Äpfel und Brot hinauf, dann wanderten sie, diskutierten, spielten Karten, tranken Südtiroler Wein aus einem Fäßchen, und Franz entspannte sich und tafelte ganz außerordentlich. Er hatte eine schöne, klingende Baßstimme, und seine Lachsalven füllten den Raum. »Wie schön!« rief er, »ich bin so froh!«

Nach dem Diplom verbrachten sie eine Woche in München, weil Franz' Eltern verreist waren, und das wurde eine vollkommen verrückte Woche. Müde vom Lernen und stolz über die bestandene Prüfung fuhren sie noch am Abend ihrer Ankunft mit dem Zug zum Starnberger See hinaus und sahen hinter den grauen Wellen die schneebedeckten Alpen vor einem schwefelgelben Föhnhimmel, während der Wind an ihren Kleidern zerrte. Der Föhn sollte laut Wetterbericht am nächsten Tag zusammenbrechen, hielt aber noch die ganze Woche an. Sie feierten von früh bis spät. Am

Abend kam Franz' alte Kinderfrau, eine kleine korpulente Frau mit freundlichem Apfelgesicht, die erzählte, was für ein schlauer Bub der Franzl gewesen sei. Schon mit zwei Jahren habe er geredet wie ein Buch, und weil er damals sehr klein war, habe sie ihn auf den Schultern über den Viktualienmarkt getragen, wo er alles so gewandt kommentierte, daß die Leute fragten: »Ja wia oid is denn der Bua?« Franz selbst habe geantwortet: »Zwoa, gej da schaugst!« Alle lachten. Der große Franz schleuderte die kleine alte Frau im Kreis herum, und beide sahen glücklich aus. Isidor fühlte wie eine Stichflamme Neid in sich hochschießen: auf Franz' Begabung, seine Gutartigkeit, seine schöne Stimme, seinen Reichtum, vor allem aber auf diese Kinderfrau, die ihn liebte und herrlich fand, während niemand je Isidor herrlich gefunden hatte. Es war so schmerzhaft, daß Isidor den Kopf abwandte. Dann sah er wieder hin und dachte: Gott liebt mich nicht weniger als ihn. Vielleicht sogar mehr. Und er fühlte sich Franz überlegen, ohne wissen zu wollen, warum.

Am dritten Abend besuchte Isidor Benno in dessen Studentenbude, die ebenfalls in Schwabing lag, Türkenstraße. Benno hatte außer einigen Jazzern, mit denen er im Lauf des Abends schwungvoll musizierte, zwei junge Damen zu Gast: eine Kommilitonin, die Violine lernte, und deren Freundin, Jurastudentin, beide aus dem Rheinland. In die Violinistin war Benno verliebt, was bedeutete, daß er sie mit Grobheiten überschüttete. Weil er an dem Tag Geburtstag hatte, standen Krapfen auf dem Tisch, und im Schnee des kleinen Balkons lagen sechs Flaschen Sekt. Isidor lief immer wieder mit roten Ohren hinaus auf den Balkon, um eine neue Flasche zu holen. Jedes Mal machte sich die Freundin der Violinistin über seine roten Ohren lustig, und er behauptete lächelnd: »Das ist vom W-w-wind!« Auf dem Heimweg stellte er fest, daß er die Freundin nicht vergessen konnte. Sie hieß Gundula.

109

Sie war adrett, mit Grübchen. Beim Lachen schlossen sich ihre Augen zu kleinen, nach oben gewölbten Halbmonden. Sie war witzig und lebhaft und hat ihm einmal plötzlich die Hände auf die Schultern gelegt, worauf Benno flüsterte: »Keine Angst, Isidor, die Gundula macht jeden scharf, aber bei der läuft nix.«

Jetzt, nach Mitternacht, auf dem Weg zu Franz' Haus, dachte Isidor auf einmal, daß diese Gundula die Macht hätte, ihn zu vernichten.

Der Gedanke kam so unerwartet, daß Isidor stehenblieb. Dann lächelte er verkrampft, weil ihm bewußt wurde, daß er öfters übertriebene Schlüsse zog. Etwa damals unter Wasser, als er sich sagte: Das also ist der Tod. Oder als er zum ersten Mal betrunken war, mit sechzehn. Da dachte er: Jetzt hast du deine Unschuld verloren!, wobei er später viel härtere Besäufnisse erlebte ohne das Bewußtsein von Schuld oder Gefahr. Immerhin, ein Warnlicht ging an. »V-vorsicht, Isidor, V-v-vorsicht!« summte er vor sich hin, als er seinen Weg fortsetzte.

Eigentlich war er so erfüllt von der Vorfreude auf seinen Beruf, daß er kaum noch an Frauen dachte. Gelegentlich half er sich so diskret, daß er es selbst kaum wahrnahm. Es schien kein Problem mehr, weder physisch noch psychisch. (Auch das verdankte Isidor übrigens Gregor, der mit entwaffnender Offenheit die Ermahnung des römischen Spirituals zitiert hatte: »Macht es, so oft ihr wollt, aber BITTE empfangt nie den Leib des Herrn, ohne es gebeichtet zu haben!« Vorher hatte Isidor alle anderen für stärker gehalten und sich wegen seiner Schwäche ziemlich gequält.)

Jetzt, nach der Begegnung mit Gundula, packte ihn die Unruhe. In der Nacht hörte er im Radio Bruckners Achte und war so aufgewühlt, daß er am nächsten Tag zum Musikhaus Hieber ging und sich, obwohl er zum Geiz neigte, eine Schallplattenaufnahme der Symphonie kaufte, für fünfzig Mark. Er besaß keinen Plattenspieler, aber Franz' Eltern hatten einen, und nun begleitete Isidor seine Freunde nicht mehr in die Stadt, sondern blieb in der Wohnung und hörte wie besoffen Bruckner, während der Wind an den Doppelfenstern rüttelte. Es war eine Dauerübung in Ekstase und Erlösung, nun freilich wohl, in lauterster Musik. Der Strom der Empfindungen, der Reichtum an Ideen, die Wucht der blockhaften Einsätze, die Innigkeit und Transzendenz, und dann natürlich immer wieder diese gewaltigen Steigerungen und Durchbrüche, die Urgewalt der Eruptionen – all das erschütterte Isidor bis ins Mark. Er hatte Mühe, nachts Schlaf zu finden.

Am letzten Samstagnachmittag lud Franz auch Benno ein. Benno hatte jene Gundula dabei und seine Violinistin, mit der er die ganze Zeit stritt. Außerdem waren Bekannte von Franz da und ein paar Zufallsbekanntschaften von Gregor. Sie feierten, tranken und redeten, und auf einmal machte sich die ganze Gruppe auf den Weg in einen Jazz-Keller. Isidor, an dem in diesen Tagen vieles vorüberging, war plötzlich mit Gundula allein.

Zum ersten Mal in seinem Leben mit einer fremden Frau allein in einem Zimmer – wie hatte das passieren können? (Später stellte sich heraus: Benno war schuld. Er hatte mit den beiden nachkommen wollen und sich dann unmerklich abgesetzt.) Isidor schlug sofort vor, die anderen suchen zu gehen, aber Gundula meinte, sie kämen gleich wieder. Jetzt saß er da. Was sollte er mit ihr reden? Sie war geschminkt, ihr Rock ziemlich kurz, und sie trug Stöckelschuhe; ihre Beine waren makellos. Ihm fiel nichts ein. In seiner Verlegenheit bot er an, gemeinsam Musik zu hören. Gundula nickte. Er zog vorsichtig seine kostbare Schallplatte aus der Hülle, wischte den Staub ab, legte die Platte auf den Teller und führte behutsam die Nadel zum Anfang. Gundula bemerkte in spaßigem Ton: »Du zelebrierst das ja wie ne Messe!« Weil er darauf keine

Antwort wußte, lächelte er. Er hatte die zweite Platte aufgelegt, das Adagio. Warum das Adagio? Bei der Stelle mit den entschwebenden Harfen werden einem schon ohne Gegenwart einer Frau die Knie weich. Was, um Himmels Willen, erwartete er?

Er wußte nicht, was er erwartete. Er spürte zweierlei. Erstens, daß Gundula ihn beeinträchtigte und daß er die Musik viel tiefer empfand, wenn er alleine war. Zweitens hoffte er irgendwie, Gundula würde sagen: »O Isidor, was für eine wundervolle Musik, laß uns von jetzt an immerzu gemeinsam Bruckner hören«, etwas in der Art. Aber das dachte er nur undeutlich. Er konzentrierte sich mühsam auf die Musik und sah erst gegen Ende des Satzes Gundula wieder an. Ihr Gesicht hatte einen schalkhaften Ausdruck angenommen wie immer, wenn sie eine besonders witzige Bemerkung vorbereitete. Als er errötend den Tonarm von der knisternden Leerrille hob, sagte sie mit all ihrem Charme, Grübchen, die Augen nach oben gebogene kleine Halbmonde: »Nette Musik! Nur bißchen zu viele Noten!«

Das ernüchterte ihn schlagartig; als hätte ein scharfer Windstoß den süßen Nebel aus seinem Hirn geblasen. Was für eine Kuh. Keine Ahnung hatte sie, kein Gefühl für Genie und Größe. Sie war eine ganz banale dekorative Frau ohne Herz, und ihr Witz war ohne Fundament, nur Verzierung, Kopie. Mit dieser Gattung hatte er nichts zu schaffen. Er packte sorgfältig die Platte ein und sagte: »Ich b-b-bring dich nach H-h-hause.«

Spät abends kehrten die anderen zurück und setzten ihn sofort unter Alkohol. Benno fragte ungläubig: »Du hast ihr *Bruckner* vorgespielt? Weißt du nicht, daß man Bruckner nur aufrecht sitzend hören darf, mit Krawatte und Jackett?« (Was es mit dieser Bemerkung auf sich hatte, hat Isidor nie erfahren.)

Franz meinte erschüttert: »Na Isidor, du hast vielleicht Mut.«

112

Isidor scherzte benommen, nicht ohne Stolz: »Ich bin einer V-v-versuchung ausgesetzt gewesen!«

Gregor wälzte sich vor Lachen auf dem Teppich.

Es schien wirklich alles ein Spiel.

Höhepunkt

Und er wurde vor ihren Augen verwandelt; sein Gesicht leuchtete wie die Sonne, und seine Kleider wurden blendend weiß wie das Licht.
(Mt 17,3)

Isidors Primizspruch lautete: »*Du hast Worte des ewigen Lebens.*« (Joh 6,68)

Franz: »*Wenn ich schwach bin, dann bin ich stark.*« (2 Kor 12,10)

Gregor: »*Wir wollen ja nicht Herren über euren Glauben sein, sondern wir sind Helfer zu eurer Freude.*« (2 Kor 1,24)

Gemeinsam mit zwanzig andern wurden die Freunde am Hochfest der Heiligen Peter und Paul im Passauer Dom zu Priestern geweiht. Sie lagen nebeneinander vor dem Altar, Isidors Herzschlag verschmolz mit dem Tosen der Glocken, und er hatte das Gefühl, nur der Marmor hindere sein Herz daran, aus der Brust zu springen.

Die Priesterweihe war sozusagen der Höhepunkt seiner persönlichen Errettungslegende, welche lautete: Armer Bauernbub wird im Passauer Dom in würdevollster Zeremonie zum Diener Gottes geweiht. Seine Eltern, die ihn verkannt und mißachtet haben, dürfen, von Tausenden beneidet, aus der ersten Reihe zusehen, wie der Bischof ihm die Hände aufs Haupt legt. Diesem Bischof haben mindestens zwei ältere Bischöfe die Hände aufs Haupt gelegt, von denen jeder wieder von mindestens zwei Bischöfen geweiht wurde, und so geht es in ununterbrochener Folge weiter bis zu Petrus, dem von Christus Geweihten. Über zweitausend Jahre hinweg spürt nun also Isidor Rattenhuber aus Dorfham die Hände von Jesus Christus selbst.

Als sie danach in der Sakristei die neuen Meßgewänder auszogen, seufzte Gregor: »Was für ein Streß! Verwandtschaft unterbringen, Eltern beschäftigen, Erwartungen erfüllen ... War ich froh, als ich endlich flachlag!«

Franz, mit glänzenden Augen, drückte Isidors Arm und flüsterte: »Ich bin gerettet!«

Am nächsten Tag reisten Gregor und Franz mit ihren Familien ab. Isidor blieb allein im sommerlich heißen Passau zurück, kostete der Erregung des letzten Tages nach und versuchte, sie durch seine Widerspruchstheorie zu vertiefen. Gott ist absolut, dachte er, es gibt keine Bedeutung, die in seiner Schöpfung nicht eine Funktion erfüllen würde. Je schärfer und härter ich denke, desto eher wird er mir die Wahrheit zeigen. Und in jeder Wahrheit, noch der widerständigsten, ist ein Weg zu finden, der weiter führt.

Wie war das nun mit seiner Errettungslegende?

Man feierte die jungen Priester dafür, daß sie sich mit dem verlassenen, blutenden Mann am Kreuz identifizierten; dabei hatte keiner von ihnen bewiesen, daß er selbst ihn nicht verlassen hätte. Waren sie nicht anmaßend schmerzlose Sieger? Andererseits: Wurden sie nicht genau dafür gefeiert? Als der verlassene Mann am Kreuz blutete, feierte ihn niemand. Das kam erst später. (Fußnote: Manche der vormals schmerzlos gefeierten Priester bewiesen später wirklich großen Mut, indem sie sich gegen den Nationalsozialismus stellten. Während ihres Martyriums feierte sie auch niemand. Im wirklichen Leben gibt es keine Sieger. Da aber die Welt nach Siegern süchtig ist, erklärte sie diese im

Stich Gelassenen einfach nachträglich dazu und feierte sich noch in ihnen.)

War Isidor nun seiner Errettungslegende würdig?

Ja! Ebenso viel und wenig wie alle! Das konkrete Leben ist immer verstörender als die Legende; aber spricht das gegen sie? Geht nicht schon die Sehnsucht des Menschen nach Legenden aus seinem Bewußtsein des eigenen Ungenügens hervor? Warum sollte Isidor diese ausnahmsweise ehrenvolle Legende nicht genießen, nachdem er oft genug unter bösen Legenden (*wer stottert, ist dumm*) gelitten hatte?

Er genoß seine Erhebung auch im Wissen, daß es nach jedem Höhepunkt abwärts geht.

Neun Tage nach der Weihe feierte er seine Primiz in Dorfham, da konnte er das schon beobachten.

Nicht, daß es nicht festlich gewesen wäre. Es war so festlich, daß ihm Hören und Sehen verging. Man trug ihn auf Händen. Auch seine Leute nahmen ihn so herzlich auf, wie sie es vermochten. Isidors Zimmer war nie so freundlich und sauber hergerichtet gewesen wie jetzt, da er es nicht mehr brauchte. Seine Mutter las ihm jeden Wunsch von den Lippen ab. Für die Meßfeier war der ganze Fußballplatz geschmückt, der Altar stand in einem Teppich aus Blumen. Süße weißgekleidete Mädchen mit Kränzen umschwirrten den Primizianten. Die Primizbraut hängte an die Fahnen weiße Bändel, auf denen stand »Zur Erinnerung an Isidor Rattenhuber«. Aus allen Nachbardörfern waren Leute gekommen, um mitzufeiern. Alle im Sonntagsstaat, bestes Dirndl, bestes Tuch, Uniform, und alle gingen vor ihm in die Knie.

Es war ein glühend heißer Tag. Isidor im Ornat fühlte sich wie ein Opferstier vor der euphorischen Menge und dachte: Sie feiern sich, weil aus ihrer Mitte ein Priester hervorgegangen ist. Aber was haben sie dafür geleistet, außer mich zu quälen?

Sollte er sie nicht lieben?

Liebten sie ihn? Brachten sie nicht in Wirklichkeit einfach ihn, der ihnen nichts bedeutete, zum Opfer, damit sie nachher besseren Gewissens weiter sündigen konnten?

Oder wollten sie wirklich von ihm gerettet werden?

O ja, gerettet werden wollten sie. Sie waren außer sich vor Hoffnung. Aber was taten sie dafür, außer zu feiern?

Isidor bot, was er zu bieten hatte: sein Sakrament. Während der Messe war er glücklich. Aber die Feiern nach der Messe stand er nur mit Mühe durch.

Er ging zeitig nach Hause, während man ringsum froh weiterfeierte, und saß noch ein wenig mit seiner Familie am Küchentisch.

Sein Vater erzählte, was im Dorf so geschehen war in der letzten Zeit. Was war zum Beispiel geschehen? »Der Sigi hot sei Frau so droschn, daß s' zum Bruada is. Jede Nacht is der Sigi hi und hot gschrien, er daschlogt's.« Schwager Wig verteidigte seine Schwester, war aber selbst so betrunken, daß ihm die Worte fehlten. Er riß die Fensterläden auf und schrie in Sigis Richtung: »Du Hur!« Wig war zwei Meter groß. Schließlich warf er den Sigi in einen fünf Meter hohen Stapel leerer Biertragl. Anschließend erbrach Sigi roten Saft und schrie: »I hob an Blutsturz!« Es war aber nur der rote Sekt, von dem er vorher drei Flaschen getrunken hatte.

Der Abend war fast so heiß wie der Tag, alle Fenster standen offen, von der Decke hingen Fliegenfänger, die gespickt waren mit toten und sterbenden Fliegen. Durch die Straße strebten die letzten Feiernden ihren Häusern zu; Lachsalven, Gemurmel, Ausrufe drangen herein. Vor dem Stubenfenster sprach ein Mann ein Gebet. Später rief eine Frau: »Hochwürden! Hochwürden!« Isidor erkannte die Schratelstimme: Sie gehörte Elsa Linhart, einer halbverrückten Bäuerin, die mit drei Ziegen zusammenlebte. Als kleiner

Bub hatte er sie für eine Hexe gehalten, weil sie eine Warze auf der Nase hatte und zwei lange Haare am Kinn. Er ging zum Fenster. Frau Linhart versuchte, ihm die Hände zu küssen, und dann murmelte sie zahnlos, sie habe wochenlang nachgedacht und nun all ihre Gedanken für ihn aufgeschrieben. Sie reichte ihm einen angegilbten Zettel feierlich wie eine Reliquie. Dann verschwand sie in der Dunkelheit, nachdem sie sich bekreuzigt hatte.

Er kehrte in die Stube zurück und spürte die erwartungsvollen Blicke seiner Eltern und seines Bruders Barnabas, der bisher kein Wort gesagt, sondern ihn nur verzückt und belustigt angesehen hatte. »An B-b-brief hot s' ma ge'm«, teilte Isidor mit. Sie trauten sich nicht nachzufragen. Auch ihm fiel keine Frage mehr ein, und nachdem alle Skandale erzählt waren, verstummten sie. Schließlich schlug er vor, Karten zu spielen, und erleichtert und gehorsam stimmten sie zu. Seine Mutter sah inzwischen aus, als hätte sie Kopfschmerzen.

Gegen Mitternacht erhoben sich draußen Heullaute. Es dauerte, bis man den Text verstand: »Heilige Maria voll der Gnaden – MAMAAAA! Heilige Maria voll der Gnaden – MAMAAAA!« Auf der Straßenkreuzung lag ein Mann, hilflos besoffen. »Der Waldleitner Toni, erkennst an? Geh net hi, lohnt si net!« sagte die Mutter und schloß das Fenster. Isidor wußte nicht, was er tun sollte. Der Waldleitner Toni war etwas älter als er und hatte ihm vor zwölf Jahren einmal die Nase blutig geschlagen. Wenn er zu ihm ging, mußte er sich vielleicht wieder prügeln, und wäre das seiner Würde nicht abträglich? Andererseits: War es wahrscheinlich? Isidor öffnete wieder das Fenster. Der Toni jammerte, fünf Meter entfernt, immer noch vor sich hin. Dann stemmte er sich auf die Ellbogen, erbrach explosionsartig und kroch auf allen vieren davon.

Im Bett las Isidor den Zettel, den die Linharterin ihm gegeben hatte. Eine verzitterte Sütterlin-Schrift in schwarzer Tinte, und jeweils zwischen zwei Sätzen ein schwarzer Strich.

»Warum gehen so viel Kinder nicht in die Kirche?

Viele Kinder gehen nicht in die Kirche weil sie daheim bleiben müssen.

Viele Kinder mögen nicht in die Kirche gehen weil sie kein gutes Gewissen haben.

Viele Kinder gehen nicht in die Kirche weil ihnen der Teufel böse Gedanken eingibt.

Sehr viele Kinder gehen nicht in die heilige Messe weil manche nicht früh aufstehen mögen.

Ich gehe aber alle Tage in die Kirche. Ich stehe alle Tage um 6 Uhr auf.«

Pfarrer Stettner hatte gesagt, Isidor solle diesen Tag genießen, denn das wirkliche Priesterleben habe mit der Primiz so wenig zu tun wie der Ehealltag mit der Hochzeit. So gesehen, war das Isidors Hochzeitsnacht.

Dienst

Er wurde zu uns gezählt und hatte Anteil am gleichen Dienst.

(Apg 1,17)

In den Bayerischen Wald hat Isidor nie gewollt. Er stammte aus dem fruchtbaren Donautal, wo man die Waldler vor allem als Knechte und Tagelöhner kannte, und seine Vorstellung vom Wald war schlicht: dunkel, rückständig, fünf Monate Winter, naßkalter Frühling, kurzer Sommer, nebliger Herbst. Dann wurde ihm als erste Kaplansstelle zu seiner Erleichterung Huthberg an der Ilz zugewiesen, zwar nördlich der Donau, aber nur fünfzehn Kilometer von ihr entfernt. Weil er mit dem dortigen Pfarrer nicht zurechtkam, bat er um seine Versetzung und gelangte nach Rinchmais, schon mitten im Wald, aber noch in einer vergleichsweise milden Lage am Südwestfuß des Schattenbergs. In Rinchmais fühlte er sich wohl und gewann Selbstvertrauen, und als er nach insgesamt sechs Jahren Dienst Verantwortung übernehmen wollte und sich um eine Pfarrstelle bewarb, schickte man ihn nach Bodering. Nun war er wirklich im tiefsten Wald gelandet, aber seltsamerweise fühlte er sich dort von Anfang an wohl.

Seine Lehrherren hätten unterschiedlicher nicht sein können. Der erste, Pfarrer Gruber, machte zunächst einen sehr guten Eindruck: Er war nur fünfzehn Jahre älter als Isidor, schien ein kameradschaftliches Verhältnis anzustreben und bot seinem Kaplan unerwartet rasch das Du an. Dann entpuppte er sich als kranker, zerstörerischer Mann. Beim zweiten, Dekan Kopp, war der erste Eindruck verheerend: Auf einem Faschingsfest saß der Dekan allein, mit einem Ausdruck gänzlicher Verlassenheit, in einer Saalecke und schob sich eine Bratwurst nach der anderen in den Mund. »Jo mei, wos soi i doa?« seufzte er. »Bischof werd i nimmer – Kardinal werd i nimmer – Papst werd i nimmer …« Aber Dekan Kopp war ein gütiger Seelsorger und als Prediger sogar charismatisch. Zur heiligen Messe schlurfte er herein, als könne er seine drei Zentner kaum tragen, die Lesungen nahm er mit offenem Mund und geschlossenen Augen hin, als kämpfte er mit dem Schlaf. Dann, vor der Predigt, verwandelte er sich in wundersamer Weise: Er erklomm die Kanzel behend und sprach lebhaft und sinnlich, wobei sein großes Gesicht alle Sensationen der Bibel spiegelte, in hoher Inspiration. Er erzählte im Ton eines Schenkenden, flüsterte, beschwor, er konnte donnern und triumphieren, er sprach mit tausend Stimmen, aber immer voller Wärme. Dann eilte er flink die Wendeltreppe hinab, und vom Hochgebet bis zur Kommunion schien er der Schwerkraft enthoben, es war ein Ereignis, jedes Mal.

Die negativen Erlebnisse mit Gruber, dem ersten

Pfarrer, haben dennoch auf Isidor einen viel tieferen Eindruck gemacht.

Scheinbar entzündete sich der Konflikt an sachlichen Differenzen. Pfarrer Gruber hielt an der vorkonziliaren Beichtpraxis fest und forderte von jedem die Ohrenbeichte. Für Isidor bedeutete das in der Osterwoche zwanzig Stunden Beichtsitzen, und natürlich fügte er sich. Zuerst rührte ihn das scheinbare Vertrauen der Leute. Dann begann er ihre Routine zu spüren, und bei einigen Angst. Er schämte sich, als ihm bewußt wurde, wie hungrig er in seiner Enthaltsamkeit sich von fremder Intimität nährte. Die scheinbare Anonymität des Beichtstuhls schützte nur ihn und seine Verlegenheit. Er selbst erkannte die Leute an der Stimme, und oft, wenn er sie auf der Straße sah, erlebte er kleine Schocks aus Macht und Peinlichkeit. Manchmal mußte er sich zwingen, den Blick abzuwenden, und im Bemühen, unschuldig zu erscheinen, setzte er ein maskenhaftes Lächeln auf. Er schwor sich, es später anders zu machen: Er würde ein Beichtzimmer einrichten, und die Leute sollten nur kommen, wenn es ihnen wichtig war.

Vor Pfarrer Gruber äußerte er keine Kritik. Er fragte auch nicht um Rat. Meist ging es im Beichtstuhl um das sechste Gebot und dort um die Tatsache, daß der Gatte beim Verkehr »vorher ausgestiegen« war, weil sie keine weiteren Kinder wollten. Es waren hart arbeitende Leute, und Isidor sprach sie gerne los. Pfarrer Gruber fragte in scherzhaftem Ton, ob er die Leute ordentlich »rangenommen« habe, und Isidor verwies ebenso scherzhaft auf das Beichtgeheimnis.

Kurz darauf fuhr der Pfarrer von der Kanzel herab ein Ehepaar, das nur zwei Kinder hatte, an: »Wo bleiben die anderen Kinder?«, mit einem solchen Ausdruck von Zorn und Ungnade in der Stimme, daß die Leute zusammenzuckten. Mittags – der Kaplan war gehalten, im Pfarrhaus zu essen – plauderte Gruber wieder fast werbend mit Isidor, und Isidor fragte sich, ob der Ausbruch ein taktischer Mißgriff oder launenhafte Entgleisung gewesen war.

Ähnliche Fälle häuften sich. Pfarrer Gruber war unberechenbar und extrem empfindlich, er bezog alles auf sich und neigte zu scharfen Reaktionen. Seine ältere Schwester, die ihm den Haushalt führte, hatte er vom Eßtisch verbannt. Sie trug den Männern wie eine Sklavin das Essen auf, während sie selbst allein auf einem Schemel in der Küche aß. Isidor versuchte ein gutes Wort für sie einzulegen, und Pfarrer Gruber sagte scharf: Das liebe er besonders, Kapläne, die ihre Pfarrer belehrten. Isidor hatte noch einen Satz über christliche Nächstenliebe vorbereitet gehabt, der blieb ihm im Halse stecken. Übrigens stellte sich bald heraus, daß die Schwester ebenso launisch wie ihr Bruder war und ihre Abwesenheit bei Tisch nicht unbedingt ein Verlust.

Das Essen war fett. Einmal seufzte Isidor, als ihm Hirnwurst vorgesetzt wurde. In der Folge gab es jeden dritten Tag Hirnwurst. Nach zwei Wochen fragte Isidor scherzhaft, ob das als Strafmaßnahme gemeint sei, und Pfarrer Gruber antwortete ironisch, empfundene Strafe deute immer auf ein echtes Vergehen hin. Welches? »Wirst es schon wissen«, sagte Gruber mit irritierender Kälte.

Isidor war so durchdrungen von seinen Idealen, daß er Gruber nicht in Frage stellen wollte; aber ihm wurde im Pfarrhaus zunehmend unbehaglich. Er suchte die Nähe seiner Gemeinde, und die Leute reagierten lebhaft und sprachen immer offener zu ihm. Einmal rief ihn eine ältere Frau zu einem Kranken, als Pfarrer Gruber unterwegs war. Dem Kranken ging es hervorragend, und es stellte sich heraus, daß die Leute einfach Isidor eine gute Mahlzeit vorsetzen und ihr Mitgefühl ausdrücken wollten. Er ahnte, daß sie über Pfarrer Gruber sprechen wollten, und ging darauf nicht ein, aber das Sauerkraut mit Knödeln aß er mit ohnmächtiger Wonne.

Bald darauf fuhr ihn Pfarrer Gruber an: »Bist du wahnsinnig geworden?«

»W-wieso?« fragte Isidor erschrocken.

»Das weißt du genau!«

»Nein!«

»Du frißt dich bei der Gemeinde durch, obwohl du hier im Pfarrhaus weiß Gott genug auf den Tisch bekommst!«

»Ich f-fresse m-mich nicht durch«, verteidigte sich Isidor und rechnete gehetzt nach, wie viele Einladungen er ausgeschlagen hatte.

»Du weißt, daß das nicht gern gesehen wird!«

»V-von wem?«

»Es untergräbt deine Autorität und schadet der Kirche!«

»Das ist mir n-neu«, sagte Isidor tapfer, während er sich ebenso gehetzt Rechenschaft darüber ablegte, wie viel Vertrauen und Respekt ihm auch während dieser Mahlzeiten entgegenbracht wurden.

»Du mußt lernen, dich von den Leuten nicht benutzen zu lassen«, sagte Gruber dann mit veränderter, beinah väterlicher Stimme. »Sie spielen gern den Kaplan gegen den Pfarrer aus. Es ist nicht Aufgabe des Kaplans, die Gemeinde zu spalten, denk daran.«

Grubers Attacken häuften sich. Sie kamen teils scherzhaft daher, teils verhalten drohend, teils in kalter Wut, aber immer aus heiterem Himmel, und Isidor wußte kein Rezept dagegen. Mehrmals machte er den Fehler, sich zu verteidigen, bevor er auch nur den Vorwurf begriffen hatte. Aber je mehr er beschwichtigte, desto bedrohlicher wurde Gruber; als stachelte Isidors Schwäche ihn noch an.

Isidor hätte gern mit jemandem gesprochen. Aber er besaß kein eigenes Telefon, im Pfarrhaus wagte er nicht offen zu reden, und die einzige Telefonzelle im

Ort war oft besetzt. Zudem stotterte Isidor beim Telefonieren besonders stark, weshalb ihn schon der Gang zur Zelle Überwindung kostete. Endlich erreichte er mit Mühe Freund Franz, der mit leiser Stimme berichtete, daß er mit seinem Pfarrer jeden Tag fünfundsiebzig Minuten Brevier bete und außerdem, ebenfalls gemeinsam mit dem Pfarrer, an Sühnefreitagen besonders Buße tun müsse für die Sünden der Welt.

»Wieso m-mußt? W-welche S-s-sünden?«

»Abtreibungen ...« murmelte Franz.

»G-glaubst du eigentlich, daß dein Pf-pfarrer ein ehrlicher M-m-mensch ist?« fragte Isidor ungeschickt.

»Natürlich! Ich verstehe die Frage nicht ... Er führt ein vorzüglich christliches Leben, oder?«

Freund Gregor war noch schwerer zu erreichen. Sein Pfarrer übertrug ihm viel Verantwortung, beide waren zufrieden miteinander, und vor solcher Wichtigkeit hatte Isidor erst recht Mühe, seine Nöte zu schildern. Gregor hörte ungeduldig zu und beschied dann, daß Isidor leider ein Idiot sei, wenn er sich von diesem Arsch tyrannisieren lasse.

Eines Sonntagmorgens in der Messe teilte Isidor die Kommunion aus, da erschien Gruber, der sich eigentlich nach Passau abgemeldet hatte, in der Kirchentür. Er sagte nichts und rührte sich nicht, er stand einfach da in seinem schwarzen Lodenmantel, drohend wie ein Racheengel. Die Leute spürten seine Anwesenheit sofort, und einige huschten, noch bevor sie die Kommunion empfangen hatten, verstohlen wie ertappte Sünder aus der Schlange in die Bänke zurück.

Bei der mittäglichen Hirnwurst, nach einer halben Stunde strafenden Schweigens, sagte Gruber finster: »Ich hatte gehofft, daß du dich entschuldigst. Aber offenbar nimmst du deine Versprechen auf die leichte Schulter. Ich denke nicht, daß der Bischof dir das durchgehen läßt.«

»W-w-w-wieso?«

»Du mißachtest den Gehorsam, den du der Kirche schuldig bist, und fällst deinem Pfarrer in den Rücken Das ist unglaublich. Es tut mir leid um dich, Isidor.«

Um abzukürzen: Isidor hätte nach Grubers Ansicht einigen Frauen, von denen er wußte, daß sie die Pille nahmen, die hl. Kommunion verweigern sollen. Mit seiner vermeintlichen Abreise hatte der Pfarrer Isidor eine Falle gestellt, um ihn auf frischer Tat zu ertappen. Warum diese Intrige? Er hätte ganz einfach fragen können, und Isidor hätte ihm geantwortet. Er war nicht der Meinung, daß er etwas Unrechtes tat.

Scheinbar ging es um Empfängnisverhütung. Vor kurzem war die Pillen-Enzyklika von Papst Paul VI. erschienen, aber der Passauer Bischof hatte die Direktiven in einem Rundbrief an den Klerus abgemildert. Diesen Rundbrief hatte Isidor nicht von Gruber, sondern von Gregor bekommen; Isidor nahm an, daß Gruber die Stelle überlesen oder für die Lektüre noch keine Zeit gehabt habe. Er holte jetzt eilig sein Exemplar, um es Gruber zu zeigen. Der Bischof hatte geschrieben: »Soweit die Eheleute nicht aus Egoismus, sondern aus einem schwerwiegenden Grund heraus eine weitere Empfängnis vermeiden, andererseits zur Vertiefung und Befestigung ihrer Gemeinschaft und zum Reifen ihrer Liebe die innigste Hingabe brauchen, dürfen sie sich auch bei der Wahl einer anderen Methode als nicht von der Liebe Gottes getrennt betrachten und sollten deshalb auf keinen Fall sich von der gemeinsamen heiligen Kommunion ausgeschlossen wissen.« Isidor hatte frohlockt. Er hatte sich die Stelle drei Mal laut vorgelesen, und sogar der unsägliche kirchliche Nominalstil hatte seinen Ohren geschmeichelt wie Harfenklang.

Gruber tobte los: »Hast du hinter meinem Rücken meine Post entwendet? Das ist ungeheuerlich!«

»Ich habe keine P-ost entwendet! Es g-geht doch um die Sache! Warum können wir n-n-nicht ...«

»Du willst mit mir diskutieren? Du weißt wohl

nicht, was du mir schuldig bist?« und so weiter. Isidor begriff, daß er kein einziges Jahr unter Gruber mehr durchstehen würde, und noch während er sich überlegte, wie er sein Versetzungsgesuch formulieren würde, grollte Gruber: »Ich habe dem Bischof geschrieben ... Die Antwort warten wir noch ab, aber ich gehe davon aus, daß du deine Sachen packen kannst. Ich kann mir nicht vorstellen, daß die Kirche Priester wie dich braucht.«

Isidor war schockiert. Was jetzt? Würde man ihn anhören? Würde es eine Gegenüberstellung geben, etwa vor dem Generalvikar? Da hatte er keine Chance, denn die Hierarchie stand hinter Gruber, und Grubers Gewandtheit im Umgang mit Vorgesetzten hatte Isidor mehrfach bewundern dürfen. Würde es eine Abmahnung geben? Oder wollte Gruber tatsächlich Isidors Kopf? Warum? Hatte er ihn nicht zunächst sogar ermuntert? Hatte Gruber seine eigene Toleranz überschätzt, oder wollte er Isidor bewußt auflaufen lassen? Wozu?

Isidor marterte sich drei Tage und Nächte lang, dann erwachte er mit dem deutlichen Entschluß: Er würde das nicht mehr mitmachen. Es gab keinen Grund, Terror zu ertragen, wenn man jung und gesund war, und gerettete Würde ist mehr wert als ein Kaplansgehalt. Er schluckte. Immerhin war er im Begriff, seine Lebensplanung über den Haufen zu werfen. Sein Herz krampfte sich zusammen, aber in seinem Kopf rauschte das Bewußtsein von Freiheit wie Licht. Er sprang auf, rasierte sich und zog seine Sonntagskleider an. Als er die Holztreppe hinuntersprang, wußte er schon genau, wie er Gruber entgegentreten würde.

»Servus, Isidor!« sagte Gruber freundlich, als er Isidor erblickte. »Komm, laß uns miteinander beten!«

Ein solches Angebot auszuschlagen war Isidor nicht gegeben. Er folgte Gruber in die Kirche und hörte, Schulter an Schulter neben ihm kniend, von Grauen geschüttelt die weiche Stimme: »Herr, wir danken dir für die reine Fülle deiner Gnade, die wir uns im täglichen, beharrlichen Gebet, in der Feier des Bußsakramentes und im heiligen Meßopfer verdienen wollen. Schenke unserem jungen Mitbruder Mut zu deinem Kreuz und zur Hingabe an dich, deine Diener und die Gemeinde der Gläubigen!« Als sie aus der dämmrigen Kapelle traten, sagte Gruber väterlich: »Und nun wollen wir wieder gemeinsam an die Arbeit gehen.«

»Hast du nicht an den B-bischof geschrieben?«

»Doch«, sagte Gruber gnädig, »geschrieben, aber nicht abgesandt.«

Am selben Tag schrieb Isidor sein Versetzungsgesuch.

F r a g e n

Aber ich will mit keinem Wort mein Leben wichtig nehmen, wenn ich nur meinen Lauf vollende und den Dienst erfülle, der mir von Jesus, dem Herrn, übertragen wurde: das Evangelium von der Gnade Gottes zu bezeugen.

(Apg 20,24)

Isidors Konzept für Gruber ging folgendermaßen: Grubers Selbstgefühl war von einem grausamen Vater zerdroschen worden (viele Andeutungen Grubers wiesen auf eine solche Genese hin). Seitdem kreiste der Mann unaufhörlich wie besessen um sein krankes Ego. Zu seinen Mitmenschen konnte er sich nur ein Verhältnis von oben und unten vorstellen: Drohung und Unterwerfung auf der einen, Unterwürfigkeit und Verrat auf der anderen Seite. Beide Strategien mischten sich in ihm auf effektvolle Weise. Da er in allen anderen menschlichen Dingen höchst unsicher war, kultivierte er eine Pose von Andeutungen und Ironie, die ihn kühn und unabhängig erscheinen lassen sollte. Er spickte sein Lob des Konzils mit Kritik, er spottete über die Strenge der hl. Mutter Kirche und achtete gleichzeitig ängstlich auf sein *Nihil obstat*, denn er hatte große Pläne. Zu einer ehrlichen persönlichen Auskunft war er unfähig, denn er wußte nicht, was er eigentlich dachte und wer er war. Wahrscheinlich war sogar Gott wenig mehr für ihn als ein Garant von Macht. Mit den Begriffen Gnade und Barmherzigkeit tröstete er sich selbst, anderen gegenüber gebrauchte er sie erpresserisch. Seine Attacken gegen Isidor waren eigentlich Routine – er wollte Isidor in Schach halten, so wie er jeden in Schach halten zu müssen glaubte. Sein Zorn eskalierte, als er sich durchschaut fühlte.

Dabei hatte Isidor ihn gar nicht durchschaut. Diese Pointe zu seinem Konzept fand Isidor erst im Nachhinein, nach jahrelanger Erfahrung: Nur weil Gruber auf Fragen so rasend reagierte, als hätte er etwas zu verbergen, wurde Isidor darauf aufmerksam, daß Gruber wirklich etwas zu verbergen hatte: den fehlenden Kern nämlich. Das Nichts.

Das Konzept erklärte die Unverhältnismäßigkeit von Grubers Reaktionen und ihr zerstörerisches Kalkül; aber selbst wenn es zutraf, warf es viele beunruhigende Fragen auf. Zum Beispiel: Durfte Isidor Gruber, dessen pastorale Maßnahmen schließlich dem Katechismus folgten, in Zweifel ziehen? Hätte er die Eskalation nicht vermeiden müssen (wie?)? Isidors Kirche war nicht die Grubers, sondern die von Pfarrer Stettner, aber nach welchem Paragraphen hätte er sich darauf berufen dürfen? Wie kam er darauf, Stettners freihändige Urteile höher zu bewerten als das Seminar? Und wenn er jahrelang Moraltheologie studiert hatte, ohne sie wirklich ernst zu nehmen, war er dann nicht ein betrogener Betrüger?

Weiter: Selbst wenn Gruber die Heilige Schrift mißbrauchte, um seine Gemeinde zu terrorisieren – woran erkannte man das? An Grubers unheiligen Motiven? Die Kirche selbst hatte Gruber durch das Sakrament ermächtigt, das Evangelium zu verkünden. Hatte nun Gruber, absichtlich oder unabsichtlich, die Kirche getäuscht, oder hatte die Kirche sich in Gruber getäuscht? Wenn ja, wie heilig war sie dann? Und wie stand es um die Heiligkeit der Schrift, wenn falsche Motive eines Priesters sie entwerten konnten?

Noch weiter: *Worin* bestand Grubers Mißbrauch der Schrift? In der Wirkung auf Isidor? Isidor war erschrocken, aber was bedeutete sein Schreck gemessen an der Aufgabe und Bedeutung des Evangeliums? Nichts! Und die ebenfalls eingeschüchterte Gemeinde? Isidor hatte mit ihr sympathisiert, weil sie schwach war, aber, Hand aufs Herz, was taugten Menschen, die sich stark fühlen? (Was ist der Mensch?)

Von hier aus flüchteten Isidors Gedanken zu Stettner, dem Fels in der Brandung, aber sogar da stellte sich eine quälende Erinnerung ein. Und zwar hat Isidor als Bub einmal ohne Protest mitangesehen, wie andere Buben eine Ratte quälten. Sie hatten eine Schnur um den linken Hinterfuß dieser Ratte geknüpft und die Schnur dann über die Dorfstraße gespannt, von einem Fenster zum anderen im zweiten Stock. Dort hing nun mitten über der Straße in einigen Metern Höhe kopfüber die zum Tod verurteilte Ratte und angelte mit ihren winzigen rosa Krallen in der Luft, während die Buben aus immer geringerer Entfernung Steine nach ihr warfen. Isidor war nicht beteiligt gewesen, er kam vorbei, sah oben die Ratte sich winden und ging rasch weiter, da er sich mit der Gruppe nicht anlegen wollte. Erst Tage später traf ihn die Empörung über die Buben und seine eigene Feigheit wie ein Schock. Er wollte sofort beichten, aber ausgerechnet an dem Tag war Beichttermin für alle Firmlinge, und Isidor fand sich als eines von zwanzig Kindern vor der Kirche wieder. Während sie auf den verspäteten Stettner warteten, entwickelten alle plötzlich ein ganz miserables Gewissen, ob wegen der Ratte, war unklar, zumal auch Mädchen dabei waren. Dann bog Pfarrer Stettner um die Ecke, wie immer eilig, und erfaßte die vor Hysterie dampfende Schar mit seinem hellen Blick. Isidor traute ihm zu, daß er sie durchleuchtete wie ein Röntgenapparat, er hätte sich nicht gewundert, wenn dieser Blick die schwarzen Seelen als Schatten auf die Kirchenmauer gebannt hätte. »Hm«, brummte Stettner vieldeutig. Sie duckten sich. In etwas milderem Ton fragte er: »Das Übliche?«, und während sie schuldbewußt nickten, machte er ein Kreuz in ihre Richtung und murmelte etwas auf Latein. Sie standen starr. »Na, schleicht's euch!« Sie stoben in alle Richtungen auseinander, nur Isidor blieb zurück. Stettner warf ihm aus den hellen Augen einen freundlichen Blick zu und eilte auf seinem Holzfuß davon. Isidors Liebe flog ihm nach.

ABER: Wußte Stettner denn nicht, daß seine Buben, die in der Messe als Engel um den Altar schwebten, allesamt kleine Verbrecher waren?

Stellte er Schein über Sein? Oder hielt er es für besser, sie in ihrem schlechten Gewissen schmoren zu lassen, wenn er sie schon nicht, wie es sich gehört hätte, zermalmen durfte? Wußte er überhaupt, daß sie Gewissensbisse hatten?

Hatten sie welche, übrigens? Und falls ja, war das wirklich wegen der gefolterten Ratte oder nur, weil sie dem kleinen Bruder den Zusatzriegel Schokolade geneidet hatten? (Die Frage, erinnern wir uns, lautete: Was ist der Mensch?)

Auf dem Höhepunkt der Gruber-Krise fuhr Isidor unter großen Mühen mit drei verschiedenen Überlandbussen zu Pfarrer Stettners Altersheim. Während der Fahrt erinnerte er sich, daß Pfarrer Stettner die Gewalt, die ihm die Kirche verlieh, immer sehr zurückhaltend gebraucht hatte und daß das sicher ein Geheimnis seines Erfolgs gewesen war. Daraus ergab sich die Frage, ob nicht die Kirche sogar von den weisen Menschen lebte, die auf Gewalt verzichteten. Allerdings: Was würde mit den weisen Männern geschehen, wenn sie keine Gewalt besäßen, auf die sie verzichten konnten? Würde man sie überhaupt zur Kenntnis nehmen?

Warum regte Isidor sich so auf? Er fand nur eine Antwort: Er haßte Gewalt seit seiner Kindheit, und seelische Gewalt fand er schlimmer als körperliche. Er haßte Selbstsucht, Größenwahn, Machtstreben, und außerdem haßte er Dummheit und Grausamkeit. Eigentlich haßte er alle Menschen.

Er kam zu Pfarrer Stettner, der sich aufrichtig zu freuen schien, und vergaß seinen Haß. Er redete sich alles von der Seele: die Schwierigkeiten mit Pfarrer Gruber, der nach Isidors Versetzungsgesuch dem scheidenden Kaplan das Leben zur Hölle machte, die Zweifel, die verstörenden Fragen. Pfarrer Stettner hörte zu und sagte friedlich: »Ja, die Menschen können alles mißbrauchen ... leider auch die Heilige Schrift ... leider auch die, die guten Willens sind ...«

»Er ist nicht guten W-willens!« protestierte Isidor. »Er hat die Hostie, den Leib des Herrn, zum G-gegenstand von Intrigen und G-gezänk gemacht!« Und so weiter. Isidor holte weiter aus, um Stettner zu überzeugen, und brachte um der höheren Glaubwürdigkeit willen auch alle Einwände gegen seine eigene Theorie vor, weshalb seine Rede folgerichtig in der Frage, was der Mensch sei, gipfelte.

Stettner erwachte ruckartig und seufzte: »Jaja, i woaß scho, so bös wie's neigehn in d' Kirch, so bös kemma's wieder raus. Aber i denk ma hoit, ohne Kirch wärn's noch böser.«

Das Mißverständnis war so grotesk, daß Isidor lachen mußte und im Lachen Erleichterung fand. Was hätte er Stettner nicht verziehen? Er sah den müden alten Mann und liebte ihn sogar für seine Geistesabwesenheit und Fehlbarkeit und wurde von Liebe und Dankbarkeit so überwältigt, daß ihm beinah die Tränen kamen. Die Liebe löste seine Verstörung, und er kehrte erleichtert nach Huthberg zurück. Die Liebe ist das einzige, was uns rettet, dachte er. Wir haben keine Antwort zu erwarten, aber wenigstens Gnade. Die Gnade, die wir gewähren können, ist die, die wir bekommen. Sie kommt von Gott (woher sonst?).

Aus der Gruber-Episode blieb Isidor die Überzeugung, daß Drohung Mißbrauch der frohen Botschaft sei und niemandem helfe, nicht mal dem Mißbraucher. Zwar gab es hierzu eine Pointe, die dieser Ansicht widersprach, aber auch dieser Widerspruch wird sich eines Tages klären.

Und zwar hatte in Huthberg einmal eine Mutter Isidor um Hilfe gebeten, weil Pfarrer Gruber ihren Buben verschrecke. Nach Religionsstunden brachte der Simon keinen Bissen runter, manchmal stürmte er mit gesenktem Kopf auf sein Zimmer, und dort fand die Mutter ihn tränenüberströmt vor dem Bett knien und seinen Herrgott um Gnade anflehen – er sah sich bereits in der Hölle schmoren. Isidor sprach Gruber – in dieser Phase konnte er das noch – darauf an. Gruber redete von Mißverständnis, und die Mutter meldete später tatsächlich, daß sich der Bub ein wenig beruhigt habe. Isidor fühlte sich als Retter. Die Pointe dazu ist, daß der gerettete Simon als erwachsener Mann öfters nach Bodering kam, wo er Verwandte hatte, und dann wenig respektvoll über Isidor sprach: Der sei ein Spaßpfarrer, der es allen recht machen wolle, und so weiter. Er selbst, Simon, erwarte von Pfarrern sittliche Ermahnung. Manchmal fahre er extra nach Salzburg, um den dortigen Bischof die Sittenlosigkeit der modernen Zeit geißeln zu hören.

Alltag

Im gegenwärtigen Zustand seufzen wir und sehnen uns danach, mit dem himmlischen Haus überkleidet zu werden. So bekleidet werden wir nicht nackt erscheinen.

(2 Kor 5,2-3)

In Bodering hatte Isidor gleich viel zu tun. St. Emmeram war in keinem guten Zustand: Der Putz hatte sich gelockert, das Kirchturmdach war an zwei Stellen undicht, das Pfarrhaus klamm, die Orgel heiser, zur Renovierung fehlte das Geld. Die Gemeinde aber hatte dem vorigen Pfarrer ihre Hilfe weitgehend versagt, weil er hart und höhnisch war. Er hatte zum Beispiel auf dem Begräbnis eines jungen Mannes, der ein unehelich geschwängertes Mädchen zurückließ, gesagt: »Er konnte nicht mehr ernten, wo er gesät hatte!« Sowohl die Familie des Toten als auch die des Mädels hatten ihm das so übel genommen, daß sie St. Emmeram nicht mehr betraten.

Isidor hatte das Glück, daß die Gemeinde sich danach sehnte, die Lage zu bereinigen. Außerdem beflügelte ihn die Begeisterung für seine Kirche. Er suchte die beleidigten Familien auf, und sie waren so erleichtert, daß sie freigiebig für St. Emmeram spendeten. Über Gebäude läßt sich einfacher reden als über Moral. Schon waren alle überzeugt, daß St. Emmeram ein Juwel sei, auch wenn sie das bisher nicht so gesehen hatten. Viele Menschen halfen mit eigenen Händen. Isidor war dankbar und liebte alle: Den Dachdecker, der mit sieben Angestellten Überstunden machte, um das Dach zu erneuern, und in der Julihitze im Dachstuhl herumkroch, um die Holzwürmer auszurotten und den Putz am Lattengewölbe von hinten zu festigen. Die Schneiderin mit dem Rheuma, die hingebungsvoll die Paramente flickte. Den Schlossermeister aus dem Sudetenland, der ein neues Schloß mit einem kunstvollen Schlüsselschild anbrachte, worauf endlich nach dreißig Jahren seine Schwiegereltern aufhörten, ihn als Flüchtling zu schneiden. Den Zimmermann, der Bluter war und im Kirchenschiff ein Gerüst baute, während seine Mutter händeringend über den Friedhof irrte. Diese arme Mutter fühlte sich an der Krankheit ihres Sohnes schuldig, und Isidor schaffte es, ihr das auszureden. Seitdem betet sie auch für Isidor.

Isidor beschaffte Geld von Kirche und Denkmalamt, die Sparkasse spendete, Boderinger Zimmerer, Glaser und Dachdecker arbeiteten zum Selbstkostenpreis. Um die Löcher im Putz zu flicken und die Fresken mit Farbe einzustimmen, brauchte man aber professionelle Restauratoren, und die Regensburger Firma, die sich anbot, war zu teuer. Kirchenpfleger und Pfarrgemeinderat gaben sich als überlastet zu erkennen. Dann trat der katholische Frauenbund in Aktion. Eigentlich war der nur gegründet worden, damit die Frauen Gaudi hatten und CSU wählten, nun aber erkannten sie eine Aufgabe und entwickelten ungeahnte Kreativität. Eine Frau überredete einen Busunternehmer, an bestimmten Tagen seinen Kleinbus zur Verfügung zu stellen, damit die Spezialisten aus Regensburg her- und weggebracht werden konnten. Sie machte sogar extra dafür den Busführerschein und wurde Busfahrerin, und Bodering bestaunte den ersten weiblichen Busfahrer des Bayerischen Waldes. Die Regensburger boten Sonderkonditionen an für Zeiten, in denen sie keine anderen Aufträge hatten. Die Frauen erarbeiteten mit ihnen und Isidor eine Disposition, fuhren sie hin und her und bekochten sie während des Tages. Außerdem sammelten sie Geld für die Bankheizung, und eine heiratete einen Malermeister, worauf alle witzelten, sie habe das nur für St. Emmeram getan.

St. Emmeram wurde frisch gestrichen und sah, weiß und gelb mit dem kupfergedeckten Zwiebelturm, direkt elegant aus. Die Fresken leuchteten. Isidor zahlte aus eigener Tasche zu einem neuen Beleuchtungssystem dazu, das Altarraum und Fresken besonders schön zur Geltung brachte. Er studierte Kataloge über Sakralorgeln, Liedanzeige-Leuchttafeln, Ewiglichtöl-Kerzen (»entsprechend der liturgischen Empfehlung für das Ewige Licht«) und Kirchenbankpolsterung (»Absolut rutschfest, keine Faltenbildung, undeformierbar und maßstabil, Bankheizung-geeignet, 20 Jahre Garantie!«). Auf Dekanatstreffen redete er am liebsten über Baupläne und Materialpreise. Mit der Gemeinde verhandelte er inzwischen über eine stilistische Bereinigung des Innenraums: Isidor wollte die edle Kirche von den süßlichen Versatzstücken im Nazarener Stil befreien, die sich seit den zwanziger Jahren angesammelt hatten: den Josefsstatuen, Herzjesu- und Herzmaria-Bildern, dem Jesuskind mit Schäfchen, dem Schutzengel-Altar. All diese Stücke waren von Boderinger Familien gestiftet worden, die sich erst nach längerem Widerstand seiner Überzeugungskraft beugten.

Der Höhepunkt war, als Isidor den provisorischen Messing-Volksaltar, den der alte Pfarrer nach dem Konzil aufgestellt hatte, durch einen Steinaltar ersetzte. Der Steinaltar bestand aus zwei breiten Stelen und einer Platte, jeweils weißgelber Solnhofener Kalkstein, und betonte in seiner modernen Form die Klarheit des Raums.

Zum 300. Pfarrjubiläum waren die Arbeiten abgeschlossen. Am gleichen Tag fand die Altarweihe statt. Der Bischof ließ die Reliquie ein und versiegelte sie. In Isidors Büro hängt ein gerahmtes Foto, das ihn und den Bischof vor der blumengeschmückten Kirche zeigt: Der Bischof schaut in die Kamera, Isidor aber strahlt seine Kirche an wie eine Braut.

Die Renovierungsarbeiten zogen sich über sieben Jahre hin und zehrten an Isidors Kräften, hielten ihn aber auch bei Laune, denn natürlich wurde ihm der Alltag bisweilen zäh. Pro Jahr zwanzig bis dreißig Beerdigungen und ebenso viele Taufen, fünfzehn (damals noch) Hochzeiten, jeden Tag eine Messe, sonntags drei bis vier. Isidor organisierte die Palmprozession, die Fronleichnamsprozession, den Martinsumzug, das Patroziniumsfest, er spendete den Wettersegen, er wies die Erstkommunikanten ein und bereitete die Firmlinge vor, und nebenbei ging er zu sämtlichen Vereinstreffen, weil die Männer sonst nicht in die Messe gekommen wären. Freizeit blieb kaum. Lektüre? Er las die Zeitschrift »Prediger und Katechet« wegen der Predigtvorschläge, »Christ in der Gegenwart« blieb, obwohl er sie schätzte, meistens liegen.

Seinen Urlaub verbrachte er in den ersten Jahren zusammen mit fünf anderen Pfarrern in Südtirol. Damals genoß er es, sich mit den Kollegen auszutauschen, doch allmählich ermüdete ihn die Geselligkeit. Er nahm an Studienreisen teil, ins Heilige Land (tief beeindruckend), nach Rom (aufreibend, wunderbar!), nach Irland (geheimnisvoll, ergreifend). Einmal jährlich fuhr er zu Exerzitien bei Benediktinern oder Jesuiten, gern auch mal in eine österreichische Abtei, Stift Melk oder Stift Göttweig. Exerzitien wurden erwartet, der Bischof vergaß nie daran zu erinnern, daß sie »eine notwendige Quelle für unser geistliches Leben darstellen und zur geistlichen Erneuerung nahezu unverzichtbar sind«. Mit siebenunddreißig Jahren widersetzte sich Isidor zum ersten Mal dieser Erwartung und unternahm statt dessen auf eigene Faust eine einwöchige Reise nach London, wo er erschrocken feststellte, wie einsam und unsicher er war.

Als nach der Altarweihe seine Anspannung um St. Emmeram nachließ, spürte er Erschöpfung. Frau Schraml vom Frauenbund bemerkte mitfühlend, er sei ja völlig vom Fleisch gefallen.

Bald darauf gab es einen kleinen stummen Zwischenfall. Vor der Speisenweihe in der Osternacht, wäh-

135

rend Isidor das Halleluja sang, überfiel ihn jäh die Furcht, bei dem Satz »Allmächtiger Gott, segne dieses Fleisch und diese Eier!« zu stottern. Isidor fühlte sich normalerweise in der Liturgie vollkommen sicher, doch jetzt schien das Malheur unausweichlich, beinah so, als führe er mit achtzig Stundenkilometern auf eine Mauer zu. Schon war das »Halleluja« des Chors beendet, und Isidor sprach gewissermaßen schlingernd, mit rasendem Puls: »Nach altem Brauch wollen wir jetzt den Segen des Herrn für die Speisen erbitten, die wir am Ostertisch verzehren werden. Lasset uns beten: Allmächtiger Gott, segne ...« Er stotterte nicht. Puh, dachte er, mit Gottes Hilfe noch einmal gut gegangen. Er war schweißgebadet.

Warum *noch einmal* gut gegangen?

Darüber nachzudenken blieb keine Zeit. Inzwischen war hinter dem östlichen Paß die Oberland-Klinik so weit gewachsen, daß sie eine eigene Kirche bekommen sollte. Die Mitarbeit an der Planung – Auswahl von Architekt und Entwurf, Bau, Engagement der Künstler – gab Isidor neuen Auftrieb.

Die Dreifaltigkeitskirche wurde ein heller Sechseck-Betonbau. Die Altarseite ist ein einziges großes Gemälde in leuchtenden Farben, das die Erscheinung des Heiligen Geistes zeigt: eine abstrakte, aber lebendig und schwungvoll wirkende Taube genau im Zentrum der Wand, als Mittelpunkt und Ursache eines Strudels aus blauem und gelbem Licht. Fenster, vom Dach bis zum Boden reichend, aus Glas in denselben Farben. Die Glocken hängen in einem Betongestell, und wenn sie läuten, etwa während der Wandlung, knarrt und sirrt der ganze Bau geheimnisvoll, was vielleicht ein architektonischer Fehler ist, aber in seiner Wirkung durchaus mystisch.

Seitlich der Kirche, durch eine Tür mit ihr verbunden, gibt es eine Kapelle: ebenfalls sechseckig, etwas kleiner, mit einem Gemälde desselben Künstlers: Der Erlöser am Kreuz, nachts, allein, während Blitze zucken, umschwirrt von aufgeregten Engeln; einer schmiegt sich an seine Schulter. Über dem Kreuz öffnet sich der Himmel. Die Konturen sind verwischt. Man erkennt kein einziges Gesicht, die Figuren wirken nur durch ihre Bewegung, sind aber so ausdrucksvoll und ergreifend, daß der Volksmund die Kapelle fast augenblicklich »Trostkapelle« taufte, obwohl der Künstler behauptete, daß die Engel aus Willkommensfreude so aufgeregt seien.

Zur Trostkapelle gehört das Beichtzimmer. Es ist nüchtern und freundlich eingerichtet mit einer modernen Sitzgarnitur in hellem Graublau, einem Couchtisch mit Kerze, einem Kruzifix an der Wand. Weiße Wandschränke verbergen, daß es außerdem als Sakristei dient. Die Tür ist nur von der Altarstufe der Trostkapelle aus sichtbar, weshalb Isidor dienstagnachmittags ein Hinweisschild »Beichtzimmer« aufstellt, damit die Leute ihn finden. Es ist ein diskretes Arrangement, das schüchterne Leute ermutigen soll. Ein einziges Mal floh eine Frau mit dem Ausruf: »Da gibt's ja gar koan Beichtstuhl net!«, öfter aber hat sich das Beichtzimmer bewährt, weil Leute es im Gestus der Neugier betraten und fragten: »Aha, so? Ja, also ...«

Kirche wie Kapelle wurden nicht nur von Kranken und Kurgästen, sondern auch von den Einheimischen sofort angenommen. Nicht nur Boderinger fuhren manchmal zur Messe dorthin, sondern auch Bewohner der umliegenden Dörfer. Die Beichtgelegenheit in der Dreifaltigkeitskirche wurde häufiger genutzt als die im Pfarrhaus von St. Emmeram.

Isidor empfand die Bekanntschaft mit Kranken und Kurgästen als Bereicherung. Klinikpatienten sind oft aufgewühlt und allein und daher froh, wenn sie über ihr Leben reden können. Isidor hat mit Menschen verschiedenen Alters gesprochen, aus allen Bundesländern, verschiedenen Schichten, zum Teil sogar anderen

Bekenntnisses. Die Welt besuchte ihn, man mochte es kaum glauben, in Bodering.

Weitere Pflichten kamen hinzu: Seelsorge im Altersheim, zeitweise Religionsunterricht in der Berufsschule von Dambach. Die alten Pfarrer gingen nach und nach in den Ruhestand, zu wenig junge kamen nach. Einige Jahre lang betreute Isidor ein Benediktinerinnen-Kloster, weil die Nonnen sich weigerten, ihren Geistlichen predigen zu lassen, der ein fanatischer Vegetarier war und ihnen dauernd erzählte, sie bekämen Krebs. Damals fuhr Isidor zwischen seinen Einsatzorten pro Woche zweihundert Kilometer. Zuerst kurbelte er zähneknirschend über die gewundenen Straßen, dann beschloß er, seine Einstellung zu ändern, wenn er schon seine Lage nicht ändern konnte, und versuchte die Fahrten als Auszeiten zu sehen, gewissermaßen als Meditation.

Er fuhr nun ruhig, mit wenig Tempo- und Gangwechseln bei möglichst niedriger Drehzahl. Er kannte jede Kurve, jede Steigung und Abfahrt seines Reviers, er wußte genau, wo er aufs oder vom Gas gehen mußte, um möglichst leicht die Hügel abzureiten. Allmählich öffnete sich sein Blick für das Schauspiel der Natur im Wechsel der Jahreszeiten. Im dichten Wald lagen manchmal bis Mai Schneereste, die in grellen Mustern aufflammten, wenn die hochstehende Sonne sie durch das Gestrüpp der Äste traf. Wenig später mußte man die Scheinwerfer anschalten, weil es unten bereits dämmrig wie in einer Schlucht war, während die hohen Wipfel noch in der Nachmittagssonne badeten.

Von den Höhenwegen sah man dafür bei klarem Wetter dreißig Kilometer weit. Das Tal ein bunter Teppich aus Wiesen, Feldern, Dörfern, dazwischen Kirchen, Höfe und Häuser wie Spielzeug hingestreut. An den Hängen endloser Wald, im Frühjahr in flaumigem Grün, im Herbst leuchtend bunt. Die stumpf grünen

Fichten auf den Kuppen und Kämmen veränderten sich auf andere Weise: Sie trugen im Herbst den Reif wie Spitzenbesatz, im Winter schweren Schnee auf ihren kurzen Ästen. Für Isidor wurden sie das Symbol des Waldes: diese Fichten, ächzend im Sturm, dunkel und geheimnisvoll im Regen, fahl wie Schemen im Hochnebel. Manchmal, umspielt von Nebelschwaden, schienen sie zu wandern. An den kurzen sonnigen Frosttagen strahlten ihre Eiskrusten so hell, daß man geblendet war.

Kapitel Vier

Nun treten die Weihekandidaten einzeln vor den
Bischof, knien vor ihm nieder und legen ihre
gefalteten Hände in die Hände des Bischofs.

Bischof:
**Versprichst du mir und meinen Nachfolgern
Erfurcht und Gehorsam?**

Weihekandidaten:
Ich verspreche es.

Bischof:
**Gott selbst vollende das gute Werk,
das er in dir begonnen hat.**

Aus der Liturgie der Priesterweihe,
herausgegeben von den Liturgischen Instituten
Salzburg, Trier und Zürich

Hochkreuz

Dort hat er der Sonne ein Zelt gebaut.
Sie tritt aus ihrem Gemach hervor
wie ein Bräutigam;
sie frohlockt wie ein Held
und läuft ihre Bahn.
Am einen Ende des Himmels geht sie auf /
und läuft bis ans andere Ende;
nichts kann sich vor ihrer Glut verbergen.
(Ps 19, 5-6)

Schon einmal haben die Boderinger Gläubigen sich unvermittelt für ein Projekt stark gemacht. Es ging um ein Kruzifix, das, weil es weit oben am Südhang eines Hügels stand, Hochkreuz genannt wurde. Ein Boderinger Schreiner hatte es in den fünfziger Jahren geschnitzt. Der Weg führte zuerst durch dichten Wald, dann über Almen. Es war ein beliebtes Sonntagnachmittagsziel für Boderinger Familien; die Feriengäste schätzten es weniger, weil der Teil des Weges, der durch den Wald führte, steil, dunkel, kühl und nach Regen glitschig war. Isidor, der sich nur einmal mit kurzem Atem hinaufgekämpft hatte, war froh, daß niemand auf die Idee kam, das Kreuz als Prozessionsgegenstand zu propagieren. So führte dieses Kreuz ein unauffälliges Dasein, bis eines Tages ein Unternehmer das ganze Gebiet, auf dem unter anderem das Kreuz stand, in Erbpacht erwarb, um darauf einen Golfplatz anzulegen. Das Kreuz sollte entfernt und das Gebiet für die Öffentlichkeit gesperrt werden.

Als die Verhandlungen bekannt wurden, regte sich Widerstand. Natürlich erwarteten die Boderinger, daß

Isidor den Widerstand organisiere, und Isidor, der die Initiative lieber ins Leere laufen lassen wollte, lud sie ins Pfarrhaus ein. Er war überrascht, wie viele es waren – auch junge Leute, Lehrlinge und Schüler und sogar ein paar ihm bis dahin unbekannte Neu-Boderinger. Er hörte sie an und gab ihnen einen zweiten Termin in der Hoffnung, daß die Hälfte abspringen würde, aber es wurden noch mehr. Natürlich hatte er nichts gegen die Aktion. Er hielt sie nur für juristisch aussichtslos und wollte seine Kräfte schonen, weil er seit etwa einem halben Jahr vollkommen überlastet war.

Er hatte nämlich eine zweite Pfarrei übernehmen müssen. Der dortige Pfarrer war in den Ruhestand gegangen, der neue aber hatte von Tag zu Tag mehr getrunken, bis er nur vier Monate nach seinem Amtsantritt am Ostersonntag um den Altar taumelte und das Evangeliar fallen ließ. Das Ordinariat schickte ihn zur Entziehungskur und nahm Isidor in die Pflicht – vorübergehend, wie es zunächst hieß. Isidor stellte fest, daß Zwam zwei fähige Pastoralreferenten hatte, die gute Wortgottesdienste hielten und das Gemeindeleben ordentlich organisierten. Allerdings waren die beiden, ein Mann und eine Frau, überaus selbstbewußt und ehrgeizig: Sie hatten den vorigen Pfarrer binnen nur vier Monaten aus dem Sattel gehoben und waren deshalb bei der Gemeinde in Mißkredit geraten. Isidor erklärte der Gemeinde, daß niemand binnen vier Monaten zum Alkoholiker wird, was sie im Prinzip wußten, aber nicht richtig fanden. Isidor vermittelte: Der Vorgänger sei ein kranker Mensch, der es auch ohne die Pastoralreferenten nicht gepackt hätte und professionelle Hilfe brauche; in der entstandenen Notlage sei es besser, die Referenten zu unterstützen, als sie zu bekämpfen. Mit den Referenten versuchte er einen Modus zu finden, wie man sich die Gottesdienste teilt, denn natürlich war er froh über jede Messe in Zwam, die er nicht halten mußte – er empfand Zwam nicht als seine Gemeinde und mochte nicht wie ein Handelsvertreter zur Messe einfliegen. Den Pastoralreferenten war das nur recht. Sie gaben ihm zu verstehen, daß sie ohne ihn glänzend zurechtkämen; er möge seine Hostien konsekrieren und dann abrauschen. Ihm wurde hinterbracht, daß sie zum Beispiel vor einem Begräbnis den Angehörigen sagten, eine Eucharistiefeier sei nicht möglich, da Pfarrer Rattenhuber verhindert sei; sie hatten ihn aber gar nicht gefragt. Isidor traute ihnen das einerseits zu und wußte andererseits nicht, wie glaubwürdig die Zuträger waren. Erschwert wurde das Ganze durch einen halb wahnsinnigen und eigentlich abgemeldeten Diakon, der plötzlich aus der Versenkung auftauchte und Isidor beschwor, die »Geweihten« müßten zusammenhalten. Isidor mußte den Diakon beruhigen, die Pastoralreferenten zur Ordnung rufen, ohne sie zu brüskieren, und seiner neuen Gemeinde das Gefühl geben, er sei trotzdem für sie da. Ohne die Hilfe des alten Pfarrers, der allerdings an Krebs litt und selbst geschwächt war, wäre es vielleicht überhaupt nicht gegangen. Wie auch immer: Kaum hatte Isidor die Sache halbwegs im Griff, erkrankte Pater Raphael, der Seelsorger der Oberwaldklinik, und Isidor war wieder gefordert.

Gleichzeitig eskalierte der Streit mit seinem Boderinger Kaplan, der Gemeindemitglieder unter Druck setzte, im Religionsunterricht Kinder an den Haaren zog und mit sprunghaften Entschlüssen für Aufruhr sorgte. Isidor hatte diesen Kaplan schon öfter gerügt, ihn aber zuletzt nicht ausreichend kontrollieren können. Auf einmal brannte es an verschiedenen Fronten. Zwei junge Mütter beklagten sich, Kaplan Schreil habe sie vor der Taufe ihrer Kinder zur Beichte zwingen wollen. Ein erwachsenes Ehepaar brach in Isidors Büro in Tränen aus, weil Kaplan Schreil es wochenlang erpreßt habe: Zuerst wollte er ihren Sohn nicht zur Erstkommunion zulassen mit dem Argument, die Eltern seien sonntags nie in der hl. Messe gewesen. Daraufhin waren die Eltern zur Messe gegangen, obwohl sie überschuldet waren und eigentlich wochenends zusätzlich arbeiteten. Aber nach weiteren zwei Monaten sagte der Kaplan plötzlich, das reiche nicht aus, da sie ja vorher nie gegangen seien. Die Eltern, Aussiedler aus Kasachstan, hatten inzwischen ihre halbe Großfamilie aus verschiedenen Städten zu dem Ereignis eingeladen und fühlten sich betrogen und blamiert. Isidor beruhigte sie, ließ den Buben zur hl. Erstkommunion zu und rief den Kaplan zur Ordnung, der meinte, er habe die Leute nur ein bißchen erschrecken wollen, damit sie die Kirche wieder ernster nähmen. Isidor hielt es für seine Pflicht, diesen Kaplan zu erziehen, aber der Kaplan, der in seiner Freizeit immer in Jeans herumlief und ziemlich locker tat, stellte sich als schlagfertiger, aggressiver Kontrahent heraus, und die Auseinandersetzung zehrte an Isidors Kräften. Die Sache endete unbefriedigend damit, daß der junge Mann – unreif wie er war, in Isidors Augen ein Sadist und Intrigant – nach nur drei Jahren miserabler Arbeit zum Pfarrer befördert wurde und eine eigene Gemeinde bekam. Isidor, der selbst sechs Jahre hatte dienen müssen, schüttelte den Kopf. Ihm tat die zukünftige Gemeinde des Kaplans leid, aber auch er selbst tat sich leid, denn jetzt fielen Erstkommunion und Schulpastoral wieder auf ihn zurück.

Das war die Situation, in der plötzlich das Hochkreuz zum Thema wurde. Isidor zögerte, so lang es ging. Dann trat er der Initiativgruppe bei, der selbstverständlich unter anderen Boderingern auch Frau Danninger angehörte, Frau Schraml, Frau Zwickl, dazu aber vier ihm unbekannte junge Leute. Die Gruppe arbeitete durchschnittlich. Von den vier unbekannten jungen Leuten blieben zwei: ein feuriger junger Mann, Angestellter bei der Sparkasse und Gründungsmitglied der Boderinger Grünen, einfallsreich und fleißig, und eine junge Frau, passiv, aber zuverlässig. Sie hieß Judith Meier, machte eine Ausbildung als Hotelfachfrau im Steigenberger Hotel und lebte erst seit drei Monaten in Bodering. Sie war Isidor schon bei ein paar Sonntagsmessen aufgefallen.

Sie war Mitte zwanzig und wirkte halb gehetzt, halb sehnsüchtig, ein bißchen gestört. Dieser Eindruck wurde geadelt durch eine Art entrückte Schönheit und gemildert durch einen Hund, der fast immer bei ihr war, ein großes, freundliches Vieh, das aussah wie ein Volltrottel, mit Zottelhaaren, die ihm über die Augen fielen, und einer Knautschpuppe im Maul. Nach jedem Treffen der Gruppe war das ganze Gesprächszimmer voller Hundehaare, und Isidor ging sofort mit dem Staubsauger durch, weil er nicht extra die Zugehfrau behelligen wollte, die kürzlich angedeutet hatte, daß sie ihn für schrullig hielt. Judith also hing kompromißlos diesem Köter an und zog mit ihm in jeder freien Minute durch die Wälder. Halb Bodering bestaunte ihren Bewegungsdrang. Sie war groß und schlank, blond mit Pferdeschwanz, und hatte ein feines Gesicht mit dunkelblauen Augen, über das immer wieder Schatten düsterer Empfindungen liefen. Einmal bot Isidor Judith an, sie könne jederzeit zu ihm kommen, wenn sie was auf dem Herzen habe, und sie runzelte die Stirn und sagte »Ja«, kam aber nicht. Freunde hatte sie nicht, auch von Verehrern war nichts bekannt. Immerhin nahm sie mindestens einmal wöchentlich an der Eucharistie teil. Sie saß immer dort, wo Isidor sie vermutete, und fixierte ihn sehnsüchtig dunkelblau; nur wenn sie vorn die Kommunion in Empfang nahm, schlug sie die Augen nieder. Isidor, der wußte, daß die Tage der Hochkreuz-Initiative gezählt waren, versuchte, Judith für weitere Gemeindeprojekte zu interessieren, aber sie meinte mit ratloser Stimme, das lohne nicht, sie werde nach dem Ende ihrer Lehrzeit Bodering sowieso verlassen. Isidor spürte einen Stich und fragte sich, ob er wohl in sie verliebt war.

Das passierte ihm damals öfters. Seit er vierzig war, hatte er das Gefühl, daß er was versäumte. Immer waren Frauen um ihn herum, sie vertrauten ihm und genossen seine Nähe. Er seinerseits vertraute ihnen nicht. Er fürchtete Verwicklungen und Ansprüche, und da er, offenbar dem fatalen Muster seiner Kindheit folgend, normale Frauen übersah und vor allem komplizierte wahrnahm, die ihn durch Nervosität und Egozentrik bald verschreckten, geschah nichts weiter. Isidor betrachtete diese Phasen heftiger Unruhe als Erwärmungen, die rasch und spurlos wie Erkältungen vorübergingen. Manchmal sah ihn eine der betreffenden Frauen, die zwischendurch ihre Macht über ihn gespürt hatte, neugierig an, dann war er freundlich zu ihr wie zu jedem und staunte, wie fremd sie ihm war. Eine solche Frau aber verzieh ihm nicht und begann herumzuerzählen, er sei »behindert«. Sie schrieb sogar einen Brief ans Ordinariat, warum man die Boderinger Waldler so gering schätze, daß man ihnen einen »behinderten« Pfarrer geschickt habe, also da sei sie schon sehr enttäuscht. Frauen sind gefährlich, stellte Isidor ein weiteres Mal fest, und: Im Grunde war er der geborene Junggeselle. Die Einsamkeit war sein Los. Immerhin traute er sich zu, sie im Schutz seines Sakraments sozusagen im Stillen zu ertragen, ohne innere Scham und äußere Schande. Er bildete sich nicht viel darauf ein: Es ist leicht, seine Leidenschaften zu besiegen, wenn man keine hat. Isidor fühlte sich sogar ein bißchen als Betrüger, weil er den Zölibat als Schutz empfand, anstatt sich damit wie seine Kollegen zu quälen. Er bedauerte Pfarrer, die ein belastendes Doppelleben führten, und erst recht jene, die alles, Beruf, Amt, Ehre, Gehalt, wegen irgendeiner Frau drangaben, die für diesen Preis kaum halten konnte, was sie versprach, nachdem die Liebe ihre Versprechungen in der Regel ja nicht mal unter normalen Bedingungen hält.

148

Judith bedeutete für Isidor also nicht wirklich eine Versuchung. Sie war, zu allem anderen, auch noch zu jung. Er konnte keine junge Frau halten, noch ohne Beruf ihre Kinder ernähren. Er konnte auch nicht dauernd mit ihr und dem Hund spazieren gehen. Er konnte ... Er konnte nichts. Er würde Entzugserscheinungen bekommen, wenn er die Liturgie nicht vollziehen durfte. Ihm fiel ein, was ein ausgesprungener Mitbruder ihm einmal nach vier Ehejahren erklärt hatte: Früher sei er sechzehn Stunden am Tag glücklich gewesen und acht Stunden in der Nacht unglücklich, jetzt sei es umgekehrt. Isidor mußte lachen: Sechzehn Stunden Unglück pro Tag, das ist keine Frau wert.

Isidor erfreute sich also einfach einer schon erprobten virtuellen Verliebtheit, die zumindest den Vorteil hatte, daß seine Müdigkeit verschwand. Während er von Messe zu Messe, von Taufe zu Beerdigung, von Kommunion zu Krankensalbung hetzte, dachte er an Judith. Allein die Aussicht, sie abends in der Messe zu sehen, verschönte seinen ganzen Tag. Er genoß es, mit ihr bei den Initiativtreffen Kaffee zu kochen, und versuchte, ihr dabei möglichst viel zu erzählen, wobei er sich vorher inhaltsreiche und bündige Formulierungen zurechtlegte, die Judith möglichst viele Einstiegsmöglichkeiten boten. Auf jede Frage hätte er drei witzige Repliken parat gehabt. Da sie nicht fragte, freute er sich an ihren Antworten. Wo lebten zum Beispiel ihre Eltern? »Meine Eltern leben nicht mehr«, sagte sie, und das rührte ihn, weil er selbst gewissermaßen Waise gewesen war. Wo stammte sie her? »Aus dem Schwäbischen. Nein, nicht Stuttgart. Dorf ...« Und hieran gefiel ihm natürlich das Dorf, weil er selbst Dörfler war und daß sie keinen Dialekt sprach. Außerdem begeisterte ihn alles, was sie aus ihrem Alltag erzählte, bis hin zur Maus auf dem Frühstücksbüffet des Steigenberger Hotels, über die das Küchenmädchen sagte: »Ach, die frißt bloß Brot!« Wenn Judith nicht da war – und sie war kaum je da –, redete er in seiner Phantasie mit ihr. Er erzählte Dinge, die er bis dahin nicht mal vor sich selbst ausgesprochen hätte, und war entzückt über Judiths kluge und einfühlsame Kommentare. Seine eigenen Erkenntnisse nahmen ihm manchmal den Atem. Erstickende Tabus fielen wie alte Häute von ihm ab, nur weil Judith sie – in seiner Phantasie – berührt hatte.

Er kaufte zum Beispiel damals nicht ohne Skrupel ein für seine Verhältnisse ziemlich luxuriöses Auto, einen dunkelblauen BMW-Jahreswagen mit beheizbaren Ledersitzen, Klimaanlage, Außentemperaturmesser und elektrischer Zentralverriegelung. Wochenlang hatte er mit sich gerungen und jedes Detail mühsam mit praktischen Zwängen gerechtfertigt: die verstellbaren Rückenlehnen für die Bandscheiben, den Temperatursensor für Nacht-und-Nebelfahrten in der gefährlichen Übergangszeit und so weiter. Nun holte er in Dambach den Wagen ab, den zwei junge Männer, dem Gehabe nach jobbende Abiturienten, auf Hochglanz polierten. Als er ins Büro ging, um die Papiere abzuholen, hörte er den einen Abiturienten zum anderen sagen: »Naja, warum soll er keinen Einspritzmotor haben, wenn er schon keinen Sex haben darf?« Schmerzhaft!, sagte Isidor am Abend in seiner Phantasie zu Judith, die natürlich unbedingt wissen wollte, wie sein Tag verlaufen war: Es ist schmerzhaft, manchmal. Obwohl man nicht klagen darf, wenn man gerade ein Auto für zweiundvierzigtausend Mark gekauft hat. Ich klage übrigens nicht. Ich stelle nur fest. Scherzend, aber klerikal korrekt fügte er hinzu: Außerdem wollte ich mich ja opfern, und ein Opfer, das nicht schmerzt, ist keins, nicht wahr? Er lachte zärtlich. Judith fragte mit ihrer hellen, etwas harten Stimme: Und warum opferst du dich eigentlich?

In lichten Augenblicken fand er selbst sein Vertrauen in sie übertrieben. Ihm war bewußt, daß seine

150

Sehnsucht nach Vertrauen ihn fortriß. Er fand nicht heraus, welche Eigenschaften Judith zum zufälligen Gegenstand dieses Vertrauens machten. Er nahm an, daß er auf sie vorgeprägt gewesen war, ohne es zu wissen, und daß eine Art Fügung sie nach Bodering geleitet habe. Wäre sie nicht gekommen, hätte er nie erfahren, wie es ist, wenn jemand wirklich ganz und gar zu einem gehört. Nicht auszudenken! Isidor, der im Gerüst seiner Pflichten festgezurrt war wie in einem stählernen Käfig, genoß bereits die Ahnung von Nähe und Wärme wie eine Erfüllung. Er hätte Judith alles von sich erzählt, wenn sie gefragt hätte.

Sie fragte nichts. Sie kam nicht mal in seine Träume. Isidor war inzwischen fünfundvierzig Jahre alt und hatte im Traum mit seiner halben weiblichen Gemeinde geschlafen, auch und gerade mit Frauen, die ihm in Wirklichkeit weniger gefielen; zu seinem Ärger sogar mit Frau Danninger. Allerdings war der Akt jeweils zu kurz für wirklichen Genuß und sein Ende immer, schon im Traum, von heftiger Reue begleitet, so daß Isidor doppelt erleichtert erwachte. Die Traum-Reue betraf übrigens eher die zu erwartenden Komplikationen und die falsche Frau als das gebrochene Gelübde, und der halb entgangene Genuß war nicht mal Gegenstand schlechten Gewissens. Isidor rieb sich rund um die Uhr für seine Gemeinden auf, er hatte keine Laster, rauchte nicht, trank Alkohol nur, um einschlafen zu können, und knirschte nachts vor Erschöpfung so stark mit den Zähnen, daß ihn morgens die Kiefer schmerzten. Er fühlte sich durchaus berechtigt, wenigstens im Traum etwas Lust zu empfinden. Es mußte ja kein Sex sein! Schon mit einem Tennisspiel wäre er zufrieden gewesen! Aber nicht einmal das klappte. Er betrat wohl mal im Traum einen Tennisplatz, aber von da an ging alles schief: Der Partner war verschwunden, der Schläger verbogen, das Netz zerrissen, alles von Laub bedeckt, oder der ganze Platz stand auf einmal unter Wasser.

Die Angelegenheit Hochkreuz lief erwartungsgemäß schlecht. Eine geringe Hoffnung hatte darin bestanden, daß der Golf-Unternehmer Pachl, bis zur
neunten Klasse bei den Benediktinern in Metten erzo-
gen, ein Quartalskatholik war. Isidor versuchte also,
Pachls religiöse Gefühle zu stimulieren, aber Pachl antwortete, er habe eine Expertise von einem Münchner
Kunstwissenschaftler anfertigen lassen, nach der das
Hochkreuz ein Glump sei, primitive Volkskunst ohne
jeden künstlerischen Wert. Isidor, der an das Kreuz nur
eine verschwommene Erinnerung hatte, erwiderte, um
künstlerischen Wert gehe es hier nicht, sondern um
emotionalen. Während er das sagte, wurde ihm bewußt, daß die Angelegenheit für Pachl inzwischen einen weit höheren emotionalen Wert besaß: Denn Pachl
kämpfte um sein Ego. Isidor betrachtete den bulligen
Endvierziger, der ungeschickt mit lateinischen Flos-
keln um sich warf und schäumend wie ein Psalmist seine Neider und Feinde anklagte, und verstummte. Die
Leidenschaft eines kranken Egos ist brachial. Pachl
stammte aus Schönberg, war am Gymnasium gescheitert, dafür als Schrotthändler zum Millionär geworden
und hatte mit fünfunddreißig Jahren das Golfspiel entdeckt, weshalb er beschloß, Golfunternehmer zu werden. Er besaß neben seinem Schrotthandel schon ein
Luxushotel und drei Geschäfte und wollte der Golf-
könig des Bayerischen Waldes werden. Konkurrenz
vertrug er nicht. Als im Nachbarort ein Golfgeschäft
öffnete, das nicht ihm gehörte, verbot er seinen Golf-
lehrern und Angestellten, dort einzukaufen. Er hatte
im Eigenverlag als Broschüre eine selbstgerechte Auto-
biografie mit der hybriden Widmung OMNIA AD
MAIOREM DEI GLORIAM veröffentlicht, und damit
war wirklich alles über ihn gesagt. Isidor langweilte
sich schon, wenn er Pachl nur von Ferne sah. *Nur ein
Hauch sind die Menschen*«, summte er vor sich hin, *»Auf
der Waage schnellen sie empor, leichter als ein Hauch sind*

sie alle.« Er wollte Judith imponieren, indem er ohne Stolpern sprach, und zitierte: »*Der Mensch bleibt nicht in seiner Pracht; er gleicht dem Vieh, das verstummt*«, erreichte damit aber nur, daß Judith sich augenblicklich niederwarf und ihren Volltrottel mit Zärtlichkeiten überschüttete.

Die letzte Maßnahme der Initiative war eine Unterschriftenaktion; diese Idee stammte von dem jungen grünen Sparkassen-Angestellten. Die Initiativgruppe stellte vor der Kirche Tische auf und legte Unterschriftslisten aus, Isidor predigte über das Hochkreuz, und die Gemeinde, derart in Stimmung gebracht, unterschrieb zahlreich. Der junge Grüne brachte die Liste ins Rathaus, wo Pachls Projekt im Kasten aushing.

Pachl reagierte sofort und wuchtig: Der Grüne war Angestellter der Sparkasse, über die Pachls Konten liefen, und Pachl drohte, sofort all seine Konten von der Sparkasse abzuziehen, wenn die Aktion nicht eingestellt werde. Der Grüne wurde gerügt und beschwor Isidor, die Aktion abzublasen, es gehe um seine Existenz.

Isidor gab für die gescheiterte Initiativgruppe im Pfarrhaus eine kleine Abschiedsfeier. Teils erleichtert, teils betrübt, insgesamt aber wie immer in diesen Tagen hochgestimmt, trank er viel und fand für alle Mitstreiter die richtigen Worte. Er wurde sogar ziemlich witzig, genoß das Gelächter und spürte die Bewunderung der Frauen. Der Höhepunkt des Abends war, daß es ihm gelang, Judith von der Anrede »Herr Pfarrer« abzubringen. Beim Abschied – sie ging allein, er brachte sie vor die Tür – sagte sie: »Auf Wiedersehen, Herr ...« – sie wußte tatsächlich seinen Nachnamen nicht, für sie war er nur immer der Pfarrer gewesen. »Isidor«, sagte er. – »Isidor?« fragte sie verwirrt. Er griff nach ihren Schultern und küßte sie auf die Wange. Vollkommen glücklich kehrte er zur Feier zurück.

Am nächsten Samstag, zum Fest des heiligen Konrad, war eine Sternwallfahrt nach Altötting angesagt. Für Isidor war das normalerweise eine Prüfung, denn die Gemeinde Bodering ging traditionell die letzten vierzig Kilometer zu Fuß. Diesmal fürchtete er sich nicht, denn er war überzeugt, Judith würde dabeisein, obwohl sie gesagt hatte, daß sie den Hund nicht so lang allein lassen könne. Sie starteten morgens im Nieselregen ohne Judith, und er war immer noch sicher, sie würde kommen. Einige Kilometer vor dem Ziel drehte er sich wie in einer Eingebung um, und da ging sie drei Reihen hinter ihm und lächelte ihm zu. Er blieb stehen, bis sie auf seiner Höhe war, und lief von da ab an ihrer Seite. Sie hatte sich irgendwo eingefädelt, ohne daß er es merkte, und das fand er klug, denn so war er nicht in Versuchung geraten, die ganze Zeit neben ihr zu gehen zum Unwillen anderer Kandidatinnen; er durfte schließlich niemanden bevorzugen.

Der Pilgerstrom war stark angeschwollen, und beim Einzug in die Stadt fingen einige Gruppen an zu singen. Zwischen flatternden Fahnen und dicht gedrängten Zuschauerreihen schritten sie über den Kapellenplatz zur päpstlichen St.-Anna-Basilika hinab, während die Glocken aller Stadtkirchen läuteten, und weil der Weg zwischen den Spalieren so schmal war, gingen die Wallfahrer Ellbogen an Ellbogen und Schulter an Schulter, und die nebeneinander Gehenden nahmen sich bei den Händen. Mit ineinander verflochtenen Händen den Takt schlagend, sangen sie aus vollem Hals »Großer Gott, wir loben dich!«, obwohl sie im dröhnenden Geläut ihre eigenen Stimmen nicht hörten. In den Rotkreuz-Zelten, die wie immer unten bei der Basilika für die Fußkranken aufgebaut waren, war Isidor schon zweimal geendet; diesmal hätte er noch vierzig Kilometer gehen mögen.

Nach der Messe fuhr er mit Herrn Schraml vom Pfarrgemeinderat nach Hause, wobei er bedauerte, daß er nicht auf dem Rücksitz neben Judith sitzen konnte.

Am Sonntag hielt er morgens eine Messe in St. Emmeram und abends eine in der Dreifaltigkeitskirche, spürte Müdigkeit in den Knochen und ging früh zu Bett. Montag war sein freier Tag. Er erwachte um sieben Uhr, weil die Sonne auf sein Kopfkissen schien, und sehnte sich nach Judith. An Einschlafen war nicht mehr zu denken. Er sprang auf, duschte, frühstückte, und dann beschloß er, einen Spaziergang zum Hochkreuz zu machen, als Reverenz sozusagen: zum Abschied und zum Dank. Er atmete auf, als er aus der Schlucht hinaus ins Freie trat, und ging langsam, um seinen Atem zu sparen und die Aprilsonne zu genießen.

Zum ersten Mal betrachtete er das Hochkreuz aufmerksam. Der Christus, vom Schreiner Jackl geschnitzt, war tatsächlich unproportioniert, sein Kopf zu groß, sein linker Fuß verbogen; aber sein Gesichtsausdruck war auf anrührend naive Weise jammervoll. Unter seinen Füßen waren in das Kreuz vier weitere Szenen aus dem Leben Jesu geschnitzt – von oben nach unten Jesus vor Pilatus, Ölberg, Einzug in Jerusalem, als unterstes Josef und Maria vor der Krippe; alle Täfelchen nur geschnitzt, nicht bemalt, und so klein, daß sie aus normaler Entfernung wie Ornamente wirkten. Um das unterste zu sehen, mußte man sich sogar bücken.

Dieses unterste Täfelchen aber war bezaubernd. Josef, bärtig, mit einem Kittel wie ein Boderinger Zimmermann der zwanziger Jahre, legt fürsorglich seine Hand auf die von Maria, einem pummeligen Mädchen mit Kopftuch und Schürze. Die Krippe im Hintergrund spielt keine Rolle. Maria schaut schüchtern und vertrauensvoll zu ihm auf, und Josef lächelt ihr zu, es ist eine Liebesszene von natürlicher Anmut und Innigkeit. Isidor fühlte eine Art Verehrung für den Schreinermeister Jackl, der ohne Auftrag dieses Kreuz geschaffen und heraufgebracht hatte. Er beschloß, dem Jackl, der inzwischen ein tabakschnupfender alter

Grantler war, seinen Dank zu sagen und Pachl zu bitten, das Kreuz der Kirche zu überlassen, damit man einen neuen Platz dafür fände. Während er voller Pläne den Berg hinab nach Hause ging, flogen Schwäne über ihn hinweg, in der Morgensonne weißgolden schimmernd vor dem hohen blauen Himmel. Isidor atmete die duftende Frühlingsluft ein und dachte über die Schwäne nach, Josef, Maria und die Pracht der Schöpfung. Als er durch das im Frühling noch nicht zugewachsene, daher etwas hellere, aber wie immer kühle und feuchte Tal hinabschritt, stellte er sich vor, daß Judith neben ihm ginge. Sie stolpert, und er fängt sie auf und schließt sie in seine Arme. Dann fiel ihm eine andere Geschichte ein, von Trennung. Gerhard, von Beruf Werkzeugmacher, ein komplizierter, verschlossener Mann mit struppigem Bart und stechenden Augen, hatte sich vor drei Jahren mit Anna zusammengetan, der Kindergärtnerin. Beide hatten sich in der Kirche kennengelernt und waren sehr gläubig, Anna spielte manchmal zur Messe Gitarre und sang mit klarer, seelenvoller Stimme. Weil Anna geschieden war, beide aber einer Verbindung ohne den Segen der Kirche mißtrauten, gab ihnen Isidor seinen Segen. Vor sechs Monaten nun hatte Anna gebeichtet, daß sie trotz Segen Gerhard verlassen müsse, weil er »grausam« sei.

Isidor hörte sich Zerrüttungsgeschichten normalerweise mit freundlichem Bedauern an, natürlich ohne Partei zu ergreifen. Da die Leute erst kamen, wenn es sowieso zu spät war, versuchte er, wenigstens durch Geduld und Mitgefühl ihren Schmerz zu lindern, und war insgeheim froh, selbst vor solchen Katastrophen geschützt zu sein. In diesem Fall aber hat er zu seiner eigenen Überraschung Gerhard verteidigt. Gerhard hielt sich für »verflucht«, ohne sagen zu können, warum. Sein Glaube hielt ihn in der bürgerlichen Spur, half ihm aber nicht, seine Geliebte zu schonen. Er wußte nicht, daß er grausam war, sondern hielt es für seinen

Fluch, daß die Leute ihn dafür hielten. Er hatte gebetet und gebetet, mit Anna, ohne Anna. Inwiefern war er grausam? Auch Anna konnte es nicht sagen, aber Isidor sah ihr an, daß sie von Ekel und Entsetzen erfüllt war. Anna verließ also Gerhard, Gerhard trauerte wie ein Rasender, und letzte Woche war Gerhard zum ersten Mal seit Monaten wieder bei Isidor im Beichtgespräch gewesen und hatte zähneklappernd gesagt, er sei eben verflucht. Isidor versuchte ihm das auszureden: Niemand sei verflucht. Jeder habe Schwächen, doch wenn er sie vor sich verleugne, verselbständigten sie sich und steuerten ihn fern. Man müsse versuchen, sich ihnen zu stellen! Es gebe keine noch so schlimme Entdeckung, die nicht einen Keim von H-h-hoffnung und Genesung enthalte, redete Isidor, der vor Hoffnung kaum geradeaus schauen konnte. Naja, es gehe schon besser, gab Gerhard schließlich zu. Er müsse sich aber immer noch Abend für Abend vom Telefon oder vom Schreibblock zurückreißen und empfinde das als fortwährende Selbstverstümmelung.

Daran dachte Isidor, als er von seinem Spaziergang nach Hause kam. War es nicht Selbstverstümmelung, sich von Judith fernzuhalten? Sollte er sie anrufen und zu einem Spaziergang zum Hochkreuz einladen (am besten nach einem Regen)? Andererseits stotterte Isidor am Telefon immer noch schwer. Was sollte er sagen? Einen Psalm gar (»*Ich denke an dich auf nächtlichem Lager und sinne über dich nach, während ich wache*«)? Das verwarf er sofort und fürchtete dabei die Lächerlichkeit mehr als die Blasphemie. Unangemeldet hinfahren aber durfte er erst recht nicht. Er mußte seine Grenzen akzeptieren. Am Abend las Isidor, in der Glut seines Verzichts, das Hohelied Salomons und 1 Kor 13 und wartete auf eine natürliche Befreiung gemäß seinen Leitsätzen fünf und sieben. Er trank vier Gläser Wein, um sich zu betäuben, bis zu den Haarspitzen geladen vom Verlangen nach Intimität. Er sprang auf. Er wollte Erfüllung, jetzt gleich, ganz und gar, ohne Verzug. Er stand vor dem Telefon, die Religionsmaschine im Zustand der Implosion, und sagte laut: »Was soll aus mir w-w-werden?«

Der Goldene Steig

Er führt Wolken herauf vom Ende der Erde,/
Er läßt es blitzen und regnen,
aus seinen Kammern
holt Er den Sturmwind hervor.
(Ps 135,7)

Ungefähr in dieser Zeit war in Lamberg ein neuer Stadtpfarrer installiert worden, ein Dr. Ludwig Ebner, den alle sehr interessant fanden. Sogar Boderinger fuhren zwölf Kilometer weit zu ihm in die Messe und rühmten seine Predigten, und die Lamberger waren stolz, einen Pfarrer mit Doktortitel zu haben. Nach einiger Zeit waren sie immer noch stolz, aber sie fanden Dr. Ebner auch merkwürdig: Er schloß mit niemandem Kontakt, lief immer allein herum und bekam von niemandem Besuch. Sie befragten den Kaplan und den Diakon. Beide sagten: Dr. Ebner sei freundlich und gerecht, aber er brauche niemanden. Er liebe eben die Natur.

Das war kein Geheimnis. An jedem freien Montag fuhr er in die Berge, und sonntags nach der Messe zog er die Wanderstiefel an und durchstreifte die Auen von Lamberg, um Vögel und Pflanzen zu bestimmen. Jeder hatte ihn bereits dabei gesehen: mit einem Fernglas in die Luft spähend oder am Boden kauernd vor einem Grashalm, ein botanisches Bestimmungsbuch in der Hand. Isidor, in seiner Hochstimmung, dachte: Was nützt es einem, wenn er die Namen von tausend Vögeln und Pflanzen kennt, aber die Liebe nicht hat? Andererseits imponierten ihm Neugier und Systematik, und er freute sich, als Ludwig Ebner ihn auf einem Dekanatstreffen ansprach. Isidor erzählte, daß er irgendwoher ein altes Buch mit Pflanzenstichen habe, das er Ebner gern zur Verfügung stellen würde, und Ebner lud ihn ein, auf einen Kaffee vorbeizukommen. Sie vereinbarten einen Termin: vor der übernächsten Samstagabendmesse.

Als Isidor bei Ebner klingelte, stand er vor verschlossener Tür. Weil er an dem Abend frei hatte, spazierte er ein bißchen durch Lamberg. Noch zwei Mal führte ihn sein Weg am Pfarrhaus vorbei, und er klingelte jedes Mal, ohne Erfolg. Er aß in einem Lokal und ging um sieben zur Messe, inzwischen beunruhigt. Die Mesnerin sprach mit den Gläubigen eine Litanei, aber dann zogen die Ministranten ein, und Ebner war dabei.

Er ging mit kurzen, steifen Schritten, als könne er sich kaum auf den Beinen halten. Ludwig Ebner war mittelgroß und schmal, hatte eine lange Nase und ein fliehendes Kinn und zog beim Gebet die rechte Schulter hoch. Als Isidor vorn die Kommunion entgegennahm, sah er Ebners rotes Gesicht und die gesprungenen Lippen und dachte: O Schreck, noch ein Alkoholiker! Ebner erkannte ihn aber. Er nickte ihm zu und wies mit einem Blick aus rotgeränderten Augen nach draußen, Isidor möge nach der Messe auf ihn warten.

Dort erklärte Ebner, er habe heute seine Knie ruiniert. Er war gestern in den Alpen von einem Wettersturz überrascht worden und hatte am Gletscher bei minus fünf Grad und Schneesturm biwakiert. Heute war er zweitausend Höhenmeter am Stück abgestiegen, dann ins Auto gesprungen und zweihundertfünfzig Kilometer zurück nach Lamberg gerast, um rechtzeitig zur Messe zu kommen. Im Pfarrhaus setzte er sich auf eine Truhe und zog die Schuhe aus. Seine rech-

te Socke war blutig. Der Schuh war nicht richtig einge-
laufen, knurrte er. Selber schuld.

War er heroisch oder verrückt? Auch ihre zweite
persönliche Begegnung hatte etwas Dramatisches.
Und zwar sprach Ebner, der vielleicht Isidors Bewunderung spürte, überraschend die Einladung zu einer
Bergwanderung aus. Isidor, im Schwung seiner Gefühle, war zwar aufgeschlossen, wies aber auf seine
schlechte K-k-k-kondition hin. Ach, meinte Ebner, es
gehe ja nicht in die Alpen, sondern nur in den Natur-
park Bayerischer Wald – ein Spaziergang.

»Spaziergang?«

»Ja. Hast an Rucksack?« Natürlich nicht. Ebner warf
Isidor einen kleinen Rucksack zu: »Pack Wasser ein, a
Brotzeit, und was gegen Regen. Und a zwoat's Hemd.
Übernächsten Montag, wenn's Wetter mitmacht.«

Isidor fragte sich, ob Ebner, der auf den Dekanatstreffen kaum sprach und niemandem in die Augen sah,
etwas auf dem Herzen habe. Er interpretierte sozusagen seinen eigenen Wagemut als seelsorgerische Bereitschaft, um sich für die Unternehmung zu rechtfer-
tigen. Tatsächlich wurde es hart: Ebner lief, kaum daß
sie das Auto am Wanderparkplatz abgestellt hatten, los,
als übe er für einen Marathonlauf, und Isidor geriet
schon nach zehn Minuten außer Atem. Als er am Weg-
rand eine Informationstafel sah, blieb er stehen, mehr
um Luft zu schöpfen, als um etwas zu lernen. Aber als
er da nun stand, las er auch: »Sie befinden sich auf dem
Goldenen Steig.«

Das berührte ihn mächtig. Der Goldene Steig führte seit dem Mittelalter von Passau aus über die Pässe des
Böhmerwalds nach Prag. Lastträger und Maulesel hatten Salz, das per Schiff nach Passau kam, auf diesem
Pfad hinauf nach Böhmen gebracht und waren mit anderen Gütern – Getreide, Honig, Wolle, Safran, Ingwer,
Papier – zurückgekehrt. Golden hieß der Steig, weil Passau dadurch reich wurde, einen anderen Grund gab es

nicht: Es war ein ganz normaler, manchmal steiler und unwegsamer, jedenfalls langer und beschwerlicher Fernpfad, nur sein Name entzündete die Phantasie. Als Passauer Priesterseminarist war Isidor in seinen freien Stunden oft zur Veste Oberhaus hinaufgelaufen, um die Stadt von oben zu betrachten, und immer folgte er dann auch mit den Augen dem Goldenen Steig und geriet ins Träumen und zerrte an seinem Kragen. Der Pfad begann am Ilzufer, führte scharf bergan auf den grünen Hügel zwischen Ilz und Donau und hinter diesem Hügel über weitere Hügel in eine zunehmend hügelige Ferne. Am Horizont erahnte man die hohen, dunklen Wellen des Böhmerwalds. Es war der Anblick der Freiheit.

Der Anblick war verlockender als die Freiheit selbst. Für diese fehlte die Zeit. Das Seminar forderte sein Recht, Aufgaben, Messen, Gebete, Exerzitien; Unterricht: Latein, Griechisch, Hebräisch, Altes Testament, Neues Testament, Kirchengeschichte, Dogmatik, Homiletik, Liturgie. Isidor arbeitete sich von Prüfung zu Prüfung und vergaß den Goldenen Steig. Nein, das ist falsch. Das Studium war nicht nur Arbeit, es fesselte und erfüllte ihn auch. Und den Steig vergaß er nicht ganz, er bewahrte ihn gewissermaßen als Trostreserve in seinem Herzen und nahm sich vor, ihn nach dem Seminar einmal zu besuchen und wenigstens ein paar Schritte auf ihm zu gehen.

Neugierig und voller Pläne trat er seine erste Stelle an, der weitere Stellen folgten. Die Arbeit verschluckte ihn, aber langweilig war es nie. Er vergaß vieles, das ihn gelockt hatte, wurde von Dingen, an die er nie gedacht hatte, verlockt und fand, daß all das seine Richtigkeit habe, denn unergründlich sind die Wege des Herrn. Aber daß er nun nach zwanzig Jahren ohne Planung und Verdienst plötzlich auf dem Goldenen Steig stand, verschlug ihm den Atem. »Danke!« murmelte er zum bewölkten Himmel empor.

Das Wetter war schwül, zum Wandern nicht optimal. Isidor gab es bald auf, mit Ebner Schritt zu halten. Is dös koa Wunder, dachte er: Zwanzig, eigentlich dreißig Jahre lang hatte er sich gemüht und um alles kämpfen müssen, und nun, als er sozusagen schon aufgegeben hatte, bekam er auf einmal alles geschenkt. Den Goldenen Steig. Den Böhmerwald. Und die Liebe. Dank sei dir, o Herr.

Es ging mäßig bergauf zwischen Buchen und Fichten, einige Male überquerten sie eine Teerstraße, die vor Wärme dampfte. Dann bogen sie vom Steig ab. »Mir gehn jetzt auf dem Höhenweg«, meldete Ebner, »und dort is der Lusen.«

Der Lusen hatte die Form einer Pyramide und war mit Granitblöcken übersät. Am Ende des Höhenwegs führte ein schnurgerader, steiler Weg hinauf. »Die Himmelsleiter!« bemerkte Ebner.

Die Himmelsleiter sah furchterregend aus, aber Isidor, den die Namen mit ihren Bedeutungen stärker bewegten als die Dinge selbst, ging hochgemut. Höhenweg, dachte er und blickte sich immer wieder um, um die Fernsicht zu genießen. Himmelsleiter! Schweißüberströmt turnte er über die von grünen Flechten überzogenen Steinblöcke empor, dankbar für den hier im Freien blasenden Wind. Er fühlte sich, als sei seine Seele auf einmal flüssig wie heiße Lava und schlüge in Wogen gegen die Mauern seines Verstandes. Er kam so außer Atem, daß er meinte, die Lunge sprudle ihm gleich aus dem Hals. Warum blieb er nicht stehen? Er blieb nicht stehen. Er sah oben Ebner auf einem Stein sitzen und balancierte keuchend von Granitblock zu Granitblock, und als er Ebner erreichte, rechnete er damit, außer der Lunge auch noch Magen und Darm ausspucken zu müssen. Mit jagendem Herzen sank er auf den Stein neben Ebner und wischte sich mit dem Ärmel den Schweiß von den Lidern. Er blinzelte. Er war noch nie auf einem Gipfel gestanden.

162

Auch jetzt ergriff ihn eher die Symbolik des Augenblicks als der Anblick, denn alles flimmerte vor seinen Augen. Aber es gab noch eine Offenbarung: Er hatte sich körperlich noch nie so verausgabt. Und das war ein unerwartetes, machtvolles, fast absurd sinnliches Glück.

»Da drüben is' noch besser!« meinte Ebner und führte ihn auf die andere Seite des Gipfels. Direkt unter ihnen ebenfalls bewaldete Hügel, dichtes, dunkles Fichtengrün. Wenige hundert Meter weiter verlief die tschechische Grenze, sichtbar. Der Böhmerwald.

Sie begannen im Wind zu frösteln. Ebner zog sein Hemd aus, trocknete sich damit ab und zog das trockene Reservehemd an. Wenn er nicht predigte, zog er keine Schulter hoch, aber sportlich sah er auch jetzt nicht aus, eher mager und asketisch. Isidor verstand, daß er sich ebenfalls umziehen mußte, und genierte sich ein bißchen für den Speck an seinen Hüften und die untrainierten Arme. Andererseits war es etwas Besonderes, mit nacktem, verschwitztem Oberkörper im scharfen Wind auf dem Gipfel zu stehen. Er zog Hemd und Anorak an und fühlte dankbar, wie ihm wieder warm wurde. Sogar ein bißchen triumphal war ihm zumut. Goldener Steig. Himmelsleiter. Die Liebe. Der Gipfel. Und vielleicht ein Freund.

Während sie ihre Brotzeit aßen, erzählte Ebner, daß seine Eltern aus Böhmen stammten. Sie waren in den letzten Kriegstagen geflohen und hatten seitdem immer von ihrer Heimat geschwärmt, ohne je hinzufahren. So wurde Böhmen auch für ihn, Ludwig, das Land der Verheißung. Aber seine Eltern verboten ihm, böhmischen Boden zu betreten, solange der nicht wieder in deutscher Hand sei. Sie nötigten ihm sogar ein förmliches Versprechen ab. Erst viel später habe er begriffen, daß man Gelübde manchmal brechen müsse, sagte Ebner im neutralen Tonfall eines Buchhalters, der erklärt, daß er um seiner Firma willen gelegentlich Bilanzen fälscht. Zum ersten Mal sah er Isidor direkt an. Seine Gesichtszüge waren beherrscht, wie mit Stricken verspannt. Isidor fragte verlegen: »Bist also higfahrn nach Böhmen?«

Mehrmals, nickte Ludwig. Er sei dort auch gewandert. Das bereite ihm ein besonderes Vergnügen: zu Fuß in den Böhmerwald einzudringen.

»Und wia schaugt's do aus?«

»Genau wie hier.«

Isidor, der aus den verschiedenen Signalen nicht schlau wurde, fing an, von seinen eigenen Böhmen-Assoziationen zu erzählen. Ein Stück Literatur habe ihn einmal beeindruckt, »Der Ackermann von Böhmen«, von Johann von Tepel, und etwas zuckte in Isidor bei diesem Einfall wie Wetterleuchten, und er sah auf, und es konnte sein, daß das wirkliches Wetterleuchten gewesen war, denn der Himmel war düster geworden und die Luft, trotz Wind, fast unerträglich schwül.

»Tepel«, überlegte Ludwig, »War dort net a Prämonstratenserstift?«

Schon möglich, aber um das gehe es nicht. Es sei ein ziemlich alter Text, von etwa 1400. Dem Ackermann ist seine Frau gestorben, und er klagt vor Gott, dem Richter, gegen den Tod. Wenn er schon nicht die Todesstrafe fordern kann für den Tod, fordert er wenigstens Schande und Qual ... Isidor, in dem sich neben allem übrigen auch die Hierarchie der Erinnerungen verflüssigt, weiß auf einmal ganze Sätze aus dem Text, den er vor zwanzig Jahren gelesen hat. »Von mir und jedermann sei immer über Euch ernsthaft Zeter geschrien mit gerungenen Händen!« wütet der Ackermann gegen den Tod. Der Tod argumentiert kühl: Da sich alles unaufhörlich vermehrt, müsse auch jemand aufräumen, sonst würden die Menschen an ihrer Nähe ersticken oder einander fressen. Lebewesen seien ohnehin nichts als Unrat und Aas, zumal sämtliche auch noch so schönen Frauen, »mit Ausnahme der an die

164

Wände gemalten«. – »Pfui!« ruft (wörtlich) der Kläger: Hätte Gott tatsächlich den Menschen so erbärmlich und unflätig geschaffen, wäre er ein unwürdiger Schöpfer. »Herr Tod, Ihr schändet Gottes allerhöchstes Werk!«

Zuletzt spricht Gott das Urteil: Du, Kläger, habe die Ehre, du, Tod, habe den Sieg. In seinem nun so weit geöffneten Gedächtnis fand Isidor fast sofort den ganzen Richtspruch: »Kläger, habe die Ehre, Tod, habe den Sieg, da jeder Mensch das Leben dem Tod, den Leib der Erde und die Seele uns zu geben verpflichtet ist.« Erwartungsvoll suchte Isidor nach einem Ausdruck in Ludwigs ernstem Gesicht. Ludwig fragte nach einer längeren Pause ratlos: »Und was hat das mit Böhmen zu tun?«

Da es, während er fragte, in der Ferne donnerte, stand er auf, schulterte den Rucksack und gab so das Zeichen zum Aufbruch. Als Heimweg wählte er eine andere Strecke, die weniger steil, aber weiter war. Immer lauter grollte der Donner, und als sie den Wald verließen, sahen sie Blitze. Sie gingen durch ein Tal, durch das ein Bach floß. Isidor rief dem wieder weit enteilten Ebner nach, ob es nicht in der Nähe des Wassers gefährlich sei. »Geht scho! Paßt scho!« brüllte Ebner zurück, blieb aber wenigstens stehen. Als Isidor auf wenige Meter heran war, fühlte er sich auf einmal wie physisch elektrisiert: Alle Haare sträubten sich, und als er sich den Schweiß von der Stirn strich, knisterte es. Dann gab es ein blendend helles Licht und einen ohrenbetäubenden Knall. Isidor sah Ebner durch die Luft fliegen und etwas tiefer im Bach landen, während er selbst zwar hochgerissen wurde, aber nicht wegflog. Er lag am Boden und schützte mit beiden Händen den Kopf vor Hagel, der als Salve niederstürzte und direkt vor seinen Augen auf den Steinen tanzte. Ebner rief etwas, und sie sprangen auf und rannten talwärts, erst im Schutz des Waldes drosselten sie ihren Schritt. Schweigend fuhren sie nach Hause, nur einmal sagte Isidor

beeindruckt: »Wir sind vom B-blitz getroffen worden.«
Ebner, am Steuer, machte eine wegwerfende Handbewegung.

Bis in die Nacht noch hatte Isidor Herzrasen; wie er
meinte vom Schock. Aber am nächsten Tag bildeten
sich Brandblasen an seinen Ellbogen und Knien. Bewegt und aufgekratzt rief er Ebner an, um für das
Abenteuer zu danken. Er scherzte: »Woaßt, L-l-l-lud-
wig, daß d' ma Sch-sch-stigmata verpaßt hast?« Aber
Ludwig sagte geistesabwesend: »Stigmata ... so ...« und
sprach mit völlig neutraler Stimme ein paar nichtssa-
gende Dinge, als hätten sie sich nie gesehen.

B u ß e

Außerdem:
Wenn zwei zusammen schlafen,
wärmt einer den andern;
einer allein – wie soll er warm werden?
(Koh 4,11)

Eine Frau rief an und sagte mit sachlicher Stimme:
»I bräuchat an Termin für a Beichtgespräch.«

Isidor antwortete: »B-b-beichtgespräch is in St. Em-
meran D-donnerstag von s-siebzehn bis achtzehn Uhr
und in der Dreifaltigkeitskirch D-dienstag von sechzehn bis s-siebzehn Uhr.«

»Dös paßt net. Kenna S' net Dienstag vormittag?«

»Nein, da bin ich unterw-wegs.«

»Is recht. Pfüa Gott.«

Etwas später rief sie wieder an.

»Wie wär Mittwoch, um d' Mittagszeit?«

»Zur M-mittagszeit esse ich.«

So ging es noch zweimal hin und her. Isidor wunderte sich. Wem es wichtig ist, der nimmt sich die Zeit,

166

und in dringenden Fällen kommt Isidor natürlich entgegen, aber das hier klang nicht dringend, sondern
dreist. »W-worum g-geht es eigentlich?« fragte er
schließlich ungeduldig. »Wer s-sind Sie?«

»Mein Name is Huber, i bin d' Sekretärin vom
Herrn Pachl, ach, entschuldigen S'.« Plötzlich ein Stoß-
seufzer. »Ich bitt Sie! Ge'm S' ma an Termin! Der
macht uns ganz verruckt!«

Pachl?

Pachl kam also Mittwoch um zwölf Uhr ins Beichtzimmer. Isidor hatte die lila Stola umgehängt und trug
sogar das schwarze Priesterhemd mit Kollar, weil er es
aus irgendeinem Grund für nötig hielt, Pachl möglichst offiziell gegenüberzutreten. Auch Pachl, der
sonst immer in karierten Golfhosen und bunten Polos
herumlief wie ein alter Geck (dünne Beine, mächtige
Brust), hatte sich kostümiert: Trachtenjanker, Wollkra-
watte. Filzhut in der behaarten Linken. Sein Händedruck war fest, aber Isidor spürte ein Zucken der Verlegenheit in der summenden Kraft. Er machte das
Kreuzzeichen. »Im Namen des Vaters und des Sohnes
und des heiligen Geistes. Amen.«

Sie setzten sich.

»Gott, der unser Herz erleuchtet, schenke dir wahre Erkenntnis deiner Sünden und seine Barmherzigkeit.«

Pachl musterte ihn scharf. »Oiso – mir ham an
Zwist ghobt weng dema Hochkreiz ...«

Wegen dem Hochkreuz? Einen Zwist?

Ja, sagte Pachl. Er habe Isidor wegen dieser Initiative einen Heuchler und Lumpen genannt (Isidor erinnerte sich nicht), sehe jetzt aber ein, daß das nicht
richtig war. Er sei bereit, ein Bußwerk zu tun. Er habe
sich überlegt, daß man das Kreuz für Pilger zugänglich
machen könne, indem man einen neuen Weg baue.
Eine andere Wegführung, etwas weiter als vorher, dafür mit schönerer Sicht. Er werde Loch siebzehn verle-

gen und eine hohe Buchsbaumhecke pflanzen, damit die Pilger nicht von Golfbällen getroffen würden. Er erwog sogar eine kleine Brücke an jenem Wegstück, erklärte, in welchen Bauschritten man das in welcher Zeit fertigstellen könne, und hatte schon einen Kostenplan erstellt. Planierung – Drainage – Hecke – zwölftausend – fünfzehntausend – zwanzig ... Er war in seinem Element. Nein, Isidor werde nicht belastet. Er selbst, Pachl, werde sich kümmern, auch organisatorisch.

Mehr habe er nicht zu beichten.

Dann stand er auf und sprach: »Ich bereue, daß ich Böses getan und Gutes unterlassen habe. Erbarme dich meiner, o Herr.« Zutiefst erstaunt hielt Isidor seine Rechte über Pachls gebeugtes Haupt: »Gott, der barmherzige Vater, hat durch den Tod und die Auferstehung seines Sohnes die Welt mit sich versöhnt und den Heiligen Geist gesandt zur Vergebung der Sünden. Durch den Dienst der Kirche schenke er dir Verzeihung und Frieden. So spreche ich dich los von deinen Sünden im Namen des Vaters und des Sohnes und des Heiligen Geistes.«

»Amen.«

»Gelobt sei Jesus Christus!« sagte Isidor erfreut.

»In Ewigkeit, Amen!« Pachl nahm seinen Hut von der Bank.

In der Tür drehte er sich noch mal um. Er sei froh, daß man das habe regeln können. Seiner Braut sei daran gelegen gewesen.

Seiner Braut?

Naja, noch sei's nicht offiziell – er melde sich demnächst wieder! sagte Pachl.

Ah, schön. Darf man fragen ...?

Die Judith Meier! sagte er laut und lachte.

Isidor blieb sprachlos zurück. Judith! Judith hatte diesem Klotz ihr Jawort gegeben, ausgerechnet! Unbegreiflich! Die süße, tapfere, schöne Frau schenkt sich weg an einen größenwahnsinnigen Schrotthändler! Isidor hatte gefunden, daß er selbst zu alt für Judith sei, aber Pachl war ja noch drei Jahre älter. Was hatte sie sich nur dabei gedacht? Die besten jungen Männer des Bayerischen Waldes hätten ihr zu Füßen gelegen, und die von Regensburg und Passau dazu! Ging es um Geld? Aber hätte er das nicht merken müssen? Vielleicht war sie in Not und mußte Schulden bezahlen? Aber warum hat sie nichts gesagt? Sie hat ihren Bräutigam zur Beichte geschickt, aber sie selbst ist nicht gekommen. Vielleicht hat sie ein schlechtes Gewissen? Andererseits, warum sollte sie eins haben? Was wußte sie von Isidors Gefühlen? Na, vielleicht ist es das Beste so. Wär ja sowieso nicht gegangen, dachte Isidor und preßte die Hand auf sein Herz.

Bald darauf sprach Pachl erneut bei ihm vor, um – nein, noch nicht über seine Hochzeit zu sprechen, sondern zunächst über die Nichtigkeitserklärung seiner ersten Ehe, da seine junge Braut auf einer kirchlichen Trauung bestand. Pachl drängte; Isidor setzte ihm auseinander, daß hierfür bei einem ordentlichen Eheprozeß eine Verhandlung beim Diözesangericht notwendig sei.

»Und wia lang dauert dös?«

Moment, sagte Isidor. Er wolle Pachl die Tätigkeit der Offizialate erklären. Sei das Urteil positiv im Sinne des Antrags, werde es nicht sofort rechtskräftig, sondern müsse in der zweiten Instanz hinsichtlich seiner formal- und materiellrechtlichen Korrektheit überprüft werden. Werde das erstinstanzliche Urteil bestätigt, ergehe ein Dekret im Sinne des erstinstanzlichen Urteils. Ergäben sich formale Mängel oder sei das Beweisaufkommen unzureichend, könne leider keine Dekretbestätigung erfolgen. Dann werde eine neue Verhandlung mit neuer Beweisaufnahme notwendig, fuhr Isidor, dem nicht entgangen war, daß Pachl der Schweiß ausbrach, beflissen fort.

»Kürzer!« forderte Pachl.

»Wenn das Urteil dieser Verhandlung positiv ausfällt, ist es rechtskräftig. Fällt es aber anders aus als das
erstinstanzliche Urteil, muß eine dritte Instanz angerufen werden, da im kanonischen Recht in solchen
Eheprozessen der Grundsatz der *duplex sententiae con-
formis* gilt.« Isidor hatte sich gut auf dieses Gespräch
vorbereitet und die entscheidenden Passagen auswen-
diggelernt. Zum ersten Mal in seinem Leben verkündete er Roms Eheannullierungsbestimmungen ohne
Verlegenheit.

»Und wia lang dauert dös?« wiederholte Pachl gereizt.

»Durch zwei Instanzen durchschnittlich zwei bis
zweieinhalb Jahre«, sagte Isidor bescheiden.

»Geh, Isidor, samma vernünftig. Du brauchst doch
a neue Glocken, geh. Denk dir was aus.«

Zum nächsten Gespräch brachte Pachl Judith mit.
Pachl und Judith saßen nebeneinander auf dem Sofa in
Isidors Gesprächszimmer, er hielt stolz und besitzer-
greifend ihre Hand, und sie wirkte ein bißchen geistesabwesend, doch nicht unglücklich. Sie suchte Isidors Blick, aber Isidor wich aus. Er hatte sich diesmal
noch besser vorbereitet und beabsichtigte, seine Erklä-
rungen nicht nur in Hochdeutsch, sondern auch mit
möglichst vielen lateinischen Interjektionen zu bringen. *Omnia ad maiorem dei gloriam* – dir zoag i's, dachte er.

Er habe sich über andere Scheidungswege kundig
gemacht, sagte er zu dem Paar. Da existierten: erstens
das Dokumentenverfahren, zweitens das Inkonsuma-
tionsverfahren, drittens die *Privilegium-fidei*-Verfahren.
Das Dokumentenverfahren scheide seiner Kenntnis
nach in diesem Fall aus, da bei Pachls erster Ehe weder
ein Ehehindernis noch ein Fehler bei der Eheschlie-
ßungsform nachzuweisen sei. Das Inkonsumations-
verfahren aber komme nur in Frage, wenn diese Ehe

nicht geschlechtlich vollzogen worden sei; falls das bei Pachl zuträfe, sehe er eine Möglichkeit.

Pachl schüttelte unwillig den Kopf.

Nun zum *Privilegium-fidei*-Verfahren, wobei man zwischen dem *Pivilegium-Paulinum*- und dem *Privilegium-Petrinum*-Verfahren unterscheiden müsse, das nicht im *Codex iuris canonici*, sondern in einer Instruktion der Glaubenskongregation geregelt sei. Beide griffen bei einer gültig geschlossenen und vollzogenen Ehe, der es an Unauflöslichkeit gebreche, weil sie nicht sakramental sei. Isidor lächelte. Also um eine Ehe zwischen zwei Ungetauften oder einem Ungetauften und einem Getauften.

»Isidor«, brummte Pachl, »machst dich lustig über mich?«

Es geschah, was Isidor erhofft hatte: Judith, das süße, unbegreifliche Weib, richtete ihre dunkelblauen Augen auf ihn, und er verstummte. Er saß in der Falle, der Schrotthändler; in einer Falle, der Isidor entgangen war.

»Nun gibt es noch die Möglichkeit, die erste Ehe für nichtig erklären zu lassen. Als N-nichtigkeitsgründe kommen in Frage: Ehehindernisse und Ehewillensmängel. Ein Ehewillensmangel bezeichnet einen Defekt bei der Konsenserklärung wenigstens eines der Partner. Dieser sollte explizit oder durch konkludentes Verhalten gegen einen wesentlichen Bestandteil der kirchlichen Ehelehre verstoßen haben. Eine Konsenserklärung kann auch wegen Unzurechnungsfähigkeit eines der Partner nichtig sein.«

Beim Abschied fragte Pachl: »Is dös net reformbedürftig?«

Isidor schlug die Augen nieder. »Schon m-möglich.«

Aufgewühlt rief er seinen alten Freund Gregor an, der ihn am folgenden Montag zu einem Gespräch einlud. Obwohl sie nur achtzehn Kilometer voneinander entfernt wohnten und sich auf den Dekanatstreffen regelmäßig sahen, hatten sie sich privat lange nicht mehr miteinander befaßt. Irgenwann hatte sich Isidor von Gregors Zynismus beleidigt gefühlt und dem Freund sein Vertrauen entzogen. Jetzt ging er zu ihm, weil es auch im weiteren Umkreis niemanden gab, dem er hätte vertrauen können.

Gregor sah spektakulär aus: groß, kräftig, mit markanten Gesichtszügen, nackenlanger grauer Mähne und buschigen Augenbrauen. Auch in seinem ausgebeulten Cordanzug wirkte er ehrfurchtgebietend. Eine stille Haushälterin brachte Wein und Butterbrote und schlüpfte wieder hinaus.

»Gregor«, sagte Isidor, der seit wahrscheinlich fünfzehn Jahren nicht gebeichtet hatte, »ich möchte eine Beichte ablegen.«

Gregors großartige Braue zuckte. »Gott, der unser Herz erleuchtet, schenke dir wahre Erkenntnis deiner Sünden und seine Barmherzigkeit.«

»Ich habe in einem Beratungsgespräch die unergründlichen Eheannullierungsbestimmungen unserer heiligen römisch-katholischen Kirche in unangemessen ironischer Weise m-mißbraucht, um einen alten S-s-sack zu quälen, der eine a-a-arglose junge F-f-f-frau h-h-h-heiraten will, die meiner M-m-m-meinung nach zu sch-sch-sch-sch-schade für ihn war.«

»Erstens«, sagte Gregor mit seiner dumpfen Stimme, »sind junge Frauen, die alte Säcke heiraten, nie arglos. Und zweitens kann ich dich nicht lossprechen, du freust dich ja immer noch!«

Isidor stöhnte.

Später fragte Gregor: »Wie geht's dir eigentlich, Isidor?«

Isidor winkte ab, denn alles, was er wahrheitsgemäß antworten konnte, hätte durch Stottern die Grenze der Lächerlichkeit auf unerträgliche und übrigens auch unzutreffende Weise überschritten. Nur aus re-

172

flexhaftem Gehorsam übte er dennoch wie immer im Stillen die Antwort und sprach sie unversehens aus: »Ich bin einsam.«

»Selber schuld, du Ochs«, knurrte Gregor, »Hättest halt zugegriffen.«

Fassung

Wer bemerkt seine eigenen Fehler?
(Ps 19,13)

Isidor ging hart mit sich ins Gericht; etwas anderes hatte er für solche Fälle nicht gelernt. Er hätte auch keinen mildernden Umstand gefunden: Sehenden Auges hatte er sich in diese Sache hineingesteigert. Judith hatte ihn zu keinem Zeitpunkt ermuntert. Sie war eine ganz normale Frau, die einen Ernährer suchte, und natürlich (dachte er zynisch) konnte ihr ein dicker Geldsack mehr bieten als ein ohnmächtiger Zwangszölibatär. Jedem Gemeindemitglied, das ihn in einer solchen Sache um Rat fragte, hätte er bei einem Drittel der vorhandenen Informationen zugerufen: Vorsicht, Bremse, Rückwärtsgang! Er aber, der Seelsorger, war kopflos gewesen wie ein Schulbub. Die Ratsucher hätte er gefragt: Was wollt ihr wirklich? Was tut ihr, um es zu erreichen? Wer nichts tut, will auch nichts erreichen, er will nicht, was er zu wollen scheint, und das ist ihm nicht vorzuwerfen; besser aber wäre, er wüßte es, damit er sein Leben nicht an Scheinziele vergeudet.

Hätte Isidor diese Weisheiten mal auf sich selber angewandt! Alles, alles davon traf zu! Er kannte Judith nicht und wollte sie nicht wirklich kennen. Er hatte sie zur Ikone gemacht, zum Spielzeug seiner Phantasie, er wollte verantwortungslos träumen und hatte dann, ohne es zu merken, auf einmal den Traum für Wirklichkeit genommen. Ein echter Betriebsunfall! Das einzig Gute war, daß die Wendung kam, bevor er vollends den Verstand verlor. Danke, lieber Gott, sehr rücksichtsvoll!

Isidor genas. Er fühlte sich leichter als vorher, fest, wie ausgeglüht. Er war allerdings auch oft müde und legte sich, wenn irgend möglich zwischen den Terminen, bis zu dreimal am Tag hin.

Judith kam weiter in die Messen. Von anderen Leuten hörte er, daß sie rasend schnell Golf lerne und die Flitterwochen mit Pachl in einem australischen Golfclub verbringen würde. Isidor gab dem Paar, ohne mit der Wimper zu zucken, seinen Segen. Im Jahr darauf erwärmte er sich für eine junge Frau, die mit ihrem Straubinger Ehemann nach Bodering zurückgekehrt war und ihn offen anhimmelte. Eigentlich mag Isidor das nicht. Erstens hält er sich nicht für verehrenswert, zweitens unterstellt er Schwärmern, daß sie nehmen wollen, wo sie zu geben scheinen: Sie machen dich zum Idol und wollen von deiner vermeintlichen Vortrefflichkeit zehren, um sich selbst nicht bemühen zu müssen. Aber wehe, wenn du ihnen diese Vortrefflichkeit schuldig bleibst! Isidor sah ein weiteres Mal ganz klar, daß er sich von dieser Frau hätte fernhalten müssen, und machte ein weiteres Mal den Fehler, das nicht zu tun. Er dachte, er läßt sie gerade so nah an sich heran, daß von ihrer Glut ein bißchen Wärme für ihn abfällt. Schon war er entflammt. Kaum war er es, zog sich die Frau aus allen Gemeindetätigkeiten zurück mit der Begründung, sie müsse sich mehr um ihre Kinder kümmern.

Isidor fragte sich bang, ob das jetzt immer so weitergehen würde. Ihm fiel sein zweiter Pfarrherr ein, der dicke Dekan Kopp, der sich regelmäßig in der katholischen Landjugend eine Favoritin suchte, die er »Engerl« nannte. Der Dekan hat mit Sicherheit nie die Grenzen des Erlaubten überschritten, aber er kreiselte hilflos vor dieser Grenze wie eine Fliege am beleuchteten Fenster. Um die Kontrolle zu behalten, faßte er sein Werben in ein ziemlich geistreiches pädagogisches Spiel: Er erprobte seine Wirkung auf diese Mädchen, indem er mit liebenswürdiger Gebärde auf ihre Unwissenheit hinwies oder sie wegen ihrer Lektüre neckte. Die Mädchen waren Gottseidank frei von jeder geistigen Sehnsucht, derer er sich hätte bemächtigen können. Sie blieben unbefangen höflich, und er tänzelte um sie herum, ergriffen auf sie einredend mit seiner hohen, heiseren Stimme. Einmal sagte Dekan Kopp zu Isidor: »Isidor, is dös net tragisch: I bleib oiwei gleich oid, aber meine Engerl, die wer'n immer jünger!« Kopp hatte dazu gelacht, und Isidor hatte mitgelacht und ihn verachtet. Jetzt, zwanzig Jahre später, sah er sich in Kopps Fußstapfen; er hatte nur vielleicht das Glück (andererseits, wer kann das schon so genau wissen?), erwachsene Frauen zu lieben. Die Perspektive deprimierte ihn. Er dachte: Wenn das so weitergeht, sterbe ich mit fünfzig an einem Herzinfarkt. Amen.

Aber auch diese Erwärmung ging vorüber, und danach war weitgehend Ruhe.

Kapitel Fünf

Bischof:
**Laßt uns beten zu Gott,
dem allmächtigen Vater:
Er schenke seinen Dienern,
die er zu Priestern erwählt hat,
Gnade und reichen Segen.**

Die Litanei wird im Wechsel zwischen Vorsängern
und Gemeinde gesungen. Auch die Bitten
für die Weihekandidaten werden von den Sängern
vorgetragen.

Kniet man zur Litanei, so lädt der Diakon dazu ein.

Diakon:
Beuget die Knie!

Aus der Liturgie der Priesterweihe,
herausgegeben von den Liturgischen Instituten
Salzburg, Trier und Zürich

Glück

*Seid gewiß: Ich bin bei euch alle Tage bis zum Ende
der Welt.*

(Mt 28,20)

Als Isidor seinen Krankenhausrundgang beginnen
will, überfällt ihn Schwester Lotte mit der Meldung, Pater Raphael habe a Schlagerl g'habt – einen kleinen
Schlaganfall heut mittag beim Einkaufen, an der Kasse
sei er umgefallen – und liege jetzt bei ihnen, es gehe
ihm schon besser, nein, keine Lähmung, nur Sprach-
störungen, für seine achtzig Jahre habe er wirklich eine
Mordskondition. »Aber er will unbedingt mit Ihnen
sprechen – vielleicht gehen S' eben vorbei? Er is arg
aufgeregt!« Isidor blickt auf seine Uhr. Es ist viertel
nach drei.

Pater Raphael liegt im Überwachungsraum, durch
mehrere Schläuche an verschiedene Flaschen und Beu-
tel angeschlossen, bleich, mit blauen Lippen. Beruhi-
gungsmittel haben ihn in einen offenbar schlechten
Schlaf versetzt; er erwacht sofort, als Isidor seinen Arm
berührt. »Mei, Isidor, grüß dich Gott!« stößt er hervor.
»Bin i froh, daß d' kemma bist!«

Isodor erkundigt sich nach Raphaels Befinden.
»Mei – sixt ja –«, sagt Raphael nervös. Isidor fragt, ob
er was besorgen soll, und Raphael sucht ziemlich lang
nach Worten, bis er sagen kann: »Hast a Blattl? Und an
Stift?« Isidor hat weder das eine noch das andere, er er-
bittet beides von der Pflegehelferin, die hinter der Glasscheibe Kreuzworträtsel löst, und zieht, während die
Helferin sucht, seine Jacke aus, weil er annimmt, daß
Raphael sein Testament oder einen Abschiedsbrief an

ferne Verwandte diktieren wird. Aber Pater Raphael greift selbst nach dem Stift und schreibt in die Luft. Isidor klappt das Tablett auf und schiebt den Nachttisch vors Bett, er fährt das Kopfteil hoch und stützt Raphael. Raphaels knochige Hand, in deren Rücken eine überpflasterte Nadel steckt, taumelt über das Blatt. Isodor liest nicht mit, er blickt über Raphaels verklebtes weißes Haar zur Wand und hält die nassen, zitternden Schultern. »Geh, Isidor, dös bringst der Marianne?« ächzt Raphael, als er wieder in die Kissen sinkt.

Marianne, die ehemalige Oberschwester dieses Krankenhauses, ist nach allgemeiner Auffassung Raphaels langjährige Geliebte. »De Telefonanlag is kaputt«, erklärt Raphael mühsam, »I koo's ihr net song – sie wartet – fahrst hi, Isidor? Ich bitt dich ...« Dann schluchzt er plötzlich auf Hochdeutsch: »Was wird jetzt mit ihr?«

Isidor weiß auch nicht, was aus Schwester Marianne werden wird. Ihn rührt Raphaels Fürsorge, während er gleichzeitig vermerkt, daß der Mann für einen Geistlichen von achtzig Jahren ziemlich schlecht auf die Ewigkeit vorbereitet ist. Isidor atmet tief durch. Er fühlt sich ausnahmsweise stark, weil er niemanden zu verlieren hat. Er versucht Raphael zu beruhigen, indem er erzählt, was die Krankenschwester gesagt hat: Mordskondition – alles wird gut. Raphael nickt mühsam, nicht überzeugt. Isidor erklärt, daß er jetzt gehen müsse: Er muß noch auf drei Stationen Sakramente spenden und dann zwei Hausbesuche machen. Er zeigt Raphael die Liste.

»Machst dir Sorgen um mein geistliches Heil?« flüstert Raphael.

»Nein.«

Das stimmt. Isidor macht sich keine Sorgen um Raphaels geistliches Heil, sondern höchstens um sein eigenes: weil ausgerechnet er jetzt den Liebesboten spielen soll in dieser geriatrischen Klero-Schnulze; weil er

180

müde ist und hungrig und keine Lust hat, sich nach diesem langen Tag auch noch mit Schwester Marianne herumzuschlagen, die sicher ebenso aufgeregt sein wird wie ihr Galan; und weil er sich ausgenutzt fühlt, aber nicht das Recht zu haben glaubt, sich ausgenutzt zu fühlen.

»Hast nie dös Problem g'habt?« fragt Pater Raphael matt.

Isidor weiß, welches Problem gemeint ist. Er lächelt dünn.

»Oiso wannst mei Meinung wissen willst: Der Pflichtzölibat is a Verbrechen«, röchelt Pater Raphael.

»Ich will deine M-meinung nicht wissen.«

»Aber dös Brieferl bringst ihr?«

Isidor hat noch über zwei Stunden zu tun, bis er sich auf den Weg zu Schwester Marianne macht. Inzwischen ist es fast dunkel. Isidor rutscht auf breiten Reifen durch den Matsch, sein Magen knurrt. Dann muß er bremsen, weil sich vor ihm die Bahnschranke der Bayerwaldbahn senkt. Der Triebwagen ist nicht in Sicht. Isidor stellt den Motor ab. Regen fällt auf die schwarze Scheibe. Raphaels Brief liegt zusammengefaltet auf dem Beifahrersitz. Viel kann nicht drinstehen: Raphael hat mit großer Mühe höchstens drei Minuten geschrieben. Isidor spürt nur geringe Neugier, die Botschaft zu lesen. Er weiß inzwischen genug über die stilistische Unbedenklichkeit Liebender, um insbesondere Raphael alles zuzutrauen, sogar eine Zeichnung von einem Herz mit einem Pfeil. Er möchte sich eine weitere geistliche Enttäuschung ersparen. Nun ist nur noch die Frage, wie er Schwester Marianne gegenübertritt.

Vor der geschlossenen Schranke also sucht Isidor rasch ein Konzept für die Begegnung mit Schwester Marianne. Er hat ein paar angenehme Assoziationen, muß aber zugeben, daß er Marianne kaum je zur Kenntnis genommen hat. Er erinnert sich nur, daß sie

181

nicht gesund ist – Hüftgelenksarthrose, Anus praeter
– und daß sie gut kocht.

Pater Raphael war Isidors Vorgänger als Kranken-
hausseelsorger, und Schwester Marianne war dreißig
Jahre Oberschwester im selben Krankenhaus. Jetzt be-
wohnen die beiden zwei Einzimmer-Appartements
nebeneinander im Personaltrakt des Malteser-Alten-
heims. Pater Raphael ist selbst Franziskaner, aber er hat
immer zugegeben, daß das eine Verlegenheitslösung
war. Er hatte Mathematik studieren wollen; in seinem
Abiturzeugnis stand bei allen naturwissenschaftlichen
Fächern eine Eins. Aber im Krieg wurde er verschüttet
und trug so schwere Kopfverletzungen davon, daß er
die Mathematik aufgeben mußte – er hatte einen
»Dachschaden« davongetragen, wie er selbst es nannte. Ein Onkel, der in Passau Prälat war, riet ihm, in die
Firma einzutreten. So wurde Raphael Pater. Seine ver-
witwete Mutter überwachte die Entwicklung und trat
mehrmals für ihn ein, wenn er in Schwierigkeiten geriet. Als Pater Raphael sich mit über vierzig Jahren für
Schwester Marianne begeisterte, hat die Mutter ihn regelrecht an Marianne übergeben (»Ach bitte, kümmern
S' sich! Er hat doch an Dachschaden!«). Dann starb sie.
Schwester Marianne kümmerte sich.

Pater Raphael war ein warmherziger Seelsorger, nur
manchmal etwas zerstreut. In Schwierigkeiten geriet er
immer wieder. Mehrmals salbte er aus praktischen
Gründen – weil er schon mal da war – alle Kranken im
Zimmer eines Sterbenden, der ihn hatte rufen lassen,
und weil die Menschen dieser Generation nur den Begriff der letzten Ölung kannten, dachten sie, ihr letztes
Stündlein habe geschlagen, und bekamen vor Schreck
reihenweise Herzrhythmusstörungen. Der Oberarzt
stellte Pater Raphael zur Rede, aber Pater Raphael begriff es nicht und machte den Fehler immer wieder.
Eine noch dauerhaftere, inhaltlich nicht mehr aufzu-
klärende Fehde führte er mit dem Hausverwalter. Ein-

182

mal kam beides zusammen, und man rief sogar Isidor
zu Hilfe ins Oberarztzimmer, wo Pater Raphael, sich
die Haare raufend, im Kreis rannte und schrie: »I hob
doch an Dachschaden! I hob doch an Dachschaden!« Es
hätte komisch gewirkt, wenn er nicht so verzweifelt gewesen wäre.

Dieser gleiche Raphael war außerhalb seiner Arbeit
ein unternehmungslustiger und kunstbeflissener
Mensch. Zusammen mit Schwester Marianne unternahm er jährlich Studienreisen ins Heilige Land und
den vorderen Orient, und nach jeder solchen Reise gab
er einen Diavortrag. Auch Isidor wurde eingeladen,
und einmal, das ist inzwischen fünfzehn Jahre her,
ging er tatsächlich hin. Es war ein frostiger November-
abend, der Vortrag fand in der überheizten Kranken-
hausbibliothek statt, und Schwester Marianne schenkte Kaffee aus. Pater Raphael las mit brüchiger Stimme
einen selbstverfaßten, schwerfälligen Bericht vor, und
Isidor war so erschöpft von der Hetze des Tages, daß er
auf seinem Stuhl einschlief, während die Bilder son-
nenbeleuchteter Tempel und bunter orientalischer
Märkte vor seinen Lidern aufflammten und erloschen.
Als er zwei Stunden später erwachte, sah er die schim-
mernden Marmorsäulen von Palmyra im Abendlicht
vor violetten Bergen, im Vordergrund einzelne Palmen,
die sich im Wüstenwind wiegten – es war wie eine Vi-
sion. Dann hörte er Pater Raphael vorlesen: »Und jetzt
– noch ein Bild fürs Familienalbum!« Dieses letzte Dia
zeigte auf der Palmyrischen Agora Pater Raphael und
Schwester Marianne wie Geschwister nebeneinander
stehen, selbstvergessen lachend in ihrer zufriedenen
Banalität (dachte Isidor damals). Schütterer Applaus
der fünf Boderinger. Das Flackern von Neonlicht.
Schwester Marianne brachte ein Tablett mit improvi-
sierten syrischen Leckereien. Isidor sagte benommen
ein paar lobende Worte über Palmyra, aß mit Genuß
von den Leckereien und verabschiedete sich. Als er

183

durch die schneidende Kälte zu seinem Auto lief, hörte er hinter sich die harte Stimme von Frau Danninger: »Familienalbum – is dös net unverschämt?«, und Isidor dachte, daß Raphael wirklich ein Kamel sei. Frau Danninger holte ihn ein, stand neben ihm, während er den Reif von den Scheiben kratzte, und sagte ihre Meinung. Daß sie es nämlich nicht richtig fände, daß Pater Raphael und Schwester Marianne miteinander verreisten. Sie war zwar selbst einmal bei einer solchen Studienreise mitgefahren und hatte festgestellt, daß beide Einzelzimmer gebucht hatten, aber wer konnte wissen, was sie buchten, wenn kein Boderinger dabei war?

»Eben«, sagte Isidor heftig kratzend, »man kann's net w-wissen.«

»Er hat ihr die Koffer getragen!« rief Frau Danninger anklagend.

»Warum soll er ihr nicht die K-koffer tragen?«

»Ja, aber *wie* er ihr die Koffer getragen hat!«

»I würd ihr a die K-koffer trong! Genau so! Schaung S', so a vernünftige, fleißige Frau!« sagte er. »Und so a begnadete F-fotografin«, scherzte er, um Frau Danninger abzulenken. Aber Frau Danninger war wie immer unablenkbar. Also sie werde dem Bischof schreiben, daß die beiden miteinander verreisen und wie er ihr die Koffer trägt.

Der Zug braust in einer weißen Wolke heran und schleudert Schnee gegen Isidors Scheibe. Die Schranke hebt sich. Isidor läßt den Motor an, schüttelt sich, weil es im Auto kalt geworden ist, und fährt los. Er weiß immer noch nicht, was ihn erwartet. Was soll er tun, wenn Schwester Marianne ihn bittet, sie ins Krankenhaus zu fahren? Wird sie weinen? Ihn, den Vertreter der Kirche, anklagen? Sich selbst anklagen? Immerhin fällt Isidor jetzt ein, daß Marianne keine Ordensschwester, sondern eine weltliche Krankenschwester war. Das macht alles einfacher. Sie wird mich bitten, sie zu Raphael zu fahren, denkt er ergeben. Und ich werde tun, worum sie bittet. Was sonst?

Schwester Marianne öffnet auf sein Klingeln so rasch, als hätte sie hinter der Tür gewartet. Der Duft von warmem Apfelstrudel und Vanillesoße strömt Isidor entgegen und hüllt ihn ein. »Dös is nett«, ruft Schwester Marianne, »kemma S' doch rei. Mei, ganz verfrorn schaung S' aus, gej dös is a Sauwetter?«

Isidor räuspert sich, während er eintritt und den Duft inhaliert. »Schwester M-m-marianne, ich ...«

»I woaß scho, der Raphael hot Sie gschickt!« Marianne erzählt, daß die Krankenhauspförtnerin eine Freundin angerufen habe, die in der Nähe wohnt. Die Freundin habe sie, Marianne, zu Raphael gefahren, dem es schon viel besser gehe, und wieder zurück. Ob sie dem Herrn Pfarrer nicht einen Strudel anbieten könne und eine Tasse Tee? Isidor kann nicht widerstehen. Er setzt sich an den kleinen, schon gedeckten Resopaltisch und überreicht Schwester Marianne Raphaels Blatt. Schwester Marianne humpelt, das Blatt in der Hand, in die Küche und kehrt mit dem dampfenden Strudel und über das ganze Gesicht lachend zurück. Isidor fragt sich, warum er sie sich nie eingeprägt hat. Denn sie sieht zwar unauffällig aus – mittelgroß, dicklich, undefinierbare Kleidung, Haarfarbe, Frisur –, aber sie hat durchaus eine Ausstrahlung. Sie schaut ihm unbefangen in die Augen. Ist sie aus Erleichterung aufgekratzt? Oder heiter aus Reife, Besinnung, innerem Frieden? Hat Raphael sie so glücklich gemacht? denkt er mißmutig. Jetzt erinnert er sich doch an ein paar Begegnungen im Krankenhausflur. Damals wirkte sie ernst, sogar sorgenvoll. Er sagt also, er freue sich, daß es ihr so offensichtlich gut gehe. Er weiß nicht, ob er hoffen soll, daß sie das Geheimnis lüftet. Aber Schwester Marianne antwortet mit kräftiger Stimme, daß nach traurigen Anfängen tatsächlich alles gut geworden sei. Sie gießt Isidor eine neue Tasse Tee ein und legt ihm ein weiteres Stück Strudel auf. Seltsam, sagt sie, gerade heute habe sie daran gedacht: Ein bestimmter Augenblick in ihrem Leben habe alles zum Guten gewendet, und sie wisse nicht einmal, warum.

Warum zum Guten?

Weil sie nach Niederbayern zurückgekehrt sei, nachdem sie zwanzig Jahre lang im Ruhrgebiet gelebt habe. Und hier habe sie Pater Ra...

»Dös is überzeugend«, lacht Isidor. »N-niederbayern, jowoi!« Er freut sich. Endlich mal eine gut endende Geschichte.

Naja nein, ganz so war's auch nicht, sondern etwas komplizierter. Sie sei nämlich mit achtzehn von zu Hause geflohen und mit achtunddreißig wiedergekehrt, um ihrem Vater die Meinung zu sagen. Zwanzig Jahre habe sie auf diesen Augenblick gewartet. Und bis dahin sei sie fast immer unglücklich gewesen.

Isidor fragt nach: Sie habe dem Vater die Meinung gesagt, und dann sei alles gut geworden?

»Nein, ganz anders.«

Als sie nämlich nach zwanzig Jahren zum ersten Mal wieder ins Dorf kam, war ihr plötzlich alles gleich. Sie bezog ein Zimmer bei der Kramerin, mit der sie schon als Kind befreundet gewesen war, pflückte Äpfel und ging an der Donau spazieren. Der Alte hatte erfahren, daß seine Tochter da war. Er befahl sie zu sich; sie ging nicht hin. Er ließ anfragen, sie sagte ab; er ließ bitten, sie antwortete nicht. Schließlich kam er selbst; ein Enkel steuerte den Mercedes.

Man trug ihn in die Stube der Kramerin. Dort saß er auf der Holzbank, gegen den Ofen gesunken. Er war neunzig Jahre alt, immer noch der reichste Mann des Dorfes, aber schon sehr schwach. Damals, vor ihrer Flucht, war er »der Großbauer« gewesen und hatte über seine Leute wie ein Fürst geherrscht. Für sein Laufwagerl hatte er ein Gespann Rennpferde gekauft, und dieses Gespann lenkte er mit harter Hand zum

Dämmerschoppen, damit alle sahen, daß er nicht zu arbeiten brauchte. Er hatte Beine wie Säulen, trotzdem ging er im Dorf nie zu Fuß, und wenn er vorüberfuhr, zogen seine Knechte die Mützen und sagten: »Unser Bauer.«

Mariannes Mutter war eine seiner Mägde. Sie hatte bis zur Niederkunft gearbeitet; Marianne wurde auf dem Feld geboren. Alles lief genauso weiter, bis Mariannes Mutter von dem Knecht Sepp schwanger wurde. Da jagte man sie davon. Die Marianne aber behielt der Alte bei sich, als kostenlose Arbeitskraft, als sein Eigentum.

Er hat sie zum ersten Mal umarmt, als sie schon fünfzehn war. Das war an einem sehr heißen Tag. Sie putzte die Küche, und er langweilte sich; er rauchte und sah ihr zu, dann rief er sie zu sich. Sie entwand sich ihm. Seitdem träumte sie oft, sie wolle in ihre Dachstube und das Treppenhaus sei abgebrannt. Sie dachte an Flucht.

Es gab einen Menschen im Dorf, der etwas von der Welt wußte. Das war Muk, der zweite Sohn des Kleinbauern Hoger Jackl. Muk hatte nichts zu erben, war aber fesch und hatte Ideen. Als im Dorf die Idee aufkam, jemand solle für zwei Wochen in Passau einen Haarschneidekurs machen, damit nicht alle immer zum Frisieren in die Kreisstadt fahren müßten, fiel die Wahl selbstverständlich auf ihn.

Aus Passau zurück, mußte sich der Muk sofort bewähren: Der Vater des Großbauern war gestorben, und alle Bauern und Knechte kamen in weißen Leinenhemden zum Muk, um sich für das Begräbnis rasieren zu lassen. Muk rasierte, das Blut floß in die weißen Krägen, und Marianne stand mit Blutstiller und Handtuch daneben und himmelte den Muk an.

Ihr Vater haßte den Muk. Bald darauf, in der Neujahrsnacht, überfuhr er ihn mit dem Laufwagerl. Natürlich, alle waren betrunken gewesen, auch der Bauer, und natürlich auch der Muk. Man konnte es so sehen – zumal es dunkel gewesen war –, daß nicht der Bauer über den Muk gefahren, sondern der Muk in den Wagen gelaufen war. Der Bauer sagte, was könne denn er dafür.

Marianne wollte nach Amerika auswandern und gelangte bis ins Ruhrgebiet. Inzwischen war Krieg. Sie fand Arbeit in einer Munitionsfabrik und freundete sich mit dem Mädchen an, das neben ihr am Fließband stand. Ute war ebenfalls von zu Hause fortgelaufen und wohnte in einer Besenkammer. Dort kam auch Marianne unter.

Im vorletzten Kriegsjahr brannte die Besenkammer ab. Die Munitionsfabrik wurde ausgebombt. Ute und Marianne schlugen sich zusammen durch. Sie lasen gerne Bücher und hatten beschlossen, ledig zu bleiben und später miteinander eine Leihbücherei aufzumachen. Aber dann heiratete Ute den Briefträger und bekam fast augenblicklich Zwillinge. Marianne war wieder heimatlos. Sie fand eine Stelle als Putzfrau in einem Krankenhaus und lebte in einer Arbeitersiedlung. Erst Jahre später konnte jemand sie überreden, eine Ausbildung zur Krankenschwester zu machen; sie selbst traute sich nichts zu. Dann aber arbeitete sie hart und machte tatsächlich eine Art Karriere.

Geheiratet hat Marianne nicht. Sie war nicht hübsch und nicht fröhlich. Sie wurde eine fleißige Arbeiterin, eine solide und dankbare Nachbarin, machte ab und zu Ausflüge und buk Plätzchen für die Nachbarskinder. Als sie sechsunddreißig war, wurde ihr Krankenhaus geschlossen, und Marianne merkte, daß außerhalb ihrer Arbeit niemand sich für sie interessierte. Sie kündigte ihre Wohnung und fuhr nach Niederbayern, um ihrem Vater alle Schande zu sagen; sie dachte, wenn sie das schafft – als Kind hatte sie nicht gewagt, ihm ins Gesicht zu schauen –, ist sie von ihrer Bedrückung befreit und kann wieder in ihrer Heimat leben. Wenn sie es nicht schafft, kehrt sie zurück in die Verbannung. Während der Zugfahrt fragte sie sich, ob sie den Alten überhaupt wiedererkennen würde; sie erinnerte sich nur an seine stämmigen Beine.

Sie kam in ihr Heimatdorf und stellte fest, daß alles viel kleiner geworden war und daß die Leute ebenfalls klein waren. Sie selbst war, wenn man das Ganze betrachtet, klein wie eine Ameise, und auch ihr Vater war geschrumpft und lächerlich, wie er sich an den Ofen klammerte und fragte, was er denn Böses getan habe.

Marianne wußte keine Antwort. Er hatte gelebt, wie jeder andere an seiner Stelle gelebt hätte, jetzt würde er sterben wie jeder. Er hatte ihr Leben gezeugt und verdorben aus Kraft, Langeweile und Dummheit. Sie war ihm nicht mehr böse, aber ein erlösendes Wort konnte sie nicht sprechen. Wenn sie, dachte sie, ein einziges Mal im Leben glücklich gewesen wäre, wäre es ihr vielleicht eingefallen. Sie stand auf und ging. Er weinte, und sie hat sich nicht umgesehen.

Bei der Kramerin hat sie ihren Koffer gepackt und ist aufgebrochen. Sie nahm sich nicht mal die Zeit, einen Brief zu öffnen, der für sie eingetroffen war. Im Zugabteil saß sie wie versteinert, bis ein älterer Mann zustieg, der sie zum Reden brachte, sie weiß nicht wie. Sie erzählte ihm alles: Daß sie versagt habe, daß sie dem Vater weder die Meinung sagen noch verzeihen könne und deswegen in die Fremde zurückkehren müsse, nur weil sie nie glücklich gewesen war. Der Mann meinte, sie solle noch mal nachdenken, ob sie wirklich nie glücklich gewesen sei, er könne das nicht glauben. Und? fragte sie, wenn i was find? – Dann steigen S' an der nächsten Station aus, suchen S' sich a neue Arbeit und fangen S' noch mal an. Und am zweiten Wochenende fahrn S' hoam und reden S' halt mit dem alten Mann. – Sie sei übrigens sicher gewesen, sagt Marianne heute mit einem warmherzigen Blick

189

auf Isidor, daß der Mann Geistlicher war; sie weiß nicht warum. Er war in Straßenkleidung, aber er hatte so was. Er hatte so helle Augen und wirkte so stark. Wie sah er sonst aus? fragt Isidor, der bei den hellen Augen sofort an Pfarrer Stettner denkt. Ein kleiner, zäher Mann? Hat er gehinkt? Das weiß Schwester Marianne nicht mehr. Sie war ja sehr mit sich selbst beschäftigt. Wohin fuhr der Zug? Weiß sie noch, wo der Mann ausstieg? Freilich, das weiß sie. Regensburg. Dort ist nämlich auch sie ausgestiegen. Sie suchte ein Zimmer, ging zum Arbeitsamt, las die Stellenanzeigen und fand eine Arbeit auf dem Land in eben der Klinik, in der Pater Raphael Seelsorger war.

Ihr war nämlich eingefallen, daß sie tatsächlich mal glücklich gewesen ist; noch dort, in dem Abteil, im Zug, nach diesem Gespräch. Sie öffnete den Brief, der bei der Kramerin für sie eingetroffen war. Er war von ihrer Freundin Ute aus dem Ruhrgebiet. Ute schrieb, es sei schade, daß Marianne nicht mehr vorbeigekommen sei, bevor sie nach Niederbayern abreiste. Sie hoffe, es werde ihr dort gut gehen. Für alle Fälle schicke sie ihr dieses Foto zur Erinnerung. »Hier«, sagt jetzt Marianne, greift das braune Foto, das in einem kleinen Holzrahmen auf ihrer kleinen Anrichte übrigens neben einem etwas größeren Foto von Pater Raphael in dessen besseren Jahren steht, und reicht es Isidor.

Das Foto stammt aus der Zeit kurz vor Kriegsende, und mit ihm verbunden war die glückliche Erinnerung, obwohl Marianne bis heute nicht weiß, was an ihr glücklich war. Es war schließlich eine Zeit der Not. Das Land war zerstört, Marianne und Ute hatten Hunger und wußten nicht, wohin. Jede von ihnen besaß ein paar Kleider, eine Wolldecke, ein Handtuch, einen Kamm, ein Stück Seife und fünf Bücher.

Diese Habe zogen sie auf einem Handwagen (woher hatten sie den Handwagen?) zum Wohnungsamt. Es war damals üblich, daß Leute, die wegen der Bom-

benangriffe die Stadt verließen, ihre Schlüssel dort ab-
gaben, damit Ausgebombte oder Flüchtlinge in den leeren Wohnungen untergebracht werden konnten. Solche Wohnungen bezogen Ute und Marianne für jeweils
ein paar Wochen, bis die Eigentümer zurückkehrten.
Die Eigentümer freuten sich, wie sauber alles war, zähl-
ten das Geschirr, ob nichts fehlte, und führten die Mädchen hinaus. Ute und Marianne zogen den Handwagen zum Wohnungsamt und holten sich die nächsten
Schlüssel. Marianne ging von jeder Wohnung zur Arbeit, Ute machte den Haushalt, vor allem bohnerte sie
die Böden, weil sie das gemütlich fand. Einen Herbst
lang hausten sie weit draußen auf dem Land, Marianne mußte im Septembernebel früh und spät je eine
Stunde durch eine einsame Allee wandern. Zu Essen
hatten sie wenig. Sie pflückten Stachelbeeren und
machten eine Suppe daraus, die sie mit Zuckerrüben-
saft süßten. Im Henkelmann nahm Marianne diese
Suppe, die überhaupt nicht sättigte, mit zur Arbeit.

Einmal kam ein Soldat auf einem Pferdewagen vorbei und hielt vor ihrem Haus; an dem Tag schien die
Sonne. Der Soldat war so jung wie sie und heilfroh, daß
ihn jemand ansprach. Sie spielten miteinander Heiraten. Er und Marianne saßen auf dem Kutschbock, und
Ute schmückte die beiden mit goldenem Laub. Ein
Nachbar, der einen Fotoapparat hatte, knipste. Das war
die Fotografie. Man sieht den jungen Soldaten, wie er
die Hand um Mariannes Hüfte legt. Er war einfach
sehr jung und von irgendwo zurückgekehrt; sie wußten nicht, von wo, noch, was er hinter sich hatte; sie
wußten nicht mal seinen Namen. Er lächelte verlegen.
Er schien das Spiel aufregend zu finden, aber auch ein
bißchen unheimlich.

Einspringen

Verwirf mich nicht, wenn ich alt bin,
verlaß mich nicht, wenn meine Kräfte
schwinden.

(Ps 71,9)

Weil die Religionslehrerin einen Nervenzusammenbruch hatte, bittet man Isidor, einzuspringen. Für die Schule ist er Gottseidank nicht mehr zuständig: Bis letztes Jahr noch mußte er sechs Wochenstunden leisten, und er fand es immer grausam. Er hat nun einmal die Schwäche des Stotterns, und niemand verzeiht Schwäche weniger als die Schwachen. Schlimmeres hat er nur einmal erlebt, als er in einem Heim für geistig Behinderte einsprang. Die machten ihn fertig. Jetzt zögert er, aber der Schuldirektor beschwört ihn, in der letzten Woche vor Weihnachten die Kinder geistlich nicht ganz sich selbst zu überlassen. Es sei auch nur eine, die neunte, Klasse.

Isidor hat diesen Jugendlichen vor Jahren die Erstkommunion gespendet und sie seitdem nur gelegentlich unterrichtet; inzwischen sind sie alle doppelt so groß. Sie lümmeln in den Bänken, glatte junge Gesichter ohne klaren Ausdruck, laute Stimmen, auffällige Kleidung. Sie schauen ihn verlegen und etwas gelangweilt an.

Er fragt nach ihren Plänen – immerhin ist das ihr letztes Schuljahr. Sie sagen, sie hätten keine, und sehen dabei gekränkt aus.

Haben sie Vorbilder? Schweigen. Dann sagte der besonders witzige Eder Bapperl – früher, wann immer Isidor vom Heiligen Geist erzählte, hat er mit den Armen gewedelt und Kiemenatmung demonstriert wie Charlie Chaplin, der als König in New York bei einem Kellner Fisch bestellen will –, Eder Bapperl also sagt: »Mei Vorbild is der Papst!«, worauf alle unterdrückt auflachen. Der Huber Frank nennt als Vorbild Michael Schumacher, worauf wieder alle lachen, denn der Huber Frank hat soeben sein zweites Mofa zu Schrott gefahren. Schließlich reckt Anna Giebler den lackierten Zeigefinger in die Luft und erklärt, daß ihr Vorbild Verona Feldbusch sei.

Warum Verona Feldbusch?

»Die is so bleed und verdient trotzdem Geld!«

»Aber du bist doch nicht b-blöd?«

»Naa, aber die hot zoagt, daß ma goa nix kenna muaß und's trotzdem schaffa koo.«

Anna Gieblers Mutter, die Isidor vor fünfundzwanzig Jahren zur Firmung vorbereitete, hat als Vorbild noch Mutter Teresa genannt. Auf diesem fruchtbaren Boden hat er gewirkt, mit zunehmender Mühe zwar, aber meistens mit Überzeugung; und herausgekommen ist *das*. Macht nichts, denkt Isidor. *Alles geht vorüber, Gott allein bleibt derselbe. Alles erreicht der Geduldige, und wer Gott hat, der hat alles. Gott allein genügt.*

Am Nachmittag springt er für den kranken Pater Raphael im Altersheim von Zwam ein. Dort kann er sehen, was in einigen Jahrzehnten aus seinen Schulkindern geworden sein wird.

Das Altersheim, das den Maltesern gehört, ist ein angenehmer Bau, die Mitarbeiter sind fleißig, die Senioren gut genährt und sauber. Sie werden immer älter, weil sie so gut gepflegt werden. Manche sind so sklerotisch, daß sie kein Wort mehr sagen können. Eine Frau sitzt mit in den Nacken gelegtem Kopf, zur Decke verdrehten Augen und offenem Mund da, ein lebender Leichnam; ihre sieben verbliebenen Unterzähne ragen in die Luft.

Isidor begrüßt die Stationsschwester und geht ins sogenannte »Spielzimmer«, einen mit Kuscheltieren aus Stoff dekorierten, bunten Raum, wo jeden dritten Mittwoch im Monat eine kleine Eucharistiefeier stattfindet. Er legt Meßbuch, Paramente und Taschenstola auf den Tisch, stellt Kerze und Kelch bereit und geht zum Stationszimmer, um die Meßkännchen zu füllen. Das Stationszimmer ist nur durch eine Glasscheibe vom Gemeinschaftsraum getrennt, in dem dreißig Körper in unterschiedlichen Stadien des Verfalls vor sich hin dösen. Isidor weiß von der Schwester, daß viele dieser armen Frauen (alle sind Frauen), sofern sie noch nicht ganz erloschen sind, gelegentlich ziemlich unruhig werden. Dann schimpfen sie, bewerfen einander mit Gegenständen, verlangen vom Personal sinnlose Sachen und lärmen unerbittlich wie Kinder, nur ohne deren Charme und ohne die Hoffnung, je erwachsen zu werden. Frau Sauer lebt im Wahn, jeden Augenblick könne Herr Sollinger vom oberen Stock durchs Fenster eindringen und sie vergewaltigen; Herr Sollinger ist aber schon seit fünf Jahren tot. Frau Bartl fürchtet, in der Gosse zu landen, wenn sie nicht jetzt gleich sofort von der Sparkasse ihr ganzes Geld abhebt. Sie rennt vor dem Eingang hin und her und fleht alle Besucher an, sie »in die Stadt« mitzunehmen. Welche Stadt, kann sie nicht sagen, und welche Sparkasse schon gar nicht, außerdem ist sie entmündigt. Ihren einzigen Vorteil, nämlich den, bis an ihr Lebensende versorgt und ernährt zu sein, nimmt sie nicht wahr; ihr Leben ist ein andauernder Alptraum geworden. Frau Blum brabbelt vor sich hin: »Ihr seid liiiieb!« Frau Hüttl wimmert: »Bitteee, i wui hoam, i wui endlich hoam zu meiner Mamaaa!«

Die sieben, die im Spielzimmer mit Isidor die Eucharistie feiern, sind still. Sie sitzen ohne Regung da, aber an der bestimmten Stelle murmeln sie tatsächlich los: »Lamm Gottes, du nimmst hinweg die Sünden der Welt. Erbarme dich unser. Lamm Gottes, du nimmst hinweg die Sünden der Welt. Erbarme dich unser. Lamm Gottes, du nimmst hinweg die Sünden der Welt. Gib uns deinen Frieden.« Er spricht sie los von ihren Sünden, an die sie sich nicht erinnern, und bringt jeder die Kommunion. Sie sperren den Mund auf, zwei von ihnen wenden den Kopf ab. Daß er kurz darauf ihre Stirn und Handflächen salbt, kriegen die wenigsten von ihnen mit. Sie öffnen den Mund, wenn er sich nähert, weil sie mit einer zweiten Hostie rechnen oder weil sie die erste schon vergessen haben.

Nach der Feier fragt Isidor die Stationsschwester, wem er die Kommunion ans Bett bringen soll. »Frau Stangl und Frau Werner – ach ja, gehen S' nur hi!« seufzt die Schwester. Beide Frauen sind unpäßlich, wegen eines Streits – vielleicht kann er sie wieder aufrichten? Und zwar hat Frau Stangl Frau Werner schon zum dritten Mal geschlagen. Die Schwestern erklären: Weil alle Betten belegt sind, können sie Frau Werner nicht verlegen, Frau Stangl aber können sie weder bestrafen noch rauswerfen. Vielleicht kann Isidor was tun?

Isidor geht hin. Frau Stangl und Frau Werner teilen sich ein Doppelzimmer. Frau Werner ist fünfundneunzig Jahre alt, besteht nur aus Haut und Knochen und bewegt sich im Krebsgang durchs Zimmer, wobei sie sich an den Möbeln abstützt. Heute hat sie schon um fünf Uhr früh angefangen, umherzugeistern, weil sie zur Toilette wollte. Eine halbe Stunde später war sie am Ziel. Sie beschäftigte sich dort eine weitere halbe Stunde lang. Dann erregte sich Frau Stangl aus irgendeinem Grund, stand auf – sie ist erst achtundsiebzig –, öffnete die Tür zum Bad und befahl Frau Werner herauszukommen. Nicht, weil sie selbst mußte – sie hat einen Nachtstuhl –, sondern einfach so. Frau Werner bat um Geduld und zog die Tür zu, aber Frau Stangl riß sie wieder auf, ohrfeigte Frau Werner, packte sie an den Schultern und stieß sie gegen die Wand. Dann bekam sie vor Aufregung einen Schwächeanfall, schleppte sich zu ihrem Bett und legte sich hin, Schweiß auf der Stirn. Frau Werner, eine Frau gehobenen Standes, Witwe des Schuldirektors von Zwam, zeterte, sie bleibe jetzt sitzen, bis Frau Stangl sich entschuldige. Frau Stangl blieb aber liegen, weil sie sich so schwach fühlte vor Erregung oder Scham. Angeblich hat sie sich vom Bett aus entschuldigt, Frau Werner hörte das aber nicht, weil sie die Hörgeräte nicht anhatte, und blieb in gerechter Empörung sitzen, bis sie in Ohnmacht fiel. Jetzt liegt auch sie im Bett, blaß und erschüttert. »Das habe ich nicht verdient«, sagt sie zu Isidor, »daß man mich schlägt!«

Zwei Meter weiter liegt Frau Stangl, die in ihrem Leben öfter geschlagen und auch von Frau Werner, leider, ausführlich gequält wurde. Isidor ist einmal Zeuge gewesen, wie Frau Werner Frau Stangl erbarmungslos zusetzte, weil Frau Stangl keinen Besuch bekam. Frau Werner bekommt fast jeden Tag Besuch, Frau Stangl aber ist nicht mal von ihren Kindern ins Altersheim gebracht worden. Die Tochter lebt in Passau, der war's zu weit, und der fünfzigjährige Sohn, der in Regensburg lebt, konnte angeblich deshalb nicht helfen, weil er an Liebeskummer litt. »Ja warum kommt Ihr Sohn denn nicht?« fragte Frau Werner, und Frau Stangl sagte tapfer: »Er hat hoit koa Zeit net.« Frau Werner: »Ja, das versteh ich aber nicht, man muß doch seiner Mutter beistehen?« Frau Stangl, den Tränen nahe: »Wenn er doch koa Zeit net hot.« Frau Werner: »Dann sollte er sie sich nehmen«, und hätte Isidor nicht eingegriffen, wäre es noch Stunden so weitergegangen. Frau Werner, früher eine hilfsbereite, großzügige Frau, äußerte christliches Mitgefühl, nebenbei aber triumphierte sie über Frau Stangls Einsamkeit. Einsicht ist von ihr nicht zu erwarten. Frau Werner hakelt sich als Krebs durchs Zimmer, ihre Nase tropft, der Urin läuft in die Schuhe, aber ihr Ehrungsbedürfnis ist unersättlich. Bei jeder Krankenkommunion erzählt sie Isidor mit lauter Stimme, wer sie gerade besucht hat und wieviele Personen zu ihrem Geburtstag kommen. Frau Stangls Augen trüben sich.

Als Isidor jetzt zu Frau Stangl geht, flüstert sie ihm mit gepreßter Stimme zu: »Sie laßt net locker, dös tuat so weh.« Bei dieser Gelegenheit nimmt Isidor ihren Alkoholatem wahr. Er erinnert sie daran, daß sie viel kräftiger und besser beieinander sei als Frau Werner und Rücksicht nehmen müsse, und sie ringt die Hände und ruft: »Dös war a Versehen!« Säuberlich auf ihrem Nachttisch aufgereiht stehen Fotos ihrer Familie: des Mannes, der sie schlug, und der Kinder, die sie verlassen haben. Isidor bückt sich und sieht unter ihrem Bett mehrere Schnapsfläschchen stehen.

Zimmertausch? fragt er später Schwester Irmtraud. Schwester Irmtraud nickt: Sie hätten das auch schon vorgeschlagen. Sie könnten Frau Werner zu der sklerotischen Frau legen, deren Unterzähne in die Luft ragen, und die Nachbarin dieser Frau, eine Depressive, zu Frau Stangl. Aber Frau Werner wolle nicht zum lebenden Leichnam, sie unterhält sich so gern.

Zuletzt geht Isidor noch bei Frau Niederhuber und Frau Gern vorbei. Frau Gern will unbedingt Radio hören, weil sie einsam ist (alle sind einsam, weil jede will, daß einer sich mit ihr befaßt, aber keine sich mit anderen befassen mag). Leider hat Frau Gern vergessen, wie man das Radio einschaltet, Isidor soll das machen. Isidor macht es. Er sucht einen Musiksender und hilft Frau Gern, sich den Kopfhörer überzuziehen; dann geht er zu Frau Niederhuber. Frau Niederhuber ist sechsundachtzig und hat ein feines, resigniertes Gesicht, allerdings ist sie fast taub. Sie besitzt keine Hörgeräte; seit siebzehn Jahren hat sie keinen Besuch bekommen. Wegen ihrer Taubheit versteht sie nicht, was Isidor sagt, aber sie lächelt dankbar. »Deaf i Eahna wos frong?« flüstert sie.

»Freilich«, sagt er.

Sie fragt aber so leise, daß er nur das Wort »Würde« versteht, und die Frage, die er seit langem fürchtet, eher erahnt: warum nämlich Gott ihnen so ganz und gar jede Würde raube, bevor er sie zu sich in die ewige

Herrlichkeit heimholt. In diesem Augenblick kräht vom Nachbarbett Frau Gern herüber, sie wolle keine Musik. »I wui Stimmen! I wui Stimmen!«

Isidor sucht für sie einen Nachrichtensender und geht wieder zu Frau Niederhuber. Er hofft, daß Frau Niederhuber ihre Frage vergessen hat, denn er müßte zugeben, daß er die Antwort nicht weiß. Frau Niederhuber aber wiederholt etwas lauter: Wenn man Gott recht bittet, würde der sie früher rufen in die ewige Herrlichkeit? Das immerhin könnte sein, antwortet Isidor, und nun betet er mit Frau Niederhuber, die ihren Text schon vor längerer Zeit abgewandelt hat: »Heilige Maria, Mutter Gottes, bitte für uns Sünder, jetzt und in den Jahren und Jahrzehnten unseres Absterbens.«

Frau Gern, die seit einigen Minuten Nachrichten hört, schimpft: »Dös wui i net hörn! Dös geht mi ja ois goa nix oo!«

»Wollten S' net Stimmen?«

»Aber net soichane Stimmen!« wütet Frau Gern, »I wui die Stimm von dem Hansi!«

Kunst

Gott, sie sahen deinen Einzug,
den Einzug meines Gottes und Königs
ins Heiligtum:
voraus die Sänger, die Saitenspieler danach,
dazwischen Mädchen mit kleinen Pauken.
(Ps 68, 25f)

Gregors Karriere hatte vielversprechend begonnen: Mit achtunddreißig war er Stadtpfarrer von Vilsburg und eine Art Gesellschaftslöwe, er ging bei den Passauer Rotariern ein und aus und war in jedem Bistumsblatt mindestens einmal abgebildet. Mit seiner nackenlangen Mähne, den buschigen Brauen und den dunkelbraunen Augen sah er aus wie ein Filmstar. Dann bekam er Schwierigkeiten mit einigen konservativen Vilsburgern, die ihm zum Beispiel vorwarfen, er habe beim Hochfest der ohne Erbsünde empfangenen Jungfrau und Gottesmutter Maria nicht das *Gloria* singen lassen, und dergleichen. Gregor stellte die Leute zur Rede und verbat sich jede Einmischung in seine Liturgie. Einige nahmen das hin, aber einer, Privatdozent der Regensburger Universität und Mitglied des Opus Dei, verfolgte ihn regelrecht, indem er Briefe an das Ordinariat schrieb und sogar an den Nuntius. Als Gregor in den Bayerischen Wald versetzt wurde, hielt Isidor das für eine theologische Strafmaßnahme, Intrige oder was auch immer. Aber Gregor nannte nüchtern einen anderen Grund: Schwierigkeiten mit dem sechsten Gebot.

Isidor freute sich zunächst, den Großartigen zum Nachbarn zu bekommen. Er versuchte sogar, Gregor, der über geistige Unterforderung klagte, bei Laune zu halten. Dann stellte sich heraus, Gregor klagte nicht über seine Stelle als Bauernpfarrer, sondern über den Beruf als solchen. In der Kaplanszeit ist's noch interessant, schimpfte er, aber dann stirbst du vor Langeweile. Komm mir nicht mit dem Kirchenjahr! Dreimal ist's ergreifend, aber dann immer das gleiche verfluchte Kirchenjahr, Auferstehung und nochmals Auferstehung, das ist beklemmend! Ach was, Sakrament! Wir sind austauschbar! Ob du gut predigst oder schlecht, ist wurscht, wenn du engagierter bist, kommen ein paar mehr, aber du reißt nix raus, usw.

Isidor, der sich bisher kaum je unterfordert gefühlt hatte, ärgerte sich über Gregors Arroganz, begriff aber, daß er nichts ausrichten würde, und beschloß, sich einfach alles anzuhören, damit Gregor ein Ventil hatte. Schließlich war Isidor nicht damit gedient, wenn Gregor den Bettel hinschmiß. Er hörte also zu, auch wenn er sich danach manchmal wie vergiftet fühlte, und war insgeheim erleichtert, als sich der Kontakt lockerte. Dann stellte er fest: Wer seine Freunde nach ihren moralischen Vorzügen auswählt, hat bald keine mehr, und bemühte sich seinerseits um Kontakt, stellte aber fest, daß Gregor nicht mehr leicht anzutreffen war.

Dambach hatte sich inzwischen zu einem prosperierenden Kurort entwickelt, und Gregor lebte auf. Auch, was die Frauen anging. (Gregor hatte immer Probleme mit der Keuschheit gehabt; anfangs hatte er sich ein bißchen gequält, aber dann ließ er, wie er das nannte, »den Dingen ihren Lauf«.) Ausgerechnet eine Frau aus Bodering, die vorher auch Isidor Avancen gemacht hatte, wurde Gregors Geliebte. Ihr Boderinger Ehemann warf nachts einen Ziegelstein in Gregors Schlafzimmerfenster. Der Krach und das Splittern riefen die Dambacher auf die Straße, die sich köstlich amüsierten, wobei sie immerhin positiv vermerkten, daß die Geliebte keine Dambacherin war. Kurz vorher hatte Gregor das Pfarrhaus renovieren lassen, und für den Faschingszug erwogen die Dambacher, einen Fensterrahmen zu bauen, durch den an einer Schnur ein Ziegelstein pendelt, wozu vom Tonband Splittern und Krachen ertönt. Auf einem Schild sollte stehen: »Kaum is' Häusl renoviert, wird's scho wieder demoliert!« Aus Respekt für die heilige Mutter Kirche haben sie diesen Plan dann doch nicht ausgeführt, ihn aber seitdem so oft und mit solchem Vergnügen einander erzählt, daß sie inzwischen fast glauben, sie hätten es doch getan.

Isidor erfuhr von der Sache durch die Ehebrecherin, die das ausgerechnet ihm beichtete und dabei weniger von Reue als von Liebespein getrieben war. Gregor sei so interessant und so anziehend, und er könne so gut reden ... Ihr eigener Mann dagegen ... Isidor sprach von Rücksicht, die zu nehmen sei, von Verantwortung und Treue, vom Sakrament der Ehe – und sie weinte dann und bereute und wurde losgesprochen, aber als sie ging, sagte sie unter Tränen: »Wos soi i doa, i liab eahm hoit!«

Gregor selbst sprach über diese und andere Frauen abgebrüht wie ein Landjunker und im Alkohol auch recht derb. Er nannte sie »Pfarrernudeln« und »Pfarrerwanzen« und behandelte sie ohne Romantik. Er könne sich ihrer nicht erwehren, bei Pilgerreisen oder Freizeiten rückten sie ihm zu Leibe, was solle er tun, er sei schließlich ein Mann, und »woaßt ja eh, daß Betn nix hilft!« Isidor versuchte diese Exkurse einzudämmen, nicht aus moralischen Gründen, sondern weil ihn diese Behandlung des Themas schmerzte. Nur einmal hätte er gern eine Frage gestellt, aber er hat sich zu sehr geniert. Und zwar hatte Gregor (im Alkohol) behauptet, früher hätte jede dieser Frauen gefragt, ob sie für ihn die erste sei. Isidor hätte gern Gregors Antwort gewußt und übte im Stillen: Und w-w-wos host g-g-g-g, dann gab er auf. Es war hoffnungslos.

Isidor mißbilligte den Zynismus, bewunderte Gregor aber um seiner Dynamik und Effektivität willen. Gregor sprühte vor Ideen. Er hatte einen Kaplan und zwei ehrenamtliche Diakone für die Routinearbeit und sah sich selbst eher als Manager. Zusammen mit dem Pfarrgemeinderat, der ihm aus der Hand fraß, baute er einen »Meditationspfad« für Touristen, der die landschaftlichen Schönheiten von Dambach mit »Besinnungsorten« – Kunstwerken, Texttafeln – verband, und auch Dambacher gingen ab und zu auf diesem Pfad und meditierten. Zum großen Zeltfest am Bennotag führte Gregor eine Zeltmesse um neun Uhr früh ein, und Dambacher wie Touristen gingen hin. Die Besucherzahlen ratterte Gregor herunter wie ein Börsenmakler seine Aktienkurse: vor drei Jahren achthundert Leute, vor zwei tausenddreihundert, letztes Jahr zweitausend und heuer fast drei. Auch für die Jugend fiel ihm was ein, er fuhr mit Jugendlichen nach Taizé und seufzte dann ein bißchen über die Nachbereitungstreffen, bei denen er die »Kids« wieder auf den Boden zurückholen mußte. Konfrontationen schreckten ihn nicht. Er war zum Beispiel sehr für moderne Kunst und ließ den Gemeindesaal neu gestalten, und die Leute nahmen es hin, weil sie ihn großartig fanden. Ein einziges Mal gab es Schwierigkeiten: Da wollte Gregor eine Statue des heiligen Sebastian, die wurmstichig war und restauriert werden mußte, durch eine neue ersetzen. Der heilige Sebastian war aber aus Gründen, an die sich keiner erinnerte, der Patron dieser Kirche, und die Liebe der Leute zu dem Heiligen war ganz und gar auf diese Barockstatue übergegangen. Gregor kämpfte erst den Kirchenpfleger nieder, dann überzeugte er den Kirchenvorstand, der das Geld locker machen mußte, dann den Pfarrgemeinderat, dann gab es eine lebhafte Versammlung mit Bürgermeister, Stadträten und Volk, in der ihn alle großartig fanden, aber auch den alten Sebastian verteidigten, der mit süßlichem Lächeln seine Hüften den Pfeilen entgegenschwang. Gregor siegte ein weiteres Mal und beauftragte eine Künstlerin aus Österreich. Er erstickte die aufflammende Österreich-Diskussion und ging sofort in die Offensive, als jemand im Garten des österreichischen Ateliers die entstehende Sebastian-Statue fotografierte und das Bild mit der Bemerkung »Dös is ja a grauslicher Schrotthaufen!« herumzeigte.

Gregor blühte auf, wenn er Widerstand spürte, und genoß es, wenn jemand ihm beim Aufblühen zusah. Eines Montags rief er Isidor an, ob der ihn nach Österreich zur Bildhauerin begleiten wolle, er könne ihn mitnehmen.

Wer etwas mit Gregor unternimmt, ist immer Trabant, andererseits erlebt man als Gregors Trabant oft mehr als auf seiner eigenen Bahn. Isidor fuhr also mit Gregor nach Österreich, und auf dem gut anderthalbstündigen Weg erzählte ihm Gregor kabarettreif von den Dambachern und dem Mesner von St. Sebastian, der, um seinem Pfarrer den Kummer zu ersparen, das von den Würmern aus der Statue beförderte Holzmehl jeden Morgen aufkehrte, dann aber nicht wegwerfen mochte, weil es ja irgendwie heilig war, und in einem Ziborium sammelte (nur deswegen hatte Gregor den Schaden entdeckt).

Die Künstlerin lebte wenige Kilometer hinter Passau in einem alten Bauernhof an einem Hang über der Donau und war gerade an der Arbeit. Sie öffnete ihnen, führte sie durch einen kalten Flur durchs Haus hindurch in den Garten, setzte sie an einen großen, ölverschmierten Tisch und verschwand wieder im Atelier – eine zierliche junge Frau, fast unkenntlich in ihren Latzhosen und der Schweißerbrille. Auf dem Tisch standen Tonhaferl und eine Thermoskanne mit lauwarmem Tee. Der Garten war eine abschüssige Wiese, vollgestellt mit Skulpturen, die in der Mehrzahl ausladende mannshohe Blumen aus verrostetem Metall darstellten. Sie bestanden tatsächlich aus Schrott.

Die Bildhauerin habe gerade eine »metallische Phase«, erklärte Gregor mit funkelnden Augen. Auch der heilige Sebastian war aus Metall. »Is der a v-verrostet?« fragte Isidor flüsternd, und Gregor nickte: »Dös is a Philosophie!«

Gregor war bestens gelaunt. Großartig wie je mit seinem welligen Haupthaar, Bugatti-Mantel und edlen Schuhen stapfte er durch die feuchte Wiese zwischen den verrosteten Riesenpflanzen hin und her, bestaunte Details und lachte über kühne Einfälle. Ob Isidor bemerkt habe, wie kraftvoll und organisch diese Eisenstücke wirkten, wollte er wissen. Richtig lebendig, nicht wahr? Einfach, ausdrucksvoll, und dadurch schön. Gib's zu, Isidor!

Schließlich kam die Künstlerin, diesmal ohne Schweißerbrille. Sie hatte zusammengewachsene Augenbrauen und fanatische graue Augen, rauchte Kette und redete österreichisch mit kehliger Kinderstimme;

Isidor fand sie entsetzlich. Sie führte die Männer ins Atelier zum heiligen Sebastian, und Isidor fand ihn seiner Schöpferin würdig.

Die Statue hieß »Der Schrei des heiligen Sebastian« und zeigte den Augenblick, in dem der erste Pfeil trifft. Sebastian schrie vor Schmerz, sein Kopf flog in den Nacken, der Mann krümmte sich und stürzte in seine Kette. Er hatte sich das Opfer wohl leichter vorgestellt, und sein Gesicht zeigte, sofern eine verrostete Platte mit drei Löchern überhaupt etwas zeigen kann, Schock: Mit diesem ersten Pfeil traf ihn die volle Wucht seines Martyriums. Isidor wünschte sich unwillkürlich, die Künstlerin wäre bei ihren wuchernden Blechblumen geblieben, aber Gregor schien beeindruckt und fing sofort an, Plastizität und Ausdruck zu loben. Er suchte bereits nach Argumenten, mit denen er die Skulptur vor den Dambachern verteidigen könnte, und improvisierte den zu erwartenden Disput. Isidor sekundierte: Weist die Skulptur auf die Heiligkeit der M-mysterien, die hier gefeiert werden, hin? Ist sie geeignet, Glaube und Festigkeit zu v-vertiefen? Ist das religiöse Empfinden der *ganzen* Gemeinde berücksichtigt? Ist Rost ein w-würdiges M-material? – Gregor argumentierte wie immer unorthodox. Was heißt grauslich? Martyrium ist nun mal grauslich. Nein, man muß den Sieg über das Grauen keineswegs als Triumph zeigen. Der Sieg über das Grauen besteht in der Annahme, nicht in der Verleugnung des Grauens. Nein, die Skulptur zeigt nicht einfach einen physischen Vorgang bar jeder Transzendenz wie ein Metzel-Film: Erstens, wenn der Vorgang hier so physisch wirkt, ist das ja schon ein Beweis für künstlerische Kraft, bei so einem abstrakten Gebilde. Zweitens geht die Intention doch übers Physische hinaus: Das Gesicht zeigt zum Himmel und wirkt, als löse es sich vom taumelnden Körper. Der Ausdruck ist ohne Empörung. – Wieder Isidor: Warum ist die Gesichtsplatte so klein und flach im Vergleich zum P-pfeil? Müßte sie nicht im Gegenteil größer und in der Ausarbeitung gewichtiger sein, nachdem die P-proportionen doch der B-bedeutung entsprechen sollen? und so fort. Die beiden Pfarrer, Männer des Worts und Profis der Interpretation, ergingen sich in einer flüssigen Erörterung, und die Künstlerin stand daneben und paffte. Als Isidor sie fragte, was sie selbst sich dabei gedacht habe, antwortete sie mit ihrer rauhen Kinderstimme, es müsse halt super aussehen. Nein, präzisierte Isidor, nicht nach der Ästhetik habe er gefragt, sondern: Warum habe sie *diesen* Augenblick des M-martyriums gewählt, und warum *diesen* Ausdruck? Naja, sagte sie, irgendwo müsse man ja anfangen und wenn einer vom Pfeil getroffen wird, schreit er doch, oder? Später, auf der Heimfahrt, machte Gregor sich über Isidor lustig: Man dürfe bildende Künstler nichts fragen, die arbeiteten nicht mit dem Hirn, sondern mit dem Rückenmark. »Rückenmark?« fragte Isidor. Gregor beugte sich zu ihm und knurrte: »Tiere, Isidor, die reinsten Tiere!«

Das Gespräch mit der Künstlerin selbst endete mit praktischen Überlegungen. Die Skulptur war nämlich zu groß geraten, und hier bestanden genaue Absprachen. Gregor und die Künstlerin vermaßen die Statue mit einem Maßband, und Gregor stellte zur Diskussion, ob man nicht vom Sockel was wegnehmen könne, worauf die Künstlerin, die so furios die Hinrichtung des heiligen Sebastian gestaltet hatte, äußerst empfindlich wurde und in Tränen ausbrach. Gregor legte ihr den Arm um die Schultern und tröstete sie, und Isidor fand alle stattfindenden Emotionen, die menschlichen und die in Metall gestalteten, auf einmal vollkommen richtig und einleuchtend, wozu sogar gehörte, daß Gregors tröstende Umarmung keineswegs pastoral aussah.

Gedanken

Dies trage ich euch auf: Liebt einander!
(Joh 15,17)

Wenn der Ochsenwirt zu hatte, die Predigt geschrieben, die Verwaltungsarbeit erledigt war, wenn keine Verabredung anstand, kein Telefonat, kein Pflichtbesuch, dann widmete sich Isidor seinem philosophischen Privatprojekt und dachte über die vielen unbegreiflichen Dinge nach, die ihm im Lauf seines Lebens begegnet waren. Er öffnete eine Flasche besseren Weins und aß Käse dazu, und manchmal zündete er eine Kerze an. Keine Musik.

Wie ist zum Beispiel folgende traurige Geschichte zu bewerten? Ein dreiundzwanzigjähriger Bursche starb bei einem Motorradunfall. Seine Mutter verwand das nicht und baute sein Jugendzimmer zur Gedenkstätte aus, in die sie ihre Gäste führte wie in ein Allerheiligstes. Von ihrem Mann wollte sie nichts mehr wissen: »Wie kannst du an LUST denken, wo unser Sohn DAHINGEGANGEN ist?« (Er war mit siebzig Stundenkilometer gegen ein Garagentor gerast.)

Seitengedanke: Isidor staunt immer wieder, in welchen Zusammenhängen Menschen zu biblischer Sprache greifen. Ein alter Wüstling sagte auf dem Totenbett zu der Frau, die er fünfzig Jahre lang betrogen und erniedrigt hatte: »Verzeih, wenn ich an dir gefehlt habe!« (Sie antwortete: »Hoit's Mei!«) – Ein anderer Mann, gewalttätiger Alkoholiker im Endstadium, bot seine Frau den Kollegen an und schrieb ein obsessives Tagebuch darüber, das er ausgerechnet Isidor vermachte, in einem versiegelten, wattierten Umschlag. Das Tagebuch war idiotisch und obszön, delirierende Pornographie in immer fahrigerer Schrift, und gipfelte in dem Ausruf: »Mein Leid, meine Enttäuschung und meine Trauer gehen über Menschen-

206

maß. Davon möge dieses Tagebuch Zeugnis ablegen in Ewigkeit.«

In Ewigkeit?

Zeugnis?

?

Zurück zur Mutter des jungen Motorradfahrers. Warum hatte sie so einen Zorn auf ihren Mann? Antwort: Er hatte sie enttäuscht. Schlimmer noch war, daß sie um seinetwillen die Frauen aller Nachbardörfer gegen sich aufgebracht hatte. Weil sie von exaltiertem Charakter war, schaffte sie es nicht, die Sache zu bereinigen, und wurde geschnitten. Der Mann war kernig, dunkel, Schnurrbart, ein strammer Bursche, nach ersten leidlichen Ehejahren öfter außer als im Haus zu finden. Außerdem war er geizig. Er arbeitete als Fleischbeschauer, wurde von seinen Metzgern freigehalten und gab seiner Frau fast kein Haushaltsgeld. Sie mußte bei anderen Familien putzen. Ihr einziger Lichtblick war dieser Sohn, ein hübscher, charmanter Kerl, im Gegensatz zu seinen derben, dunklen Eltern hell, groß, schlank. Er arbeitete in Vilsburg als Küchenverkäufer, wodurch er eine Menge Frauen kennenlernte. Er begeisterte sich für nahezu alle Frauen, und die Frauen waren hingerissen. Seiner Mutter mußte er alles genau erzählen. Sie genoß es; vielleicht stellte sie sich dabei vor, sie liege selbst mit ihm im Bett. Noch nach seinem Tod erzählte sie ihren Besucherinnen in aller Ausführlichkeit von seinen erotischen Erfolgen.

Etwa acht Monate nach dem Begräbnis erkältete sie sich im Regen, bekam eine leichte Lungenentzündung und verschied, ohne daß die Ärzte einen zwingenden organischen Grund gefunden hätten. Der Mann starb eine Woche nach ihr an einem Herzinfarkt. Binnen eines Jahres war die ganze Familie ausgerottet.

Das heißt, nicht die ganze Familie. Es gab noch einen Sohn, von dem nie die Rede gewesen war und der überhaupt keine Rolle spielte, keiner weiß warum. Der blieb übrig. Beim dritten Glas Wein war es nicht mehr so deprimierend, das auszusprechen: Es war Isidor.

Die Sache beschäftigte ihn immer noch so sehr, daß er sich per Post ein Fachbuch mit dem Titel »Tod durch Vorstellungskraft« hatte schicken lassen. In dem Buch stand, daß von Witwern, die älter als vierundfünfzig Jahre waren, überdurchschnittlich viele in den ersten sechs Monaten nach dem Tod der Ehefrau starben, in drei Vierteln der Fälle übrigens an einer Herzkrankheit, was der Fachautor auf »gebrochene Herzen« zurückführte. Kann das Herz auch brechen, wenn der Mann gar keine gute Ehe geführt hat? fragte sich Isidor. Bricht es aus mystischen Gründen? Oder weil der Mann nicht fähig ist, seinen Gefühlen anders als körperlich Ausdruck zu geben? Oder bricht es – scharf gefragt –, weil er es nicht verkraftet, sich selber Kaffee zu kochen?

Keine Antwort. Beim vierten Glas Wein fragte sich Isidor, ob er selbst das Unglück hätte verhindern können. Kurz vor der Katastrophe hatte er nämlich einen unerwartet schönen Nachmittag in seinem Elternhaus verbracht. Ein heißer Sommersonntag. Soeben hatte Isidor seine erste Stelle als Pfarrer, eben in Bodering, angetreten. Weil er den Eltern imponieren wollte, kam er in Priesterhemd und schwarzer Jacke und war ziemlich verschwitzt. Er traf nur die Mutter an, der Vater war gar nicht da, »na wo wird er scho sei«, meinte die Mutter gleichmütig, als habe sie nicht jahrelang vor Eifersucht gerast, wenn er sonntags nebenaus ging.

Von Isidor war sie beeindruckt. Sie ließ es sich nicht nehmen, ein aufwendiges Sonntagsmahl zu bereiten, das so schlecht vorbereitet war wie je, aber Isidor hatte wohlweislich vorher eine Leberkässemmel gegessen und war entspannt; er dachte sogar, daß man mit Menschen eigentlich gut auskommen könne, wenn man sie nicht braucht. Er saß also in seinem schweißnassen schwarzen Hemd auf der harten Küchenbank vor dem

Tisch, an dessen Bein man ihn vor achtundzwanzig Jahren angebunden hatte, und sah seiner Mutter bei ihren Bemühungen zu, während die Sonne durchs schmutzige Fenster schien. Zu sagen hatten sie einander nichts. Dann kam Barnabas herein.

Barnabas hatte gerade sein Motorrad repariert, er trug kurze Hosen und ein ölverschmiertes geripptes Unterhemd, auf das aus einer Schramme an der Schulter ein paar Blutstropfen sickerten. Er lachte Isidor fröhlich zu; er roch nach Kernseife und sah aus wie ein Engel. Seine Mutter flatterte gurrend wie eine verliebte Taube auf ihn zu, um die Schramme zu bepflastern; dabei streichelte sie die kräftige, braungebrannte Schulter, und Barnabas strich ihr lächelnd mit seiner schönen Hand übers Haar.

Anschließend tat er noch etwas Unerwartetes: Er half ihr beim Kochen! Isidor wußte damals fast nichts über den eigenartigen Hintergrund dieses Familienglücks, er hat das meiste erst hinterher erfahren, aber damals in der Küche verstand er, daß Barnabas verdientermaßen ein Liebling der Frauen war. So nett, so großzügig, so bescheiden, daß Isidor nicht mal die Kraft fand, eifersüchtig zu sein. Schön, daß die Mutter nach ihrem harten, bitteren Leben noch solche Zufriedenheit gefunden hatte, dachte er. Und noch schöner, daß sie nicht auf ihn, Isidor, angewiesen war.

Nach dem Essen lud Barnabas Isidor zu einer Spritztour auf dem Motorrad ein. Isidor saß im heißen Fahrtwind auf dem erhöhten Rücksitz, atmete den Duft von Heu und Benzin und sah unter sich Barnabas' blondes Haar flattern. Die Maschine brummte einen Hügel hinauf, auf dem zwei Weiden standen. Dort bremste Barnabas, sie stiegen ab und setzten sich auf eine Bank. Grillen zirpten. Um den Hügel herum wogten Kornfelder. Blauer bayerischer Himmel mit Cumuluswolken. Barnabas breitete die Arme aus und strahlte Isidor an, als mache er ihm ein Geschenk.

Überrascht spürte Isidor Barnabas' Bewunderung. Er hatte den Jüngeren beneidet, nun stellte er fest, daß der ihn beneidete; aber worum? Barnabas hatte immer Kontakt zu seinem großen Bruder gesucht; er hatte ihm sogar gelegentlich Briefe ins Priesterseminar geschickt, in ziemlich unsicherer Orthographie. Isidor hatte knapp und kühl geantwortet.

»I h-h-hob dir mei L-lateinf-fibel auf an K-kopf g'haut«, sagte Isidor jetzt reumütig.

»Wirst scho an Grund g'hobt hom!« lachte Barnabas.

Barnabas befragte Isidor über sein Leben. Nie hatte das jemand getan, und Isidor geriet darüber in eine gewisse Aufregung, denn er wollte gern erzählen und fürchtete gleichzeitig, Barnabas durch Stottern zu ermüden. Barnabas aber benahm sich, als sei Stottern das Selbstverständlichste von der Welt. Isidor taute auf und wurde ausführlich und freute sich, weil er im Erzählen einen neuen Blick auf seine Erlebnisse gewann. Barnabas lauschte mit unverhohlenem Staunen. Auf einmal war es Abend, und Isidor mußte zum Zug. Weil Baranabas' alte DKW-Maschine nicht gleich ansprang, sondern stotternd erstarb, deutete Isidor scherzhaft auf sich, um Barnabas die Verlegenheit zu nehmen. Barnabas strich zärtlich über den runden Scheinwerfer, und sie sprang an.

Er fuhr Isidor noch einmal ins Elternhaus, wo inzwischen auch der Vater eingetroffen war (angetrunken), es gab einen hastigen Abschied, dann brachte Barnabas Isidor zum Zug. Als sie vor dem Bahnhofsgebäude neben dem Motorrad standen, sah Isidor unsicher zu Boden. Ihm schien, daß ein Kabel aus dem Motor heraushing, und er wollte Barnabas darauf aufmerksam machen, aber in diesem Augenblick umarmte ihn Barnabas überraschenderweise.

Der Unfall geschah drei Tage später. Natürlich hat Isidor sich gefragt, ob er schuld sei. Andererseits: Er verstand nichts von Motorrädern, er hätte schon am nächsten Tag nicht mehr sagen können, wie das lose Kabel aussah und aus welcher Stelle es hing. Barnabas aber hatte den ganzen Vormittag an der Maschine gebastelt, wer sollte sich da auskennen, wenn nicht er?

Isidor war nicht schuld an dem Unfall; oder doch? Nein. Auch die Kirche war nicht daran schuld, daß er allein war. Es ist selten, daß eine Familie so ganz und gar abgeräumt wird, dachte Isidor beim fünften Glas Wein. Manche seiner Kollegen hatten sieben Geschwister und dreißig Nichten und Neffen, sie wurden zwangsläufig zu allen Familienfeiern eingeladen und stöhnten nicht selten unter dieser Last. Würde er, Isidor, das wirklich wollen? Vermißte er denn auch nur seine kleine Familie? Eher doch nicht! Barnabas war zwar nett gewesen, aber wohin hätte sein Lebenswandel geführt? Noch drei Jahre nach seinem Tod meldeten sich fremde Ehemänner, die sagten, ihre Kinder seien in Wirklichkeit von Barnabas, und Alimente forderten.

Nein! Es ist zwar traurig, aber: Besser keine Familie als so eine, dachte Isidor und holte sich aus dem Keller noch eine Flasche Wein.

Wiedersehen

Außerdem: Der Mensch kennt seine Zeit nicht.
(Koh 9,12)

Judith war nach ihrer Heirat in ein Dorf in der Nähe von Schönberg gezogen, wo Josef Pachl ihr eine sagenhafte Villa baute, Hanglage, Südfront. Nach Bodering kam sie nur noch sporadisch zu einem Golfwochenende; sie stieg dann im Steigenberger Hotel ab, das inzwischen Josef Pachl gehörte. Wenn sie da war, besuchte sie jedesmal die Sonntagsmesse, anschließend stürzte sie auf den Golfplatz. Einmal bekam Isidor per Post eine luxuriöse Einladungskarte zu einem Festessen, das Pachl zu Judiths dreiunddreißigstem Geburtstag gab. Er sagte ab. Am späteren Abend dieses Datums rief ihn Schwester Lotte aus dem Krankenhaus an, eine Patientin wünsche die Krankensalbung.

Isidor wollte gerade zu Bett gehen. »Wie d-d-dringend ist es?« fragte er.

»Lebensgefahr besteht nicht. Aber es war ihr sehr wichtig. Sie liegt auf Intensiv.«

»Wegen w-was?«

»Austernvergiftung.«

»D-danke. Ich komm m-morgen f-f-früh.«

Isidor wachte nachts mehrmals auf, weil ihn sein Gewissen plagte. Nein! dachte er jedes Mal trotzig, ich bin wirklich immer verfügbar, aber Austernvergiftung, das geht zu weit.

Am Morgen fuhr er direkt nach dem Gottesdienst mit der Versehtasche in die Klinik. Auf einem der beiden Intensivbetten lag blaß, mit Schläuchen in Arm und Nase, Judith Pachl. »Das ist schön – Isidor«, hauchte sie. Er zuckte innerlich. Er hätte nicht gedacht, daß sie sich an diese überstürzte Verabredung erinnerte. Acht Jahre war das her, die kurzen, bunten Tage seines Glücks.

Sie schluckte. Das Sprechen bereitete ihr Mühe. »Meine Kehle ist wund.« Man hatte ihr den Magen ausgepumpt. Sie hob ihre schmale Hand an die Stirn. »Entschuldigung – ich habe Kopfschmerzen –« Ihr Haar war zerwühlt.

Isidor legte sich die Stola um und stellte das Ölfläschchen auf das Nachtkastl.

»Wollen wir beten?« fragte er und kam sich grausam vor. Hinter dem Glas zum Überwachungsraum drängten sich zwei Schwestern und ein Arzt.

Ein paar Wochen später rief Judith ihn zu Hause an.

»Sie hatten es so eilig, Isidor – oder soll ich Herr Pfarrer sagen?«

»Ist schon recht.«

»Isidor!« rief sie mit ihrer hellen Stimme. Sie habe ihn schon längst mal in ihre Villa zum Tee einladen wollen – sie würde gern mit ihm sprechen – sie habe sich nur geschämt wegen der Austernvergiftung, deswegen habe sie sich nicht früher gemeldet.

»W-worum geht's?« fragte er.

Ach, sie wollte – sie sei so dankbar – also, als sie damals ganz allein und fremd nach Bodering kam, habe er sie ganz selbstverständlich in die Gemeinde aufgenommen – er sei der erste Mensch gewesen, der sie freundlich und persönlich angesehen habe – damals sei ihr das gar nicht so bewußt gewesen, und so weiter.

Isidor versuchte sich herauszureden, wie er konnte: Termine, Verpflichtungen; er gebrauchte sogar, erinnert er sich jetzt, das Wort Begräbnisdienst.

»Ich habe das Gefühl, ich führe ein falsches Leben«, sagte sie. »Ich wollte Sie um Rat bitten.«

Nun hätte er, seinen Prinzipien gemäß, ihr vorschlagen müssen, zum Beichtgespräch zu kommen in die Dreifaltigkeitskirche oder nach St. Emmeram, er hätte ihr auch einen Termin im Pfarrhaus geben können. Aber auf einmal hielt er für möglich, daß sie sagte: Josef Pachl sei ein Irrtum gewesen, in Wahrheit liebe sie ihn, Isidor; und deswegen fuhr er an seinem freien Montag nachmittags zu ihr hin.

Die Villa hatte eine lange, geschwungene Zufahrt durch ein parkartiges Grundstück bergauf. Vom Vorplatz, auf dem zwei Toyota-Geländewagen standen, führte eine breite Freitreppe zur Haustür, und dort stand Judith in einem dunkelblauen Seidenanzug und streckte ihm beide Hände entgegen. Er nahm ihre Rechte und sprach seine Begrüßungsworte im Dialekt, um seine Zurückhaltung auszudrücken. Judith sah ihm lebhaft in die Augen, dann führte sie ihn in ein rie-

siges Wohnzimmer, das um die Ecke ging, mit einem
mächtigen Kamin. Eine Art Schleier wehte um ihren
Hals. Sie war so schön wie je. Neben der cremefarbe-
nen Couchgarnitur erhob sich der Volltrottel, der immer noch eine Knautschpuppe im Maul hatte, und we-
delte verhalten – er lächelte gewissermaßen mit einer
schon ziemlich grauen Schnauze, im Gegensatz zu seiner Herrin sichtbar gealtert. Auf einem von drei Couch-
tischen stand ein silbernes Tablett, darauf ein Teeservi-
ce aus Porzellan. Das Telefon klingelte. Judith zog aus
einer Tasche ihres weiten Anzugs einen Hörer und begrüßte jemanden, dann bat sie Isidor, sich zu setzen,
und lief hinaus, um ihr Gespräch zu führen, mit we-
hendem Schleier. Isidor betrachtete die Teppiche auf
dem Parkett und die Designermöbel und wußte jetzt,
daß Judith nicht sagen würde, sie liebe ihn. Er überprüfte seine Gefühle. Unbehaglich, ja. Verliebt nicht.
Wehmütig. Er hatte alles gut überwunden und seitdem
ein brauchbares Berufsleben geführt. Nur eine Einbil-
dung war während dieser Jahre nie ganz verschwunden: daß irgenwo jemand lebte, in dessen Nähe er
glücklich gewesen wäre. In fremden Händen, gut, und
aus vernünftigen Gründen selten unter seinen Augen.
Aber wahrhaftig, existent, und auch in der Ferne zu
ihm gehörig. Das bedeutete viel. Nun beschloß Isidor,
sich auch von dieser Idee zu trennen. Er zog den Lo-
denjanker aus und legte ihn neben sich. Tja, Isidor, das
ist eine andere Welt. Da hast du dich mächtig ver-
schätzt.

Judith kehrte mit einer Kanne Tee und Keksen zurück. Aber kaum hatte sie sich gesetzt, klingelte wieder
das Telefon, und diesmal war offenbar Pachl am Appa-
rat, und sie sprach zärtlich zu ihm und lief wieder hinaus, nicht ohne Isidor einen entschuldigenden Blick
zuzuwerfen aus dunklen Augen, deren Blau durch die
Farbe ihres Gewandes verstärkt wurde. Isidor stellte
sich den bulligen, rotgesichtigen Pachl mit den dünnen

Beinen in karierten Golfhosen vor, wie er durch diese Luxuswohnung tapst und ständig aufpassen muß, kein Inventar zu zerbrechen. Vielleicht trug er inzwischen einen Nasenring, an dem Judith ihn abends ins Schlafzimmer führte? Die Schöne und das Tier, dachte Isidor und nahm sich vor, beim nächsten Anruf zu gehen.

Auf dem zweiten Couchtisch lag ein Bildband über Michelangelo – so, sie interessiert sich jetzt für Kunst. Isidor blätterte, die Mächtigkeit der Figuren bedrängte ihn, und er blätterte zum Vorwort zurück. »... präsentierte sich der Welt als ein titanisches Genie, dessen finstere Seiten sich geradezu gewalttätig in seinem Werk ausdrückten«, las er. »Damit brachte er eine Ethik in die Kunst, die den Künstler im Ringen mit sich selbst zum Gegenstand der Kunstanstrengung werden ließ.« Warum »damit«? Warum führte Gewalttätigkeit zu Ethik? Isidor las die Sätze noch einmal. Gewalttätige Ethik, dachte er, hm. Dann sah er eine Wimper auf der Seite. Nachdem ausgeschlossen schien, daß Pachl dieses Buch je geöffnet hatte, konnte es nur Judiths Wimper sein. Isidor nahm die Wimper auf die Fingerspitze und wollte pusten, damit er einen Wunsch erfüllt bekäme. Da er aber nicht wußte, was er sich wünschen sollte, entschied er sich anders und barg die Wimper in seinem Geldbeutel, zwischen Klarsichtfolie und Personalausweis. Erinnerungsstück, dachte er ironisch. So bin ich wenigstens nicht ganz leer ausgegangen.

Judith kehrte wieder zurück und plauderte. Sie wolle Geld spenden, sagte sie, für seine Kirche. Sie habe in der Zeitung von dem Sprung im Glockenturm gelesen. Ob fünfzigtausend Mark recht seien? Isidor, der eigentlich als Liebhaber gekommen war, fand sich unversehens in der Rolle des Almosenempfängers wieder und geriet darüber nicht wenig in Verlegenheit. Immerhin hatte er die Routine, das zu überspielen: Er musterte den gähnend leeren Kamin, die Impressionistenreplik an der Wand, dann seine Gastgeberin, zuerst ihr schönes, unbefangenes Gesicht, dann ihre nackten Fesseln in den zierlichen Sandalen. Er sah einen schwarzen Fleck auf dem Knöchel und wies sie darauf hin. Ja, sagte sie, das sei ein Melanom.

»Muaß ma dös net operiern?« fragte er.

»Naja, ich versuch's noch mit Kräutern«, antwortete sie.

Krebs

Glaubt ihr nicht, so bleibt ihr nicht.
(Jes 7,9c)

Etwa ein Jahr später kam Judith unerwartet und unangemeldet in Isidors Beichtzimmer, blaß, mit tiefen Ringen unter den Augen, und erzählte unbremsbar alle Qualen und Sünden ihrer Jugendzeit.

Ihr Vater war bei einem Arbeitsunfall drei Wochen vor Judiths Geburt umgekommen. Die Mutter hatte sich einen Sohn gewünscht und war über die Geburt der Tochter enttäuscht. Sie nannte Judith Peter und behandelte sie streng, weil man Söhne ohne Väter ja streng behandeln muß. Schläge, Härte, Armut, Enge. Wenn ein Liebhaber kam, warf die Mutter eine Decke über Judiths Ställchen wie über einen Vogelkäfig und sagte: »Von dir hör ich keinen Mucks!« Erst mit sechs Jahren wurde das Kind getauft. Der Vater war katholisch gewesen, die Mutter evangelisch, deswegen wurde die Entscheidung lang hinausgeschoben. Als der Pfarrer fragte: »Wie heißt du denn?«, antwortete Judith: »Peterle!« Die Mutter rief rasch: »Judith soll sie heißen!« Judith hat nie erfahren, wie es zu diesem Einfall kam – in all den Jahren war von dem Namen nie die Rede gewesen.

Die Sünden bestanden in Rachephantasien. Einmal

hatte Judith eine Puppe geohrfeigt, die ihrer Mutter glich. Und in einer Aufwallung besonderer Wut hatte sie diese Puppe ins Klo geworfen und an der Spülkette gezogen. Natürlich paßte die Puppe nicht ins Rohr und so weiter, aber das Schlimme war, daß Judith Jahre später erkannte, daß dieser Mordversuch an der Puppe magisch der Mutter galt. Sie könne sich das niemals verzeihen, sagte sie. Isidor meinte, sie sei eben in Not gewesen, und es sei ja nichts passiert. »Das ist nicht alles!« rief Judith. Sie hatte auch einmal der Mutter einen Liebhaber ausgespannt. Sie habe auf einmal gemerkt, daß dieser erwachsene Mann auf sie reagierte, und sei sich ihrer Macht bewußt geworden. Da war sie vierzehn. »Geh hinaus spielen!« befahl die Mutter, und Judith sagte: »Der Georg will, daß ich bleibe!« Der Georg wollte das tatsächlich und sichtlich, da warf die Mutter ihn hinaus. Sie tat das, um ihre Tochter zu schützen, wußte Judith inzwischen, aber damals unterstellte sie ihr Eifersucht. Der Gipfel war, daß sie die Mutter irgendwie wissen ließ, daß sie diesen Georg noch ein paar Mal traf. Er lud sie zum Eis ein und umarmte und küßte sie väterlich, und die Mutter schrie, als sie es erfuhr: »Wart halt noch ein bißchen, bald bist du mich los!«

Isidor sagte: Fehler in diesem Alter dürfe man nicht als Hypothek aufs ganze Leben sehen. Judith sei einsam gewesen und in Bedrängnis, sie habe sich eben zu wehren versucht. Gott habe ihr das mit Sicherheit verziehen, zumal sie schließlich selbst ihre Fehler bemerkt und bereut habe.

Ja, aber! Die Mutter starb dann an Krebs! Sie hatte von ihrer Krankheit schon länger gewußt und nichts gesagt, nur um Judith zu schonen, die es ihr schlecht vergalt! Und Judith hatte das Gefühl, durch ihre schlechten Wünsche an der Krankheit mit schuld zu sein! Die Mutter war ein schwieriger, schroffer Mensch gewesen, der selber Hilfe gebraucht hätte, stattdessen – und so weiter!

Noch als Schulkind übernahm Judith zunehmend den Haushalt und schließlich die Pflege der Mutter. Deswegen habe sie ihre Lehre als Bürokauffrau abgebrochen. Sie blieb bei ihrer Mutter und verdiente sich in 500-Mark-Jobs an Tankstellen und in Wirtshäusern ihr Geld. Die Mutter starb, als Judith dreiundzwanzig war.

»Sie ist nicht wegen Ihnen g-gestorben!« beschwor Isidor.

»Nein, nicht ganz«, sagte Judith, »sie ist auch gestorben, weil sie an nichts glaubte.« Die Mutter vertraute auf die Apparatemedizin, wurde ein Opfer der Apparate und starb einen Apparatetod. Einmal hatte Judith einen Weinkrampf bekommen und gefragt, was aus ihr werden solle, wenn sie nichts lerne. »Du bist schön. Wenn ich weg bin, werden die Männer bei dir Schlange stehn!« schimpfte die Mutter. Judith versicherte Isidor glaubwürdig, daß sie sich nie als schön empfunden habe. Eigentlich fühlte sie sich immer wie amputiert. Sie suchte die Nähe älterer Männer, weil sie sich bei denen geborgen fühlte. Als sie siebzehn war, tauchte tatsächlich dieser alte Georg wieder auf, und diesmal wurde es wirklich eine Art heimliche Liebschaft. Aber Georg war impotent. Es gab ein unbeholfenes Liebesspiel, und dann schlief er an ihrer Seite ein, und Judith wußte zwar, daß etwas fehlte, aber nicht, was. Warum hat sie denn ihren Sünden auch diese noch hinzufügen müssen? Hinter dem Rücken der todkranken Mutter mit deren letztem Liebhaber zu schlafen oder was man so nennt, war das nicht der schlimmste denkbare Verrat? Beziehungsweise, es gab noch einen schlimmeren: Judith tat jetzt natürlich alles, um die Affäre zu verbergen, hatte aber inzwischen den begründeten Verdacht, daß sie gerade durch die Tarnmanöver deutliche Hinweise gab. Inzwischen zerbrach sie sich den Kopf über verschiedene Reaktionen ihrer Mutter, denen zu entnehmen war, daß sie Bescheid wußte, oder auch nicht; und so weiter, es war der übliche Wust aus unersättlicher Selbstanklage, Exkulpation und Demontage, ein plan-, sinn- und weitgehend gegenstandsloser Gefühlsaufruhr, mit dem Menschen ihre Lebenszeit vergeuden. Isidor kannte das in allen Varianten, ihm schwindelte nur ein bißchen bei dem Gedanken, daß er selbst beinah in diesen Fall verwickelt worden wäre.

An die Zeit nach dem Tod ihrer Mutter hatte Judith wenig Erinnerung. Sie war die ganzen Jahre in einer Art Trance gewesen, zwischen den brutalen physischen Details der Krankenpflege, der belastenden Affäre und einer Träumerei ohne Gegenstand. Josef Pachl sei tatsächlich ihr erster »richtiger« Mann gewesen, obwohl sie das erst nach einiger Zeit schätzen lernte. Nein, er sei gut. Sie hatte in ihm den Vater gesucht und zumindest teilweise gefunden, irgendwas aber fehlte immer noch, und sie wußte nicht was. Eines Tages entdeckte sie Gott. Dieses Erlebnis war so überraschend, daß ihr die Tränen in die Augen schossen, als sie es Isidor erzählte: »Aber ich hab ja einen Vater!«, habe sie verwundert ausgerufen, laut, obwohl niemand in der Nähe war. »Ich habe mich nach ihm gesehnt, und dabei war er die ganze Zeit da und hat mich beschützt!« Nun war sie so erfüllt, daß ihr das oberflächliche Gesellschaftsleben auf einmal schal vorkam. Sie begann, Geld zu stiften und zu verschenken, und Josef Pachl, der sie anscheinend liebte, machte alles mit.

Isidor sprach sie los und erkundigte sich dann nach ihrer Gesundheit. »Nicht gut«, sagte sie zögernd.

Ließ sie sich denn nicht behandeln?

»Ich bete«, erklärte sie. »Ich lege mein Leben in Gottes Hand, und Gottes Hände sind gute Hände.«

»Nein!« rief er und korrigierte sich sofort: Doch, ja, sicherlich seien sie das. Aber Gott könne sich nicht um jedes Detail kümmern.

»Das ist kein Detail, das ist Krebs.«

»Ich bitt Sie! G-gehn S' zum Arzt!«

»Da war ich schon.«

»Und was sagt er?«

»Ich habe Metastasen.«

Noch drei Monate später kam Judith wieder ins Beichtzimmer; diesmal, um geistliche Begleitung zu erbitten. Sie sah noch schlechter aus, die Wangenknochen stachen hervor, mit Händen schmal wie Hasenläufe strich sie sich das stumpfe Haar aus der Stirn. Sie sah Isidor mit verwunderten dunkelblauen Augen an, als der ihr die Idee auszureden versuchte, ihr Krebs sei die Strafe für den Krebs, den sie ihrer Mutter an den Hals gewünscht hatte. Nein, das sei nicht Gottes Vorgehensweise, sagte er fest.

»Aber ...«

Er erklärte es nochmals und ermüdete dabei.

Später meinte sie, sie habe immer gedacht, daß Isidor ein richtiger Heiliger sei.

Und er hatte sie für intelligent gehalten!

Isidor wurde vom Grauen geschüttelt. In dieser Nacht wachte er in Panik auf, es war wie ein Anfall stellvertretender Todesangst. »Warum m-mußte das jetzt sein?« fragte er laut.

Zur geistlichen Begleitung hätte er einmal im Monat zu Judith nach Schönberg fahren und mit ihr über Gott reden müssen. Er tat es ein Mal. Judith sagte: »Gott weiß, wie gern ich lebe. Wenn er mich trotzdem ruft, hat er seine Gründe.« Alles ging von vorne los, er konnte ihr nichts sagen, er konnte nur zusehen, wie sie verfiel. Im folgenden Monat schickte er seinen neuen Kaplan. Dieser Kaplan war ein rigider junger Mann, der Isidors Theologie fast in jeder Hinsicht in Frage stellte und religiös ziemlich selbstzufrieden war. Aber als er von Judith zurückkehrte, sagte er: »Gegen die san mir ja Heiden!«

Geistliche Begleitung

Warum nimmst du mein Vergehen nicht weg,
läßt du meine Schuld nicht nach?
Dann könnte ich im Staub mich betten;
suchtest du mich, wäre ich nicht mehr da.
(Ijob 7,21)

Isidor stellte fest, daß diese geistliche Begleitung über seine Kräfte ging. Er war nun wirklich immer, immer verfügbar gewesen, verteidigte er sich vor sich selbst. Er hatte zig-, wenn nicht hundertfach Sterbende begleitet, er war nie einer Forderung ausgewichen. Oft war es objektiv härter gewesen als bei Judith, die ja als geduldiges Schaf zur Schlachtbank schritt: Leute hatten geweint und geklagt, einer hatte geschrien. Er hatte Leuten beigestanden, die von allen gemieden wurden, verwahrlost waren, verfaulten. Nicht selten war er beleidigt worden. Einmal betete er mit einer qualvoll sterbenden Frau, die gerade mit drei kleinen Kindern von ihrem Mann sitzengelassen worden war. Ihr verwitweter Vater hatte sie bei sich aufgenommen. Der Vater wohnte stumm und blaß den Gebeten bei, aber dann stürzte er plötzlich hinaus; später konnte man sehen, daß er geweint hatte. Als er Isidor zur Tür brachte, sagte er leise, fast atemlos: Mit einem Gott, der so etwas zulasse, sei er fertig, mit einer Kirche, die mit diesem Gott paktiere, schon gar, und einen Hochstapler wie Isidor lasse er nicht mehr über die Schwelle: Morgen trete er aus der Kirche aus, und seine Tochter werde alles andere bekommen als ein christliches Begräbnis, Isidor könne sich seine Hostien sonstwohin stecken. Isidor sagte genauso leise: »Sie haben kein Recht, Ihrer T-t-tochter ...« Wie dumm! Wie dumm! Noch heute schlägt er sich an die Stirn, wenn er daran denkt. Der alte Mann zischte: »Sie können ja beten, daß mich der Blitz trifft!« und schlug die Haustür zu. Isidor hatte es hingenommen, er hatte sogar überlegt, daß die Kirche hier zumindest dazu gut war, den Zorn dieses Mannes auf sich zu nehmen. Er selbst hatte nicht gezuckt. Aber jetzt war Schluß.

Ganz abgesehen von persönlichen Dingen: Er war auch nicht zuständig für die Sterbenden von Schönberg. Es waren hin und zurück jeweils dreißig Kilometer Fahrt über keineswegs gute Straßen – eigentlich konnte Judith das nicht verlangen. Was war mit ihrem eigenen Gemeindepfarrer? Judith erklärte, der müsse sich um seine kranke Pfarrhausfrau kümmern und sei selbst labil.

Isidor ging im Geist alle östlich von ihm lebenden Mitbrüder durch in der Hoffnung, einen Ersatz für sich zu finden. Am nächsten bei Judith wohnte der Dekan Eckert. Das war ein charismatischer Pfarrer, ein stattlicher Mann mit einem liebevollen, runden Gesicht und einer ebenso liebevollen Schwester, die ihm den Haushalt führte. Alle liebten ihn um seiner Wärme und Kraft willen, Isidor selbst liebte ihn, aber es war völlig ausgeschlossen, ihn zu behelligen, die Leute rannten ihm die Bude ein, es gab sogar Touristen, die nur wegen ihm dort Urlaub machten, sein Telefon stand nicht still. Der fiel aus. Dann gab es Bela Thum, den pensionierten Pfarrer von Isidors Zweitgemeinde Zwam, einen weisen, bescheidenen Mann, der Isidor in vielen Turbulenzen beigestanden war. Aber der war zweiundsiebzig und nicht gesund, konnte man ihm die Fahrerei zumuten? Mehr um sich zu beraten, rief Isidor an und erfuhr von der Haushälterin, daß Pfarrer Thum im Krankenhaus war (krank! Alle waren auf einmal krank!).

Dann gab es Pfarrer Kompraß, einen fähigen Mann mit einer sehr guten praktischen Theologie. Aber Marian Kompraß kämpfte gerade einen einsamen, heroischen Seelenkrieg um seine Kirche: Er ging abends nach der Messe ins Bett, stand morgens um drei Uhr auf und las bis zum Frühstück kirchenkritische Autoren: Drewermann, Küng, Deschner, de Rosa, Gutiérrez und so weiter, dazu Literatur über Kirchengeschichte, die ja jeden in helle Aufregung versetzen muß.

Marian Kompraß war zehn Jahre älter als Isidor und sehr klein. Mit seinem großen Kopf und den dicken Brillengläsern sah er aus wie ein Maulwurf und wirkte auch resigniert wie ein Maulwurf, obwohl er ein klares, schönes Gesicht hatte. Beim feierlichen Einzug sah man ihn nur mit Mühe: Hinter einem hochgewachsenen Akolythen und der Schar normal entwickelter Ministrantenmädel ging sein Diakon, der kleiner war als die Ministranten, und neben dem Diakon ging Kompraß, der noch kleiner war. Isidor hatte Kompraß zunächst belächelt, bis er merkte, daß er vielleicht der mutigste von ihnen allen war. Kompraß war als armer Bauernbub zu den Kapuzinern gegangen, die er immer bewundert hatte, wie sie in ihren braunen Kutten durch sein Dorf schritten, als kämen sie aus einer anderen Welt. Aber als er Novize geworden war, fiel er von einem Schrecken in den anderen. Er erlebte, wie sich dienstags und freitags die Mönche geißelten, während sie das *Miserere* keuchten; und zwar nicht einzeln in der Zelle zur Abtötung, wie er billigend sich das vorgestellt hatte, sondern rituell gemeinsam. Er war so schockiert, daß er seinem Guardian, vor dessen Amtszimmer er sich zu Boden werfen und die Schwelle küssen mußte, mit bebender Stimme sagte, daß er das nicht könne und nicht nötig habe. Er bekam Dispens von den Geißelstunden, hielt aber auch das übrige nicht aus. Ganz allein kam der schüchterne, kleingewachsene, bettelarme neunzehnjährige Marian zu der Erkenntnis, daß im Kloster ein Mittelalter herrsche, das die Seelen zerstört. Als er das Noviziat verließ, schickte ihm der Guardian mehrere Briefe hinterher, in denen er ihm Egoismus und Mißachtung des Willens Gottes vorwarf, und Marian taten diese Briefe im Herzen weh. Er wurde Weltpriester, liebte Gott und war ein hingebungsvoller Seelsorger. Allerdings nahm sein Sehvermögen immer weiter ab, und schließlich eröffnete ihm ein Arzt, daß er wahrscheinlich erblinden würde. Ein ehemaliger Mitbruder erzählte ihm, daß der alte Kapuziner-Guardian diese Nachricht als Strafe Gottes für Marians Abtrünnigkeit pries, und das empörte Marian derart, daß er noch als Sechzigjähriger zu zittern anfing, wenn er davon erzählte.

Gott immerhin schien den Fall anders einzuschätzen als der Guardian, denn die Augenkrankheit stabilisierte sich auf einem erträglichen Stand. Eines Tages erfuhr Marian von sündteuren modernen Lesegeräten, die Buchstaben um das Zwanzigfache vergrößern. Er legte sich so ein Gerät zu und begann zu lesen wie ein Besessener. Er, der bisher mit Unterstützung seines Gedächtnisses gerade noch die dicken Buchstaben der Messbücher hatte erkennen können, las nun alles, wovon er bisher nur gerüchteweise gehört hatte, und kam zu der Erkenntnis, daß er von der Kirche belogen und betrogen worden war. Isidor, der in den Jahren seiner Suche immerhin Pfarrer Stettner als Mentor gehabt hatte, bestaunte auch die Deutlichkeit, mit der Marian, kaum daß er sich belesen hatte, die Unsinnigkeit des Zölibats beschwor. Aus den genannten technischen Gründen kam die Erkenntnis für ihn zu spät, weshalb er weiter ehelos lebte. Aber er sagte: Jedesmal, wenn er ein glückliches und erwartungsvolles junges Paar traue, denke er: »Was hat die Kirche mir angetan!« Isidor stellte sich vor, wie Marian als Maulwurf im goldenen Meßgewand das erwartungsvolle junge Paar segnet und denkt: »Was hat die Kirche mir angetan!«, und während er sich das vorstellte, fiel ihm ein, daß Marian schon lange nicht mehr resigniert wirkte, sondern sprühend, neugierig, nervös. Isidor dachte beinah mit Ehrfurcht an Marian. Aber behelligen durfte er ihn nicht. Marian arbeitete so hart wie alle anderen Dorfpfarrer und brauchte zusätzlich noch die Nächte für seinen einsamen Kampf mit der Kirche, an der sein Herz doch mit tausend Fäden hing.

Die Guten also, die guten Pfarrer fielen alle aus. Was war mit den weniger guten? Da gab es einen alten Dominikaner, der sich aus dem Ruhestand hatte zurückrufen lassen, um einen verwaisten Sprengel zu betreuen. Er praktizierte Mundkommunion, forderte die Ohrenbeichte, verweigerte Geschiedenen die Kommunion und zelebrierte am liebsten mit dem Kopf zur Wand – das Konzil war spurlos an ihm vorübergegangen. Weil Pater Ignatius seinen Ruhestand geopfert hatte, brauchte er sich nichts sagen zu lassen, und daß seine Gemeinde die Flucht ergriff, stachelte ihn noch an. Dann sprach sich seine Schwäche für vortridentinische Zelebrationsformen herum, und Unzufriedene aus verschiedenen Gemeinden strömten ihm zu. Gregor ordnete Pater Ignatius sogar der extremen marianischen Rechten zu. Isidor hatte den Mann von Höllenstrafen reden hören und erinnerte sich an die Blechstimme, mit der er aus der Offenbarung zitierte: »*Da schleuderte der Engel seine Sichel auf die Erde, erntete den Weinstock der Erde ab und warf die Trauben in die große Kelter des Zornes Gottes ... Blut strömte aus der Kelter; es stieg an, bis an die Zügel der Pferde ...*« Nein, dem durfte man Judith nicht zum Fraß vorwerfen: Er hätte ihren Reuewahn noch verstärkt, statt sie zu entlasten.

Dann gab es, nur acht Kilometer von Judiths Pfarrei, einen fleißigen jungen Mann, der leider etwas zwanghaft war. Er hatte – als einziger Mitbruder im weiten Umkreis – einmal bei Isidor eine Beichte abgelegt, und Isidor staunt immer noch über diese Beichte. Sie hatte mit einer Verletzung des sechsten Gebots zu tun, war, obwohl auswendig vorgetragen, wohl schriftlich vorformuliert gewesen und klang ungefähr so: »Angesichts aktueller, den menschlichen Grundbedürfnissen nicht entsprechender Defizit-Erfahrungen im emotionalen Bereich meiner Lebensführung schien mir die Erfahrung von Intimität zur Erweiterung der seelsorgerischen Kompetenz unabdingbar. Dies fand in der zunächst freundschaftlichen Beziehung zu einer Frau einen länger anhaltenden Ausdruck, der nach Jahren auch in den Erlebnisbereich genitaler Sexualität mündete. Als Voraussetzung war die vollinhaltliche Respektierung der kirchlichen Bindung vereinbart gewesen. Das zunehmend deutlich formulierte Anstreben einer dauerhaften Lebensgemeinschaft ihrerseits erzwang jedoch den Bruch dieser Beziehung. Leider führte dies zu unerwartet schmerzlichen Reaktionsbildungen beiderseits, in deren Zuge ich mir folgendes habe zuschulden kommen lassen:« und so fort – kurzum, es war die große Leidenschaft im Leben dieses Mannes gewesen, und nachdem die Staubwolke sich gelegt hatte, kehrte er zur Tagesordnung zurück. Auch für diesen war Judith zu schade, entschied Isidor, dessen schlechtes Gewissen inzwischen höher war als der Turm von St. Emmeram. Was soll ich tun? dachte er beinah von morgens bis abends, was soll ich nur tun?

Es gab noch zwei Mitbrüder, die weder eindeutig geeignet noch eindeutig ungeeignet waren. Der eine war Gregor der Großartige. Gregor redete gelegentlich zynisch daher, aber Freundschaft hielt er hoch; er hatte Isidor oft verspottet, aber noch nie im Stich gelassen. Wenn seine Verpflichtungen es zuließen, würde er helfen. Für Isidor war die Frage: Was war schlimmer, die geistliche Begleitung oder Gregors Spott, den er ertragen mußte, um davon befreit zu werden? Außerdem war Gregor ein Schürzenjäger. Vielleicht würde er Isidors Bitte erfüllen, nur um seine Wirkung auf Judith zu erproben, am Ende noch mit Erfolg? Auch das traute Isidor ihnen zu, sowohl ihm als auch ihr; und er fragte sich, ob er allmählich verrückt wurde.

Zweiter Zweifelsfall und offenbar letzte Möglichkeit: Dr. Ludwig Ebner, der Stadtpfarrer von Lamberg.

Seit jener seltsamen Bergwanderung hatten sie nichts mehr zusammen unternommen, aber sich bei Dekanatstreffen unterhalten, soweit eben eine Unterhaltung mit diesem Viertelautisten möglich war. Isidor respektierte Ebner, er schätzte dessen Theologie und hörte auch von der Gemeinde nichts Schlechtes über ihn. Ebner war nicht einfühlsam und vielleicht auch nicht hilfsbereit, aber aufrichtig. Wahrscheinlich würde Isidor eine Abfuhr bekommen, aber wenigstens mit Begründung, und dann würde es ihm leichter fallen, seine Pflicht zu tun. Er griff auf der Stelle zum Telefon, wählte Ebners Nummer und überwand die letzte Klippe: »S-s-servus, L-l-ludwig, Isidor hier, k-k-k-könnt i dich ...«

Das Lamberger Pfarrhaus war ein ehemaliges Kloster der Englischen Fräulein, viel zu groß für einen Bewohner. Ebner hatte es unter Mühen renovieren lassen. Er ging Isidor mit seinem schnellen Schritt wortlos voraus bis zum letzten Zimmer am Ende des Ganges im ersten Stock und öffnete die Tür. Immerhin schien das sein Privatbereich zu sein und kein Beichtzimmer, das beruhigte Isidor etwas. Aber das Zimmer war weitgehend kahl. Eine Sitzgruppe. Ein Couchtisch. Ein Bücherregal. Als einziger Wandschmuck ein Riesenposter von einem eisstarrenden Gipfel. Kein Kruzifix. Allerdings auf dem abgebildeten Berg ein Gipfelkreuz, gegen die auf- oder untergehende Sonne so fotografiert, daß es tatsächlich eine Art Gloriole besaß.

Ludwig setzte sich Isidor gegenüber, legte die Fingerspitzen aufeinander und sah an Isidor vorbei. Isidor erzählte von Judith, die vor neun Jahren einmal kurz Mitglied seiner Gemeinde gewesen war, nun an Krebs litt und, obwohl sie in der Nähe von Schönberg wohnte, ausgerechnet ihn, Isidor, um geistliche Begleitung gebeten habe, weil der dortige Pfarrer ausgefallen sei. Er sehe sich aber nicht imstande und wolle deswegen fragen, ob nicht Ludwig, und so weiter. Er wisse, daß ...

Er erkläre sich bereit, zum Ausgleich eine geistliche Begleitung in Ludwigs Gemeinde zu übernehmen, wenn nötig auch zwei oder drei.

»Warum willst du's nicht machen?«

»Es würde mir das H-h-h-herz b-brechen«, sagte Isidor.

»Liebst du diese Frau?«

»Nein.« Es erleichterte Isidor, das aussprechen zu können. »Nicht m-mehr.«

»Begehrst du sie?«

»Nein«, sagte Isidor, von der Terminologie nun doch überrascht, und verbuchte ganz nebenbei als Pluspunkt, daß er bis in die dritte Schicht seines Bewußtseins (es gab allerdings noch mehr Schichten) sich nie in voller Deutlichkeit vorgestellt hatte, mit Judith den Geschlechtsverkehr auszuüben; sondern höchstens, daß er sie in seine Arme schließt, falls sie stolpert auf einem glitschigen Weg. Dann hatte er auf einmal das Gefühl, als gingen zwei Risse durch ihn von oben bis unten, die ihn in drei Teile spalteten. Isidor hatte sich vor einiger Zeit mit Aristoteles' Theorie des Theaters beschäftigt, nicht, weil er nach neuen Konzepten suchte, sondern eher, um sich zu beschäftigen und weil Freund Gregor ihm die Lektüre empfohlen hatte. Er war auch nicht ganz durchgekommen, aber die Trennung des menschlichen Dramas in drei Aspekte hatte ihm eingeleuchtet, und nun sah er auf einmal glasklar alle drei Aspekte in dieser, seiner, Situation. Die Tragödie war, daß er sich mit Spitzfindigkeiten ablenkte, um Judith im Stich zu lassen; und weil nach Isidors Erkenntnis jede Bedeutung auch ihr Gegenteil mit einschließt, erkannte Isidor darin die grauenhafte Komik seiner Existenz, die angeblich auf Liebe gründete und die Flucht ergriff, als sie auf Liebe traf. Die Komödie, die auf die Tragödie folgt, bestand darin, daß hier zwei ernüchterte, ergraute Männer in der Sprache des neunzehnten Jahrhunderts ein Mysterium ordneten, das sie beide nur aus Büchern kannten; und wo hier wiederum die Tragik steckt, muß wohl nicht eigens erläutert werden. Das Satyrspiel schließlich war Isidors vollständige Unterwerfung, die ebenfalls komisch und tragisch war: Er würde auch alle weiteren Fragen beantworten, noch die peinlichsten, und alles tun, was Ludwig forderte. Isidor war auf alles gefaßt: *Tut mir leid. Hier kommst net aus. Reiß di zsamm. Ja.* Isidor würde noch morgen zu Judith fahren und ihr geistliche Begleitung leisten für den Rest ihres Lebens, bis zum letzten Tag. Das Satyrspiel war sozusagen das Affentheater, das mit Peinlichkeiten das Unvermeidliche ein bißchen hinausschob.

Aber Ludwig sagte unerwartet: »Is guat. I moch's.« Isidor glaubte erst, sich verhört zu haben. Ludwig sprang auf, öffnete die Tür und wartete, bis Isidor aufgestanden war, dann ging er voraus. Isidor folgte ihm dankbar, aber auch ein bißchen gekränkt, denn er kam sich abgespeist vor. Während sie durch den langen Gang zum Treppenhaus wanderten, überlegte er, ob Ludwig es so kurz gemacht hatte, weil er Isidors Schmerz achtete, oder deshalb, weil er ihn loswerden wollte. Hatte Isidor ehrenwert gehandelt, als er sein Problem einem Eigenbrötler antrug? Andererseits: Hätte Ludwig nicht gerade wegen seiner Menschenscheu jede Berechtigung gehabt, die Bitte abzulehnen?

Sie standen in der Haustür, und Ludwig gab dem immer noch grübelnden Isidor die Hand. »Aber wenn s' nach dir persönlich fragt, was dann?«

»Dann geh i hin«, antwortete Isidor bereitwillig. »Aber i glaub, ihr geht's net um mich. Sondern um G-g-g...« Er rief sich bestürzt zur Ordnung. »Es geht ihr nicht um mich, sondern um Gott«, wiederholte er rasch und hatte das Gefühl, er drehe ein Messer in sein Herz.

Passau

Wohl dem, der einen Freund fand
und der zu Ohren sprechen darf, die hören.
(Sir 25,9)

Drei Monate später rief Ludwig an, daß Judith heute nacht gestorben sei. Isidor fühlte sich elend. Er war nur froh, daß er selbst nicht die Begräbnisfeier halten mußte, sondern als einfacher Trauergast hinfahren konnte. Er nahm sich für den Tag frei, erwachte aber am Morgen mit Herzschmerzen. Als er vor dem Spiegel stand, wurde ihm heiß und schwindlig, und er schnappte nach Luft. Während er zu frühstücken versuchte, wurde ihm klar, daß er sich nicht imstande fühlte, das Haus zu verlassen. Er legte sich auf die Holzbank und betete, dann fing er an zu keuchen und hatte Angst zu ersticken, seine Hände kribbelten so sehr, daß er Mühe hatte, das Telefon zu halten. Er rief Dr. Werfl an, der sofort kam. Dr. Werfl hörte ihn ab, gab ihm eine Beruhigungsspritze und verordnete Bettruhe, er blieb auch bei ihm und redete mit ihm, bis die Spritze zu wirken begann, und als er ging, sagte er freundlich: »Wenn die Anfälle wiederkehren, rufen S' mich an.« Isidor blieb mit dem Gefühl zurück, daß er Judith ein weiteres Mal im Stich gelassen habe.

An seinem nächsten freien Tag fuhr er nach Passau. Er wollte die Stadt seines Aufbruchs sehen und den Goldenen Steig, vor allem aber wollte er seinen alten Freund Franz treffen. Eigentlich suchte er jemanden, der ihm vergab, weil er selbst sich nicht vergeben konnte. Wieder hatte er lange überlegt, zu wem er gehen sollte. Bei Ludwig Ebner fürchtete er, sein Konto überzogen zu haben. Gregor hätte gesagt: »Isidor, du leidest wohl gern?« Erst dann fiel Isidor Franz ein, den er seit bestimmt zwanzig Jahren nicht gesprochen hatte. Und da er sich als Versager fühlte und in diesen Tagen fast ununterbrochen von weiteren Versagenserinnerungen gequält wurde, fiel ihm sofort ein, daß er auch Franz gegenüber Schuld auf sich geladen hatte. Das erhöhte noch seine Pein, aber auch seine Bereitschaft, Franz reumütig gegenüberzutreten.

Das mit Franz war eine Jugendsünde, aus Willkür, Verwirrung und Einsamkeit begangen: Isidor hatte als Priesterseminarist gespürt, wie Franz ihn zu lieben begann, und ihn abgestraft, indem er eine häßliche Bemerkung über Schwule machte. Soweit die Grundtatsache, die sein Spiritual, dem Isidor sie sofort – natürlich ohne Namensnennung – beichtete, beinah straflos verzieh. Leider war Isidors Tat viel verschlagener und grausamer, als die Fakten verrieten: Isidor hatte Franz' Liebe bemerkt, bevor Franz selbst sich ihrer bewußt wurde. Er hatte sich ein bißchen an ihr gewärmt und Franz ermutigt, und als Franz erwachte und immer anhänglicher und schließlich unruhig wurde, brachte Isidor diese Bemerkung an. Er hat den Wortlaut verdrängt, aber sie war brutal, und er wußte, was er tat. Er hat auf den richtigen Augenblick gewartet – kurz vor dem Geständnis – und mit Kalkül abgezogen, scheinbar aus heiterem Himmel und nicht direkt an Franz adressiert, aber kalt und scharf. Er hat mit Genugtuung registriert, welchen Schock er Franz versetzte, und in den nächsten Tagen mit quälender Erregung beobachtet, wie Franz ihn mied und kreidebleich vor ihm in die Ecken flüchtete. Dann hat Isidor eine Versöhnung angestrebt und bekommen, er wußte, daß er das schaffen würde, und hielt auch für selbstverständlich, daß Franz' Freundschaft nun scheue, unterwürfige Züge annahm. Noch bevor er das Geringste über die Liebe wußte, spürte er die Macht, die sie verleiht, und mißbrauchte sie augenblicklich; um überhaupt irgend etwas zu spüren, nimmt er heute an; oder um die Gefühle anderer zu verletzen, wenn er selbst schon keine hatte. Vielleicht auch, um über Franz' scheinbaren Makel zu triumphieren, den einzigen, der zufällig nicht seiner war.

Aber das alles begriff er zu spät. Dann – er saß schon in Bodering – war es zu umständlich gewesen, die Sache zu klären, und vielleicht auch nicht mehr notwendig: Franz hatte inzwischen eine Stelle im Ordinariat, war nur noch über eine Sekretärin zu erreichen und benahm sich höchst würdevoll. Es gab keinen Anlaß, juvenile Peinlichkeiten aufzurühren; jeder wußte, was da alles passiert, und objektiv war der Fall eine Lappalie. Nur Isidor saß nun im Hochtal von Bodering mit seiner persönlichen Schuld.

Jetzt, durch sein weiteres Versagen geschwächt, empfand er die Last als unerträglich schwer. Er wählte Franz' Nummer und erfuhr von der Sekretärin, daß Franz in einer Besprechung war und abends im Dom konzelebrieren würde. »Wann k-k-kann ich ihn denn erreichen?« – »Sie können ihn heute überhaupt nicht erreichen. Soll er zurückrufen?« – »Nein, ich bin unterwegs. Aber vielleicht mag er mich vor der M-messe sehen. Ich werde im Dom vor halb sechs auf ihn warten, in der letzten Bankreihe, vielleicht richten S' das aus?« Isidor setzte sich ins Auto und fuhr los.

Während er fuhr, beruhigte er sich. Nein, natürlich würde er Franz gegenüber diese Dinge nicht erwähnen, es sei denn, daß der auf eine Aussprache Wert legte. Isidor würde ihm einfach seine Sympathie und Achtung bezeugen und seinen Rat erbitten, er würde ihm zu seiner schönen Karriere gratulieren, und vielleicht würden sie nach der Messe bei einem Schöpperl gemeinsam der angenehmen Seiten ihrer Studienzeit gedenken, die es schließlich auch gegeben hatte: Hoffnung, Glaube, Stolz, Andacht; Glück.

Es war ein dunstiger Tag mit Nieselregen. Vorsichtig steuerte Isidor den Wagen von den schroffen Hängen des oberen Waldes über die Schönberger Hügel in die Auen des Donautals hinab. Er fuhr sogar über

Schönberg, sozusagen als Abschiedsgruß, und dort geschah es, daß er am Straßenrand ausgerechnet den verwitweten Josef Pachl und den verwaisten Volltrottel erblickte. Pachl führte den Hund spazieren, und beide sahen unendlich vorwurfsvoll aus. Isidor fand, daß er Josef Pachl vielleicht unterschätzt hatte, und überlegte, ob er anhalten, aussteigen und sein Beileid aussprechen sollte. Langsam fuhr er an den beiden vorüber. Dann sah er, wie der Hund, den er ebenfalls unterschätzt hatte, seine Knautschpuppe fallen und achtlos am Straßenrand liegen ließ. Pachl bemerkte es und blieb stehen, und beide, Herr und Hund, blickten unschlüssig zurück. Dann setzten sie mit hängenden Köpfen ihren Weg fort. Es war eine Szene von so unsäglicher Melancholie, daß Isidor wieder Gas gab und mit noch schlechterem Gewissen weiterfuhr.

Als er über den Hügelrand in die Donausenke hinabsteuerte, teilten sich die Wolken, und die Sonne brach durch. Passau lag einladend wie ein freundliches Schiff zwischen den Strömen, mit den barocken Kuppeln und Türmen von St. Stephan, den frisch gedeckten Dächern, dem hübschen weißgelben Maria-Hilf-Kloster hoch oben am Hang auf der gegenüberliegenden Seite des Inns. Isidor stellte seinen Wagen hinter der Nibelungenhalle ab und ging beinah andächtig durch die engen Gassen. Alles sah adrett aus, die Häuser waren gepflegt und bunt verputzt, nur aus den Kellern, in die schon so oft Donau oder Inn eingestiegen waren, kroch der gleiche Modergeruch wie früher herauf. In den Straßen drängten sich Menschen, wohl von der Sonne hervorgelockt. Einige hatten Regenschirme dabei und blinzelten ungläubig zum Himmel, und die Luft war mild, während oben im kalten Schönberg über Pachl und Trottel wahrscheinlich immer noch der Landregen niederging. Als Isidor vor dem Dom stand, lag dessen Fassade in strahlendem Licht. Die Glocken begannen zu läuten, zuerst die

233

leichten, dann nach und nach die schweren, zuletzt verschmolzen die Schläge zu einem Dröhnen. Wie bei fast jedem Passau-Besuch ging Isidor einmal um den Dom herum. Erst unter dem breiten Südturm hindurch. Vom Turm herab rollte das Geläut durch die enge Zengergasse, fing sich zwischen den hohen Flanken des Doms und der fürstbischöflichen Residenz, packte Isidor wie eine gewaltige Woge und spülte ihn hinter dem Dom hinaus auf den lichten barocken Residenzplatz mit dem Marienbrunnen, um den Menschen saßen und Kaffee tranken. Isidor ging am gotischen Domchor vorbei und durch die Große Messergasse wieder zum Domplatz zurück. Er betrat den Dom zusammen mit einer Touristengruppe, bekreuzigte sich und setzte sich in eine der hinteren Reihen, nachdem er den Gedanken verworfen hatte, Franz in der Sakristei aufzusuchen; er wollte ihn schließlich nicht bedrängen. Er saß im fast bläulich wirkenden Halbdunkel. Jedesmal, wenn sich die Eingangstür öffnete, ergoß sich blitzendes Sonnenlicht in den Raum und erleuchtete die massiven, glatten weißen Pfeiler.

Franz kam zwanzig vor sechs. Isidor sprang auf, trat ihm entgegen und rief: »Servus, Franz! Dank dir, daß d' kemma bist!« Franz trug einen schwarzen Anzug und wirkte stattlich, zumal ihn die gerade hereinflutende Spätnachmittagssonne erfaßte. Erst auf den zweiten Blick sah Isidor, daß er ein Doppelkinn hatte und trübe Augen. Seine schöne Stimme klang so unsicher wie je. »Ja Isidor, grüß dich! Das ist nett! Ja wie geht's dir denn? Nein, das ist aber eine Freude! Also so was ...«

Er war betrunken. Er stand gerade und artikulierte klar, aber seine Lider hingen so schwer herab, daß man kaum die Pupillen sah. Sein breites, sonst so lebhaftes, freundliches Gesicht war unbeweglich, wie betäubt.

»Franz!«

»Ja!« lächelte er. »Isidor, alter Freund! Also so eine Überraschung ...«

Isidor griff nach Franz' Armen, aber Franz befreite sich mit wedelnden Handgelenken und flüsterte: »Ich muß zum Dienst! Aber, Isidor, wir sehn uns doch nachher?«

»Hoffentlich, Franz. Deshalb bin ich g-gekommen.«

»Na klar, wir müssen unbedingt ein Schöpperl zusammen trinken. Ja, so, also das ist vielleicht eine Überraschung – Isidor ...« Er drehte sich um die eigene Achse.

»I wart hier auf dich nach der M-messe!« rief Isidor ihm nach.

»Freilich!« brummte Franz und entfernte sich in Richtung Kreuzgang. »Da freu ich mich aber ...«

Er kam nicht. Isidor saß nach der Messe noch ungefähr eine halbe Stunde auf der Bank, dann ging er eine weitere halbe Stunde zwischen Platz und Dom hin und her, hinaus und hinein. Er überlegte, ob er gleich wieder in den Wald hinauffahren oder den Abend noch in Passau verbringen sollte, und entschied sich für letzteres. Wieder wanderte er durch die Altstadt. Er erinnerte sich, wie er als Seminarist heimatlos durch dieselben Gassen gestreift war und sich danach gesehnt hatte, diese Blocks einmal von innen kennenzulernen, mit ihren schmalen Durchgängen, den Innenhöfen und Treppen und Wohnungen und Familien. Er glaubte, dieses Labyrinth enthalte das Geheimnis des Lebens. Aber er wagte nicht, auch nur einmal in einen Flur hineinzuschlüpfen.

Zuletzt besuchte er an der Ostspitze der Stadt auf der Donauseite ein griechischen Lokal, das er von früheren Besuchen kannte. Er setzte sich auf die Terrasse und beobachtete die vorbeistampfenden Schiffe, dann die auf der anderen Seite des Flusses im Scheinwerferlicht orangefarben aufflammenden Mauern der oberen und unteren Festung. Ein Pärchen mit Sicherheitsnadeln in Backen und Nasen bat ihn, es zu fotografieren, und er fotografierte es. Eine Zeitlang machte er sich Gedanken über einen älteren, augenscheinlich homosexuellen Mann im weißen Polohemd, der zwei Tische weiter saß, und hielt ihn unbefugterweise für unglücklicher als Franz und sich selbst. Aber dann kam ein zweiter, jüngerer Mann dazu, und der ältere legte seinen dicken Geldbeutel auf den Tisch und sah glücklich aus.

Kapitel Sechs

Litanei

Die Weihekandidaten liegen ausgestreckt auf dem
Boden.

In der Litanei können an den entsprechenden Stellen
die Namen weiterer Heiliger eingefügt werden, bei-
spielsweise der Patrone des Bistums, der Kirche, des
Landes und der Weihekandidaten. Außerdem können
weitere Fürbitten eingefügt werden.

Vorsänger/Alle: **Herr, erbarme dich.**
V/A: **Christus, erbarme dich.**
V/A: **Herr, erbarme dich.**
V: **Heilige Maria, Mutter Gottes.**
A: **Bitte für uns.**

Heiliger Michael
Heilige Engel Gottes
Heiliger Johannes der Täufer
Heiliger Josef
Heiliger Petrus
Heiliger Paulus
Heiliger Andreas
Heiliger Johannes
Heilige Maria Magdalena
Heiliger Stephanus
Heiliger Ignatius
Heiliger Laurentius
Heiliger Vinzenz
Heilige Perpetua und heilige Felizitas

Heilige Agnes
Heiliger Gregor
Heiliger Augustinus
Heiliger Athanasius
Heiliger Basilius
Heiliger Martin
Heiliger Benedikt
Heiliger Franziskus
Heiliger Dominikus
Heiliger Franz Xaver
Heiliger Pfarrer von Ars
Heilige Katharina
Heilige Theresia von Jesus
Alle Heiligen Gottes

V: Jesus, sei uns gnädig.
A: Herr, befreie uns.

Von allem Bösen
Von aller Sünde
Von der ewigen Verdammnis
Durch deine Menschwerdung und
   dein heiliges Leben
Durch dein Sterben und dein Auferstehn
Durch die Sendung des Heiligen Geistes

V: Wir armen Sünder.

Aus der Liturgie der Priesterweihe,
herausgegeben von den Liturgischen Instituten
Salzburg, Trier und Zürich

Distra

Weit fort möchte ich fliehn,
die Nacht verbringen in der Wüste. [Sela]
(Ps 54,8)

Vor sieben Jahren fuhr Fannerl, die Tochter des Schreinermeisters Riedl, eines späten Vormittags mit dem Mofa zur Post, um einen Brief einzuwerfen, wurde von einem Auto erfaßt und starb in der Klinik den Hirntod. Der erschütterte Vater willigte ein, Fannerls Organe für eine Transplantation zur Verfügung zu stellen. Nur deswegen wurde eine Blutprobe genommen, die einskommaacht Promille ergab. Wer vormittags mit einskommaacht Promille auf dem Mofa zum Briefkasten fahren kann, war Alkoholiker.

Während Isidor am folgenden dunklen Märzsamstag im dichten Schneegestöber die Grabpredigt hielt, stützten Freunde der Familie den vor Kummer betrunkenen Vater. Viele Trauergäste weinten. Aller Augen glänzten. Isidor sprach warmherzig über Fannerl, über die es nichts Schlechtes zu sagen gab, freilich auch wenig Gutes. In der Kirche hatte er sie zuletzt zur Firmung vor etwa fünfzehn Jahren gesehen. Er versuchte, die Eltern zu trösten. Aber die Eltern waren untröstlich, weil sie eigentlich erwartet hatten, daß er Fannerl heiligsprach. Einen Zusammenhang zwischen Unfall und Alkohol sah niemand. Die Mutter schluchzte, Fannerl habe überhaupt nie getrunken, »höchstens ab und zu a Stamperl, weng am Streß!«

Als sie vom Grab zum Wirtshaus gingen, fiel kaum noch Schnee, und die Wolken hoben sich. Als Isidor sich später von der inzwischen torkelnden Familie ver-

abschiedete und aus dem Wirtshaus trat, blendete ihn
die Sonne. Es war drei Uhr! Er war nur auf eine halbe
Stunde mitgegangen, und jetzt war der Tag fast um!

Er mußte lachen. Lachend schlug er den Heimweg
ein. Er war so sauber beieinander, daß er dieselbe Abkürzung nahm wie sonst nur nachts bei der Rückkehr
aus dem Wirtshaus, im Schutz der Dunkelheit: Er stieg
über den schmiedeeisernen Zaun in den hinteren,
noch gräberfreien Teil des Friedhofs und stapfte durch
den tiefen Schnee Richtung Pfarrhaus. Er kicherte: »In
Wahrheit ist es würdig und recht, dir, Vater im Himmel, zu danken und dich mit der ganzen Schöpfung zu
loben.« Im kalten Schatten des Pfarrhauses blieb er stehen und blickte zurück, um sich am Glitzern des flocki-
gen Schnees im Sonnenlicht zu erfreuen. Er sah die
Sonne zur Hügelkuppe hinabgleiten und fragte sich,
wie lang er wohl vom Wirtshaus hierher gebraucht hatte: Wieder war ein Stück Zeit einfach verschwunden
wie in einer unsichtbaren Kluft.

Dann sah er die sieben Lehrmädchen vom Steigenberger Hotel hinter der Hausecke hervortreten. Sie
nahmen dieselbe Abkürzung wie er, nur in entgegen-
gesetzter Richtung. Durch den tiefen Schnee gingen
sie im Gänsemarsch, wobei jede in die Fußstapfen der
vorigen trat; und alle trugen hochhackige Schuhe und
balancierten mühsam, was komisch aussah. Er rief gut-
gelaunt: »Wo woits'n hi, Madln?« Im Alkohol stotterte
er selten. Sie blieben stehen. Sieben junge Gesichter
wandten sich ihm zu und wurden merklich blaß. Natürlich wußte er, wo sie hinwollten: Sie waren auf dem
Weg zur Abendschicht im Steigenberger Hotel; und
weil sich das Steigenberger Hotel seine Lehrmädchen
von auswärts holt, seit der Wende meist aus Thüringen
oder Sachsen, wohnten sie in einer Unterkunft auf der
anderen Seite des Friedhofs. Er hätte jetzt mit ihnen
schimpfen können oder sogar müssen, aber ihm war
nicht danach. Er fand sie süß. Er hätte sich gern näher

mit ihnen unterhalten. Mögts net neikemma auf a Stamperl? wollte er fragen und mußte beim Wort Stamperl innerlich so lachen, daß er sich an der Pfarrhauswand abstützte, um nicht in den Schnee zu fallen. »Geht's doch vorn übern Weg naus«, sagte er dann immerhin vernünftig, »sonst kriegts ja nasse Füaß!« Sie antworteten nicht. Sie witterten immer noch, und auf einmal, nach einer Minute der Erstarrung, flohen sie alle gleichzeitig in hohen Sprüngen dorthin, woher sie gekommen waren. Isidor betrachtete die gestochen scharfen Trittlöcher der Mädchen und dann seine eigene zerwühlte Spur und fand beides unbändig komisch. Er ging ins Pfarrhaus, und schon bevor die Tür hinter ihm ins Schloß fiel, brüllte er vor Lachen: »Höchstens ab und zu a Stamperl, weng am Streß!« Er verlor beinah das Gleichgewicht, während er sich den Schnee vom Mantel klopfte, und stieß mit der Schulter an die Madonnenstatue im Treppenhaus. Er warf sich in den Ledersessel und schrie: »Sächsische Rehlein, hoho! Das ist würdig und recht!«

Als der Rausch nachließ, fühlte er sich erbärmlich. Den Leibhaftigen hätten sie nicht entsetzter anschauen können. Nachträglich sah er in den blassen Gesichtern die ganze Unwürdigkeit seiner Erscheinung gespiegelt: rote Nase, ungekämmt, schneebestäubt, wahrscheinlich schwankend, kichernd nach der Beerdigung einer jungen Frau. Er war hilflos, ruhelos, ratlos; er überlegte, wie lange er schon nicht mehr gebetet hatte, und suchte einige Minuten lang mit hängendem Kopf sein vor Jahren verlegtes Brevier, bis er auch das peinlich fand. Er faßte, gegen den Nebel in seinem Hirn ankämpfend, das fällige Gebet in die Form einer Privatenzyklika: »Mit brennender Scham bekenne ich – erkenne ich – hick!« Die Beine gaben unter ihm nach. Er murmelte: »Lieber Vater im Himmel, hoffentlich bin ich noch kein Alkoholiker.«

Es folgte das schlimmste Jahr seines Lebens. Er

schloß einen Kompromiß: Keinen Schnaps mehr, und Wein erst nach acht. Sonntags nach dem Morgengottesdienst fiel ihm das am schwersten, weil schon der Schluck Meßwein ihn enthemmte. Er sammelte kleine Triumphe, indem er werktags das erste Glas um noch eine Stunde hinausschob, und freute sich dafür um so mehr auf dieses Glas. Er versuchte, nach Sitzungen, zum Beispiel mit dem Frauenbund, wenig zu trinken. Leider konnte er es nicht lassen zu kommentieren, daß er wenig trank. Er fragte sich, ob sie ihn durchschauten; der Zusammenbruch schien nur eine Frage der Zeit, ein unausweichliches Verhängnis. Einmal, nach der Vorbesprechung zum Palmsonntagsbasar, ließ Frau Schraml vom Frauenbund eine Zeitschrift liegen und wehrte Isidor, der ihr das Heft an die Tür nachtrug, mit irgendeiner diskreten Bemerkung ab. Als er die Zeitschrift aufschlug, sprang ihm eine Annonce ins Auge: »Alkoholprobleme? ... Tun Sie den ersten Schritt!« Der Basar war hauptsächlich als Gaudi für die Feriengäste bestimmt, aber auch ein bißchen wohltätig: Der Erlös sollte den Straßenkindern von Arequipa zugute kommen. In dieser Woche dachte Isidor keine Sekunde an die Straßenkinder von Arequipa, sondern nur daran, warum Frau Schraml wohl die Annonce angekreuzt hatte. Am Tag des Basars beschloß er, sie zur Rede zu stellen. Er übte im Stillen: »Frau Sch-sch-schraml, song S', w-w-warum h-hom S' eigentlich ...« Er verzichtete auf die Frage. Zu Hause schlug er sofort die Zeitschrift auf: Die Annonce war nicht angekreuzt.

Er fand einen neuen Kompromiß: Morgens zur Messe Traubensaft statt Wein, und abends zum Essen nur noch Schorle. Er verglich sich ständig mit den anderen Boderingern in verschiedenen Stadien der Alkoholsucht und empfahl den Beichtenden Entziehungskuren. Er wunderte sich über die Ehrerbietung, die er weiterhin erfuhr, und liebte die Leute dafür, daß sie seine Sünden ebenso großzügig hinnahmen wie ihre eigenen. Oder war er einfach ein besserer Schauspieler? Er beurteilte seine Messen inzwischen danach, wie viel oder wenig man ihm wohl angemerkt haben mochte. Der Vorteil an diesem stillen Kampf war, daß Isidor tatsächlich weniger trank, der Nachteil, daß er kaum noch an etwas anderes dachte. Als vor Weihnachten in der üblichen Frequenz Obdachlose an seiner Tür klingelten, um Geld für ein neues Leben zu erbitten, brachte er statt dessen jedem ein Weißbier und sah zu, wie sie nach dem Glas griffen, ohne ein weiteres Wort über das neue Leben zu verlieren.

Eines Morgens, als er auf dem Weg nach Passau an einer Tankstelle sein Benzin bezahlen wollte, stand vor ihm an der Kasse ein äußerst nervöser Büromensch, der nur ein Flascherl Kognak kaufte. Der vergaß sogar sein Wechselgeld, drehte sich um, sowie er die Quittung in der Hand hielt, und goß sich den ganzen Kognak in den Hals. Dann straffte er sich, stieg in sein Auto und fuhr beschwingt davon. Gott sei Dank, dachte Isidor beeindruckt, so weit bin ich noch nicht. Aus Erleichterung gönnte er sich am Abend im Wirtshaus vier Gläser Schorle und war hocherfreut, wie stark sie wirkten. Man braucht ja nicht viel, dachte er, wenn man sich insgesamt zurückhält. Er wurde so fröhlich, daß er danach zum ersten Mal seit Fannerls Beerdigung wieder die Abkürzung über den Zaun nahm. Aber er bewegte sich ungeschickt und fiel gegen eine schmiedeeiserne Spitze. Am anderen Morgen spürte er ein Stechen in der Lunge und entdeckte blutige Hautabschürfungen und einen großen Bluterguß zwischen den Rippen. Übrigens hat sich das Geheimnis dieses Unfalls später geklärt: Der Nachbar Stiegl hatte im Wirtshaus in jedes der vier Schorlegläser heimlich einen Obstler gekippt. Aus Rache: Isidor hatte mit ihm geschimpft, weil Nachbar Stiegl wochenlang seinen Müll in Isidors Tonne entsorgt hatte. Stiegl stritt es ab, aber Isidor hatte in seinem Mülleimer einen an Stiegl adressierten Briefumschlag

gefunden. »I hätt net dacht, daß d' ma draufkimmst!«
hatte Stiegl grinsend geantwortet, und dann hat er sich
in der beschriebenen Weise gerächt. Die Wirtin Dorle
hat Isidor später bedauernd von dem Anschlag erzählt.
Isidor wunderte sich überhaupt nicht, daß Dorle bei
allem Mitgefühl nichts unternommen hatte, um Nachbar Stiegl zu hindern oder ihn, Isidor, zu warnen. Sie
säuft schließlich auch. Isidor war selbst schuld, weil er
sich die Blöße gab, aus Halblitergläsern Weinschorle zu
trinken.

Die Strafe war eine wochenlang schmerzende,
schließlich eiternde Rippenfellentzündung. Eines Nachts
um halb drei wachte Isidor mit Atemnot und Schüttel-
frost auf. Er zog sich ächzend an und fuhr im Auto vierzig Kilometer weit hinunter zum Kreiskrankenhaus
Deggendorf, weil es ihm peinlich war, sich Dr. Werfl zu
offenbaren. In der Ambulanz befragte ihn ein völlig
übermüdeter Assistent, und Isidor, zähneklappernd und
vor Schmerzen stöhnend, genoß es auf merkwürdige
Weise, befragt zu werden. Dann ließ er sich wider-
spruchslos von diesem Jungen, der halb so alt war wie er,
auf die chirurgische Station einweisen. Um vier Uhr
morgens lag er in einem Krankenhausbett, immer noch
zitternd, was er lästig fand, aber auch irgendwie komisch, bis er den jungen Arzt auf dem Gang müde zur
Schwester sagen hörte: »Und Hochwürden bringst noch
a Distra!«

Das war der finale Schock: Distra-Tabletten gab
man Alkoholikern, damit sie nicht ins Delirium fielen.
Und Hochwürden, die inzwischen fast ausgestorbene
Ehrenanrede, tauchte hier als Spottname wieder auf,
um eine bestimmte Sorte von Alkoholikern zu klassi-
fizieren. Isidors Sorte. Es war die denkbar schmerz-
hafteste Wortkombination. Bis auf die Knochen blamiert legte Isidor sein Distra neben das Glas und
rechnete nach, was er in den letzten vier Wochen getrunken hatte. Dann überlegte er, was er in den diesen

vorausgehenden vier Wochen getrunken hatte, und verglich die Ergebnisse unter verschiedenen Gesichtspunkten. Ebenso analysierte er das vergangene halbe Jahr und das Jahr davor. Er rechnete bis zum Morgen und kam zu dem Resultat, daß er noch nicht körperlich abhängig war. Er überlegte, was er für einen schönen Beruf haben könnte, wenn er das Fieber und das Stechen in der Brust los wäre. Am nächsten Tag war er zu benommen, um Alkohol zu trinken. Am übernächsten Tag beschloß er, nicht zu trinken, bis eine Lösung gefunden war. Er wurde entlassen und besorgte sich die Adressen verschiedener Suchtkliniken. Er wollte im Sommer unauffällig eine Entziehungskur beginnen und überlegte, wie er das dem Ordinariat beibringen (»Was, Isidor, du auch?«) und wer ihn in der Pfarrei vertreten könnte. Er mied das Wirtshaus, um nicht animiert zu werden. Während er Möglichkeiten ins Auge faßte und verwarf, vergingen Wochen, ohne daß er trank. Einmal nach einer Sitzung mit dem Frauenbund schob ihm jemand ein Glas Wein zu mit der Bemerkung: »Jetzt is' so weit!«, und er winkte ab, ohne zu kommentieren. Erst Tage später fiel ihm auf, wie überzeugend das gewesen war. Früher hätte er sich über diesen Satz wochenlang den Kopf zerbrochen.

Er fühlte sich noch nicht erlöst, aber ungeheuer erleichtert und dankbar; als ob die Geißel der Sucht beiseite gelegt worden sei, gnadenhalber, auf Widerruf. Er durfte das Geschenk nicht verspielen. Vorsichtig erprobte er sich in verschiedenen Situationen. Es hielt.

Exakt ein Jahr nach Fannerls Begräbnis ging er wieder zum Ochsenwirt essen, aus zwei Gründen: erstens, weil er den Eintopf, von dem er sich seit drei Tagen ernährte, nicht mehr herunterbrachte, und zweitens wegen der Symbolik des Datums.

Er wurde von den Wirtsleuten herzlich begrüßt und freute sich auch darüber, wies aber die Einladung zu einem Schnapserl mit schwacher Stimme wie ein Genesender zurück: Er müsse noch über seine Predigt nachdenken. Er setzte sich mit dem Rücken zur Wand an den einzigen freien Tisch und machte sich tatsächlich Notizen, während er auf seine Forelle wartete.

Unvermittelt überfiel ihn die Gier auf Alkohol. Er hatte sich überschätzt. Er musterte unruhig das fröhliche, schon gut aufgeladene Publikum und überlegte, ob er sofort gehen sollte. Wenigstens nahm niemand von ihm Notiz, das machte es leichter. Er beschloß, möglichst rasch zu essen, und bestellte, weil sein Mund so trocken war, noch ein Glas Mineralwasser. Als ein anderer Gast sich an seinen Tisch setzte, nickte er kurz und geistesabwesend, entschlossen, sich in kein Gespräch ziehen zu lassen.

Leider war der Tischnachbar kein Tourist, sondern Boderinger, genauer: ein Neuboderinger aus den Neuen Bundesländern, und er musterte Isidor mit unverhohlener Neugier. Offenbar wußte er, wer Isidor war, und natürlich wußte auch Isidor, wer der andere war, denn niemand bleibt unbesprochen in Bodering. Der Mann hieß Fritz Beneke, war vor der Wende irgendwas Besseres gewesen in der DDR und arbeitete seit zwei Jahren als Betriebsleiter und stellvertretender Geschäftsführer des »Boderinger Freizeitparks«. Er galt als Kauz, weil er immer mit Sandalen herumlief. Er sah auch kauzig aus mit seinen durch die Brille unterschiedlich stark vergrößerten Augen und dem S-förmig geschwungenen Mund. Seine Familie war in Thüringen geblieben, »koa Wunder«, sagten die Boderinger, »dös is a Damischer«. Eine von Benekes Schrullen bestand darin, eine freiwillige Betriebslebensversicherung für seine Arbeiter abzuschließen. Außerdem zahlte er zehn Prozent mehr Lohn als in Bodering üblich, wobei er sich auf einen »bundesüblichen« Satz berief, von dem man in Bodering noch nie gehört hatte. Natürlich hatten die Boderinger Unternehmer ihn zur

Rede gestellt, auf ihre gemüthafte Art, indem sie ihn eines Sonntagmorgens zum Stammtisch einluden. Diese Unterredung endete damit, daß der Bauunternehmer Huntstoßer aufsprang und schrie: »Hoits mi fest, sonst daschlog i'n, den roten Hund!«

All das war durchaus geeignet, Isidors Sympathie zu erwecken, und während er nervös seine Forelle zerlegte, bedauerte Isidor sogar, daß er nicht imstande war, eine Unterhaltung zu führen. Er verfluchte seine Unruhe und seine Schwäche. Er schob die Forelle beiseite und rief nach der Rechnung.

Beneke fragte: »Sie sind also der Pfarrer?«

Isidor nickte.

»Freut mich.« Beneke reichte ihm die Hand. »Beneke Fritz.«

»Rattenhuber.«

»Ich habe schon viel Gutes über Sie gehört.«

»Ich habe auch Gutes über Sie g-gehört.«

Nachdem Isidor gezahlt hatte, fragte Beneke: »Bitte nehmen Sie mir die Frage nicht übel, aber ... glauben Sie wirklich, daß der Keks ... in Ihren Veranstaltungen ... der Leib Christi ist?«

Keks

Noch eine kurze Zeit, dann seht ihr mich nicht mehr, und wieder eine kurze Zeit, dann werdet ihr mich sehen.
(Joh 16,16)

Isidor mußte so lachen, daß ihm die Tränen in die Augen traten. Er wollte etwas trinken, um wieder zur Besinnung zu kommen. Das Mineralwasser bitzelte ihm in der Nase, und er stellte das Glas gerade rechtzeitig ab, bevor ein neuer Lachanfall ihn gegen die hölzerne Banklehne warf. Beneke beobachtete ihn verwundert.

»Ja«, lachte Isidor. »N-natürlich glaube ich das.«

»Was ist daran natürlich?« fragte Beneke vorsichtig.

»Vielleicht ist es auch übern-natürlich?«

»Ist es der Leib Christi?«

»Jesus sagte beim letzten Abendmahl: NEHMET UND ESSET ALLE DAVON: DAS IST MEIN LEIB, DER FÜR EUCH HINGEGEBEN WIRD! Und wir glauben, daß das immer dann W-wirklichkeit wird, wenn ein Priester diese Worte im Namen Jesu Christi und seiner Kirche spricht.«

»Warum soll es denn Wirklichkeit werden?«

»TUT DIES ZU MEINEM GEDÄCHTNIS! hat Jesus gesagt. Wir tun es zu s-seinem Gedächtnis.«

»Sie beten also einen an, der vor zweitausend Jahren behauptet hat, er verwandle sich jeden Sonntag in einen Keks?«

»Warum nicht?«

»Aber da könnte doch jeder kommen!«

»Wir glauben eben nicht, daß es jeder w-war.«

»Haben Sie Beweise?«

»Entschuldigen Sie bitte.« Isidor zog die Forelle wieder zu sich heran und begann mit großem Appetit zu essen. Nach Benekes erster Frage hatte er vergeblich nach Impulsen der Auflehnung in sich gesucht. Er hatte sich für keiner Verteidigung wert befunden, so wie er da saß, von seiner Sucht gepeinigt, und dachte, auch Gott habe es nicht nötig, von einem wie ihm gegen einen wie Beneke verteidigt zu werden. Aber noch während er das dachte, merkte er, daß es nicht mehr stimmte. Es war, als hätte sein Gelächter ihn wachgerüttelt aus einem langen, wüsten Traum. Euphorie erfüllte ihn. Er musterte Beneke, der auf angenehm offene Weise in Verlegenheit war, und dachte: Im übrigen sagt eine Beleidigung immer mehr über den, der sie ausspricht, als über den, dem sie gilt.

»Wir feiern ein M-mysterium«, sagte er schließlich.

»Sie feiern das Mysterium, daß die Leute danach lechzen, betrogen zu werden, obwohl sie es eigentlich besser wissen.«

»Was wissen sie?«

»Nun, sie lassen sich sagen: WER VON DIESEM BROT ISST, DER WIRD LEBEN IN EWIGKEIT, und wissen doch, daß sie alle sterben werden unweigerlich, ohne Ausnahme, Mann für Mann, Frau für Frau.«

»Es geht nicht um das diesseitige L-leben.«

»Ja, das wollen die Leute hören. Es verringert ihre Angst vor dem Tod und entschädigt für gekränkte Hoffnungen. Und Sie versprechen es ihnen, ohne selber vom Jenseits das Geringste zu wissen.«

»Sie möchten sagen, daß Sie mich für einen B-betrüger halten«, meinte Isidor freundlich.

»Sie wirken nicht so, gebe ich zu. Vielleicht sind Sie ein unschuldiger Betrüger?«

»Ist jeder, der an etwas glaubt, ein Selbstbetrüger oder B-betrüger?«

»Kommt auf die Inhalte an.«

»Woran glauben Sie?«

»An Empirie. Logik. Fakten. Strichliste. Mathematik.«

»Wie erklären Sie menschliche Gefühle? Liebe? Hoffnung? V-vertrauen?«

»Begleitmusik. Logisch nicht erforderlich, aber als Stimulans ganz nett.«

»Was ist logisch? Die M-mathematik?«

»Ja.«

»Sehen Sie, und ich habe gehört, nicht mal ein M-mathematiker könne definieren, was eine Z-zahl ist.«

»Korrekt. Aber es ist nicht Aufgabe des Mathematikers, die Zahl zu definieren. Der Mathematiker setzt einfach voraus, daß es Zahlen gibt, und beschreibt den Umgang mit ihnen.«

»Das heißt, auch die M-mathematik ist nur ein K-konzept, das auf Axiomen beruht.«

»Immerhin ist sie widerspruchsfrei.«

»*W-widerspruchsfrei?*« Isidor brach von neuem in Gelächter aus. »Das paßt! Da eignet sie sich wirklich v-vortrefflich für die menschlichen Dinge!«

Soziale Kompetenz

Jeder Priester steht Tag für Tag da, versieht seinen Dienst und bringt viele Male die gleichen Opfer dar, die doch niemals Sünden wegnehmen können.
(Hebr 10,11)

Sie wurden Freunde. Beneke erzählte, daß er in seinem ersten Leben Physiker gewesen war. Als Mitglied der DDR-Akademie für Wissenschaften sei er auf Atomphysik spezialisiert gewesen und habe jahrelang in einem kleinen Büro den Schnellen Brüter nachgerechnet, nicht, weil die DDR einen Schnellen Brüter brauchte, sondern nur um zu wissen, wie er funktioniert. Mit diesen Berechnungen wurde Beneke nie fertig, gab er lächelnd zu: Immer wieder unterliefen ihm kleinere Fehler, so daß er von vorn anfangen mußte; bis nach der Wende die Akademie abgewickelt wurde. Er sei über das Ende ganz froh gewesen, ehrlich gesagt. Er habe herausgefunden, daß seine Möglichkeiten als Physiker sowie die Möglichkeiten der DDR als Staat erschöpft waren. Nun studiere er den Westen, das sei interessanter, fast wie Kino. Obwohl er sich natürlich schwer täte. Er sei nicht gern Chef und verstehe nicht, was die Leute bewege. Schon in der DDR habe er das nicht verstanden, aber da hielt er sich einfach raus. Hier stehe er Tag für Tag vor Rätseln, ihm fehle wohl die soziale Kompetenz.

»Kann sein, daß Sie recht haben!« amüsierte sich Isidor.

»Jetzt stehe ich zum Beispiel vor folgendem Problem – vielleicht können Sie mir einen Rat geben?«

Unerwartet kehrte es zurück, das in den Alkohol-Jahren beinah abhanden gekommene Gefühl, mit einem anderen Schicksal in Kontakt zu treten – als öffne sich eine Tür in eine neue Welt.

Benekes Problem hatte mit einem seiner neuen Arbeiter zu tun, einem Tschechen, der jeden Tag aus dem Böhmerwald nach Bodering kam, Vlady. Der sei ein guter Arbeiter, schnell, gescheit – aber auch ein Charmeur, und nun habe er kurzerhand etwas mit der Kollegin Gisela angefangen und nächtige immer öfter bei ihr in der Einliegerwohnung, die Beneke für seine Saisonarbeiter angemietet hatte. Die Vermieter, ein pensioniertes Ehepaar, waren offenbar dagegen und hatten den Strom abgestellt. Beneke hatte versucht, mit ihnen zu telefonieren, und sie nicht erreicht – entweder waren sie nicht da, oder sie hoben nicht ab. Heute bei der Arbeit hatte das Paar gemeldet, sie bekämen auch kein Wasser mehr. Was nun?

»Fahren Sie hin«, meinte Isidor.

»Ja, wenn ich das könnte«, seufzte Beneke.

Warum konnte er nicht? Das Haus lag am Berg, fünf Kilometer von hier, und Beneke hatte seinen Führerschein abgeben müssen. Nach einer Alkohol-Falle.

Ach ja, davon hatte Isidor gehört. Beneke hatte den Unwillen der Boderinger durch den Ausspruch erregt, nicht alles an der DDR sei schlecht gewesen. Also hatten mehrere Einheimische an Benekes Geburtstag, den ihnen der Gemeindediener verraten hatte, abends im Ochsenwirt auf Benekes Wohl angestoßen, und die Boderinger Sitte verlangt, daß der Geehrte mithält und seinerseits Runden ausgibt. Als Beneke eine Stunde später seinen Wagen anließ, lauerte bereits der Polizeibeamte, den sie aus Grafenau herbestellt hatten. Es war immer dasselbe. Isidor ärgerte sich über seine Boderinger, bedauerte Beneke und fühlte sich gleichzeitig wunderbar frei, weil er ohne Betäubung und Angst sein Auto besteigen und fahren konnte, wohin er wollte.

»Soll ich Sie hinb-bringen?« fragte er übermütig.

»Das würden Sie tun?«

Im Auto machte sich Isidor rasch ein Konzept. Erste Frage: Ist es richtig, daß er sich hier für ein illegitimes Paar einsetzt? Antwort: Ja. Die Gisela ist aus Berlin und evangelisch, die geht ihn nichts an, und den Vlady hat er überhaupt noch nie gesehen. Zweite Frage: Ist es schädlich, wenn das Vermieter-Ehepaar mitkriegt, daß er ein illegitimes Paar unterstützt? Antwort: Nein. Er kennt das Ehepaar. Der Mann hat sich mal in Isidors Gegenwart gebrüstet, wie er einen armen Bauern um einen wertvollen schwarzen Viechtacher Bauernschrank betrogen hat: Er sagte: »Was, fünfhundert Mark? Für dreihundert kann ich mir ja schon einen neuen kaufen!« – Und darauf san S' stolz? hatte Isidor nicht gefragt, aber gedacht, und seitdem, immerhin, schien der Mann ein schlechtes Gewissen zu haben, auch wenn er mit Sicherheit weiterhin jeden Bauern um jeden erreichbaren Bauernschrank betrügen würde. Solchen Leuten gestand Isidor nicht zu, sich als Moralwärter aufzuwerfen; wobei er übrigens bezweifelte, daß im Gisela/Vlady-Fall die Moral das Problem war. Wahrscheinlich hatten sie einfach gefragt werden wollen.

Beneke fragte: »Und was soll ich denen sagen?«

»Lassen Sie sie reden.«

Das Vermieter-Ehepaar war nicht wenig überrascht, als sie neben Beneke Isidor erkannten. Isidor erklärte lächelnd, er sei nur als Chauffeur da; er genoß es, sich eine solche Auskunft leisten zu können. Zögernd stellten die beiden alten Leute Salzstangen und Biergläser auf den Couchtisch und erschraken wieder, als die

Gäste sagten, sie tränken nur Wasser. Dann beschwerten sie sich heftig eine Stunde lang, und Beneke ließ sie reden, wobei er gelegentlich zu Isidor hinübersah, der unauffällig nickte. Isidor hörte nicht immer genau zu, er zog sein Notizbuch hervor und machte Notizen für die nächste Sonntagspredigt. Nach einer Stunde sagte Beneke zu ihm: »Also, haben Sie alles notiert?« – »Moment!« protestierte Isidor, aber das Ehepaar war schon wieder mit Beneke beschäftigt.

»Was tun wir denn nun mit der Gisela?« fragte Beneke nämlich und antwortete nach einer wirksamen Pause selbst: »Am besten, wir bringen sie im Hotel unter und schicken Ihnen die Rechnung.« Das Ehepaar, dessen Wut verraucht war, erschrak und begann, über Kompromisse zu verhandeln. Etwa: Strom und Wasser werden wieder angestellt. Dafür verpflichten sich Gisela und ihr Bräutigam, nicht gleichzeitig Bier zu trinken und zu rauchen. Und so weiter. Nach dieser Einigung ging Beneke mit Isidor ums Haus herum in die Einliegerwohnung, wo Gisela und Vlady händchenhaltend bei Kerzenlicht saßen, und erklärte ihnen die Abmachung. »Juter Trick!« sagte Beneke auf der Heimfahrt anerkennend.

Die Maßnahme war erfolgreich. Das Pärchen freundete sich sogar mit den Vermietern an. Zusammen tranken sie abends Bier und rauchten, und Gisela war überzeugt, es habe zwischen ihnen nie irgendwelche Probleme gegeben, der einzige, der alles durcheinandergebracht habe, sei der Pfarrer. Das erfuhr Isidor vom maliziös lächelnden Beneke, mit dem er inzwischen per du war.

Leitsatz Zwölf

Wem viel gegeben wurde, von dem wird viel zurück-
gefordert werden, und wem man viel anvertraut hat,
von dem wird man um so mehr verlangen.
(Lk 12, 48b)

Die Gespräche mit Beneke taten Isidor gut, weil sie
seine Loyalität für die Kirche stimulierten. Mit der Kirche verteidigte er sich selbst, was ihm ohne Kirche
schwer gefallen wäre. Aber nach dem euphorischen Erwachen mußte er sich eingestehen, daß die Krise keineswegs überwunden war. Nicht mehr der Alkohol war
das Problem, sondern die innere Leere. Leitsatz zwölf:
Das Ungemach kommt immer aus einer anderen Richtung, als man denkt.

Wo lag der Fehler? Freilich, sein Leben bis in die geringste Stunde hätte Zeugnis seines Glaubens sein sollen und war es nicht; aber arbeitete er nicht gut?

Wie gut arbeitete er? Er feierte immer noch gern die
heilige Messe und bewältigte einen Berg von Aufgaben.
Der Kirche gegenüber war er loyal. Natürlich ging er,
mild ausgedrückt, nicht mit allem konform, aber er ak-
zeptierte es: Er wußte schließlich auch nichts Besseres.
Für den Glauben hatte er eine entsprechende Minimal-
lösung gefunden, nämlich: Überall auf der Erde glaubten Menschen an irgend was. Die Formen, in denen sie
glaubten, waren traditionell gewachsen, also zufällig. Isidor hatte eben in der hierzulande gültigen Tradition die
Rolle des Priesters übernommen. Die Menschen brauchten das, und er tat es (»Oana muaß as ja mocha«). Vielleicht war das nicht ganz im Sinne des Erfinders, gab er
zu, aber es funktionierte. Man konnte damit leben.

Konnte man es? Und: Wenn man bis zur Erschöpfung arbeitete und in jeder freien Minute mißmutig
und reizbar war, lohnte es sich?

Er überprüfte seine Leitsätze. Eins: »Das Heil liegt

in der Erkenntnis.« Frage: Welches Heil? Ein höheres? Das war ihm entglitten, daran erinnerte er sich nicht. Ein persönliches? Ja, daran erinnerte er sich: die plötzliche, fast physisch spürbare Erleichterung, die dem Begreifen folgt. Das Aufatmen, wenn sich aus den unverständlichen und bedrückenden Tatsachen des Lebens ein Sinn ergibt. *Adaequatio intellectus et rei*, erinnerte er sich dunkel, die Übereinstimmung von Erkennendem und Gegenstand. Solche Erkenntnis erwarb man allerdings nur durch geistige Anstrengung, durch Bohren und Grübeln, dachte er sogleich voll Überdruß. Keine Erkenntnis war umsonst zu haben. (Warum eigentlich nicht?) Jedenfalls war es so, und damit hatte sich der Ansatz erledigt. Ein mürrisches Gemüt gebiert mürrische Gedanken.

Eine einzige Lektüre bewegte ihn während dieser ganzen Zeit. Die Quelle vergaß er fast sofort, aber ein Bild brannte sich ein. Die These ging etwa so: Die Wahrscheinlichkeit, daß aus dem Urknall eine Erde wie unsere entsteht, sei etwa so hoch wie die, daß bei der Explosion einer Druckerei die auseinanderspritzenden Splitter sich zu einem gedruckten Buch zusammenfügen. Gleich Null. Ohne Gott undenkbar.

Allerdings: Enthielt dieses Buch, das da gegen jede Wahrscheinlichkeit entstanden war, nicht ziemlich viel Hohn und Spott? Vielleicht sind wir gar nicht die Schöpfung eines liebenden Vaters, sondern das Spielzeug eines launischen Kindes? Nicht ob es Gott gibt, wäre also die Frage, sondern ob er gütig ist. Der Glaubensakt bestand darin, ihn für gütig zu halten.

Auch das kostete Kraft, aber zum ersten Mal seit langem spürte Isidor einen lebendigen Impuls, und er war froh, als er tags darauf auf der Straße zufällig Fritz Beneke traf. Beneke schien seinerseits erfreut, Isidor zu sehen. Isidor hatte beim Ochsenwirt, der wegen Betriebsferien geschlossen war, essen wollen, und Beneke begleitete ihn zum Pfarrhaus zurück.

Auch Beneke wirkte mißvergnügt. Isidor hatte das seit Wochen beobachtet, aber keine Fragen gestellt, weil er mit sich selbst beschäftigt war. Während er jetzt auf die Gelegenheit wartete, seine Fragen anzubringen, beobachtete er ihn unauffällig. Beneke war wirklich komisch mit seinem schlurfenden Sandalengang, der selbstvergessenen Art und den hinter der dicken Brille ungleich großen Augen, die kaum je Blickkontakt aufnahmen. Nichts von all dem löste aber in Bodering so viel heiteres Befremden aus wie die Tatsache, daß der Mann noch kein einziges Mal versucht hatte, jemanden übers Ohr zu hauen. Isidor respektierte Beneke, der an nichts glaubte und von niemandem gebraucht wurde, der trotzdem am falschen Platz eine gute Arbeit leistete, die keiner zu schätzen wußte, und der, abgewickelt und abgetan, ohne jede Ansprache, geistig in Bewegung und ohne Vorwurf war. Woher nahm er seine Kraft? Wußte er etwas, das Isidor nicht wußte?

»Du bist doch Ph-physiker«, sagte Isidor schließlich. »Vielleicht kannst du mir erklären ... Ich habe n-nämlich was über den Urknall gelesen ... Und zwar: Die Chance, daß dabei eine Erde wie unsere entsteht, sei so gering wie die, daß bei der Exp-plosion einer Druckerei ...« und so weiter.

»Ach, der Urknall-Mythos! Das ist Unfug«, schnauzte Beneke. »Urknall ist nicht Gott, falls du darauf hinauswillst. Urknall ist ein Durchgangsstadium. Symmetrisch.«

Schweigend gingen sie miteinander weiter bis ans Friedhofstor. Isidor warf einen Blick auf die dunklen Pfarrhausfenster im ersten Stock und überlegte kurz, ob er Beneke einladen sollte. Schon stellten sich die üblichen Bedenken ein: nicht abgespült – nur Schmalz und Tütenbrot im Haus – Distanz wahren – peinlich.

Auch Beneke schien sich nicht verabschieden zu wollen. Er trat verlegen von einem Fuß auf den anderen und sah abwechselnd links und rechts an Isidor vorbei. Dann gab er sich einen Ruck. »Weißt du, was ich manchmal denke? ... Wir ... führen ein recht ähnliches Leben.«

»Warum?«

»Ich lebe zölibatär wie du – hm ... Aber es geht mir verflucht auf die Nerven.«

»Das tut mir leid.« Isidor reichte Beneke die Hand. »Servus, Fritz.«

»Darf ich dich fragen, wie du das machst? Ich meine, vielleicht weißt du etwas, was ich nicht weiß?«

»N-nichts, was du akzeptieren würdest. Bist du nicht v-verheiratet?«

»Ich lebe seit langem getrennt, aber in Freundschaft«, erzählte Beneke zögernd. »Vor zwanzig Jahren hatten meine Frau und ich vereinbart, daß wir einander im Fall einer Trennung sexuell unterstützen würden, falls einer das braucht. Und bisher hat sie sich auch daran gehalten. Aber seit sechs Monaten ist sie nicht mehr gekommen.«

»Warum fährst du nicht zu ihr?«

»Sie lebt mit einem anderen zusammen. Der macht Schwierigkeiten.«

»W-wundert dich das?«

»Ja. Besitzansprüche jeder Art finde ich absurd.«

»Sogar in dieser B-beziehung?«

»Gerade in dieser Beziehung! Ich habe ihr immer ihre Freiheit gelassen, und das war gut so. Wenn sie neben mir einen anderen hatte, fühlte sie sich stark, auch in erotischer Beziehung. Ich habe davon profitiert.«

»Was möchtest du von mir hören?«

»Was rätst du mir?«

»Ph-philosophie.«

»Die Philosophie nützt nichts! Es gibt nur eins, das wirklich im Leben etwas bedeutet. Das!« Beneke holte tief Luft; er schien sogar empört. »Es ... ist das einzig Unentbehrliche nach Essen, Trinken, Schlaf. Es ist durch nichts zu ersetzen, durch nichts! Sogar die Physik würde ich dafür drangeben!«

Isidor dachte: Er gibt sich so souverän, und kaum fehlt ihm *das Eine*, wankt er bis in die Grundfesten. Wie bin ich nur auf die Idee gekommen, daß ich von ihm was lernen könnte?

Das Eine

Alles, was ihr also von anderen erwartet, das tut auch ihnen! Darin besteht das Gesetz und die Propheten.
(Mt 7,12)

Fall eins. Kurz darauf starb im Alter von achtzig Jahren der Sonderling Otto Borst, mit den hl. Sterbesakramenten versehen, aber unerlöst.

Warum unerlöst?

Er fürchtete sich entsetzlich vor dem Teufel. Er schluchzte und schlotterte: »Der Teifi, der wart auf mi! Wos soi i bloß doa, der Teifi, der Teifi!«

»Aber Otto, warum denn?« hatte Isidor gefragt. »Der Herrgott paßt auf dich auf!«

»I hob doch koane Kinder!«

»Das ist nicht deine Sch-schuld!«

Aber, wimmerte Otto, er habe all die Jahre mit seiner Frau geschlafen. Auch als es schon längst zu spät war für Kinder. Deswegen müsse er in die Hölle. Es gelang Isidor nicht, ihm das auszureden. (Wer hatte es ihm eingeredet?)

Otto lebte mit seiner Frau äußerst sparsam in einem alten Bauernhaus ohne Heizung und fließendes Wasser. Sie arbeitete als Putzfrau im Krankenhaus, er bei der Straßenaufsicht, und jeden Pfennig trugen sie zur Sparkasse, denn beide fürchteten sich entsetzlich vor dem Armenhaus. Ganz selten hob Otto fünf Mark

259

ab. Zweimal im Jahr, zu ihrem und zu seinem Geburtstag, gab's ein Stück Fleisch, sonst ernährten sie sich von Eiern, Kraut und Kartoffeln. Sie lebten aus ihrem Garten und verheizten sogar getrocknete Kräuterstengel, sie ließen nichts verkommen.

Er war fromm. Einmal sollte der Papst nach Altötting kommen, und Isidor mietete einen Bus für vierzig Boderinger, da drehte Otto vor Freude fast durch. Aber als es so weit war, bekam er vor Aufregung Durchfall und durfte nicht mit. Er weinte wie ein Kind. Gott sei Dank nahm sich Frau Schraml seiner an: »Otto, sei froh! Aus der Fern sixt eh bloß so a kloans Mandl. Kannst as bei mir im Fernsehn oschaung, da sixt ois vui besser!«

Beides, seine Lust auf Sex wie seine Frömmigkeit, wurde von Spöttern ausgenutzt. Einer, dessen Bruder im Pfarrgemeinderat saß, erzählte ihm, der Kirchturm würde abgerissen, da bekam Otto fast einen Herzinfarkt. Ein andermal behauptete jemand, in der Passauer Nibelungenhalle fände am Samstag eine riesige Oben-Ohne-Party mit fünftausend Frauen statt. Otto war drauf und dran, mit seinem kleinen Moped nach Passau zu fahren. Dann packte ihn die Reue, und er lief zu Isidor, um sich anzuklagen mit vor Lust und Höllenangst aufgerissenen Augen. Isidor sagte, er halte diese Party für ein Gerücht.

»Aber der hot's doch g'sogt!« schrie Otto.

»Otto, Nibelungenhalle, denk nach! Fünftausend F-frauen oben ohne, geh, wos war denn dös für a Buidl?«

»Oiso, dös stimmt goa net?« Otto raufte sich die Haare.

Als Otto hinfällig wurde, bat er Frau Schraml, ihm beim Aufsetzen seines Testaments zu helfen, und es stellte sich heraus, daß er enorme Ersparnisse besaß. Zwei Drittel sollte die Kirche bekommen, das letzte Drittel ein Pater aus Paderborn, der ihn im Krieg getröstet hatte, in einem Schützengraben bei Verdun. Der

Pater aus Paderborn reiste zweimal an, um Frau Schraml zu bitten, das mit dem Testament voranzutreiben, aber Otto zögerte es immer wieder hinaus. Das einzige, was ihn in dieser Phase tröstete, war, wenn Frau Schraml ihm »Wir sind nur Gast auf Erden« vorsang. *Wir sind nur Gast auf Erden / und wandern ohne Ruh / mit mancherlei Beschwerden / der ewigen Heimat zu.* Sie sang es eins ums andere Mal, alle fünf Strophen, und er wiegte sich weinend hin und her. Endlich unterschrieb er. Danach lebte er noch vier Jahre, die letzten drei in geistiger Umnachtung. Er wurde erst unleidlich, dann würgte er seine Frau, zuletzt bekam er Halluzinationen und wurde in eine Psychiatrische Klinik gebracht. Die Frau wollte ihn nicht mehr sehen. Sie starben fast gleichzeitig.

Isidor erfuhr davon in der Sakristei, kurz vor Beginn der Ostermesse. Er trug sein festlichstes Gewand, eine goldbestickte Barockkasel. Weil Bodering einst Ableger eines Klosters gewesen war, hatten sich auf dem Speicher des Pfarrhauses etwa zwanzig wertvolle historische Meßgewänder erhalten, und zu Hochfesten zog Isidor manchmal eines an; es erhob ihn und machte auf die Gemeinde Eindruck. Isidor stand also in seiner Pracht neben der Sakristeitür und ordnete die zwölf Ministranten, da schlüpfte der Kirchenpfleger herein, um die Botschaft zu überbringen, daß Otto Borst der Kirche 400.000 Mark vermacht habe. Isidor nickte und öffnete die Tür. Die Orgel spielte. Feierlicher Einzug. Das Kirchenschiff geschmückt, von Sonne erfüllt und bis auf den letzten Platz besetzt, ein Haus des Herrn. Isidor feierte die Messe mit Hingabe. Später, in der Sakristei, dachte er: Wie viele Ottos werden wohl für diese Kasel ihre Hölle erlitten haben?

Alles drehte sich plötzlich nur noch um *das Eine.*

Fall zwei. Gustl Steinbauer war ein vitaler Mann, von Beruf Besitzer einer Glasfabrik, ein besessener Unternehmer, der auch mit siebzig Jahren nicht daran dachte, sich zur Ruhe zu setzen. Er war in dritter Ehe mit einer fünfzehn Jahre jüngeren Frau verheiratet, die er bei jeder Gelegenheit betrog, worauf er sehr stolz war. Er hatte ein künstliches Gebiß, zwei künstliche Hüftgelenke, Übergewicht und Herzrhythmusstörungen, aber eine existentielle Frage beschäftigte ihn Tag und Nacht und quälte ihn derart, daß er sie bei jedem Stammtisch zur Sprache bringen mußte, nämlich: Hatte er in seinem Leben auch wirklich genug »gefickt« (seine Ausdrucksweise)? Was, wenn nicht? Oh Gott, wenn man es nur wüßte! Hieraus ergab sich mit nicht minderer Dringlichkeit die zweite Existenzfrage: Wie kam er auf seinen verbleibenden Metern noch zu möglichst viel außerehelichem Verkehr? Es mußte sein! Es mußte sein! Nur *dabei* nämlich, sagte er, fühle er sich wirklich (!) göttlich.

Fall drei. Der Bürgermeister von Bodering, sechzig Jahre alt, betrank sich nach einer Jahresversammlung der Freiwilligen Feuerwehr. Er trank nie allein, vertrug aber viel. Gegen drei Uhr morgens verließ er den Ochsenwirt schwankend und so betrunken, daß er das Haus seiner Geliebten nicht fand, die dreißig Jahre jünger war als er und ihm gerade einen Sohn geboren hatte. Er irrte eine Stunde lang durch die Nacht, bis er in seinem eigenen Haus landete, wo ihn seine Gattin mit Vorwürfen überschüttete. Die Gattin trank, im Gegensatz zu ihm, oft allein und vertrug wenig. Nun war sie grantig, was ihn wunderte, da er sich keiner Schuld bewußt war. Er wollte nur eben seine junge Geliebte anrufen, um ihr mitzuteilen, daß er ihr Haus nicht gefunden habe. Als er aber zum Telefon griff, drückte die Frau auf die Gabel. Bei dem folgenden Handgemenge schlug er ihr den Hörer so fest auf den Kopf, daß sie blutend zu Boden ging. Dann legte er sich schlafen. Sie kroch zum Telefon und rief ihrerseits ihren Liebsten an. Das war der Pizzabäcker. Er kam und brachte sie ins Krankenhaus. Zwei Tage später stand die Ge-

262

schichte in der Bildzeitung. »Unser Luggi!« sagte der Stammtisch anerkennend, »dös is a Hund!«

Fall vier. Der Meier Schorsch hatte nach einer längeren Karriere als Trinker und Bankrotteur wieder bürgerliche Wege eingeschlagen, weil er endlich!, sagte er, die richtige Frau gefunden hatte. Die Wally war zehn Jahre jünger als er, ruhig und solide. Zusammen betrieben sie einen kleinen Schreibwaren- und Lottoladen, und das einzig Traurige war, daß die Kinder ausblieben. Dann, unerwartet mit vierzig Jahren, wurde Wally schwanger. Ganz Bodering gratulierte. Seltsamerweise erregte sich eine andere Boderingerin, die Steinbrecher Christel, über diese Schwangerschaft außerordentlich. Christel war achtunddreißig und ein flotter Feger, sie arbeitete als Verkäuferin bei Böhm's Trachtenmoden und feierte gern. Isidor war ihr einmal im Ochsenwirt begegnet, in dem Gang, der von den Toiletten in die Stube führt. Dort hing ein hoher breiter Spiegel, und Christel, im Ledermini, klimperte mit ihren künstlichen Wimpern diesem Spiegel zu, rückte mit beiden Händen die Brüste im Mieder zurecht und warf sich ins Kreuz. Als sie Isidor bemerkte, stieß sie einen Jodler aus. »Jo mei, Herr Pfarrer!« rief sie, »Die Konkurrenz rastet nicht!« Diese Christel also begann, kaum daß sie von Wallys Schwangerschaft erfahren hatte, den Schorsch zu umwerben, worauf der fünfzigjährige Schorsch seine Wally verließ und zu ihr zog. Bald darauf trafen sich die beiden Frauen in dem nämlichen Gang zur Wirtshaustoilette und sagten, was sie voneinander dachten. Die Wally nannte Christel eine »Schlampe«, und Christel war interessanterweise so empört, daß sie Wally wegen Verleumdung verklagte.

Fall fünf: Der vierzigjährige Wirt Konrad hatte seinen Rottweiler einschläfern müssen, als der zum dritten Mal einen weiblichen Gast in den Busen biß. Dieser Hund – er hieß Rocky – war auf großbusige Frauen dressiert. Wahrscheinlich wollte bzw. sollte er sie nur erschrecken, und Boderingerinnen, die darauf vorbereitet waren, verhielten sich richtig. Aber Touristinnen nicht, und für den Jäger-Stammtisch war's, zumindest ab der fünften Runde, eine Gaudi, sich erstens diese Attacken auszumalen und zweitens darüber zu rätseln, wie Konrad wohl seinen Hund dressiert haben mochte. Alle diese Stammtisch-Jäger waren inzwischen um die siebzig, hatten Prostata-Operationen hinter sich und waren daher nach den Worten der lebenserfahrenen Wirtin »entschärft«; trotzdem, oder vielleicht deswegen, war ihr einschlägiger Erfindungsreichtum unerschöpflich, und bei besonders guten Einfällen zerschmissen sie sich vor Lachen. Den armen Rocky hat seine Perversion, die wahrscheinlich diejenige seines Besitzers war, das physische Leben gekostet. Aber in den Stammtischgesprächen der Jäger führte er ein ewiges Leben, das als Kürzel immer noch fortbestand: »Der Rocky, hohoho!«

Fall sieben (diesmal aus dem Radio): Der fünfzehnjährige Tobias hatte in einer Jugendzeitschrift den Leserbrief eines zwölfjährigen Mädels gelesen, das über Orgasmusprobleme berichtete, und war darüber in Torschlußpanik verfallen. Er wäre ja froh, klagte er, wenn er auch nur eine Gelegenheit zu Orgasmusproblemen bekäme! Vielleicht gehe das alles an ihm vorbei? Dann aber, schäumte er, brächte er sich um! Diese Geschichte erzählte im Mittagsradio Tobias' Mutter, eine kluge Frau, die darüber lachte, und auch Isidor lächelte, allerdings etwas säuerlich, weil er daran denken mußte, wie er selbst mit fünfzehn Jahren in derselben Bedrängnis, aber mit ganz anderer Begründung hatte in die Donau springen wollen.

Anfechtung

Ich habe dich gezeugt noch vor dem Morgenstern,
wie den Tau in der Frühe.
Der Herr hat geschworen, und nie wird's ihn reuen:
»Du bist Priester auf ewig nach der Ordnung
Melchisedeks.«
(Hebr 5,6)

Die einen quälten sich, weil sie nicht göttlich genug
waren, die anderen brüsteten sich damit, wie Tiere zu
sein – gab es keine andere Lösung? Woher der unver-
hohlene Egoismus? Warum kam man der Sache nicht
wenigstens mit einem Minimum an Verantwortung
und Bescheidenheit bei? Oder war das in diesem Zusammenhang abwegig? fragte sich Isidor etwas beschämt. Natürlich waren nicht alle so, überlegte er
dann. Er suchte Trost bei dem Gedanken, daß wie alles
auch *das* eine Kehrseite hatte – eine helle diesmal, eine
innige, schenkende, herrliche (vielleicht) – aber die
würde er nie kennenlernen; so tröstlich war das also
auch wieder nicht.

Das Hauptproblem war nämlich, daß die Angelegenheit ihn selbst nicht kalt ließ. Sie wurde andauernd
von den Leuten an ihn herangetragen, aber es war auch
seine Frage, und kaum war er halbwegs genesen, stellte sie sich mit Macht (Leitsatz zwölf!). Was jetzt? Er war
längst der Ansicht, daß sich die Kirche um Fragen der
Sexualität nicht mehr zu kümmern habe, hatte aber nie
dagegen aufbegehrt, daß sie sich um seine Sexualität
kümmerte. Einsamkeit und Enthaltsamkeit erzwingen
Selbstbesinnung, hatte er früher gelernt, und Selbstbesinnung führe zu Gott. Also, zu Gott war er nicht gelangt. Er hatte all seine Kraft gebraucht, um sich vom
Alkohol zu lösen. Wozu die neue Prüfung?

Was hatte er im Leben außer Arbeit? Nichts! Fernsehen widerte ihn an, Sport mochte er nicht, Unter-

haltungsliteratur brachte er nicht runter, für Fachliteratur fehlten Konzentration und Kraft. Ph-philosophie hatte er unlängst Beneke empfohlen. Er blätterte zerfahren in einem Buch, das Pater Ulrich ihm zum Abitur geschenkt hatte. Gotische Kathedralen. Geistige Lebensform, erinnerte er sich sarkastisch. Ja, das hatte er sich gewünscht. Wenn er geahnt hätte, worauf er sich einließ, was hätte er getan? War die geistige Lebensform nicht einfach ein edles Etikett für eine ganz andere Sache gewesen, nämlich Angst? Nein! dachte er. Er würde es heute bescheidener formulieren, aber er würde das Gleiche tun. Er hatte wirkliche geistige Sehnsucht gespürt. Sie hatte ihn nicht weit genug getragen, ihm fehlte wohl das Talent. Aber war das eine Schande? »Ich eigne mich nicht für eine geistige Lebensf-f-form«, sagte er laut. Leitsatz acht: Je präziser du eine harte Wahrheit aussprichst, desto eher wirst du die Lösung finden, die in ihr enthalten ist.

Leitsatz neun: Wenn es keine Binnenlösung gibt, schau auf den größeren Zusammenhang.

Der größere Zusammenhang war in diesem Fall die zweitausendjährige Tradition des Dienstes an Gott. Wo stand er da? Allein der Gedanke erschöpfte ihn. Himmel, welche Kraft, Opferbereitschaft, spirituelle Energie, und gleichzeitig wie viel Mißbrauch, Zynismus, Gewalt. Widersprüche, wohin man sah. Beste Absichten und heilige Gelübde pervertierten im Handumdrehen. Armut feierte man mit unglaublichem Protz, Gehorsam verwandelte sich in Machtgier, Demut in Anmaßung; unter dem Banner der Menschenliebe wurde betrogen und gemordet. Aber auch die gegenläufige Entwicklung kam vor: Niedertracht und Brutalität erzeugten die Sehnsucht nach Großzügigkeit und Gerechtigkeit, aus Verrat und Selbstsucht erwuchsen Liebe und Mut. Alles war erhaben und lächerlich zugleich. Isidor hatte immer über die Scholastiker des Mittelalters gestaunt, die unter unvorstellbaren Mühen quer durch Europa reisten, meist zu Fuß, bei Kriegs-, Hunger-, Pest-, Schiffbruchgefahr, wochen- und monatelang, wobei sie sich möglicherweise noch jeden Freitag geißelten, um dann einander in den hauptstädtischen Hörsälen auf Latein zu beschimpfen über der Frage, ob das Allgemeine – die Idee von den Dingen – eine unabhängige Existenz vor, in oder nach den Dingen habe. Eine Kirche, die das Denken reglementiert, wird wider Willen über Jahrhunderte Bewahrerin des Erbes der Antike, Hort von Philosophie und Wissenschaft und einer verqueren, oft eifernden und sich unter Irrtümern und Krämpfen zur Freiheit durchringenden Suche nach Wahrheit, von der absurderweise alle anderen mehr haben als die Kirchenleute selbst. War es nicht insgesamt trotz allem (ALLEM) ein Weg zum Licht? Und wie wäre das anders zu erklären als durch das Wirken des Heiligen Geistes? Andererseits: Warum so mühsam? Das alles, damit wir heute ...

Damit wir was?

Damit Isidor ...

An diesem Dienstag kam in die Trostkapelle zum Beichtgespräch eine etwa fünfundvierzigjährige Frau, die an einer schweren Depression litt. Schon als sie die Diagnose nannte, mußte sie weinen. Sie erzählte, daß ihr Mann impotent sei. Einen Sohn hätten sie zustandegebracht (»Fragen Sie nicht wie!«), dann sei Schluß gewesen. Sie bleibe ihm treu – sie schätze ihn, er sei kein schlechter Gatte –, aber nachts träume sie, sie laufe durch die Straßen auf der Suche nach jungen Männern. Inzwischen könne sie kaum mehr schlafen vor Trauer, Angst und Scham.

Sie war eine zierliche, gepflegte Frau mit weichen Zügen, Grübchen und großen braunen Augen. Seltsamerweise trug sie einen bunten Strickpullover in frischen, pastellenen Farben und wirkte ausgesprochen jugendlich. Isidor versuchte zu trösten: Im biblischen Sinne sei die Ehe offenbar nicht vollzogen, die Frau habe sich nichts vorzuwerfen; wenn sie aus Pflichtgefühl und Treue bei ihrem Mann bleibe, sei das höchst ehrenwert und mit Sicherheit kein Grund, sich auch noch für ihre Träume zu bestrafen usf., und während er im Sinne der Kirche mitfühlend und warmherzig zu ihr sprach, fiel ihm ein, daß er durchaus Lust hatte, sie und sich so zu trösten, wie sie vielleicht beide es viel dringender brauchten.

Schon sprangen ihn alle jahrzehntelang gezüchteten Bedenken an: Wie sollte das denn gehen – er wußte ja gar nicht – und außerdem, mit seinem Stottern? Um sich zu erniedrigen, stellte er sich vor, wie er zu sagen versucht: »Ich sehne mich nach deiner Zärtlichkeit«, und zwar im Detail: »nach deiner Z-z-z-z-«, und mit einer Mischung aus Erleichterung und Schmerz fuhr er fort, sie auf die Weise zu trösten, die der Kirche entsprach, und von der er freilich keine Sekunde gezweifelt hatte, daß es die richtige war. »Ich glaube, daß Sie ein sehr gütiger Mensch sind«, sagte die Frau, als sie ging, niedergeschlagen.

Am Samstag darauf wanderte er zum Waldhaus hinauf zu einer Hochzeitsgesellschaft. Es war ein romantischer Weg durch dichten Wald, am weiß sprudelnden Grammerbach entlang. Nach drei Kilometern traf der Weg wieder auf die Forststraße, dort stand eine Bank mit leidlicher Aussicht auf die Wälder. Allerdings war es ein nebliger Tag. Feiner Sprühregen ging nieder. An einem Strauch hatte jemand, um die Abzweigung zum Waldhaus zu kennzeichnen, drei rote Luftballons befestigt, zwei runde und einen länglichen. Isidor bückte sich und hörte das Knistern der Regentropfen auf der kalten Haut der Ballons, und erst jetzt gestand er sich ein, daß er nur deshalb zu Fuß gekommen war, um sich bei der Feier zu betrinken. Er erschrak. Alles sah er wieder vor sich: Exzesse, Kopfschmerz, Abhängigkeit, Lüge, Selbsthaß, Gier. Er zuckte zusammen. Er drehte buchstäblich auf dem Absatz um. Dann aber ahnte er, daß er zu Hause Hand anlegen würde wie ein Knabe, das war die deprimierende Alternative. Er zögerte. Er setzte sich auf die Bank, stellte den Kragen des Lodenmantels auf und zog den Hut in die Stirn. So saß er etwa eine Viertelstunde lang im Regen auf der Bank und verachtete sich.

Ein Auto näherte sich langsam auf dem Forstweg. Frau Birnmoser mit Enkelin. Frau Birnmoser kurbelte das Fenster herunter und bot an, ihn ins Dorf mitzunehmen. Als er neben ihr im geheizten Wagen saß, sprach sie als rettender Engel eine Einladung zum Kaffee aus.

Er mochte sie, und auch ihren Mann hatte er gemocht. Zwei anständige, zurückhaltende, zuverlässige Leute (es stimmte nicht, daß alle nur an das eine dachten, jedenfalls nicht immer). Herr Birnmoser war Ingenieur gewesen und vor einem Jahr plötzlich gestorben, Isidor hatte ihn begraben. Seine Frau war Mitglied des Frauenbundes und arbeitete gelegentlich mit Isidor zusammen. Weil sie allein die kleine Enkelin aufzog, war diese immer dabei. Diese winzige Enkelin, Katrin hieß sie, war jetzt auf einem Kindersitz im Fond angeschnallt und sagte mit großen Augen: »Papa? Papa?«

Das war ihr nicht auszureden. Isidor war einer der wenigen Männer, die sie zu Gesicht bekam, und sie hatte ihn erkoren, obwohl sie spürte, daß sie damit auf Widerspruch stieß. Später, im Wohnzimmer, strich sie um ihn herum und hoffte auf ein Zeichen seiner Liebe. Schließlich hielt er es nicht mehr aus und rief ihren Namen. »Papa?« wisperte sie. »Papa! Papa!« Sie strömte auf ihn zu, und er zog sie auf seinen Schoß und preßte ihren lebendigen kleinen Körper an sich. Es ist nicht richtig! dachte er. Ich sollte das nicht tun! Warum wecke ich falsche Hoffnungen? Aber sie tupfte ihm einen schüchternen Kuß auf die Wange, und er schmolz dahin.

Die Birnmosers hatten sich sehr auf dieses Enkelkind gefreut. Dann, kurz vor der Niederkunft, teilte die Tochter, die in Straubing verheiratet war, ihnen mit, daß sie das Kind zur Adoption freigegeben habe. Warum? Abtreiben mochte sie nicht, es gebe genug Paare, die dringend ein Kind wünschten, denen könne sie doch einen Gefallen tun, oder? Nein, es gebe keine Eheprobleme. Sie wollten einfach ihre Freiheit.

Die erschütterten Birnmosers erboten sich, den Säugling aufzunehmen, bis die Kinder sich ausgetobt hätten. Aber das wiesen die zurück. »Ihr seid fünfundsechzig, das wird nix. Nachher stehts ständig da.« Sogar Isidor sollte in die Verhandlung eingeschaltet werden, aber die Tochter weigerte sich, mit ihm zu reden. Der sonst so nüchterne Birnmoser brach in Isidors Beichtzimmer in Tränen aus und weinte eine Viertelstunde lang, wobei er mehrmals sagte, daß er fünfundsechzig sei.

Er wußte, daß er sterben würde, erklärte nun in ihrer ruhigen Art beim Kaffee Frau Birnmoser. Leider habe sie das zu spät begriffen. In fünfundvierzig Jahren Ehe habe sie ihn nie weinen gesehen, und nun plötzlich. Als sie nach Straubing fuhren, um die kleine Katrin aus dem Krankenhaus zu entführen, mußte sie den Wagen steuern, weil der Mann so außer sich war. Am nächsten Tag schloß er umgehend einen Sparvertrag ab für das Kind, und am liebsten hätte er es gleich noch in der Schule angemeldet. Aber dann beruhigte er sich, und es folgten zwei harmonische Jahre. Er hatte mit dem Herzen zu tun, war aber sportlich, schlank, aktiv in mehreren Vereinen, sie rechnete noch mindestens zehn Jahre mit ihm. Eines Nachmittags kam er vom Feuerwehrtreff heim und rief ihr im Vorübergehen zu, er lege sich noch ein bißchen hin. Das tat er öfters, mit dem Zusatz »Bis zum Abendessen!« oder »Weck mich zu den Nachrichten!«. Diesmal ohne Zusatz. Sie sah vom Bügeln auf und merkte, daß er gebückt ging. »Wie gehst denn?« fragte sie, und da straff-

270

te er sich, fragte zurück: »Wieso?« und ging gerade wie
ein Soldat ins Schlafzimmer. Sie bügelte weiter, nur
vier Meter von ihm entfernt. Dann fiel ihr plötzlich ein,
daß er weder »bis zum Abendessen« noch »zu den
Nachrichten« gesagt hatte. Sie riß den Bügeleisen-
stecker aus der Dose und lief rüber, da lag er bereits im
Koma.

TIEFPUNKT

Du aber sei in allem nüchtern, ertrage das Leiden,
verkünde das Evangelium, erfülle treu deinen Dienst!
(2 Tim 4,5)

So unruhig und gereizt, wie er war, freute sich Isidor beinah, als am Abend Hugo anrief, ein Mitbruder
aus Isidors Weihekurs: Er sei morgen nachmittag in
der Nähe, ob er vorbeikommen könne. Isidor war mit
Hugo nie eng befreundet gewesen, aber die Ablenkung
tat gut, und Hugo war unterhaltsam. Er redete gut,
bisweilen interessant, nur mit sehr, sehr viel Text. Übrigens war Hugo seit einigen Jahren Domkapitular.
    Am Sonntagmorgen besuchte Isidor – in Bodering
predigte der Kaplan – die Messe in Lamberg. Auch dies,
um sich abzulenken. Über Ludwig Ebner hatte Isidor
gehört, daß der in letzter Zeit häufig »von Tieren« pre-
dige, und warum sollte er sich nicht von Mitbrüdern
Anregungen holen?
    Ludwig Ebner fragte in seiner Predigt: Warum hat
Gott seinen Sohn als Mensch unter die Menschen geschickt? (Warum ist Gott Mensch geworden?) Stellen
Sie sich vor, sagte er, Sie sehen einen Ameisenhaufen
und wissen, hier entlang kommt in drei Stunden ein
Bagger. »Wie können Sie die Ameisen retten? Einfach
erklären: ›Gehts weg, Leit, da kimmt a Bagger!‹? Da

können S' lang reden, die krabbeln einfach weiter, bis der Bagger sie platt macht. Aber vielleicht haben Sie die Macht, sich in eine Ameise zu verwandeln? Dann können Sie in der Ameisensprache sagen, was Sache ist. Denken wir diese Geschichte einmal weiter: Nun kommt also die verwandelte Ameise zu den anderen, um sie zu warnen. Was passiert? Einige Ameisen werden sagen: Warum sollen wir dir folgen? Bist ja selber Ameise! Aber die Ameisen, die richtig zuhören, die haben eine Chance.« Isidor hörte vergnügt zu, bis er zu seiner Rechten die geschürzten Lippen von Frau Lettl aus Bodering sah. Frau Lettl war neunzig Jahre alt und betete jeden Sonntag dreimal sieben Vaterunser, fünf Ave Maria und zwei Salve Regina. Isidor stellte sich vor, wie sie demnächst zu ihm sagen würde: »Stelln S' Eahna vor, Herr Pfarrer, der Dr. Ebner hot g'sogt, unser Heiland is a Ameise!« Er sah schon ihren naiven Gesichtsausdruck vor sich – sie war nicht ohne Verschlagenheit, Frau Lettl. Sie hatte so verinnerlicht, daß sie immer lieb sein muß, daß sie selbst nicht mehr merkte, wenn sie es nicht war. Dann hetzte sie mit Unschuldsmiene andere Leute auf. Während Isidor dies ohne Vorwurf überlegte, war er auf einmal überzeugt, daß er von einem Boderinger (einer Boderingerin) denunziert worden war und daß der heutige Nachmittagstermin mit Hugo wohl weniger den Charakter eines Freundschaftsbesuchs hatte als den einer Visitation des Domkapitulars.

Über den Grund brauchte er nicht lang zu rätseln: Isidor konsekrierte, seit er dem Alkohol entsagt hatte, in der Messe Traubensaft statt Wein, und natürlich hatte sich das herumgesprochen. Man kann die Ministranten nicht davon abhalten, Meßwein zu trinken, und vielleicht war auch der Putzfrau aufgefallen, daß in der Sakristei neben dem Meßwein neuerdings eine Flasche Traubensaft stand. Isidor hatte nicht versucht, es zu vertuschen, er hätte gar nicht die Kraft dazu gehabt. Wichtiger war gewesen, sich zu befreien. Bei klarem Verstand bezweifelte er sowieso nicht, daß die ganze Gemeinde über seine Sucht im Bilde gewesen war.

Und doch hatte jemand ans Ordinariat geschrieben. Isidor konnte sich den Duktus mühelos vorstellen: »Wir machen uns Sorgen ... Ist unser Pfarrer Alkoholiker?« Auf der Heimfahrt von Lamberg packte ihn eine richtige Wut, die alle Boderinger, Säufer wie Kerzenschlucker, mit einschloß. Da hatten sie ihm jahrelang zugesehen in seiner Not und ihm noch Obstler in die Schorle geschüttet, und würde er morgen um den Altar torkeln, würden sie wahrscheinlich mit Vergnügen dabei zusehen, wie's ihn wirft. Nun aber, da er sich mit heroischer Willenskraft befreite, fielen sie ihm in den Rücken. Übrigens hatte er nicht das Bedürfnis herauszufinden, wer es war. Man konnte die Welt nicht in Freunde und Feinde teilen. Alle waren zwiespältig. Sie sahen ihn verliebt an und waren jederzeit bereit, ihn zu verraten. So waren die Menschen schon mit Jesus Christus umgegangen, was erwartete sich da Isidor Rattenhuber?

Auch auf Domkapitular Hugo hatte Isidor eine Wut. Ein kleiner, adrett gekleideter Mann mit Milchgesicht, weichen Händen und einem je nach Situation zufriedenen oder schmerzlichen Dauerlächeln. Ein sahniger Franke, der seinen singenden Dialekt inzwischen geradezu schwebend intonierte; ein Heiligendarsteller, der gelegentlich in Bodering die Firmlinge beeindruckte und bei Visitationen durch sein entrücktes Gehabe den Pfarrgemeinderat auf Distanz hielt. Natürlich kannte Hugo die Probleme der Dorfpfarrer, aber gingen sie ihn wirklich an? Dem überlasteten Gregor hatte er geraten, er solle sich auf das Wesentliche konzentrieren. Gregor konnte dieses Gespräch als Kabarettnummer bringen, und Isidor hatte Tränen darüber gelacht. Jetzt aber knirschte er mit den Zähnen. Er hatte keine Lust, sich von Hugo moralisch belehren zu lassen.

Übrigens glaubte er nicht an Sanktionen. Warum sollte man ihn aus dem Verkehr ziehen, jetzt, nachdem das Ärgste überstanden war? Wahrscheinlich würde Hugo verlangen, daß Isidor schriftlich um Dispens ansuchte (Demutsgebärde), und dann würde ihm der Dispens stillschweigend zugehen. Die Belehrung würde lauten, ohne Dispens feiere Isidor die Messe »gültig, aber unerlaubt« – er wußte es doch, warum hatte er sich nicht gekümmert?

War Isidor zu einer Demutsgeste bereit? (Herzklopfen.) Lieferte er nicht seit Jahren Demutsgesten, indem er öffentlich allen möglichen kirchlichen Unsinn vertrat? War es nicht irgendwann genug?

Wovon aber würde er leben, wenn er seinen Beruf drangab? Religionsunterricht? Wer würde einen dreiundfünfzigjährigen Katecheten einstellen, nachdem es ausreichend junge Religionspädagogen gab? Brauchte jemand einen Ethiklehrer im Bayerischen Wald? (Und was wäre er schon für ein Ethiklehrer, er, der die Möglichkeit der Liebe ausgeschlagen hatte, um Pfarrer zu sein, und dann zu viel gesoffen hatte, um es zu bleiben?) – Was gab es noch? Bestattungsredner beim grauslichen Pongratz? Oder freischaffender Bestattungsredner, vielleicht unten in Straubing? B-b-b-b-bestattungsdienst Rattenhuber?

Er fuhr in eine Parkbucht, stellte den Motor ab und stieg aus. Es war ein Aussichtspunkt, einige Leute vertraten sich dort die Beine, rauchten und redeten über Fußballergebnisse. Auch auf die hatte er eine Wut.

Ein kühler, diesiger Tag. Man sah im weiten Umkreis gestaffelt die bewaldeten Berge mit ihren gezackten Kämmen, je ferner, desto blasser. Unten in den Senken des welligen Tals lag Nebel wie Beinglas. Ein kleiner Kirchturm ragte daraus hervor. Heller Glockenklang stieg herauf.

Isidors Gottesbild war von Pfarrer Stettner geprägt, was bedeutet, daß ihr Verhältnis einseitig war. Gott, wie

Pfarrer Stettner, hielt sich im allgemeinen zurück. Andererseits hatte er ihm im entscheidenden Augenblick das entscheidende Buch vorgelegt. Bis heute fanden sich bei ihm in schweren Stunden die entscheidenden Worte. Wenn Isidor ehrlich genug nachdachte, hörte Gott zu. Dann wurde das Gebet eine Art innerer Dialog. Gottes Repliken waren stoisch wie die von Pfarrer Stettner, aber sie wirkten immer.

Na, Isidor, räumst du mal wieder ab?

Was bleibt mir übrig? Sieh mich an. Ich habe die Möglichkeit der Liebe ausgeschlagen, ich habe getrunken, ich habe meine Gemeinde betrogen, ich mußte mich denunzieren lassen ... Und jetzt kommt dieser Hugo aus meinem Weihekurs, der oben auf der Leiter steht, von deren unterster Sprosse ich soeben falle, und ich möchte ihm keine Demut bezeugen. Ich sehe wirklich nicht ein, warum. Wenn ich es aber nicht tue, ist es aus mit mir.

Na und?

Wieder klang die helle Glocke aus dem Tal herauf. Der Nebel hatte sich binnen Minuten aufgelöst, und Isidor spürte eine starke Sehnsucht danach, unten in diesem Kircherl, das jetzt matt im Sonnenlicht schimmerte, eine heilige Messe zu lesen. Das war das einzige, was ihn immer tröstete und erhob. »*Die Stunde kommt, und sie ist schon da, in der ihr versprengt werdet, jeder in sein Haus, und mich werdet ihr allein lassen. Aber ich bin nicht allein, denn der Vater ist bei mir. Dies habe ich zu euch gesagt, damit ihr in mir Frieden habt. In der Welt seid ihr in Bedrängnis; aber habt Mut: Ich habe die Welt besiegt.*« – Das entsprach nicht der Art, wie Isidor sonst dachte, trotzdem – oder vielleicht deswegen – besaßen die Worte in ihrer magischen Unverständlichkeit noch immer die gleiche Macht über ihn. Seine Aufgabe war, sie im Amt des Herrn zu sprechen. Etwas anderes konnte er nicht. Und ohne das war sein Leben ohne Sinn.

Am Nachmittag kam Hugo, schwarzer Kaschmirmantel, weicher Hut, und lächelte mädchenhaft: »Servus, Isidor.«

»Servus, Hugo.« Isidor hatte sich inzwischen gezwungen zuzugeben, daß Hugo ein gerechter, wohlmeinender Mann war, der nur seine Pflicht tat. Trotzdem empfing er ihn sozusagen mit gesträubtem Haar. Er führte ihn gleich ins Büro, um zu zeigen, daß er mit einem offiziellen Gespräch rechne, und dachte sich garstige Zwischenbemerkungen aus für den Fall, daß Hugo zu lang nicht zur Sache kam.

Hugo kam tatsächlich lang nicht zur Sache. Er redete respektvoll von Isidors guter Arbeit, fragte nach der Mesnerin, dem Pfarrgemeinderat, dem Glockenturm, gab seinem Bedauern über die allgemeine Überlastung der Dorfpfarrer Ausdruck, beklagte ein wenig die bekannten Sachzwänge und die Unnachgiebigkeit Roms in bestimmten Punkten, er sagte alles, was Isidor selbst an seiner Stelle gesagt hätte. Dann tauschten sie Seminarerinnerungen aus. Das schien Hugo gut zu tun, und es tat auch Isidor gut. Isidor erinnerte sich, daß Hugo sich auf dem Seminar einmal für ihn eingesetzt hatte, als ein Mitbruder die Frage aufwarf, ob Stottern nicht ein Weihehindernis sei. Von diesem Einsatz hat Isidor damals nur durch Dritte erfahren, und sogar heute war Hugo zu vornehm, um daran zu erinnern. Nein, nichts gegen Hugo.

Giftiger Seitengedanke: Aber Domkapitular wird man doch nicht nur durch Freundlichkeit, oder? Und wenn ja, wie blöd muß man dann sein, um ein Leben lang Dorfpfarrer in Bodering zu bleiben? Halt! rief sich Isidor zur Ordnung. Keine Selbsterniedrigung mehr. Du warst hysterisch aus Frustration, Überarbeitung, Einsamkeit, und hier ist Schluß. Das war der Tiefpunkt, da mußt du durch, und morgen triffst du Maßnahmen, daß sich das nicht wiederholt.

»B-bringen wir's hinter uns, Hugo«, sagte er freundlich.

»Was?«

»Ich nehme an, du hast einen B-brief bekommen.«

»Ach, du weißt von dem Brief? Möchtest du wirklich *darüber* sprechen?« Hugo wirkte verlegener, als Isidor erwartet hatte. Er nehme anonyme Briefe nicht ernst, beteuerte er. Und der Augenschein überzeuge ihn vollkommen ... Isidor möge ihm glauben, daß er von selbst diesen Brief nicht einmal erwähnt hätte.

Isidor sagte, er glaube das.

Eigentlich, sagte Hugo, halte er die Sache für ausgeschlossen. Er bitte im voraus um Verzeihung.

Isidor nickte.

»Du weißt also, was drin steht?«

»Ich möcht's von dir hören.«

»Du hättest eine junge Frau geschwängert und dann zur Abtreibung gezwungen.«

»Wie?« fragte Isidor entgeistert.

»Bitte entschuldige!«

»Wie?«

»Ich wußte gleich, daß es nicht stimmt!«

Isidor brüllte vor Lachen.

Roswitha

Sprecht unter lautem Jubel:
Alle Werke Gottes sind gut,
sie genügen zur rechten Zeit und für jeden Bedarf.
(Sir 39, 15b-16)

Als Pfarrer Stettners Schwester starb, lehnte er es ab, sich eine neue Haushälterin zu suchen: »Entweder ma mog's, dann wird dös Zölibatsproblem unüberwindlich, oder ma mog's net, dann wird ma Alkoholiker.« Isidor war auch hierin wie sein Mentor verfahren und hatte über zwanzig Jahre lang ohne Haushälterin gelebt. Alkoholiker war er trotzdem geworden. Irgendwie hatte er sich befreit. Aber würde er einen Rückfall überleben? Andererseits: Wie lange hielt er allein noch durch?

Vielleicht ist es ein Fehler, auf die Maximallösung zu setzen? grübelte er. Andererseits: Eine Dienstbotin, die einkauft, wäscht und kocht, aber das Zimmer verläßt, wenn er ißt, hätte er nicht gewollt – das wäre erniedrigend gewesen für sie und ihn. Wieder andererseits: Eine, die Dummheiten redet und irgendwas von ihm erwartet und ihn langweilt, wollte er auch nicht. Sein halbes Leben hatte er sich nach Ruhe gesehnt, schon die Erinnerung an den Krach zu Hause und die Unruhe in den Schlafsälen im Benediktinerinternat und im Priesterseminar löste bei ihm Kopfschmerzen aus. Als Kaplan war er verpflichtet gewesen, am Tisch seines Pfarrers zu essen, das hatte ihn belastet. Der Pfarrer war launisch gewesen, seine Schwester, die ihm den Haushalt führte, trug das Essen auf und verließ das Zimmer. Wenn aber der Kaplan allein zu Hause war, aß sie mit dem Kaplan, und es stellte sich heraus, daß sie genauso launisch war wie ihr Bruder. Der Pfarrer hatte Isidor oft mit Schweigen gestraft, und dann fing auch noch die Schwester an, ihn mit Schweigen zu strafen, aus Eifersucht zum Beispiel, weil er einen Freund zu Besuch gehabt hatte. Das gab Isidor den Rest. Aber kaum hatte er diesen Pfarrer verlassen, fing die Schwester an, ihm seitenlange Briefe zu schreiben, aus denen Isidor im Laufe der Jahre verstand, daß sie ihn liebte. Es ermüdete ihn, diese immer heftigeren Briefe zu beantworten. Die menschlichen Angelegenheiten waren und blieben vertrackt, überlegte er, es war gut, sich da rauszuhalten.

War er Einzelgänger aus Veranlagung? Wäre er auch ohne Pflichtzölibat allein geblieben? Nun, zumindest hätte er gelegentlich was riskiert und sich vielleicht entwickelt. Inzwischen erschien ihm unbegreiflich, daß er so viele Möglichkeiten ausgeschlagen hatte. Hätte er die gleichen Möglichkeiten jetzt, er würde, bildete er sich ein, keine Sekunde zögern.

Er begann im stillen alle Frauen zu prüfen, mit denen er zu tun hatte. Einige führten bereits gute Ehen, andere hatten gute Berufe, die alle brauchten ihn nicht. Ausgeglichene, gescheite Frauen, die weder einen Mann noch einen Beruf hatten, fehlten in Bodering. Die Quadratur des Kreises, na gut, das vergessen wir. Aber welche Kompromisse geht man ein?

Isidor fragte bei seinen Mitbrüdern herum. Nur vier hatten Haushälterinnen, die nicht mit ihnen verwandt waren.

Einer war Bela Thum, der pensionierte Pfarrer von Zwam. Der hatte sich all diese Dinge rechtzeitig überlegt: Schon als er sich vor Jahrzehnten selbständig machte, war ihm klar, daß er es allein nicht schafft. Eines Tages traute er einen Bauern seines Dorfes, den er natürlich gut kannte, und während der Zeremonie sah er das beklommene Gesicht der Schwester dieses Bauern, die durch die Heirat überflüssig wurde. Sie war eine lebhafte, warmherzige Frau, ein paar Jahre älter als er. Während des Hochzeitsmahls beobachtete er sie, und danach sprach er sie an, und beide lebten immer noch zusammen und bezeichneten es als das größte Glück ihres Lebens, daß sie einander gefunden hatten, wobei er Wert auf die Feststellung legte, daß es »nur« Freundschaft, Kameradschaft sei, anders wär es gar nicht gegangen, da hätte er sich als Betrüger gefühlt gegenüber seiner Gemeinde.

Der zweite war Gregor. Der war so großartig, daß er eine fleißige, dezente Frau fand, die ihm diente, ohne Zuwendung zu verlangen. Alle drei Monate betrank sie sich in ihrem Zimmer, dann schickte er ihre Besucher weg und versorgte sie, bis sie wieder zu sich kam; sie ihrerseits deckte seine Eskapaden. Es war ein reifes Arrangement.

Der dritte hatte eine Geliebte und zwei Kinder in Vilshofen und verbrachte jede freie Minute dort. Die Haushälterin bewachte das leere Haus und nahm die Anrufe entgegen. Er belog seine Gemeinde. Einzelne Leute beschwerten sich über ihn beim Ordinariat, die meisten aber bemitleideten ihn, weil er so viel lügen mußte.

Der vierte war aus der Oberpfalz gekommen mit einer Frau, die, während er sie dem Pfarrgemeinderat seiner neuen Gemeinde als Haushälterin vorstellte, zwinkerte: »Lebensgefährtin!« Zuerst hatten die Leute sich empört und ihn geschnitten, zum Beispiel indem sie ihn nach seiner Urlaubsplanung befragten und dann absichtlich ihre Hochzeiten in seine Abwesenheit legten. Dann aber hatten sie es akzeptiert, und inzwischen war er selbst mit der Lebensgefährtin unzufriedener als seine Gemeinde. Zweimal hatte er Isidor besucht, war jeweils lang geblieben und hatte mehrmals unaufgefordert gesagt, wie sehr er Isidor um seine Ruhe beneide.

Was tun, was tun? Isidor grübelte hin und her. Er überlegte, ob er in den Nachbarpfarreien Aushänge verteilen oder im Regionalanzeiger inserieren sollte, und fand es dann unverantwortlich, eine Frau von auswärts nach Bodering zu locken: Sie wäre ja mit Haut und Haar auf ihn angewiesen, und wie konnte er solche Erwartungen erfüllen? Andererseits: Warum sollte er sie nicht erfüllen? Ja, er würde inserieren! dachte er dann. Er würde nur eine Frau einstellen, die ihm gefiel. Und er würde sie lieben. Was aber, wenn sie ihm auf die Nerven ging?

Eines Morgens erlebte er Judith im Halbtraum als fast mystische Gestalt – als sogar nachträglich noch tröstenden Beweis, daß er nicht grundsätzlich zur Einsamkeit verurteilt gewesen war. Mit ihr wäre es gegangen! Ein Trost im Konjunktiv Plusquamperfekt, aber immerhin, und konkret sah er so aus, daß Judith bei

280

Isidor eintrat und erklärte, sie habe begriffen, daß sie in Wirklichkeit zu ihm gehört, worauf er murmelte: »Du w-weißt ja, wie es um mich sch-steht!«, um dann alles zu tun, was sie wünschte, ohne Rücksicht auf wie auch immer geartete Folgen bis hin zur Suspension, Laisierung, Exkommunikation. Aber noch während er sich dessen bewußt wurde, stellte er fest, daß sie verschwunden war, denn sie war ja tot. Er fuhr herum und sah sie in der Ferne auf dem zugigen Kamm des Schattenbergs stehen, von wo sie ihm zurief durch die Dämmerung: »*Wenn der Tag verweht / und die Schatten wachsen, / komm du, mein Geliebter, / der Gazelle gleich, / dem jungen Hirsch / auf den Balsambergen.*« Er erwachte schlagartig mit Herzklopfen, erschrocken, erregt und beschämt, und beschloß endgültig, daß es so nicht weitergehen könne. Er frühstückte unruhig und entwarf dann einen Text für eine Anzeige. Am nächsten Donnerstag um acht klingelte das Telefon, und eine liebe Stimme fragte: »Isidor, hier is d'Roswitha aus Dorfham, erinnerst dich an mich?«

Er war gleichzeitig hocherfreut und enttäuscht. Roswitha würde er nicht lieben, andererseits war sie eine nahezu wunderbare Lösung, und Isidor mußte lachen, weil er sich hier anmaßend leistete, über einen Vierer im Lotto enttäuscht zu sein, nur weil er ein paar Stunden lang mit einem Sechser gerechnet hatte.

Roswitha war seine Cousine, die Tochter jener Lieblingstante, die ihm sein erstes Meßbuch geschenkt hatte. Sie war sechs Jahr älter als er, und seine erste Kindheitserinnerung an sie hing mit Weihnachtsstollen zusammen: Er traf sie beim Backen an, und alles war überaus angenehm und appetitlich: die Wärme der Stube, der Duft von Butter und frischem Leinen, die feine Mehlschicht überall, Roswithas rote Wangen und stramme Waden. Sie ließ ihn Teig kneten, was für ihn wie ein Geschenk war, obwohl ziemlich anstrengend: Er war vielleicht sechs Jahre alt und schmächtig, der

281

Teig aber ein Riesenbatzen. Er kniete auf dem Stuhl und knetete mit seinem ganzen Gewicht, keuchend und lustvoll, er hörte gar nicht mehr auf, weil er es so herrlich fand, gebraucht zu werden, und sie kümmerte sich nicht, da sie mit anderem beschäftigt war. Auf einmal aber stand sie hinter ihm und fragte: »Wos mochst denn, Isi, der Teig is ja ganz schwarz?« Er erschrak.

»Zoag amoi deine Händ!«

Er hatte sich die Hände nicht gewaschen! Er wurde dunkelrot vor Scham und Angst, er rechnete mit dem Schlimmsten: Zorn, Rauswurf, und während er mit aufgerissenen Augen den Schlag erwartete, sah er, wie Roswithas rundes Gesicht zu leuchten begann. Sie lachte unbändig, und dann strich sie ihm über den Kopf und gab ihm einen dicken Kuß auf die Wange, was ihn ziemlich genierte; aber seitdem verehrte er sie.

Drei Jahre lang hing er an ihr. Wann immer er sie besuchte, war er willkommen. Auch wenn sie Freundinnen da hatte, durfte er bleiben: Er saß dann in der Ecke, tat so, als lese er, und verehrte sie aus der Ferne. Als sie mit fünfzehn Dorfham verließ, um woanders eine Lehre anzutreten, vermißte er sie. Sie kam dann nur noch gelegentlich zu einem Kurzbesuch und nahm Isidor kaum mehr wahr, weil sie sich inzwischen für erwachsen hielt. Einmal wurde sie von einem Burschen ihres Alters abgeholt, und Isidor nahm selbstverständlich an, daß er mitgehen dürfe, aber sie sagte: »Naa, Isi, dös geht jetzt fei nimmer!« Isidor erlebte einen Anfall wütender Eifersucht. Er hatte gleich ein schlechtes Gefühl gehabt. Er überlegte, wie er Rosl für ihre Treulosigkeit strafen könnte, stellte dann fest, daß das nicht in seiner Macht lag, und trauerte heftig. Mit viel Mühe paßte er am übernächsten Tag den Augenblick ihrer Abreise ab, um zu zeigen, daß er ihr verziehen habe. Sie verabschiedete sich auch beinahe zärtlich von ihm. Aber dann erschien wieder dieser Bursche. Es war das letzte Mal, daß Isidor sie sah: In diesem Jahr zog er ins Internat. Wenn er nach Hause durfte, besuchte er jedes Mal die Tante, aber die Tante litt zunehmend häufig an Migräne, lag in der abgedunkelten Stube und wurde immer stiller. Sie starb kurz vor Isidors Abitur an Nierenversagen. Rosl hatte inzwischen den Sohn ihres Lehrherrn geheiratet, sie kam nur noch besuchsweise nach Dorfham zurück.

Ausgerechnet Rosl also hatte jetzt, Jahrzehnte später, Isidors Anzeige gelesen und sich als erste darauf gemeldet. Isidor lud sie sofort ein. Sie meldete sich für den nächsten Tag um zwei an. Er stand am Fenster im ersten Stock und wartete mit der Nervosität des Junggesellen, der seine Gewohnheiten in Gefahr sieht. Mit was für einem Auto würde sie kommen, wie parkte sie ein? (Wie mobil und selbständig war sie?) Dann sah er sie aus dem Bus steigen, dem einzigen Bus, der nachmittags nach Bodering fuhr, und wurde von Zweifel gepackt: Sie hatte kein Auto! (schlecht), andererseits hatte sie die Anreise selbst organisiert und ihn nicht gebeten, sie abzuholen (gut). Sie war korpulent geworden und bewegte sich schwerfällig, auch das beunruhigte ihn. Sie fragte jemanden auf der Straße nach dem Weg, und als sie das Pfarrhaus ausgemacht hatte, straffte sie sich und näherte sich ziemlich rasch. Sie riß sich zusammen! Das war einerseits gut, denn es würde von ihr verlangt werden; andererseits: Wie lang würde sie es können, nachdem es mit ihrer Gesundheit offenbar nicht zum Besten stand? Isidor griff sich an die Stirn: Sie war neunundfünfzig, vielleicht sah er Gespenster? Jetzt endlich war sie nah genug, daß er ihr Gesicht erkennen konnte, das freundlich war wie je, und er schämte sich seiner Berechnung, eilte die Treppe hinab und öffnete die Tür. Als sie ihm entgegenlachte, breitete er sogar die Arme aus. Sie gab ihm nach kurzem Zögern einen Kuß auf die Wange, und obwohl sein Herz ihr zuflog, stellte er fest, daß es ihn körperlich wenig freute; auch das war gut. Er führte sie die Treppe hinauf in die Küche, wo er den Kaffeetisch gedeckt hatte, und lauschte auf ihren kurzen Atem. Dann aber saßen sie einander gegenüber, als hätten sie sich erst gestern zum letzten Mal gesehen, und redeten bis zum Abend.

Rosl erzählte, daß ihre Ehe mißglückt war. Einen Sohn hatte sie, der mit seiner Familie in Deggendorf lebte. Gearbeitet hatte sie jahrelang in der Gastronomie, als Salaterin, als Kellnerin, als Köchin. Sie war eine zweite Ehe eingegangen mit einem Weinhändler, der sie nach zwanzig Jahren wegen einer jüngeren Frau verließ. Jetzt war sie arbeitslos, der Weinhändler zahlte ihr Unterhalt, und der Rentenantrag lief, aber sie wollte noch ein bißchen teilnehmen an der Welt. »Koost mi braucha, Isidor?«

Isidor sagte wahrheitsgemäß, er wünsche sich das sehr, sei aber nicht sicher, ob er zum Zusammenleben geeignet sei. Er erklärte ihr alle zu beachtenden Prioritäten und schlug vor, es einfach eine Woche lang zu versuchen. Er würde sie natürlich nach Tarif bezahlen.

Sie machte alles richtig. Sie bezog selbst ihr Gästebett, und als er morgens aus der Dusche kam, nahm er bereits Kaffeeduft wahr. Nie war sein Frühstückstisch so schön gedeckt gewesen. Rosl frühstückte mit ihm, fragte nach seinen Tagesplänen, ließ aber sofort von ihm ab, als er einsilbig wurde. Mittags um zwölf standen frisch gebratene Hähnchenschenkel mit Thymian und Reis auf dem Tisch, dann bekam er Kaffee, er legte sich kurz hin, ohne abzuspülen, und fuhr um zwei erfrischt wieder zur Arbeit. Nachmittags im Kurhotel zwischen zwei Bußgesprächen hatte er einen kleinen moralischen Einbruch und fragte sich besorgt, ob Rosl ihn wohl abends beanspruchen würde. Dann aber kam er nach Hause (Obazda mit Zwiebelringen, selbstgebackenes Brot, frische Brezen), sie lächelte, und er erzählte ihr alles, was er erlebt hatte.

Kapitel Sieben

Gläubige aus der Gemeinde bringen die Hostienschale mit dem Brot sowie den Kelch mit Wein, dem bereits Wasser beigemischt ist, für die Eucharistiefeier. Ein Diakon nimmt sie entgegen und gibt sie dem Bischof, der sie jedem einzelnen Neupriester, der vor ihm kniet, mit folgenden Worten überreicht:

Bischof:
Empfange die Gaben des Volkes
   für die Feier des Opfers.
Bedenke, was du tust,
ahme nach, was du vollziehst,
und stelle dein Leben
   unter das Geheimnis des Kreuzes.

Aus der Liturgie der Priesterweihe,
herausgegeben von den Liturgischen Instituten
Salzburg, Trier und Zürich

Haushalt und Ertrag

Öffne mir die Augen
für das Wunderbare an deiner Weisung!
(Ps 119,18)

Rosl hatte ein erstaunlichen Gespür für seine Bedenken. Als sie merkte, daß er sich um ihre Gesundheit Sorgen machte, sagte sie unaufgefordert, sie werde von
selbst ausziehen, wenn sie nicht mehr so könne –
schließlich sei sie gekommen, ihm zu helfen, und nicht,
ihm zur Last zu fallen. Als sie merkte, daß ihn die Raum-
aufteilung im Pfarrhaus beunruhigte, schlug sie auch
schon eine Lösung vor: Sie werde sich von ihrem Haus-
stand trennen und brauche nur ein Zimmer, am besten
das leerstehende ehemalige Kooperatorenzimmer hinten im Erdgeschoß. Da müsse man nur neu streichen
und ein neues Fenster einbauen. Weiterhin schlug sie
vor, die große, unbenutzte alte Küche zu renovieren – da
sei eine Investition nötig, aber um die Organisation würde sie sich kümmern. Isidors improvisierte Junggesel-
lenküche im ersten Stock reiche nicht aus, aber die könne er ja benutzen, wenn er für sich sein wolle.

In allem tat sie wie besprochen, sogar den Umzug
regelte sie, zusammen mit ihrem Sohn, ohne Isidors
Hilfe. Sie legte hinter dem Haus einen Kräuter- und
Gemüsegarten an und schaffte es, mit den Lebensmit-
teln auszukommen, die es in Bodering zu kaufen gab
– das fehlende Auto spielte keine Rolle. Alles schmeckte besser als früher. Isidor blühte auf. Im Nachhinein
schien ihm, er sei jahrelang wegen seines Hungers
schlecht gelaunt gewesen. Es erleichterte ihn auch,
abends von seiner Arbeit zu erzählen, und Rosl, die

selbst wenig erlebte, hörte dankbar zu. Nie versuchte
sie ihn festzuhalten, wenn er ihrer Gesellschaft müde
wurde. Erstaunt nahm Isidor, der sie als Bub verehrt
hatte, den Respekt wahr, den sie ihm nun entgegen-
brachte. War der berechtigt? Zögernd bejahte Isidor die
Frage. Immerhin schien ihm, er habe seit seiner Kindheit mindestens einmal die Welt umrundet, während
Rosl noch so dreinschaute und redete wie vor fünfundvierzig Jahren. Sie war sogar den Ritualen von damals treu geblieben. Eine der wenigen Bitten, die sie
vorbrachte, war, vor den Mahlzeiten gemeinsam das
Tischgebet ihrer Kindheit zu sprechen: »O Gott, von
dem wir alles haben,/ wir preisen dich für deine Gaben./ Du speisest uns, weil du uns liebst./ O segne
auch, was du uns gibst.« Eine andere Bitte: Sie wollte
gern zu Weihnachten im Pfarrhaus einen Weihnachts-
baum. Den hatte Isidor seit dreißig Jahren nicht: Er war
zu Weihnachten von so vielen Christbäumen umge-
ben, daß er fast froh war, wenn er zu Hause keinen sah.
Jetzt amüsierte er sich ein bißchen über Rosls Andacht,
erfüllte den Wunsch aber gern.

Wenn sie nur zufrieden war! Sie hatte es nicht
leicht: Sie kannte niemanden in Bodering, und die Leute akzeptierten sie zwar sofort, scheuten sich aber, sie
im Pfarrhaus zu besuchen (oder scheute sich Rosl, sie
einzuladen?). Vielleicht entsprachen sie ihr auch einfach nicht. Also hielt sich Rosl an ihre Herzensfreun-
dinnen in Deggendorf. Mit denen telefonierte sie so
viel, daß Isidor ihr eine eigene Telefonleitung legen
ließ. Am Wochenende reisten manchmal Besucherinnen an, die saßen stundenlang in der Pfarrhaus-
küche und redeten über Gesundheit, Kochrezepte
und Schicksalsschläge. Wenn Isidor nach Hause kam,
aß er in ihrer Gesellschaft und plauderte, dann zog er
sich mit ein paar freundlichen Worten zurück. Er hatte in seinem Büro eine gemütliche Sitzecke eingerichtet, die er dem Wohnzimmer bald vorzog. Dort las oder

arbeitete er, und gleichzeitig freute ihn, daß zwei Wände weiter Leben war.

Der Ertrag dieser Änderung seines Haushaltsstandes war also unerwarteterweise ein geistiger: Isidor las und las. Jahrelang hatte er sich Abend für Abend betäubt, jetzt war sein Kopf wieder frei. Er las vieles durcheinander, populärwissenschaftliche Bücher über Biologie, Astronomie und Philosophie; nicht gründlich – seine Kapazität war begrenzt –, aber staunend und erwartungsvoll.

Astronomie zum Beispiel. Wie soll man sich vorstellen, daß die Erde mit 108 000 Kilometern pro Stunde um eine Sonne rast, die in 225 Millionen Jahren einmal die Milchstraße umkreist, welche in Richtung Andromeda stürzt, angesaugt von einem riesigen Galaxienhaufen im Sternbild Jungfrau, 50 Millionen Lichtjahre von ihr entfernt? Man kann es sich nicht vorstellen, aber die Ahnung von Unendlichkeit beeindruckte Isidor. Ein Foto rührte ihn so sehr, daß er es ausschnitt und in sein Adreßbuch klebte: Zierliche, in allen Metallfarben sprühende Galaxien kullern wie bunte Münzen durch das schwarze All.

Aber nicht nur das Fernste, auch das Nächste ist ein Rätsel, ergibt die Physik. Im Mikrobereich gibt es die »Unschärfe-Relation«, die besagt, daß man niemals Ort *und* Impuls eines Teilchens gleichzeitig messen kann. Man kann die Bewegung des Elektrons messen, dann weiß man nicht, wo es sich befindet, oder man mißt seine genaue Position, dann weiß man nicht, wohin es sich bewegt; schon der Meßakt verändert den Zustand des Teilchens. Isidor schloß daraus kühn, daß nicht einmal die Physik erkennt, was die Welt auch nur physisch im Innersten zusammenhält. Beneke erteilte ihm eine Abfuhr: »Was die Welt im Innersten zusammenhält, interessiert uns nicht. Was soll denn das Innerste sein? Was ist innen, was außen? Was soll überhaupt die Frage? Wir stellen Regelmäßigkeiten fest, das ist alles. Zum Beispiel registrieren wir, daß Körper im Raum sich anziehen. Keiner weiß, warum. Sie tun es, und aus. Wenn jemand unbedingt von uns wissen will warum, raten wir ihm, sich an die Philosophen zu wenden.«

Und was meinten die? »Zwei Dinge erfüllen das Gemüt mit immer neuer und zunehmender Bewunderung und Ehrfurcht, je öfter und anhaltender sich das Nachdenken damit beschäftigt: der bestirnte Himmel über mir und das moralische Gesetz in mir.« Isidor hätte diesen Satz von Kant sofort unterschreiben mögen. Ihm gefiel die Entsprechung von Extremen – dem Unpersönlichsten und Persönlichsten, dem Äußersten und Innersten, dem Flüchtigen und Ewigen. Etwas magisch Überzeugendes sprach daraus. Wenn aber dieser scheinbar unerschütterlich statische, gestirnte Himmel sich nun als hirnloses Gekreisel erwies, was war dann mit dem moralischen Gesetz? – Ein moralisches Urteil ist weder logisch noch eine Tatsache, las Isidor an anderer Stelle, sondern eine Bewertung, also ein Gefühl. War auf Gefühle Verlaß? fragte er sich rhetorisch. Trugen die meisten Gefühle, denen er begegnet war, nicht tatsächlich Züge eines hirnlosen Gekreisels? Stimmte also die Kantsche Analogie auch im Licht der neuen astronomischen Erkenntnis? Wenn ja, wohin dann mit der Ehrfurcht?

Alles wurde immer verwirrender, je genauer man hinsah. Theologische Fragen bildeten keine Ausnahme. Zum Beispiel die Rechtfertigungslehre: Warum können wir uns die Barmherzigkeit Gottes nur schenken lassen, aber nie – in welcher Form auch immer – verdienen? Warum ist die Freiheit des Menschen keine Freiheit auf das Heil hin? Wenn der Heilige Geist in der Taufe den Menschen mit Christus vereint, rechtfertigt und wirklich erneuert, warum bleibt dann der Gerechtfertigte zeitlebens auf die bedingungslos rechtfertigende Gnade Gottes angewiesen? Warum ist die knechtende Macht der Sünde aufgrund von Christi Verdienst gebrochen, während der Mensch andererseits niemals der andrängenden Macht und dem Zugriff der Sünde entzogen ist? Warum besteht die »Verdienstlichkeit« der guten Werke vor allem in der Verheißung eines Lohns im Himmel, während andererseits das ewige Leben als unverdienter »Lohn« Gottes bezeichnet wird? Warum ist die Rechtfertigung selbst ein unverdientes Gnadengeschenk?

Isidor war nicht gegen die Aussagen des Päpstlichen Rats, er verstand sie nur nicht. Dabei störte ihn nicht, daß er sie nicht verstand. Er sah es nicht als seine Aufgabe an, die Rätsel Gottes zu lösen, sondern sie wahrzunehmen. Das war Belohnung genug: Womit auch immer er sich beschäftigte, überall stieß er auf faszinierende Irrgärten. Nach allen eindrucksvollen Rückschlägen mußte er zugeben, daß der Blick auf diese Rätsel ihn sogar entzückte. Gott sah, daß es gut war. Wer war Isidor, zu sagen, es sei schlecht?

Isidor hatte ja seine Entscheidung längst getroffen. Sein Primizspruch war gewesen: »*Herr, zu wem sollen wir gehen? Du hast Worte des ewigen Lebens.*« (Joh 6, 68) (Das heißt, nur der zweite Satz war der Primizspruch; aber ohne den ersten wäre er es nicht geworden.) Simon Petrus sagt das zu Jesus in einem kritischen Augenblick: Soeben haben viele Jünger Jesus verlassen, weil sie seinen Ausspruch, er sei das lebendige Brot vom Himmel, unerträglich finden. »Wollt ihr auch weggehen?« fragt Jesus seine Zwölf. Wäre Isidor dabeigewesen, er hätte dasselbe geantwortet wie Simon Petrus. Zu wem sollte er gehen?

Von hier aus kehrte sich alles wieder ins Sichere. Eine solche Entscheidung, die ja ebenfalls »nur« Gefühl ist, und das moralische Urteil: Machten diese Gefühle nicht die Menschheit aus? Und hatten sie nicht dieselbe schneidende graphische Überzeugungskraft wie der Anblick des Firmaments?

Fußnote

Blieb nicht auf seinen Befehl die Sonne stehen,
wurde nicht ein Tag doppelt so lang?
(Sir 46,4)

Pfarrer Stettner, der stärkste und glaubenssicherste
Mensch, den Isidor kennengelernt hat, erlaubte sich
übrigens folgende Pointe: Bei Isidors vorletztem Besuch lag er delirierend im Bett, ganz offensichtlich dabei, sein irdisches Dasein zu beenden. Er wirkte heiter
und redete unverständlich vor sich hin, mit offenen Augen, erwartungsvoll, als sprängen eben vor ihm die
Himmelspforten auf. Dann kehrte sein Bewußtsein
aus unergründlichen Höhen oder Tiefen kurz in diese
Augen zurück, die sich erstaunt auf Isidor richteten.
»Ja servus, Isidor, grüaß di!« Isidor drückte ihm ergriffen die Hand. Stettner meldete knapp: »Ich brauch
noch zwei Tage!« und versank wieder in seinen Visionen. Isidor lief sofort zur Hauskapelle und betete eine
Stunde lang – voll Trauer, weil er nun den einzigen
Menschen verlor, der ihn je geliebt und verstanden hatte, aber auch dankbar für dessen lichten Weg in die
Ewigkeit. Zwei Tage, um alle Geheimnisse zu begreifen, zwei Tage für die friedvollste Offenbarung, die
köstlichste Erlösung! Isidor betete so tief und lebendig,
daß er überzeugt war, erhört zu werden, und kehrte
exakt zwei Tage später ins Altersheim zurück. Dort saß
Stettner aufrecht auf der Bettkante und löffelte mit großem Appetit Nudelsuppe. Isidor war gleichzeitig enttäuscht und unendlich erleichtert, in seiner Verwirrung
redete und scherzte er viel und wagte sogar zu fragen,
was Stettner in seinen Visionen gesehen habe.

Stettner antwortete sachlich: »Nix.« Beim Abschied
beugte er sich zu Isidor, faßte ihn am Arm und flüsterte
grinsend: »Mei, Isidor, locha dad i, wann's ois foisch
war!«

Exerzitien

Wir erraten kaum, was auf der Erde vorgeht,
und finden nur mit Mühe,
was doch auf der Hand liegt;
wer kann dann ergründen, was im Himmel ist?
(Weish 9, 16)

Wenn Rosl am Montagabend ihren Handarbeits-
kreis zu Besuch hatte, ging Isidor ins Wirtshaus. Oft
setzte sich dann Fritz Beneke zu ihm, der sich beinah
darauf zu freuen schien, seinen Geist an Isidors Glauben zu wetzen. Isidor nahm es hin. Er fand Beneke
manchmal lästig, aber immer unterhaltsam.

Beneke bereitete sich auf die Begegnungen regelrecht vor. Seine Einleitungssätze waren etwa: »Ich habe
eine Theorie« oder: »Ich habe mir Gedanken zum Thema Ostern gemacht.«

Isidor sagte: »So.«

»Ostern ist eine rituelle Phantasie.«

»Ah.«

»Wir phantasieren, daß einer auferstanden sei,
nachdem man ihn ans Kreuz genagelt hat. Leider ist
die menschliche Phantasie korrupt. Nachdem wir ihn
im Stich gelassen haben, phantasieren wir seine Auferstehung und beweisen das, indem wir sie feiern: Wir
suggerieren die Erfüllung unseres Wunsches, er sei
nicht wirklich gestorben, mit der Erfüllung privater
Osterwünsche.«

»Das wäre k-kurzsichtig«, wandte Isidor ein.

»Korruption ist immer kurzsichtig. Letztlich über-
führt sie sich selbst. Das ist das einzig Interessante an
ihr.«

»Inwiefern?«

»Wir schließen unseren Wunsch, Er möge auferstanden sein, mit unseren privaten Wünschen kurz
und denken, wenn wir das eine erfüllen, sei auch das

andere erfüllt. Aber wie um uns zu überlisten, wünschen wir Unerfüllbares. Schon als Kinder haben wir ziemlich schnell durchschaut, daß die Eier, die angeblich der Osterhase gelegt hat, von unseren Eltern versteckt wurden. Das war sozusagen unser Grundkurs in frommem Betrug.«

»So einfach ist das«, sagte Isidor ironisch.

»Nein, eben nicht! Das Manöver geht nicht auf! Wir beklagen unsere ständig getäuschte Erwartung und merken nicht, daß wir uns aktiv selbst getäuscht haben! Wir sind nämlich eine verblüffende Gattung: Wir lügen viel und gern, aber wir entlarven uns auch, ungern, aber unentwegt. Das ist das einzig Göttliche in uns, das ich anerkennen könnte: ein kleiner Gott der Wahrheit, der hinter der Zunge sitzt und die Sprache, die lügen will, verrenkt.«

»Warum ein *k-kleiner* Gott?«

»Weil er ohnmächtig ist. Er meldet sich unermüdlich, aber niemand hört auf ihn. Stattdessen fangen alle an zu schreien.«

»Was meldet er zum Beispiel, deiner M-meinung nach?«

»Er zeigt zum Beispiel, daß der ganze katholische Sums eine Selbstentlarvung ist. Auf abenteuerliche Axiome gründet er eine derart hochstaplerische Scheinlogik, daß er eigentlich überall Gelächter auslösen müßte, wenn die Menschheit nicht ein solches Bedürfnis hätte, sich zu benebeln. Im Grunde ist er ein von uns selbst aufgestellter Vernunfttest, an dem wir ununterbrochen scheitern.«

»Wie können wir mit unserer V-vernunft als Werkzeug unsere V-vernunft als Werkzeug testen?«

»Mangels anderer Mittel.«

»Warum sollten wir v-vorsätzlich einen Test entwerfen, an dem wir sch-scheitern?«

»Selbstzerstörung«, schlug Beneke unumwunden vor.

Isidor dachte über alles nach. Er sah nicht Gott auf dem Prüfstand, der diese Welt einschließlich aller, die ihn lästern, geschaffen hat, sondern seinen, Isidors, Glauben. Wenn es einem abgewickelten Ost-Physiker gelänge, ihn zu erschüttern, wäre nicht der Physiker zu bezichtigen, sondern er selbst. Isidor prüfte sich hier also mit einer gewissen Neugier und nannte das für sich die Beneke-Exerzitien.

Sein neues Konzept für Beneke lautete: Beneke war ein Spötter. Spötter sind leere Menschen, die mit sich selbst nichts anzufangen wissen und ihr Selbstgefühl parasitär daraus beziehen, daß sie anderer Leute Konzepte entwerten. Was hatte Beneke schon aus seinem Leben gemacht? Er, das ehemalige Akademie-Mitglied, arbeitete weit unter seinem Niveau in der finstersten Provinz, wo er nach Feierabend aus Langweile nichts Besseres zu tun hatte, als sich auf den abgehetzten Dorfpfarrer zu stürzen, nur weil der gutmütig genug war, seine abseitigen Theorien anzuhören. Was wollte er erreichen – Isidor säkularisieren? Ja aber wozu denn? Was hatte er zu bieten?

»Wie sähe deine Idealwelt aus?« fragte Isidor.

»Module!« antwortete Beneke. »Eine Welt aus Modulen! Wenn ein Modul ausfällt, ersetzt man es einfach. Zunächst müßte man alles gründlich vereinfachen. Zum Beispiel kein linkes und rechtes Bein, sondern zwei gleiche. Das spart Lagerkosten.«

»Woher kommen die M-module?«

»Die sind eben da.«

»Und wer verbessert sie?«

»Fachleute«, sagte Beneke beinah ernst, »solche wie ich.«

»Und warum ist es nötig, sie zu v-verbessen?«

»Um ein Maximum an Leistungsfähigkeit zu entwickeln.«

»Und wenn das Maximum erreicht ist, was dann?«

»Selbstzweck.«

Isidor revidierte sein Konzept: Beneke war kein Spötter, sondern ein Clown.

Beneke sagte: »Immerhin legen wir niemanden rein.«

»Wer?«

»Wir Naturwissenschaftler. Wir beuten niemanden aus, erpressen niemanden, machen keine Inquisition, keine Scheiterhaufen ...«

»Was macht ihr mit einem Seelenmodul, das nicht mitspielt?«

»Es gibt keine Seelenmodule!« rief Beneke. »Nur einen Datenbus. Zum Beispiel Prozessoren. 286er, 486er ...«

»Mit einem defekten Prozessor?«

»Den tauschen wir aus.«

»Das ist ein lächerliches K-konzept«, entschied Isidor.

»Es ist gar keins«, gab Beneke zu. »Aber vielleicht ist gar kein Konzept besser als ein unzureichendes?«

Diesen Gedanken wies Isidor zurück. Ein Konzept war notwendig. Es bestimmte das gesellschaftliche und sittliche Handeln, ordnete das flüchtige Leben und gab der Existenz einen Sinn. Nicht nur der Existenz, auch dem Alltag: Denn nur ein sinnvolles Leben gewährt Glück.

»Ohne Konzept kein Glück?« fragte Beneke.

»Ohne Sinn kein Glück«, antwortete Isidor.

»Konzept ist gleich Sinn?«

Isidor mußte lachen. Beneke lachte mit. Beneke triumphierte nie, zugegeben. Er wollte nicht siegen, weder im Gespräch noch sonst. Vielleicht war dies das liebenswürdige Geheimnis seines Mißerfolgs.

Jetzt fragte er unerwartet: »Warst du denn mal glücklich, Isidor?«

Isidor war so überrascht – das hatte ihn noch nie jemand gefragt –, daß er, für sich selbst unerwartet, antwortete: »Ja. Ich war mal auf einem Berg. Auf dem

296

G-gipfel. Und auf dem Heimweg bin ich vom B-blitz getroffen worden.«

»Du bist doch nicht vom Blitz getroffen worden!« sagte Beneke.

»Doch! Ich bin umgefallen, und am nächsten Tag hatte ich Brandblasen an Ellbogen und K-knien.«

»Ich muß dich enttäuschen. Ein Blitzschlag hat Stromstärken von durchschnittlich 20.000 Ampère, im Blitzkanal herrscht eine Temperatur von 10.000 bis 30.000 Grad. Das überlebt keiner. Wahrscheinlich ist der Blitz ein Stück von dir entfernt eingeschlagen, und der abfließende Strom hat dich erwischt.«

Dieses eine Mal bekam Isidor auf Beneke eine richtige Wut.

Beneke

Hat der Regen einen Vater,
oder wer zeugte die Tropfen des Taus?
(Ijob 38,28)

»Immerhin l-lebt die Kirche seit zweitausend Jahren, und deine DDR ist m-mausetot! Wie erklärst du dir das?«

Bisher hatte Isidor Beneke geschont, erstens, weil der sich schon bei den Berechnungen zum Schnellen Brüter immer vertan hatte, zweitens, weil er seine DDR, in der er sich auskannte, verloren hatte und in Bodering sowie in der ganzen Welt ein Mann ohne Heimat war. Aber man mußte ihm ja nicht alles durchgehen lassen.

Beneke antwortete: »Wahrscheinlich war die DDR einfach zu religiös – ja, du hast richtig gehört. Sie hatte wie deine Kirche Glaubenssätze, ein Zentralkomitee, Losungen, Weihen, heilige Eide ... sie operierte ebenso wie ihr mit Angstmache und fürchtete ebenso wie ihr die Demokratie ... Sogar in der moralischen Rigidität glich sie euch, jedenfalls in der Anfangsphase. Als in den fünfziger Jahren unsere Regierung aus wirtschaftlicher Einsicht – um das Geld zum Zirkulieren zu bringen – die erste Lotterie zuließ, kam es zu geradezu religiösen Krämpfen.« Beneke nickte vor sich hin, während er sein Gedächtnis durchkämmte. »Der Fehler war wohl, daß wir das Paradies auf Erden versprochen haben, und da wurde unser Versagen offenbar: Das Diesseits ist im Gegensatz zum Jenseits überprüfbar. Ihr habt euch das Jenseits gesichert, das ist euer Trick.«

»Es war kein T-trick.«

»Immerhin hat unser Experiment gezeigt, wie schnell eure Kirche auf Null zu fahren geht. Niemand braucht euch mehr in den neuen Bundesländern. Binnen einer Generation! Wenn dort heute einer am Altar schnauft: *Lamm Gottes, du nimmst hinweg die Sünden der Welt*, greifen sich alle an den Kopf. Das ist vorbei!«

Isidor lächelte. Es gab in Bodering inzwischen einige Neubürger aus dem Osten, die ihr Kind zur Taufe oder zur Erstkommunion anmeldeten, »damit es keine Nachteile hat«. Am Anfang hatte er sich gesträubt, weil er glaubte, daß diese Eltern ihn nicht unterstützen würden, aber dann dachte er: *Wie sollen sie an den glauben, von dem sie nichts gehört haben? Wie sollen sie hören, wenn niemand verkündigt?* Die neuen kleinen Christen bewährten sich erwartungsgemäß unterschiedlich, aber zwei sächsische Brüder waren Isidors zuverlässigste Ministranten.

»Warum h-hast du eigentlich so einen Zorn auf die K-kirche?« fragte er Beneke. »Du h-hattest doch gar nichts mit ihr zu tun?«

»Da irrst du dich«, sagte Fritz. »Meine Eltern gehörten der neuapostolischen Gemeinde an, und die Stunden, die ich als Kind in Gottesdiensten verbracht habe, mußt du in Tausenden, nicht in Hunderten rechnen. Ich kenne alles: die Langeweile, den Mief, die Perversionen ... In mancher Hinsicht fand ich's interessant, aber andere haben's nicht so gut verkraftet. Meine Schwester zum Beispiel. Wenn die das Wort *Antiphon* hört, muß sie sich übergeben.«

»In der DDR gab es eine neuapostolische Bewegung?« fragte Isidor überrascht.

Der kleine Fritz (Arabeske)

Wächst ohne Sumpf das Schilfrohr hoch,
wird Riedgras ohne Wasser groß?
(Ijob 8,11)

»Allerdings. Meine Eltern wohnten sogar direkt hinter der Kirche, auf dem Kirchengrundstück, Brega, Petersilienstraße. Mein Vater war dort nebenamtlich Hausmeister. Ich erinnere mich genau: An der Wand hing eine schwarze Tafel mit den Fürbittlisten: Wegen Siechtum – und darunter mit Kreide die Namen der Betroffenen. Manchmal wurde vergessen, einen wegzustreichen – herrlich ... Unser Pope Herr Pech war so alt, daß er die Säuglinge, die er taufen sollte, nicht mehr halten konnte. Man brachte ihm das Weihwasser vorgewärmt in Thermoskannen, und er schüttete es ausgiebig den Kleinen in die Wollkrägen, während die Mütter zuckten – sie fanden, ein getupftes Kreuz hätte es auch getan. Manchmal verlor Pech den Anschluß in der Litanei. Er sollte nach einem Gesang aufstehen, kam aber nicht mehr hoch oder hatte vergessen, daß er dran war. Herr Koch an der kleinen Orgel improvisierte ein paar aufmunternde Takte, alles sah auf Pech, aber Pech kam und kam nicht hoch. Dann half man: Männer griffen ihm unter die Arme, oder Frau Patzke, emsig und mausgrau, wieselte herbei mit ihrer Medizin: Hoffmannstropfen auf einem Stück Würfelzucker, dargereicht auf einem Porzellantellerchen. Manchmal half aber auch das nicht, und ein Gemeindemitglied mußte die Litanei übernehmen. Die Gemeindemitglieder übernahmen nacheinander alles: deuteten das Zungenreden, heilten Lahme und so weiter. Herr Burkhard rettete einmal ein Kinderfest, indem er einen ganzen Nachmittag mit ausgebreiteten Armen am Gartenzaun stand: Es war Regen angekündigt. Als Burkhard die Arme sinken ließ, setzte der Regen ein.

Schon als ganz kleiner Strunk habe ich auf diesen Festen gern die Unterhaltungen der Erwachsenen belauscht und eine Menge gelernt, zum Beispiel über Tabus: wenn etwa die Erwachsenen stundenlang über die Lüge diskutierten, weil natürlich genau sie deren Problem war. In den absurdesten Verästelungen: Wenn etwa die SS in ein Kloster eindringt, in dem ein Widerstandskämpfer versteckt wird, darf dann die Nonne lügen, ohne sündig zu werden? Oder: Wie verwerflich ist es, wenn man dem alten Großvater, der sichtlich am Abröcheln ist, sagt, er sehe gut aus?

Und der Teufel, ah! In dieser Zeit kamen zu hohen Festen noch gelegentlich Gastpfarrer angereist, die bei meinen Eltern untergebracht wurden. Einer von denen erzählte, er habe, während er in der Dachkammer seine Predigt schrieb, plötzlich durch das Gaubenfenster den Teufel gesehen. Die Gemeinde raunte noch Jahre später. Ich stellte mir den Teufel als Buben mit rotem Haar vor, die kleinen Hörnchen von den hellen Strähnen kaum verdeckt. Auch ich fand es faszinierend und verfolgte aufmerksam diese Phantasien, bis mein Vater ein Machtwort sprach: Dies sei ein Kirchengrundstück und deshalb geweihter Boden, daher könne unmöglich ein Teufel auf dieses Dach gelangt sein; es sei Legende, schmutzige Phantasie, kein Wort mehr davon, Schluß. Mein Vater unterschätzte allerdings die Mysteriensucht der Gemeinde. Denn kaum aus dem Pfarrhaus verdrängt, tauchte der Teufel bei Herrn Burkhard auf.

Das war so: Herr Burkhard hatte das Zimmer für einen Augenblick verlassen, und als er wiederkam, lag die Bibel auf dem Boden. ›Na, wirst se auf den Tischrand gelegt haben, Manfred.‹ – ›Rand? Nein!!! Die Bibel kommt immer mitten auf den Tisch, mitten in die Mitte!‹ – ›Und warum sollte sie runterfallen?‹ Dann wurde gewispert, ich spitzte aber die Öhrchen und verstand: Es wohnte eine Hure im Haus! Ich war fünf und hätte nicht gewußt, was eine Hure war, aber in diesem Augenblick begriff ich es, und war – begeistert!

Herr Burkhard war Maurer von Beruf, ein tüchtiger, vielseitiger Mann, nur ein bißchen blockiert. Dabei hatte er auch eine sinnliche Seite: Als er einmal im Krankenhaus lag, malte er Aktbilder von den Krankenschwestern. Bald darauf heiratete er. Seine Frau hatte er in einem Café kennengelernt, wo sie kellnerte, und weil er glaubte, daß sie dort sündigen Blicken ausgesetzt sei, verbot er ihr diesen Beruf. Trotzdem hielt er sie für besudelt und überzog sie mit Psychoterror. Ich kannte sie nur als Nervenbündel. Eines Sonntagnachmittags waren wir bei Burkhards zu Gast, und weil es spät geworden war, sollten wir auch ein Abendessen bekommen. Frau Burkhard mußte Kartoffeln aus dem Keller holen, und ich sollte sie begleiten, angeblich, um ihr beim Tragen zu helfen. Aber auch mit meinen fünf Jahren begriff ich, daß Frau Burkhard sich fürchtete, allein in den Keller zu gehen. Der Keller war ein jahrhundertealtes Gewölbe, auch mir nicht ganz geheuer. Als ich mich aber zu Frau Burkhard umdrehte, sah ich ihr Gesicht von Angst regelrecht entstellt.

Bald darauf wurde sie in eine psychiatrische Klinik eingewiesen. Herr Burkhard hat sich nur höhnisch, fast schadenfroh darüber geäußert. Als sie wieder da war, behandelte er sie mit Eiseskälte.

Jahre später war Burkhard einmal bei meiner

Schwester zu Besuch und erblickte an der Wand ein Munch-Poster, ich glaube ›Madonnas Empfängnis‹ – ein Frauenakt, um den Samenfäden schwimmen, und links unten sitzt ganz knubbelig und unwillig das empfangene Jesuskind. Burkhard lief tiefrot an, reckte sein Gesicht dem Bild entgegen, während ihm die Augen aus dem Kopf quollen, und krächzte: ›Der Teufel! Solche Bilder sind vom Teufel!‹ Schweiß floß ihm in dicken Tropfen aus den Schläfen und rollte über die geschwollenen Halsadern in den Kragen. Seitdem ist meine Schwester überzeugt, daß Burkhard wahnsinnig ist.

Ich glaube übrigens, viele aus unserer Gemeinde waren mehr oder weniger wahnsinnig. Zum Beispiel Familie Grischka. Der Mann war Elektriker. Er besaß einen Pritschenwagen, mit dem er Lieferaufträge ausführte, und nahm mich oft mit zur Musikschule, die zwei Kilometer entfernt war: ein fröhlicher Mann, neugierig, zu Scherzen aufgelegt. Er war verheiratet und hatte zwei Kinder, alles bestens. Was damals keiner wußte: Er war der Sohn der Dorfhure von Kaupa im Spreewald, hatte sich von Mutter und Heimatort abgesetzt und ein neues Leben angefangen, das mit Hilfe der neuapostolischen Gemeinde auch gelang, bis eines Tages seine siebzehnjährige Tochter ihm gestand, daß sie schwanger sei. Sie war ein braves Mädchen, aber einmal ging sie zu einer Party im Garten des evangelisch freikirchlichen Predigers, und dort war es geschehen. Nachforschungen ergaben: Sie habe mit einem Soldaten an einem Baum gelehnt und ...

Und?

Naja eben, sie habe mit einem Soldaten am Baum gelehnt und ...

Herr Grischka drehte durch, trank tagelang und verprügelte die ganze Familie. Sohn und Tochter trauten sich nicht mehr nach Hause, die Frau entfloh durchs Fenster und versteckte sich bei meinen Eltern. Sie war von blauen Flecken übersät; wenn sie mich sah, schlug sie die Hände vors Gesicht.

Herr Grischka kam nicht mehr zu Verstand. Seine Existenz war explodiert. Die Familie mied ihn, und er versank im Suff.

Der freikirchliche Pfarrer übrigens, in dessen Garten die Grischka-Tochter den Soldaten getroffen hatte, war ein Lotterbube. Er hatte mehrere außereheliche Verhältnisse und feierte berüchtigte Feste. Seine Familie hatte er dressiert, diese Seite an ihm nicht zur Kenntnis zu nehmen. Sogar die Kinder konnten ihn in der Küche entdecken in einer wilden Knutscherei, hinausgehen und so tun, als sei alles normal. Die Tochter ging mit mir in eine Klasse, ein stilles, distanziertes Mädchen, dabei eine mathematische Hochbegabung: Sie löste im Handumdrehen Probleme, deren Aufgabenstellung ich nicht mal begriff. Jahre später erzählte sie von der seltsamen Situation zu Hause, wo man vor den Mahlzeiten betete und sonntags Lieder sang, während man die Leidenschaften des Hausherrn einfach abspaltete, als gäbe es sie nicht.

Das sind meine religiösen Erfahrungen, Isidor. Ich glaube nicht, daß die Religion irgendwo geholfen hätte. Im Gegenteil, sie hat die Kranken noch kränker und die Wahnsinnigen noch wahnsinniger gemacht, weil sie alle zur Lüge gegen sich selber trieb.«

Isidor fühlte sich hier auf der sicheren Seite, weil es ja nicht direkt um die katholische Kirche ging. Also sprach er friedlich: »Es gibt eine P-pathologie des Religiösen, so wie es in allen m-menschlichen Bereichen P-pathologien gibt. In Splittergruppen kommt sie sicher häufiger vor. Vielleicht sammeln sich dort stärker gefährdete L-leute? Aber vielen wird auch geh-holfen, da bin ich überzeugt.«

»Naja, meine Eltern zum Beispiel wurden nicht verrückt«, gibt Beneke zu. »Und – ahhh! Ja, natürlich, da gab es noch den Schlagersänger Krumpatz, der aller-

dings selten zu den Gottesdiensten kam. Mit seinem
Neffen, dem kleinen Dieter, ging ich zur Schule. Der
kleine Dieter erzählte mir, er selbst habe den Schlager
›Marina, Marina, Marina‹ komponiert. Ich hielt das für
nicht ganz glaubwürdig, denn Dieter war nicht älter als
ich; allerdings konnte Dieter alle drei Strophen auswendig, während wir anderen nur ›Marina, Marina,
Marina‹ wußten. Dieters Onkel also, der Schlagersänger Krumpatz, war bei uns in den fünfziger Jahren
beinahe ein Superstar. Einmal fuhr Dieters Vater
Krumpatz' Tonbandgerät zur Reparatur, mit einem
Pferdewagen. Es war ein riesiges Tonbandgerät mit sieben Röhren, ein *Smaragd*, siebzehn Kilo schwer, und
während zwei Mann es auf den Wagen hievten, wurde
allen Umstehenden erklärt, daß dies das Tonbandgerät
von Krumpatz dem Schlagersänger war, das zur Reparatur gebracht wurde. Krumpatz war übrigens ein Findelkind und gar nicht Dieters wirklicher Onkel: In den
letzten Kriegstagen hatte Dieters Großonkel das Bündel in einer abgebrannten Straße liegen sehen. Er sah,
daß das Bündel ein Baby war, dachte aber, es werde bestimmt gleich geholt. Zwei Stunden später kam er wieder vorbei, spät abends noch einmal, und es lag immer
noch da; da nahm er es mit.

Der Schlagersänger Krumpatz ist tatsächlich see-
lisch nicht erkrankt. Er singt aber auch nicht mehr. Er
wohnt in einer Villa mit Garten gegenüber dem Haus
meiner Schwester, und um den Garten hat er eine hohe
Mauer gezogen, damit niemand in seinen Garten
blicken und sagen kann: ›Hier wohnt der Schlagersänger Krumpatz. Der war übrigens ein Findelkind und
hätte jetzt am liebsten eine Mauer.‹«

»Hast du noch Kontakt zur G-gemeinde?«

»Natürlich nicht. Ich besuche gelegentlich meine
Eltern und meine Schwester. Der Gemeinde bleibe ich
fern. Nur einmal neulich traf ich zufällig ein Gemeindemitglied, den Herrn Renfrans.« Beneke lacht fröh-

lich; er ist von seinem Thema abgekommen, Gott sei
Dank. »Herr Renfrans rast immer geschäftig herum,
hypomanisch, und brüllt in ein Handy. Bei aller Fah-
rigkeit ist er treu, er rast von Freund zu Freund und gibt
unverschämte Kommentare. Beim Anblick der alten
Villa meiner Schwester etwa sagte er: ›Also Gerhard‹ –
der verstorbene Schwiegervater – ›würde sich im Gra-
be umdrehn!‹ Über die Schwiegermutter meiner
Schwester erklärte er meinen Eltern, man lasse sie verkommen. Kürzlich also ging ich am Ufer der Spree spazieren, da kam er mir sozusagen im Tiefflug entgegen,
und obwohl er wie immer barst vor Eile und Wichtigkeit, erkannte er mich sofort und bremste funkenstie-
bend, um ein paar Worte zu wechseln; als seien seit
unserer letzten Begegnung nicht fünfzehn Jahre vergangen. Er referierte im Affentempo alle Gemeinde-
neuigkeiten: daß Herr Flieder, der verklemmte Musiklehrer, inzwischen gedunsen und siech, sich auf dem
Totenbett zu Gott bekehrt habe, und so weiter. Dann
fragte er rasch nach meinem Ergehen seit Abwicklung
der Akademie, worauf er mir auf die Schulter hieb und
rief: ›Na, Fritz, der Lack ist ja so ziemlich ab, oder?‹«

Roswitha geht

*Der Mann stand sofort auf, nahm seine Tragbahre
und ging vor aller Augen weg.*
(Mk 2,12)

Im Laufe der Jahre kamen Rosls Besucherinnen seltener; sie wurden älter und scheuten die kurvige Fahrt
hinauf in den Wald. Rosl war ohnehin kaum zu ihnen
gefahren. Sogar die Telefonate nahmen ab. Rosl begann sich zu schonen und legte sich oft hin. Wenn sie
nicht lag, sah sie fern. Wann immer Isidor nachmittags

oder abends nach Hause kam, dröhnte die Kiste, und fast immer liefen Talk-Shows: Rosls Favorit war Pfarrer Fliege, aber sie sah auch alles andere, Hauptsache, es wurde geplappert. Eines Tages war Isidor krank – dicker Hals, Augenbrennen, Gliederschmerzen – und ging nachmittags zu ihr ins Wohnzimmer, wahrscheinlich zum ersten Mal seit Jahren. Da ihm das Sprechen Mühe bereitete, ließ er das Programm eine Stunde lang über sich ergehen, bevor er floh. Er fühlte sich nicht berechtigt, Rosl das Fernsehen zu verbieten, aber er war doch verärgert über so viel Leerlauf, Dümmlichkeit, Hektik und Krach. Ein paar Tage darauf machte er seinem Unmut Luft: »Geh wos schaugst'n oiwei für an Schmarrn!« Sie gab zurück: »Du bist ja nie da!«

Sie litt an Migräneanfällen wie früher ihre Mutter, und schließlich diagnostizierte ein Arzt eine fortgeschrittene Nierenerkrankung. Rosl konnte immer weniger im Haushalt tun. Ihre Abmachung war gewesen, daß sie im Fall körperlicher Schwäche die Stellung bei Isidor aufgab, aber Isidor erinnerte sie nicht daran, und sie selbst kam nicht darauf zurück, weil sie erst den Schock verarbeiten mußte – das Siechtum ihrer Mutter stand ihr wieder vor Augen. Isidor sprach ihr gut zu. Immer öfter kaufte nun er ein und versorgte sich und sie, wenn sie mit ihren Anfällen im Bett lag. Ging es ihr besser, arbeitete sie wieder hart, kochte Mahlzeiten für ganze Wochen im voraus und fror sie ein. Schließlich sprach sie es aus: »Mußt mir sagen, wann ich dir zur Last falle, Isidor.«

Isidor lächelte ihr zu: »Paßt scho, Rosl. Wir kommen schon zurecht. Schau, daß d' wieder g'sund wirst.«

Sie würde nicht gesund werden, das lag in der Natur der Krankheit, und er wußte es. Er gab sich eben Mühe. Aber es strengte ihn an. Vor allem belastete ihn ihr mutloses Gesicht. Sie fühle sich wie vergiftet, klagte sie. Isidor haderte nicht, aber er mußte zugeben, daß das Leben ohne Haushälterin doch leichter gewesen war als das mit einer kranken Haushälterin.

Als Rosl dialysepflichtig wurde, erwog er, eine Pflegekraft einzustellen. Rosl mußte dreimal pro Woche in die Klinik gefahren und für Stunden an eine Blutwaschmaschine angeschlossen werden. Auf dem Hinweg klagte sie über Müdigkeit, auf dem Rückweg über Kopfschmerzen. Die Behandlung war eine Viecherei, aber ohne sie wäre sie gestorben. Isidor fuhr Rosl hin und holte sie ab, sie tat ihm unendlich leid, und der einzige Vorteil war, daß er seine eigene Belastung – die zwei Pfarreien, das Altersheim, das Kloster, die Kurklinik – weniger gravierend einschätzte. Er erinnerte sich an einen seiner Professoren, einen Philosophen, der als alter Mann feststellte: Sein Hauptproblem als Geistlicher sei der Mangel an direkter, physischer, unentrinnbarer Verantwortung gewesen, der Mangel an Angst und Schmerz um eine lebende Person. Keine theoretische Verantwortung könne das ersetzen. – Hatte er recht? Isidor spürte Angst und Schmerz um Rosl, aber auch um sich selbst. Immerhin, je mehr Angst er hatte, desto mehr liebte er das Leben. Philosophisch hat sich die Erfahrung also gelohnt, dachte er. Aber als Rosl bald darauf eine vierwöchige Kur antrat, war er sehr erleichtert.

Dann geschah etwas Unglaubliches: Rosl lernte in der Kur einen netten Witwer aus Plattling kennen, der ihr seine Hand und eine seiner Nieren anbot. Sie kehrte hochgestimmt zurück, und wenige Tage später – Isidor hatte es zunächst nicht geglaubt – erschien der Rentner, ein ehemaliger Konditormeister namens Max, leibhaftig in Bodering, um die Ernsthaftigkeit seiner Absicht zu bestätigen. Isidor musterte ihn eingehend: ein schlanker Mann mit weißem Schnurrbart, erstaunlich gut aussehend, auf schlichte Art seriös. Er brachte eine selbstgebackene Torte mit, die wirklich köstlich schmeckte, trank mit Isidor Kaffee und sah Rosl warmherzig an. Allerdings sprach er fast kein Wort. Er blieb das Wochenende über, und Isidor wurde es müde, mit dem stummen Mann am Tisch zu sitzen, und verzog sich zu seinen Büchern. Bei der Sonntagsmesse beobachtete er Max, ob der wenigstens die Gebete sprach. Er tat es nicht, aber immerhin bekreuzigte er sich.

Max kam auch die nächsten Wochenenden. Immer brachte er Torten mit, und immer schwieg er, dafür redete Rosl für zwei. Manchmal holte Max Rosl für ein Wochenende ab, und selbst dann brachte er jeweils eine Torte. Er ließ die Torte da und nahm Rosl mit.

Was macht er über die Woche? fragte Isidor Rosl.

Medizinische Tests! erklärte Rosl eifrig. Zwanzig medizinische Tests – Nieren, Blase, Magen, Darm –, ob er selbst gesund sei, ob seine Niere für sie passe. Und dann müßten sie noch ein zweites Mal zur – dieses Wort sprach Rosl besonders exakt aus, als habe sie es geübt – Ethik-Kommission. Naja, fuhr sie wichtig fort, er müsse erklären, warum er seine Niere opfere. Die Kommission solle rausfinden, ob da Geld im Spiel sei, also Organhandel und so.

Isidor mußte lachen, als er sich den stummen Max vor der Ethik-Kommission vorstellte. Es war kein schönes Lachen, fiel ihm selbst auf. Spott lag darin und Eifersucht. Rosl spürte den Unterton und sagte streng: »Jedenfalls hom s' eahm glaubt!«

Das konnte der stumme Max der Kommission also klar machen: daß er seine Niere aus Freundschaft hergibt oder aus Liebe, während der wortgewandte Isidor nicht mal in die Nähe einer Ethik-Kommission kam, weil er, ehrlich gesagt, keine Sekunde daran gedacht hatte, selbst eine Niere zu spenden. Wäre das nicht auch zu weit gegangen? Sie war ja schließlich nur seine Angestellte und keine Lebenspartnerin. Naja, wenn Rosl ihn gefragt hätte, hätte er es wohl erwogen. Aber sie hatte nicht mal eine Andeutung gemacht. Vielleicht hat sie von Isidor gar keine Niere gewollt?

Ein Vierteljahr nach dem Entschluß fand die Operation statt. Max erholte sich rasch, bei Rosl dauerte es etwas länger. Dann zog Rosl zu Max nach Plattling. Als der Umzugswagen vom Hof fuhr, sagte Isidor zu ihr, sie könne immer zu ihm zurückkommen. Er selbst hielt das für einen ziemlich großzügigen Vorschlag. Sie lächelte kühl: »Mit Sicherheit net. Weil, ihr Pfarrer seids doch allesamt große Egoisten.«

Wunder

Man sage nicht: Dies ist schlechter als das.
Denn alles ist zu seiner Zeit von Wert.
(Sir 39,34)

Halb wehmütig, halb erleichtert kehrte Isidor in sein leeres Haus zurück. In den letzten Wochen, durch all die Aufregungen, Erörterungen und Vorbereitungen, war es Rosls Haus geworden, sogar während sie selbst abwesend war. Isidor hatte sich zunehmend als Statist empfunden. Nun war er hier wieder der Herr, und er mußte es mit seinem Leben füllen.

Er dachte mit einer selbstverordneten ruhigen Dankbarkeit an die sieben Jahre mit Rosl und registrierte beinah mit Respekt seine Fähigkeit, ohne Bitterkeit auf Menschen zu verzichten, die ihm ihre Liebe entzogen. Nicht mal auf die Eltern war er wütend gewesen. Nein, dachte er dann bescheiden, er hatte Glück gehabt. Glück im Unglück, gab er zu: Wenn es wirklich drauf ankam, hatte er immer Liebe gespürt. Zuerst war da seine Großmutter gewesen. Sie hatte altersschwach im Austragsstüberl gesessen und auf den Tod gewartet, und er war schon als kleiner Bub bei jeder Gelegenheit die Treppe hoch zu ihr ins Zimmer gekrabbelt. Dann freute sie sich, wie man sich eben über etwas Lebendiges freut, über einen Kanarienvogel zum Beispiel: Er sah ihre trüben Augen leuchten und ihren zahnlosen Mund lachen. Sie konnte nur noch in Milch getauchtes Brot essen, und er war auf ihren Schoß geklettert und hatte begeistert dieses Milchbrot gemampft. Sie hatte ihm aus der Bibel erzählt. Mit drei Jahren konnte er mit ihr das Avemaria beten. Später verwirrte sich ihr Geist, und sie fragte immer öfter: »Isidor, rengt's scho?« Isidor sah durch das Fenster Sonnenlicht und einen makellosen Himmel. Als sie zum fünfzigsten Mal fragte, fragte er bang zurück: »Auf was wartest denn, Großmuatta?« – »D'Sintflut ...«

Abgelöst wurde die Großmutter von Rosl, der Rettung seiner Kinderjahre, und dann erschien Stettner. Die Liebe zu Isidor war weitergegeben worden wie eine Stafette, so daß Isidor nie ganz allein war – war das nicht ein Wunder? dachte Isidor tapfer. Dann gab es Pater Ulrich, hm. – Stettners Liebe hatte sogar eine Fernwirkung, sie half ihm sowohl über die Internats- als auch über die Kaplanszeit hinweg. Stettner aber übergab, wie es schien, die Stafette direkt an Gott.

Mit Gottes Liebe machte Isidor an dieser Stelle weiter. War nicht auch Rosls neues Leben, die Rettung durch Max, ein Wunder? Isidor bestaunte ihre wiedererwachte Vitalität und wunderte sich überhaupt nicht, daß das Paar bald darauf auf eine kanarische Insel zog. (Tatsächlich! Die beiden lösten Max' Plattlinger Haushalt auf und kauften sich eine Eigentumswohnung in einem Badeort auf Teneriffa!) Das einzig Seltsame war, mit welcher Leichtigkeit Rosl auf jedes katholische Leben verzichtete. Rosl mit ihren Tischgebeten und Weihnachtsbäumen, Rosl, die keine von Isidors Messen versäumt hatte, lebte nun unbekümmert trauscheinlos mit Max ohne Sakramente unter der kanarischen Sonne. Aus Telefonaten erfuhr Isidor, wie sich ihr dortiges Leben abspielte: Max buk Torten, und Rosl ging am Strand spazieren und sprach deutsche Touristen an. Wenn man sich angefreundet hatte, lud sie diese Touristen nach Hause ein. Alle miteinander aßen dann Max' Torten und lobten sie, und Max freute sich.

»Mogst net amoi herkemma?« fragte Rosl.

Isidor lehnte dankend ab. Er wartete auf ein Anzeichen von Heimweh bei den alten Leuten. Inzwischen war Mitte Dezember. Sehnten sie sich nicht nach dem niederbayerischen Winter, den schneebestäubten, im kalten Wind knarrenden Fichten, der langen Dämmerung, dem frostklaren Himmel, der sich durch Nebel kämpfenden Sonne?

»Überhaupts neda!« frohlockte sie.

Wie, sie wollten sogar Weihnachten dort verbringen, völlig stimmungslos, unter Palmen bei Sonnenschein?

»Freilich!« Rosl dachte ein bißchen nach und sagte dann sorgfältig: »Woaßt, Isidor, Pfarrer Fliege hat gesagt, es ist eh nicht möglich, ein Leben ohne Sünde zu führen!«

Dieses Gespräch war erst letzte Woche. Isidor war sich inzwischen unschlüssig, ob er Rosls Rettung noch als Wunder bewerten sollte. Dann dachte er: Doch.

Eine andere Erinnerung stellte sich ein. Als junger Mensch in einer Seelenkrise war Isidor auf den Turm einer Burgruine gestiegen, die auf einer Hügelkuppe stand in einem weiten grünen, hügeligen Land. Auf einer Mauerzinne war ein frisch lackiertes Holzschild angebracht, und natürlich trat Isidor, bevor er die Landschaft betrachtete, auf dieses Schild zu, um es zu lesen, mißmutig, aber selbst in diesem Zustand noch pflichtbewußt.

Auf dem Schild stand: »Geh hin und sieh an Gottes Land, das so wunderbar ist!«

Da fiel es ihm wie Schuppen von den Augen: Die Pracht der Felder und Hügel und des blauen Himmels. Er dachte: Die ganze Existenz ist ein Wunder. Alles, was wir hier zu tun haben, ist, uns ihrer würdig zu erweisen. Isidor hat versucht, sich daran zu halten, und wahrscheinlich ist das sogar das ganze, einfache Geheimnis seiner Theologie.

Als er an diesem Abend zum Ochsenwirt ging, überfiel ihn Beneke ausgerechnet mit der Frage, ob er an Wunder glaube.

»Ja«, sagte er. Damit Beneke nicht nachhaken konnte, stellte er die Gegenfrage: »Du sicher nicht?«

»Kommt drauf an. Ich sage dir, was passieren muß, damit ich an Wunder glaube: Bei einer beliebig langen Versuchsreihe soll auch nur ein einziges Mal als Kreiszahl Pi 3,15 statt 3,14 herauskommen. Dann sofort!«

Benno

Du aber hattest in deinem Herzen gedacht:
Ich ersteige den Himmel.
(Jes 14,13)

Am Telefon ist Benno, der ehemalige Schulfreund, und fragt: »Hast Lust auf meinen Besuch, Isidor?«

Er verbringt, stellt sich heraus, die Weihnachtstage im Bayerischen Wald in einer Pension mit seiner alten Mutter, deren Gesellschaft ihn stärker ermüdet, als er dachte.

»Freilich, Benno. Komm nach der Abendmesse!«

Benno klingelt gegen halb neun, schlägt Isidor auf die Schulter und ruft: »Na, Isidor, was macht die Liebe?«

Isidor führt ihn ins Haus. Als er eine Flasche Wein entkorkt, fragt Benno: »Na, Isidor, was macht der Suff?« (Peinliche Fußnote: Bei ihrem letzten Treffen vor etwa zehn Jahren in München haben sie miteinander drei Flaschen geleert, und an das Ende des Abends erinnert sich Isidor nicht. Er erwachte auf dem Teppich sitzend, an den Sessel gelehnt.)

»Ich trinke nicht m-mehr«, sagt Isidor.

»Isidor! Willst du etwa heilig werden?«

Benno sieht wüst aus: grau, ungekämmt, Tränen-säcke. Er muß sich über mich lustig machen, weil sei-ne eigenen Träume gescheitert sind, denkt Isidor.

Benno war das Genie unter ihnen. Mit vierzehn wurde er Kirchenorganist. Als er zwölf war, durfte er bei einem weltlichen Musiklehrer Privatstunden neh-men, und nach sechs Monaten sagte der Musiklehrer, er könne ihm nichts mehr beibringen. Wenn Benno spielte, fühlte Isidor wirklich die Nähe Gottes. Isidor bewunderte Benno vorbehaltlos, aber Benno sagte: »Tricks, nichts als Tricks.« Er war streng. Zu jener be-rühmten Münchner Woche war auch er erschienen. Isidor und seine Freunde sahen gerade fern, eine mu-sikalische Sendung mit einem berühmten Pianisten, der eine Passage in Worten erläuterte und anschlie-ßend am Flügel spielte. Nach zwanzig Takten sagte Benno: »Der taugt nichts« und schaltete den Fernseher aus. »Aber Benno, wir wollten das doch hören!« klagte Franz. Benno knurrte: »Zeitverschwendung.«

Niemand zweifelte daran, daß aus Benno etwas Großes würde. Er schrieb mit siebzehn eine zweiund-zwanzig Minuten lange lateinische Messe, die zumin-dest von einer stupenden Beherrschung der Mittel zeugte, und wurde auf Anhieb in die Komponisten-klasse der Münchner Musikhochschule aufgenom-men. Dann aber begannen die Schwierigkeiten. Benno brach das Studium ab, weil er seine Professoren für un-fähig hielt, und versuchte es auf eigene Faust. Fortan bekam er keine Aufträge mehr. Seine Professoren sa-ßen in den Gremien, den Theatern und Rundfunkan-stalten, und sie sagten: »Autodidakten spielen wir nicht.« – »Was heißt Autodidakt?« fragte Benno. »Bei meiner Aufnahmeprüfung konnte ich schon alles, was die Diplomanden gerade bei der Abschlußprüfung schaffen.« Es nützte nichts. »Ihr hattet recht«, sagte

Benno zu seinen Freunden »Ich wollte nicht durch die Welt buckeln wie ihr Theologen, aber die Kunstwelt ist nicht besser. Allein kommst nimmer durch.« Er versuchte es als Korrepetitor am Theater, um Dirigent zu werden, dann noch als Sänger – zu all seinen übrigen Talenten hatte er auch noch eine gute, tragende Tenorstimme. Aber er bekam mit allen Streit. »Die Leute ertragen es nicht, wenn ein Tenor denken kann«, war die neue Erklärung. Inzwischen trank Benno schwer. Ganz allmählich erwachte in ihm die Selbstkritik. Einmal schrieb er für einen Freund eine Filmmusik und spielte sie mit den Münchner Philharmonikern ein, und danach sagte er: »Wenn dich hundertzwanzig solche Maschinengewehre anschaun, mußt du alles zusammenkneifen, was du an Schließmuskeln hast.«

Benno, das Genie, verglühte vor ihren Augen wie eine Sternschnuppe, und die Freunde sahen das nicht nur mit Bedauern. Isidor betrachtete es geradeheraus als Rehabilitierung seiner eigenen Lebensform: Wenn sogar Künstler saufen, die ausschließlich aus eigener Vollmacht handeln, wer kann dann die Pfarrer anklagen, die unter so vielen Zwängen stehen? Mag sein, daß der Mangel an Freiheit eine Zumutung ist, aber auch die Freiheit selbst ist eine. Wenn der Pfarrer scheitert, scheitert er an der Last seiner Pflichten, und die Kirche, die ihn überbürdet hat, fängt ihn immerhin auf. Der Künstler aber scheitert an sich selbst und sinkt ins Nichts.

Deshalb läßt Isidor Benno nun gerne reden. Benno schlägt sich durch, und die Details hört Isidor mit einem gewissen Lustgrusel. Zum Beispiel lektoriert Benno für einen vor dem Konkurs stehenden Musikverlag Werke anderer Komponisten, die arm sind wie Kirchenmäuse und alle ausgebrannt oder faul oder demoralisiert. Kollege X schreibt nur noch Klangprothesen, Y regelrechte Pipimusik. Begabt ist Z, aber der arbeitet inzwischen sehr schlampig. Er hat Ideen und Aufträge, aber nicht mehr die Willenskraft, eine durchdachte, saubere Partitur abzuliefern. Die Hälfte der Vorzeichen ist falsch. Benno sagt zu Z: »Wenn dort ein Vorzeichen steht, beabsichtigst du bei dem Ton bestimmt, das Vorzeichen aufzulösen.« Z schreit: »O mein Gott, du hast recht! O mein Gott! O mein Gott!« Aber der Schreck bringt ihn nie dazu, auch die anderen Vorzeichen zu überprüfen.

»Hast noch a Flasche, Isidor?«

Außerdem unterrichtet Benno Gesang. Er hat zwanzig Gesangsschüler, das ist viel, wenn man bedenkt, wie er die quält. Inzwischen hatte er sogar eine Reihe Pop-Schüler, da wollte er einfach den Anschluß an die moderne Zeit nicht verpassen, feixt er. Nette Mädels, aber er mußte sie wieder rausschmeißen, sie waren zu unfähig. Nur eine hat er behalten, eine Mexikanerin. Als Muse.

»Pop-Schüler? Was sind das für L-leute?« fragt Isidor.

Brünett bis schwarz, sagt Benno. Meistens Südländer, teilweise blondiert, Brilli im Zahn, Ring im Nabel, Billig-Parfüm, außerdem kommen sie grundsätzlich zwanzig Minuten zu spät. Sie können keine Noten lesen und wissen nicht, was bei einem Ton »zu hoch« oder »zu tief« bedeutet.

»Wie lernens' da Lieder?«

Bei Studioaufnahmen macht es nichts, sagt Benno, da wird quantifiziert. Eine neue Technik: Der Computer muß bloß wissen, welche Note gemeint ist, dann stellt er den Ton elektronisch her. Der Tonmeister kann am Bildschirm die Tonhöhe mit der Maus hoch- oder runterziehen. Natürlich klingt das nicht wie ein gesungener, interpretierter Ton, »es ist *fake*, verstehst?«, und Benno hört inzwischen genau, wann das im Radio gemacht wird – es wird oft gemacht. Aber Musik ist es nicht. Benno hatte zuletzt ziemlich viele Pop-Schüler, weil gerade ein Casting durch die Republik lief: In allen Großstädten wurden Mädels zum Vorsingen geladen, dreitausend zum Beispiel in München, die durften je zwanzig Sekunden brüllen, dann wurden die besten dreißig für einen dreiwöchigen Workshop nach Mallorca geladen, und die besten fünf wurden zu einer Girlie-Band formiert. Die Girlie-Band kletterte mit ihrem infantilen Gequieke binnen weniger Wochen in die Hitparade. Von seinen, Bennos, Schülerinnen war keine dabei. Trotzdem kamen sie weiter zu ihm. Er fragte sie, warum, und sie sagten, Musik sei einfach geil.

Und wie ist Benno seine leichtfertigen Schülerinnen losgeworden? Hat er ein ernstes Wort mit ihnen geredet? Haben sie's begriffen? Waren sie geknickt?

»Ach nein, es reicht, wenn man a bisserl mehr Konzentration fordert und von ihnen verlangt, ab der nächsten Stunde pünktlich zu sein. Hast noch a Flasche, Isidor?«

Schließlich steht Benno auf, um sich zu verabschieden, und schlägt Isidor ein weiteres Mal auf die Schulter. »Und, Isidor, was macht die Liebe? Du hast vorhin nicht geantwortet.«

»Tja.«

»Willst du damit sagen, daß du zu den zehn Prozent gehörst, die sich immer noch dran halten?« wiehert Benno.

»Z-zwanzig Prozent.«

»Ich hab's ja gesagt, Isidor, du wirst noch heilig!«

»Ausgesch-schlossen.«

»Doch, für mich bist du heilig, Isidor. Weißt was, ich komm mit meiner Mutter zu deiner Christmette. Soll ich für dich Orgel spielen?«

»Vor allem solltest du nicht mehr Auto fahren, nach z-zweieinhalb Flaschen Wein.«

»Hm. Fährst mich, oder kann ich bei dir übernachten?«

»Hier ist genug Platz.«

Benno setzt sich wieder, schenkt nochmals ein und sagt sentimental: »Weißt du, Isidor, daß ich dich immer für einen Heuchler gehalten habe?«

»So.«

»Euch alle. Ich dachte: So g'scheite Buam, so ein schweres Studium, bei dem man zwangsläufig so ein Abstraktionsvermögen entwickeln muß ... da könnts mir nicht weismachen, daß ihr immer noch an das Jesuskindlein glaubt. Trotzdem predigt ihr euren Gemeinden davon; weshalb ihr entweder Zyniker oder Heuchler seid. *Quod erat demonstrandum.*«

»Nachdem du selber Z-zyniker bist, ist für dich H-heuchler wahrscheinlich der schlimmere V-vorwurf.«

»Na, dir würde ich aus persönlicher Sympathie auch eine gewisse Einfalt zugestehen. Natürlich hast du noch nie von der neuen wissenschaftlichen Erkenntnis gehört, daß Maria eine schwangere Tempelhure war? Für die man halt einen Ehemann finden mußte? Tatsächlich nicht? Also kläre ich dich hiermit darüber auf, daß Jesus, weil er bei dieser Herkunft natürlich Minderwertigkeitskomplexe hatte, sich den Super-Vater erfand. Ist doch einleuchtend, oder? Die Psychologie weiß ja inzwischen, daß Vaterlose oder von ihren Vätern Enttäuschte den Vater mystifizieren ... Wie war das noch mal mit deinem Vater, Isidor? Wieso sagst du nichts? Hat's dir die Sprache verschlagen?«

Es hat Isidor tatsächlich die Sprache verschlagen. Er lächelt gezwungen, während er seinen Ärger mit Leitsatz zehn niederkämpft, welcher lautet: Wenn du dich über jemand anderen ärgerst, ärgerst du dich in Wirklichkeit immer über dich selbst. »Ja«, gibt Isidor zu. »Laß mich eben n-nachdenken.«

Benno war immer ein Provokateur, und Isidor ist trotzdem sein Freund geblieben. Dunkel erinnert sich Isidor, was er im Alkohol sich schon alles angehört hat von Benno, ohne zu protestieren, gelegentlich sogar

mit geheimer Freude. Es wäre scheinheilig, sich jetzt
aufzuregen; zu beschuldigen ist Isidor der Alkoholiker.
Man bedenke auch, daß Isidor Benno heute zum ersten
Mal seit Jahrzehnten ohne Alkohol begegnet. Da muß
er das Gespräch – und falls nötig die Freundschaft –
mit Anstand zu Ende bringen.

Er denkt also ernsthaft über Bennos Worte nach.
Erstens über den Vorwurf der Heuchelei, sachbezogen:
An die unbefleckte Empfängnis glaubt Isidor tatsächlich nicht, und seinen Boderingern gegenüber würde
er das tatsächlich nicht zugeben. Auf entsprechende
Fragen antwortet er in der Regel ausweichend: Er verstehe das Wort Jungfrau so, daß hier eine junge Frau ja
sagt zur großen, schmerzlichen Aufgabe, und so fort.
Ist das – als Anpassung an das Kirchendogma – Heuchelei? Oder Opportunismus? Könnte man es nicht
auch als Heroismus bewerten, da Isidor hier mit Skru-
peln Irrtümer der Kirche mitträgt, nur damit er dem
Herrn dienen darf? Naja, wahrscheinlich ist es ein ver-
zwickter moralischer Kompromiß. Aber den wird er
mit Benno nicht diskutieren, denn Bennos Raster sind
grob.

Zweitens, die Tempelhure: Das hält Isidor für Unfug. Wenn es aber so wäre: Würde es die Botschaft entwerten? Es wäre zwar ein umständliches Verfahren;
aber ist nicht die ganze Geschichte Gottes mit seinem
Volk eine Serie äußerst umständlicher Verfahren? Isidor kann diese Frage nicht klären und hält es für unnötig, sich an ihr aufzureiben. Muß er auf Bennos These antworten? Nein!

Diese Entscheidung wird von Isidors Leitsatz elf gestützt: Eine Aussage sagt meist mehr über den Aussa-
genden als über den Gegenstand. Benno, beschließt
Isidor kurzerhand, erklärt mit dieser Aussage seinen
persönlichen Ruin. Der heruntergekommene Bohe-
mien will mit Provokationen Effekt machen, um eine
Unabhängigkeit zu behaupten, die ihm niemand strei-

tig macht, einen Mut, der nichts kostet, und eine Über-
legenheit, die durch keine Tat gedeckt ist.

Andererseits: Hat Isidor ein Recht, Benno so abzu-
tun? Was hat er selbst denn zu bieten, er, dessen Haupt-
leistung darin besteht, an langen alkoholfreien Winter-
abenden in weitgehender Vereinsamung Bücher zu
lesen, die er nicht versteht?

Was sollen sie also streiten? Sie haben beide ihr Bestes gegeben und den Gesetzen des Lebens Tribut ge-
zollt. Jetzt sollte man an das denken, was sie verbindet,
und nicht an das, was sie trennt. Isidor erinnert sich an
ihren letzten gemeinsamen Konzertbesuch in München vor etwa fünfunddreißig Jahren. Sie hörten, mit
Restkarten von verschiedenen Stellen des Herkules-
saals aus, Bruckners Siebte, und nach dem Konzert versuchte der zutiefst hingerissene Isidor, sich für die Begegnung mit Benno zu wappnen: Benno würde
zweifellos sogleich Orchester und Dirigenten Takt für
Takt zerlegen, Isidor aber, der gegen ihn nicht argu-
mentieren konnte, wollte sein Glück erhalten, egal ob
es begründet war. Er wurde in Erwartung des Verrisses
immer empfindlicher und legte sich bereits den Satz
zurecht: »Deine M-m-meinung interess-ssiert mich
n-nicht!« (allein das Ausrufezeichen mußte er zehn
Mal üben), da sah er Benno quer durch das Foyer her-
beistürzen mit vollkommen erleuchtetem Gesicht, unter ekstatischen Rufen: »*Meine Tempi! Meine Tempi!*«
Niemals mehr hat er Benno so begeistert und dankbar
gesehen. Das war die bessere Seite an Benno. Sie ist
von irgendeinem sicher unverschuldeten Gefühl des
Ungenügens verschüttet worden, denkt Isidor. Man
muß diese Tragik respektieren und die guten Impulse
würdigen, die es ja ebenfalls gab.

»Du hast eine lateinische M-messe k-komponiert«,
spricht er deshalb mild.

»Hochmut. Eigentlich wollte ich eine Fußballoper
schreiben, aber ich brauchte den Schulchor und das

Schulorchester. Also habe ich geheuchelt. Ich sag dir die Wahrheit, Isidor: Beim Kyrie hab ich an Sex gedacht, beim Gloria hab ich an Fußball gedacht, beim Credo hab ich ebenfalls an Sex gedacht ...«

»Das g-glaub ich n-nicht! Es war eine schöne M-messe! Mein Solo kann ich immer noch ausw-wendig.«

»Dein Solo, ja ... Diese schlingernde Phrase mit den Triolen und dem langen Crescendo ... ahnst du was? Ich kannte deine rhythmischen Schwierigkeiten und wußte, da bist du bis zur Aufführung beschäftigt und schöpfst keinen Verdacht ... Stimmte auch. Wann immer ich fragte: Wo steckt eigentlich Isidor?, hieß es, der übt seine Triolen«, gluckst Benno. »Aber zwei Tage vor der Generalprobe hast du doch die Nerven verloren und gefragt, was eigentlich die T-t-t-triolen bedeuten.«

»Du hast geantwortet: Dreif-f-faltigkeit«, sagt Isidor verletzt.

»Ich sage dir, woran ich bei deinem Solo gedacht habe: an den fetten Pater Korbinian, der sich an der Kreuzigung aufgeilt, und an meinen Banknachbarn Donatus Steidle, der ihm gern darin folgte. Erinnerst du dich? Pater Korbinian erklärte, wie man richtig kreuzigt: indem man nämlich die Nägel durch die Handwurzel treibt und nicht durch den Handteller, weil sonst das Gewebe reißt und der Herr vom Kreuz fällt; und Donatus Steidle fing neben mir an, sich am Schritt zu reiben ...«

»Nein!«

»Warum springst du auf? Du warst doch dabei! Sei gerecht: Pater Korbinian war der Pervo, nicht ich!«

»D-du h-h-hast eine l-l-lateinische M-m-m-messe ...«

»Bitte! Mach dir nichts draus, Isidor! Das ganze Ding war vollkommen epigonal! Tut mir leid. Damit habe ich für meine Heuchelei bezahlt. Es war meine letzte. Danach war ich immer aufrichtig! Hat übrigens auch nichts genützt ...«

»Sch-schon gut!« stößt Isidor hervor. »Ich muß m-morgen f-früh raus. Ich bring dich nach H-h-hause.«

Durch Schneegestöber fährt Isidor Benno nach Zwam zu seiner Pension. Als Benno die Autotür öffnet, fragt er: »Dann sehn wir uns also zur Christmette?«

»Nein!«

»Du kannst es nicht verbieten.«

»Aber ich v-v-verbiete dir, auf meiner Orgel zu sch-spielen!«

»Isidor, wir waren damals siebzehn!«

»Nicht die M-messe nehme ich dir übel, sondern wie du die G-geschichte heute noch g-genießt!«

Benno, mit einem Fuß schon auf der Straße, beugt sich zu Isidor: »Hast recht, Isidor. Bitte schlag mich. Beschimpf mich.«

»Steig aus!«

»Isidor, was ist dein Geheimnis?«

»Ich habe kein G-geheimnis. Gute N-nacht.«

»Doch, eins: *Deinen Tod, o Herr, verkünden wir ...*«

»Raus!« fährt Isidor ihn an. »V-verschwinde!«

Krise

Für jeden Lebenden gibt es noch Zuversicht. Denn:
Ein lebender Hund ist besser als ein toter Löwe.
(Koh 9,4b)

Am nächsten Mittag ruft auch noch Gregor an, um für den Abend seinen Besuch anzukündigen; weil seine Heizung ausgefallen sei, erklärt er sogleich, wie um sich zu entschuldigen. Der Installateur komme erst morgen, und da könne man doch endlich wieder einmal ... »Freilich, gern!« ruft Isidor und wappnet sich. Gregor ist belastend in seinem Sarkasmus und seiner Besserwisserei, und Isidor, mit einem Gefühl, als habe er Blei im Magen, entwickelt ein Kampfkonzept: Er wird keine Provokationen mehr hinnehmen. Er ist hier doch nicht der Hansl. Wenn es ihm beschieden ist, zu diesen heiligen Tagen alle Freunde zu verlieren, dann wird er sie eben verlieren.

Aber Gregor erscheint unerwartet bescheiden. Er will nicht mal Bier, sondern trinkt Tee und kaut langsam eines von Isidors Weihnachtplätzchen aus dem Supermarkt, während er über gesundheitliche Probleme klagt: Kopfschmerzen, Schulterschmerzen, Bandscheibe. Dann gesteht er allgemeine Lustlosigkeit. Man solle sich mal eine Auszeit nehmen, sagt er. Es sei zu viel. Er betreue jetzt fünf Pfarreien (»und fünf Pfarreisekretärinnen«), er fühle sich wie ein Hamster im Rad. Es sei lächerlich, von Kirche zu Kirche zu rasen, um Hostien zu konsekrieren und immer die gleichen Messen vor immer den gleichen zwanzig alten Frauen zu halten. »Von uns bleibt nichts!« sagt er stumpf.

»Von n-niemandem bleibt was«, gibt Isidor spröde zurück.

»Ja, aber andere können sich stärker persönlich einbringen. Du reißt nix raus!« (Die alte Leier.) »Das Sakrament wirkt auch ohne dich. So weit es überhaupt noch wirkt. Deprimiert es dich nicht, nach so vielen Jahren Arbeit auf einen verwüsteten Weinberg zu blicken anstatt auf einen bestellten?«

Isidor überlegt, ob er zutreffend sagen dürfte: Mein Weinberg ist bestellt!, und antwortet vorsichtshalber ausweichend: »Naja, geht's die Leit guat, geht's der Kirch schlecht, und umgekehrt.«

»Ah, die Kirche!« seufzt Gregor. »Der Kirche geht es schlecht, weil wir nichts zu bieten haben. Anstatt das verlorene Schaf aus der Herde von hundert zu suchen, hätscheln wir das einzige brave Schaf und lassen die übrigen neunundneunzig davonlaufen ...«

Das Großartige an Gregor hatte immer auch eine schauspielerhafte Komponente, weshalb Isidor solche

Anwandlungen bisher nicht ernst nahm. Es hat sie natürlich gegeben, bisher immer heftig geäußert, sozusagen unter der Fahne stolzen Protests (warum lassen wir uns von einer desorientierten Kurie zu Tode hetzen? usw). Heute aber wirkt Gregor auf erschütternde Weise kleinlaut, und als endlich der Groschen fällt, beginnen bei Isidor alle Alarmglocken zu läuten: Falls Gregor resigniert, wird mindestens eine seiner Pfarreien an Isidor fallen. Isidor sieht die Notiz im Gemeindeblatt bereits gestochen scharf vor sich: »Mit Bestürzung muß die Pfarrgemeinde St. ... in ... zur Kenntnis nehmen, daß der Hochwürdige Herr Pfarrer Gregor Brennauer sich aus gesundheitlichen Gründen aus dem aktiven Berufsleben zurückziehen muß. Da die Personalsituation in der Diözese sehr angespannt ist, wird die Pfarrei nicht mehr eigens besetzt werden können. Dankenswerter weise hat sich H.H. Pfarrer Isidor Rattenhuber aus Bodering bereiterklärt ...« UM GOTTES WILLEN! Augenblicklich ersetzt Isidor sein Kampfkonzept durch ein Rettungskonzept. Aber vor Aufregung setzt er es nicht richtig um: Er sollte zuhören, stattdessen redet er mit Engelszungen: Von Heilsaufgabe und Gnadenhaftigkeit, und zuletzt auch allgemeinmenschlich: So schlimm sei es doch nicht, in dieser Zeit haben wir alle unsere Krise, was meinst du, wie oft ich usw.

Gregor erkärt schleppend, daß er sich so oberflächliches Zeug nicht anhören werde. Die Wurzel des Unbehagens liege tiefer: Im System selbst. »Du mußt dem ins Auge sehen, Isidor: Der Katholizismus mit seinen Schwüren, lebenslangen Gelübden und Gehorsamsexzessen ist eine zutiefst juvenile Ideologie. Als Erwachsene merken wir, daß ein Teil des Dogmas nicht haltbar ist, und lassen diesen Teil stillschweigend unter den Tisch fallen. Gottseidank sind sie im Ordinariat ebenfalls erwachsen und drücken ein Auge zu, solang der Schein gewahrt bleibt. Bisher war ich mit dieser Lösung zufrieden, weil sie es mir erleichterte, Geliebte abzustoßen, derer ich überdrüssig war. Aber das war eine Doppelmoral. Ich spüre jetzt die Spätschäden.«

Nein! widerspricht Isidor lebhaft, das sei keine Doppelmoral! Reif sein heiße Kompromisse machen, und je reifer man wird, desto mehr Kompromisse macht man. Nur Jugendliche verlangen alles und bringen sich um, weil die Freundin oder das Moped weg ist. Erwachsene können auf eine Freundin oder ein Moped verzichten, ohne sich umzubringen. Und alte Leute geben sogar Arme und Beine, das Gehör, das Augenlicht hin, wenn sie nur bleiben dürfen ... Schon während der Rede bemerkt Isidor den ersten Fehler seiner Argumentation: Die Moped-Buben schwören ja nicht, sie bringen sich bloß um. Und während Isidor unauffällig verstummt, sieht er Gregor grinsen, matt, aber immerhin.

»Isidor«, grinst Gregor matt, aber immerhin, »willst du etwa unseren heiligen katholischen Glauben mit einem Moped vergleichen?«

Isidor freut sich über dieses Anzeichen von Vitalität und hat eine neue Idee: Vielleicht geht es hier gar nicht um Philosophie, sondern um Gefühl? Vielleicht hat Gregor eine private Niederlage erlitten, die ihm aufs Gemüt schlug?

»Pah!« Nun kommt doch noch die gewohnt klare, elegante Handbewegung, und auch das dumpfe Gregor-Vibrato. »Wo denkst denn hin. Ich doch nicht.«

Isidor hat aus irgendeinem Grund die Blechkünstlerin in Verdacht – vielleicht, weil sie Bestandteil seiner letzten ausführlichen Begegnung mit Gregor war, vielleicht, weil Gregor damals in so unglaublich guter Verfassung zu sein schien, souverän, lebensfroh, sozusagen auf der Höhe seiner pfarrherrlichen Vitalität; und vielleicht auch, weil Isidor inzwischen dazu neigt, überall Liebesgeschichten zu vermuten, am liebsten solche, die, in welche Richtung auch immer, was bewirken.

Vorsichtig erkundigt sich Isidor also nach der

Künstlerin und löst ein dumpfes Lachen aus. Ja, meint Gregor, die Künstlerin sei auf der gleichen Spur wie Isidor mit seinem psychologischen Getue.

Wieso, was sagt sie denn?

Sie habe gesagt, daß er ein Psychopath sei. Na und? fragt Gregor ungeduldig, warum nicht? Schließlich sind wir alle Psychopathen. Hier will Isidor protestieren, aber Gregor wischt jeden möglichen Einwand mit einer scharfen Handbewegung beiseite. Ja, natürlich habe es eine Affäre gegeben, mit allen Implikationen: den heimlichen Verabredungen, hastigen Paarungen, verstohlenen Abschieden, dem Schmachten, der Heuchelei. Und natürlich stehe man da unter Spannung, schimpft Gregor, da werde man halt auch mal laut, reagiere ungerecht und gereizt; bisher hätten das alle hingenommen, das gehöre einfach dazu. Schließlich stand für ihn was auf dem Spiel: Er hatte buchstäblich ALLES zu verlieren, sie aber nichts. Man weiß ja, wie das ist bei Künstlern: Freizügigkeit bis dort hinaus, ein hemmungsloses Drunter und Drüber, Unverantwortlichkeit als Lebensplan, und darauf sind die auch noch stolz! Daß aber diese Ziege, diese hagere, kettenrauchende Klempnerin, sich erdreistet ...

Sie hat ihm also den Laufpaß gegeben.

War es schwer, das zu akzeptieren? fragt Isidor scheinheilig.

Nun, räuspert sich Gregor, aber der Stil habe ihn doch etwas empört, so wie er sich für die Frau ins Zeug gelegt, ihr Aufträge verschafft, sie verteidigt, ihren miserablen Sebastian in Dambach durchgedrückt hat. Es habe eine peinliche Aussprache gegeben in diesem Garten, hm, hm, danke dem Herrn, daß du, Isidor, usw.

Schadenfroh stellt Isidor sich vor, wie Gregor im Bugatti-Mantel auf der abschüssigen Wiese steht und mit seiner dumpfen Stimme brüllt: »Ich akzeptiere das nicht!«, worauf die Latzhosen-Künstlerin, an eine verrostete Stahlblume gelehnt, sich eine Zigarette dreht und erklärt, er solle endlich aufhören zu nerven und kapieren, daß seine Zeit abgelaufen sei.

Gregor erinnert allerdings in diesem Augenblick daran, daß diese Geschichte schon Jahre zurückliegt. Und abgesehen davon: Isidor glaube doch nicht im Ernst, daß Gregor *das* Problem nicht binnen eines Vierteljahres gelöst habe? Oder glaube er das etwa?

Nein, das kann Isidor bei Licht besehen dann tatsächlich nicht glauben. Er hat schon wieder fehlinterpretiert, gesteht er sich ein. Immerhin hat das Gespräch Gregors Lebensgeister geweckt, vielleicht war's also nicht verkehrt. Halb hoffnungsvoll, halb bang fragt Isidor: »Und was hast jetzt vor?«

Was er vorhabe? fragt Gregor zurück.

Naja ... wenn Gregor aussteige, müsse er doch irgendwas tun. Kur vielleicht ... Psychotherapie ... Weltreise ...?

Gregor lacht verwundert. Wer habe gesagt, daß er aussteigt?

In Isidors Verwirrung hinein lacht er knurrend: »Da hast was mißverstanden, Isidor. So weit samma noch net!«

Hat Gregor, der Schauspieler, Isidor mit seiner Depressions-Nummer genarrt, oder hat Isidor aus Geistesabwesenheit zu viel projiziert? Egal, egal! Isidor ist grenzenlos erleichtert. Für dieses Mal. Allerdings bleibt unübersehbar, daß Gregor angeschlagen ist, deswegen hält Isidor auch für den Rest des Abends an seinem Rettungskonzept fest. Antriebslosigkeit sei kein Sinnproblem, plaudert er nun also scheinbar nebensächlich, sondern ein Seelenproblem. Man müsse die Ressourcen der Seele wiederfinden. Träumen sei ein gutes Mittel, regt er milde an. Was im Tag-Bewußtsein verschüttet scheine, melde sich oft nachts in Träumen – diese Spur könne man aufnehmen ...

»Willst wissen, was ich heut nacht geträumt habe?« fragt Gregor bereitwillig.

»Ja!« ruft Isidor erfreut. Mit dieser Zutraulichkeit hat er nicht gerechnet; er wollte nur einen Tip geben. Natürlich interessiert ihn, was Gregor träumt. Er selbst lebt intensiv mit seinen Träumen, die er für klüger hält als sich selbst.

Gregor erzählt: Er habe von seinem Vater geträumt, der ihm sagte, auf WERBUNG komme es an. Der Vater hatte die Idee, daß man mit verdoppelten Fragesätzen ganz nah an die Leute rankomme. Gregor fragte den Vater im Traum: Was sind verdoppelte Fragesätze?, worauf der Vater ihm zwei Plakate zeigte, die er selbst betext hatte.

Erinnert sich Gregor an die Texte?

Freilich. Der erste lautete: WARUM NICHT ESSEN GEHEN MIT ZWEI DACKELN?

Hm. Und der zweite?

WARUM NICHT SURFEN MIT SÖREN KIERKE-GAARD AUF ZWEI KANÄLEN? grinst Gregor unsicher.

Kapitel Acht

Präfation

Bischof:

**In Wahrheit ist es würdig und recht,
dir, Herr, heiliger Vater,
allmächtiger, ewiger Gott,
immer und überall zu danken.**

**Deinen eingeborenen Sohn
hast du gesalbt mit dem Heiligen Geist
und ihn bestellt
zum Hohepriester des Neuen
und Ewigen Bundes.
Du hast bestimmt,
daß sein einzigartiges Priestertum fortlebe
in deiner Kirche.**

Aus der Liturgie der Priesterweihe,
herausgegeben von den Liturgischen Instituten
Salzburg, Trier und Zürich

Wirtshaus

Gerät alles ins Wanken, was kann da der Gerechte noch tun?

(Ps 11,3)

Am Morgen ist Isidor um sechs Uhr erwacht, und weil er nicht mehr einschlafen konnte, stand er auf und schrieb seine Stephanipredigt. So kommt es, daß er am Abend frei hat. Er überlegt, ob er fernsehen soll. Er blättert im Fernsehprogramm und liest: *Der Schrei der wilden Wölfe – Mörderische Spuren im Eis – Invasion der Klapperschlangen – Flußfahrt ins Verderben. Das mörderische Paradies.* Er seufzt. Er mag keine korrupten Filme, er fühlt sich dadurch besudelt. Also sucht er das Programm nach Dokumentarfilmen ab: *Yangtse, der größte Staudamm der Welt. Vampire in Brooklyn* – halt, nein, auch das war ein Krimi. *Die Zukunft des Nashorns.* Er schwankt kurz zwischen dem größten Staudamm der Welt und dem Nashorn. Dann öffnet er seine Post. *Rettet die kleinen Nordseewale!* steht im ersten Brief. Er seufzt wieder.

Es ist neun Uhr. Die Wirkung der Diätpfanne hat nachgelassen. Er beschließt, zum Ochsenwirt zu gehen, um etwas Richtiges zu essen.

Dorle, die Wirtin, ruft ihm von der Theke aus ein lautes »Servus, Isi!« entgegen. Er geht quer durch die große Stube zu ihr, um sie zu begrüßen. Sie wischt sich den Bierschaum von der Hand und winkt heftig. »Geh, Isi, is dös schee, di amoi wieder ...« Ihre Augen glänzen. »Komm, trinkma oan, dös geht aufs Haus!« Er lehnt ab, möglichst freundlich, um sie nicht zu beleidigen.

Neben der Theke am Stammtisch sitzen die Schaf-

kopfspieler, die gerade Essenspause haben. »Grüß
Gott, Herr Pfarrer, setzn S' Eahna her!« Er holt einen
Stuhl heran und setzt sich ans freie Eck, bestellt aber
noch nichts, weil er sieht, daß sie fast aufgegessen haben und gleich weiterspielen werden.

Erwin Boll neben ihm ißt einen zweiten Gansbra-
ten und erzählt dabei begeistert von seinen Darmspülungen. Wie das geht – wo, wie oft und auf welche
Weise, in welcher Lage, durch wen – und wie befreit
man nachher ist. Darmspülungen befreien von Völle-
gefühl! Erwin Boll hat dadurch zehn Kilo abgenommen, ohne zu fasten! »Dös mi'm Hunger hob i jetzt im
Griff«, meldet er froh, während er in großen Bissen einen fetttriefenden Knödel verschlingt.

Jetzt reden alle über Krankheiten; es ist eine alte
Schafkopfrunde. Der Stangl Hubert zum Beispiel fehlt
heut ganz und gar, weil er sich um seine Frau kümmern muß. Die leidet an Multipler Sklerose und ist so
kraftlos, daß er sie am Rollstuhl festbinden muß, sonst
kippt sie um.

Konrad, der Wirt, ein großer, schwerer Mann, ist
zuckerkrank. Er hat kein Gefühl mehr in Händen und
Füßen und läßt dauernd Spielkarten fallen. Mischen
und geben kann er überhaupt nicht mehr. Wenn er sich
am Herd verbrennt, merkt er's nicht, seine Arme sind
bis zu den Ellbogen voller Wunden. Vor zwei Jahren
mußte man ihm alle Zehen des rechten Fußes abnehmen, weil sie schwarz wurden, aber die Wunde ist nicht
verheilt. Jetzt hat man ihm in Deggendorf ein Stück aus
dem Hintern geschnitten und vorn am Fuß angenäht,
und das hat geklappt: Endlich kann er wieder ein paar
Tage lang dieselben Socken tragen.

Dorle und Konrad haben den Ochsenwirt vor dreißig Jahren übernommen. Sie waren tüchtig, großzügig
und hilfsbereit, und jeder mochte sie. Sie hatten Erfolg.
Aus der Eckkneipe wurde ein Eßlokal, dann haben sie
umgebaut, dazugebaut, jetzt ist es ein Hotel mit fünf-

undzwanzig Zimmern, Sauna und Kegelbahn. Drei-
hunderttausend Euro hat ihnen jemand für den Betrieb
geboten, aber sie wollten sich noch nicht zur Ruhe setzen. Sie langweilen sich miteinander, sobald sie nicht
arbeiten. Sie haben sich überhaupt nichts zu sagen. Vor
zwei Jahren hätten sie einander fast ruiniert, weil Dorle ihren Konrad in flagranti mit einer Kellnerin er-
wischte. Das war im Büro gewesen, die Kellnerin saß
auf dem Schreibtisch, die Korrespondenz flatterte
durchs Zimmer, und Konrad stand auf seinen verfau-
lenden Füßen vor ihr und tat, was die Natur oder die
Langeweile ihm eingaben. Die Kellnerin wurde davon-
gejagt und zog nach Zwiesel. Der Besitz kettet das Paar
aneinander.

Dorle, die die nächsten Biere verteilt, hat wieder
zwei Stamperl dabei, eins für Isidor und eins für sich.
»Oiso so wos guat's, daß i di wieder amoi seh. Kumm,
trink ma oan drauf!« Wieder winkt er ab, immerhin
dankbar. Es ist keine Heuchelei, sie freut sich wirklich.

Dorle, unschlüssig vor ihm stehend mit den zwei
Stamperln auf dem leeren braunen Plastiktablett, erzählt jetzt ebenfalls von einer Krankheit. Die hat sie
sich auf den Philippinen geholt, im November. Das war
ihr Jahresurlaub gewesen. Sie fanden es aber grauslich
– überall Schlamm, Unrat, auf der Straße Müll und
Kot, in den Wohnungen Kakerlaken, Skorpione und
Mücken – und kehrten schon nach einer Woche ins
kalte Niederbayern zurück. Einer von Dorles Insekten-
stichen entzündete sich so arg, daß der Herd heraus-
geschnitten werden mußte. Vor der Operation befragte eine Ärztin Dorle. »Haben Sie Zucker?« und so
weiter; was man eben vor einer Operation fragen muß.
Dorle antwortete: »Naa ... naa ... naa ...« Dann fragte die
Ärztin: »Trinken Sie?«, und Dorle, auf einmal lebhaft,
fragte zurück: »Wos hom S'n do?« Dorle lacht selber
darüber. Sie ist Alkoholikerin. Auch Konrad ist Alkoholiker. Man weiß nicht, ob er es weiß, aber das The-

ma ist ihm peinlich, deswegen wechselt er es mit der Gewandtheit des Wirts: Wahrscheinlich müßten sie wieder mal eine Wallfahrt machen zur geistlichen und sonstigen Reinigung, sagt er (Gelächter in der Runde), nicht wahr, Isi, geht's nicht nächstes Jahr nach Konnersreuth? Sogar bis zu ihm ist der Schmarrn schon gedrungen. »Und ihr«, wendet sich Konrad an die Runde, »kommts mit?«

Ihre Begeisterung hält sich in Grenzen. Aber nichts gegen die Kirche! Was sie da schon Schönes erlebt haben! Erwin erzählt: Als er ein junger Bursche war, hatten sie einen beinah tauben Pfarrer, der nur so tat, als verstehe er, was sie beichteten. Sie murmelten: *Pschpschpsch!*, und dann sagte der: *Ego te absolvo.* Einmal machte Erwin im Beichtstuhl wieder *Pschpschpsch*, da kam durchs Gitter eine ganz klare Stimme: »Der, den Sie suchen, sitzt drüben, im zweiten links!« Allgemeines Gewieher. Der Wechsel von Krankheiten zu Pfarrerwitzen verschafft Isidor einen passablen Abgang. Er bestellt Pfefferschnitzel mit Kognak-Rahmsoße und sucht einen Tisch am anderen Ende des Raums.

Gregor hat recht, überlegt er, während er auf sein Schnitzel wartet. Abenteuer der Phantasie sind sich selbst genug und befriedigen nur scheinbar ein echtes Bedürfnis. Manche Menschen zum Beispiel gehen in die Oper, um dort rasende Leidenschaften zu erleben: Liebe bis zum Wahnsinn, Inzest, Schlachten, Folter, Mord. Aber daheim ist ihnen vor allem wichtig, daß die Haushaltskasse stimmt. Ist es vielleicht ebenso mit der Kirche? Sie gehen nicht hin, weil sie fromm sein wollen, sondern um vorübergehend eine Ahnung von Erhabenheit und Sinn zu spüren. Aus der Kirche zurück, stellen sie augenblicklich den Fernseher an, gewissermaßen als Gegengift. Wohlgemerkt: Auch diese Angebote – Blödheit, Konsum, Hochstapelei – nehmen sie nicht richtig ernst. Wegen der Haushaltskasse.

Die nächste Viertelstunde konzentriert Isidor sich

auf sein Schnitzel, das so groß ist, daß es über den Tellerrand hängt. Er entspannt sich. Der Ochsenwirt ist inzwischen voll besetzt. Fast jeder Einheimische, der hereinkommt, grüßt Isidor, manche schütteln ihm die Hand. Isidor, der gerade das zweite Glas Malzbier bekommen hat, hofft, daß jemand sich zu ihm setzen möge, aber das geschieht nicht. Seit er nicht mehr trinkt, halten die Boderinger ihn für arrogant.

Am Nebentisch diskutiert der Stöckl Martin, ein Boderinger Unternehmer, mit dem Huntstoßer Muk, der für ihn etwas gebaut hat, ein Haus oder einen Laden. Stöckl ist ein robuster, dynamischer Mann, immer in Schwung, immer am Kämpfen. Ständig fällt ihn was Neues ein.

»Oiso, Huntstoßer, zehn Sack Zement, steht's?«

»Steht.«

»Acht Tragl Ziegel ....«

Dann wird es laut.

»Bist a Saukopf, a damischer, koa Wort kamma dir glau'm ...«

Anscheinend hat der Stöckl Martin auf Regie bauen lassen, das heißt: ohne Kostenvoranschlag, zu zahlen nach Aufwand. Stöckl findet die Rechnung zu hoch.

»Host gsehng, wos dei Frau für Stundn aufgschrie'm hot?«

»Naa. Zoag amoi her«, antwortet Huntstoßer friedfertig.

»Woaßt, do hots mi vielleicht verwechselt?« fragt Stöckl.

»Dorle, no zwoa Bier!« brüllt Huntstoßer Richtung Theke, während er liest. Dann sagt er: »I glaub, sie hot recht. Aba woaßt, Freundschaft is wichtiger, oiso song ma: Siebentausend!«

Isidor bestellt ein drittes Malzbier.

Der Mann, der an ihm vorbei zur Toilette torkelt, ist der Steigenberger Sepp. Steigenberger Sepp war früher Baggerfahrer. Baggerfahrer sind die Künstler unter den

Bauleuten, und Sepp war stolz darauf, ein besonders guter zu sein: Er konnte mit der Schaufel ein Ei aufheben und in Isidors Hand fallen lassen, ohne es zu zerbrechen, zumindest behauptete er das, und niemand hat daran gezweifelt. Damals war er Pegeltrinker, aber immer noch ein vorzüglicher Arbeiter. Eines Tages griff seine Baggerschaufel in eine Starkstromleitung, wofür der Sepp nichts konnte. Er sah es blitzen und erschrak. Wäre er auf dem Bagger sitzengeblieben, wäre ihm nichts passiert. Wäre er in hohem Bogen abgesprungen, wäre auch nichts passiert. Er aber, mit anderthalb Promille nicht mehr geistesgegenwärtig, stützte sich beim Absprung mit der Hand aufs Fahrwerk und ließ nicht rechtzeitig los. Der Stromstoß hätte ihn beinah vernichtet, und als Sepp nach drei Monaten aus der Klinik kam, war er immer noch so schockiert, daß er dem Alkohol abschwor. Er hielt zwölf Jahre lang durch. Dann wetteten zwei seiner Freunde miteinander um zehn Mark, ob es einer schafft, den Sepp zu einem Bier zu verführen. Der Sepp wurde wieder süchtig, inzwischen so, daß er nicht mehr Bagger fahren kann. Er ist fünfundvierzig. Der, der ihn verführt und die Wette gewonnen hat, ist der Malermeister Maier, der regelmäßig im Suff von der Leiter fällt. Maier hat Isidor damals diese Wette und ihr verheerendes Resultat ehrlich zerknirscht gebeichtet. Er hat auch, ebenso wie der rückfällige Sepp, am Samstagabend im Bußgottesdienst im Chor mit Isidor laut um Vergebung gefleht für unsere Schuld, unsere Schuld, unsere große Schuld.

Stöckl vom Nebentisch, der mit dem Bauvorhaben, steht auf und setzt sich überraschend zu Isidor. »Wia geht's denn oiwei?« Stöckl redet vom Bauen, von Handwerkern, die machen, was sie wollen, von gestiegenen Preisen und natürlich mit allen Anzeichen der Empörung von der Steuer, die die Bemühungen des ehrlichen Mannes zunichte macht. Er erklärt, daß er

sehr schnell bauen mußte, weil er aus Steuergründen
schon dieses Jahr eröffnen will, das heißt muß. Ob Isidor vielleicht am dreißigsten Dezember seinen Laden
einweihen könne?

Was für einen Laden?

Einen Spielsalon.

»Nein«, sagt Isidor.

Stöckl, der Kämpfer, geht sofort hoch: »Wieso net?
Weihst doch sonst a jed's Scheißhaus ein!«

»Schon m-möglich«, antwortet Isidor. »Aber dein
Scheißhaus weihe ich n-nicht ein.«

»Die Kirch und die Steuer«, knurrt Stöckl, »dös paßt
scho. Immer abkassiern, aber wamma's braucht ...«

Er trollt sich. Er ist nicht gewöhnt, abgewiesen zu
werden, und die nächsten drei Male, die er an Isidors
Tisch vorbei muß, hustet er brodelnd, um seine Verlegenheit zu verbergen.

Isidor freut sich direkt, als er neben dem Eingang
Fritz Beneke sieht, der seine fadenscheinige Jacke an
die Garderobe hängt. Fast hätte er gewunken. Aber Beneke hat ihn schon entdeckt und schlurft in seinem
Sandalengang auf ihn zu. »Darf ich?«

Als er sitzt, grinst er: »Machst du wirklich nächstes
Jahr eine Wallfahrt nach Konnersreuth?«

»Nein.«

»Warum nicht?«

Isidor hält Therese von Konnersreuth für eine Hy-
sterikerin, hat aber kein Bedürfnis, das mit Beneke zu
diskutieren.

»Schade, ich hätte es gern mit dir besprochen. Ich
habe extra im Internet nachgelesen. Es ist psychologisch unglaublich interessant!«

»Psychologisch?« fragt Isidor unvorsichtigerweise.

»Das Wahnsystem. Und die Selbstentlarvung – mein
Lieblingsthema, wie du weißt. Daß zum Beispiel Therese einfach vergaß, daß die Passion mit der Kreuzigung
endet, so sehr hat sie sich identifiziert – sie wollte die

337

Show, aber nicht die Strafe, gut, nicht? Einmal halluzinierte sie den Teufel, der zu Christus sagt: ›Du Hund, angenagelter, hast dich bloß annageln lassen, damit alles zu dir laufe!‹, womit sie ohne Zweifel sich selber meinte. Sie soff Schnaps im Gartenhäusl, und zwar mindestens einmal so viel, daß sie in der Kirche am Altar Fusel erbrach. Dann behauptete sie, das sei Sühneleiden gewesen für irgendeinen ihr bekannten Alkoholiker.«

»Die Kirche hat Therese weder selig- noch h-heiliggesprochen«, erinnert Isidor müde.

»Ja, aber das scheint nicht ausgestanden. Und die Intensität dieser Krämpfe ist unglaublich. Da bemalt sich eine geltungssüchtige Frührentnerin zentimeterdick mit roter Farbe und veranstaltet in ihrer Bude Passions-Schauungen. Tausende rennen hin, um sie bluten zu sehen, aber niemand sieht das Blut je fließen. Ihre Eltern schicken ab und zu die Gäste raus, um die Bemalung zu erneuern. Einmal am Ende der Show will jemand ihr das Blut abwischen, das verweigert sie mit den Worten: ›Jetzt kommt das Postauto, da kommen wieder Leute!‹ Medizinische Überwachung lehnt sie ab, und als sie Gipsverbände um ihre Wunden bekommen soll, tobt sie, brüllt vor angeblichen Schmerzen und produziert Ohnmachtsanfälle. Sie ist dick, obwohl sie angeblich nichts ißt. Wer nichts ißt, sollte keine Ausscheidungen haben, aber sie besitzt einen Nachttopf und behauptet, der sei für ›Gallebrechen‹ oder für den Eiter, der bei Nierenbeschwerden abgehe. Und so fort. Hundert Bischöfe, Professoren und Nervenärzte donnern hin, um sich dieses Bauerntheater anzusehen, und führen dann pro und contra erbitterte Briefwechsel, in denen sehr viel von Körpersäften die Rede ist.«

Und wie sieht es mit deinen Körpersäften aus? denkt Isidor. Ist dein Vergnügen nicht auch ein bißchen morbide? Hast du so kurz vor Weihnachten kein anderes Thema?

»B-bitte, Fritz, es interss-ssiert mich nicht.«

»Es geht mir ja gar nicht um Therese. Aber erklär mir doch: Warum verehren die Menschen eine dicke Frau, die angeblich nichts ißt? Da steht der Betrug doch schon draufgeschrieben, oder? Man kann natürlich annehmen, daß Gott sich manchmal vorsätzlich schwacher Figuren bediene, um die Schwachen unter uns zu ermutigen. Aber warum bedient er sich dazu ausgerechnet einer Betrügerin? Ermutigt er die Schwachen damit nicht zum Betrug?«

»Ich g-glaube nicht, daß Gott sich der Therese b-bedient hat«, antwortet Isidor gereizt. »*Wer in den kleinsten Dingen zuverlässig ist, der ist es auch in den großen, und wer bei den kleinsten Dingen Unrecht tut, der tut es auch bei den großen,* heißt es im Lukas-Evangelium.«

Beneke überhört den abschließenden Tonfall und schwadroniert weiter. Einfühlsamkeit ist nicht seine Stärke, weiß Isidor seit langem und schweigt. Im übrigen ist nichts von dem, was Beneke sagt, neu. Isidor hat sich schon vor Jahren intensiv mit dem befaßt, was Karl Rahner die dunkle Tragik der kirchlichen Geistesgeschichte nannte. Damals fühlte Isidor sich wie jemand, der vertrauensvoll auf einem kleinen Schiff ins offene Meer hinausgefahren ist und auf einmal merkt, daß das Schiffchen leckt. Natürlich kämpft er um sein Schiffchen, es bleibt ihm gar nichts anderes übrig. Aber bei rauhem Wetter kommt er vor lauter Wasserschöpfen nicht zum Navigieren, und er weiß längst nicht mehr, wohin die Reise geht. Was ihn wundert, ist nur, daß er das Meer immer noch liebt. Isidor verzeichnete das als positive Absurdität. Damit ließ sich irgendwie leben.

Jetzt aber ist er müde. Er hat es aufgegeben, aus seinem lecken Schiffchen Wasser zu schöpfen. Inzwischen wundert ihn vor allem, daß das Ding noch schwimmt.

»Und dann die Dreifaltigkeit – Augustinus, nicht wahr?« lacht Beneke. »Mit gesundem Menschenverstand muß man sich doch fragen: Wieso drei? Falten?

Bei einem Gott? – Ja was denn nun? Würden's nicht zwei Falten auch tun? Einfalt, Zweifalt, Dreifalt ...«, amüsiert er sich.

Isidor will gehen. Aber wenn er aufsteht, wird die Bayer Babette, die vier Tische weiter trinkt, ihn anspringen. Sie hat schon mehrmals trübe herübergeschaut. Isidor legt seine Zeche auf den Tisch. Er beobachtet Babette unauffällig, und als sie zur Toilette geht, verabschiedet er sich rasch: »Pfüa Gott, Fritz, mit dir is fast immer interessant!«

»Zwei Falten oder drei Falten?« fragt Fritz.

Draußen atmet Isidor tief durch. Er wickelt sich den Schal um den Hals und knöpft den Mantel zu. Am frostigen Nachthimmel blinkt der Orion. Ein Hund bellt. Die Straße ist vereist. Isidor macht sich auf den Heimweg, nicht eilig. Er genießt die frische, reine Luft.

»Herr Pfarrer, Sie miaßen mich anhörn!«

Die Bayer Babette, ach Gott! Sie ist mantellos aus der Wirtschaft gerannt und bläst ihm eine Wolke Fusel entgegen. Er weicht zurück.

»Ich hör dich an, aber nicht heut. Komm zum B-b-beichtgespräch, wannst n-nüchtern bist.« Er geht weiter.

»Aber vor Weihnachten is ja gar koa Beichtgespräch nimmer!« schreit sie.

»Wärst halt f-früher gekommen«, sagt er und geht weiter.

Sie folgt ihm. »Aber i hob a Gwissensnot!«

Er glaubt ihr kein Wort, aber er fürchtet ihre Hysterie. Er sieht sich um. Niemand unterwegs, der Ochsenwirt ist inzwischen fünfzig Meter entfernt. Sie stehen vor einem schwarzen Schaufenster, das Licht der Laterne erfaßt sie nicht. »Nein«, sagt er. Er will nicht wissen, was die Babette ihm zu sagen hat, jedenfalls nicht heute. Er will seine Ruhe.

»Weil nämlich –«, lallt sie, »dös mit die drei Kinder, dös war i!«

Sie erklärt händeringend, aber für ihre Verhältnisse bündig: Sie habe drei Mal abgetrieben. Zuerst ist sie zur Caritas in Zwam gegangen wegen der Bescheinigung. Weil sie die nicht bekam, hat sie behauptet, sie sei schwanger vom Pfarrer. Da bekam sie die Bescheinigung sofort, und beim nächsten Mal mußte sie nichts mehr sagen. Isidor ist nicht sicher, ob das so stimmt. Fakt aber ist, daß entsprechende Daten in verstümmelter Form nach Bodering gelangten, wo inzwischen das Gerücht umgeht, Isidor habe drei Kinder.

Natürlich weiß Isidor von dem Gerücht. Es läuft unter dem Tenor: Oa Kindl hot jeder Pfarrer, aber drei, dös is a Unverschämtheit! Isidor hütete sich, es zu kommentieren. Er weiß, daß seine Ehelosigkeit Gegenstand ausdauernder Spekulationen ist; manchmal scheint ihm sogar, sie sei das einzige, was die Boderinger wirklich an ihm interessiert. Gewundert hat er sich lediglich über die Dreizahl seiner angeblichen Kinder. Er dachte: Nicht mal die dümmste Verleumdung kommt ohne magisches Denken aus. Er ahnte ja nicht. Die Bayer Babette also.

Die Bayer Babette möchte jetzt wissen, ob Gott ihr wohl verzeiht. Isidor gibt zu verstehen, daß Gott vieles verzeiht, aber ein solches Geständnis aus einer Schnapslaune heraus wohl eher nicht. Wenn sie ernsthaft und nüchtern bekennt und insbesondere bereit ist, Konsequenzen zu ziehen ...

Babette hebt die Hände. »Und Sie, Herr Pfarrer?«

»Ich?«

»Verzeihen Sie mir?« Babette, die längst keine Zeit mehr für die Messe hat, weil sie sich zwischen »Superstar« und Einkaufsfernsehen aufreibt, ruft jetzt in dieser seltsam pathetischen Mischung aus Hochdeutsch und Dialekt: »Sie müssen verzeihn! Weil, Eahna hob i ja verleumdet!«

Aus der Kneipe tritt Fritz Beneke und schlägt den Weg in ihre Richtung ein. Anscheinend hat er sie noch nicht gesehen, aber Isidor hört ihn ganz deutlich murmeln: »Zweifalten – Dreifalten – Vierfalten –«

Isidor möchte zumindest abwarten, bis Beneke verschwunden ist, ja, er dreht sich sogar halb weg von Babette in der Hoffnung, er könne sich sozusagen in Benekes Sog davonmachen. Aber in diesem Augenblick geht Babette vor ihm in die Knie. Wieder weicht er zurück. Sie bewegt sich auf ihn zu mit erhobenen Händen, genau so, wie er als Kind auf seine Mutter zugekrochen ist, um wenigstens ein Wort von ihr zu erflehen. Genauso verzweifelt und häßlich, und ungefähr dreimal so hoffnungslos. Übelkeit steigt in ihm hoch.

Fritz Beneke läuft auf der anderen Straßenseite vorüber und kichert leise: »Dreifalten – Vierfalten – Fünffalten –«

Es gibt kein Meer, und er liebt es auch nicht. Wahrscheinlich gibt es nicht einmal ein Schiff. Die Erkenntnis raubt Isidor vorübergehend den Atem. Und während er noch überlegt, welcher dieser drei Verluste ihn am härtesten trifft, rutscht Babette auf Knien über den gefrorenen niederbayerischen Boden auf ihn zu und lallt: »Nehmen Sie meine Not von mir!«

Franz

Morgen werdet ihr die Herrlichkeit des Herrn schauen.
(Ex 16,7)

Franz steht in der Tür! Verlegen, von einem Bein aufs andere tretend wie ein Pennäler, reibt er sich die kalten Hände und fragte mit seiner prunkvollen Stimme: »Hast a bisserl Zeit für mich?« Auf der Straße steht ein silberfarbener Mittelklassewagen mit einem jungen Mann am Steuer.

342

»W-warum hast dich nicht angemeldet?« ruft Isidor. »Wir hätten a bessere Zeit gfunden! Um sechs is Messe ...«, aber natürlich bittet er ihn herein, und er merkt auch, daß Franz über die begrenzte Zeit eher froh ist.

Franz winkt dem jungen Mann, der in seiner Limousine davongleitet, und tritt ein. Der junge Mann, erklärt er, sei sein Neffe; der bringe ihn freundlicherweise von einem Verwandtenbesuch nach Passau zurück. Franz hat inzwischen Probleme mit den Augen und ist froh, daß der Neffe steuert. Allein, sagt er, hätte er so eine Tour nicht mehr auf sich genommen. Zu zweit aber hätten sie sich gut amüsiert, und weil sie auf der neuen Bundesstraße ein Schild nach Bodering sahen, entschlossen sie sich spontan zu dem Abstecher. Der Neffe sei nämlich Golfspieler und wollte sowieso längst einen Blick auf das Golfgelände werfen, also setzte er Franz bei Isidor ab.

Isidor hilft Franz aus dem grauen Lodenmantel und führt ihn ins Wohnzimmer. Franz kommentiert Haus und Einrichtung lobend im klingenden Baß, als wolle er etwas wieder gutmachen. Was? Vielleicht die mißglückte Begegnung im Dom vor Jahren? Seit der betrunkene Franz damals nach dem Hochamt einfach verschwunden war, haben sie keinen Kontakt mehr gehabt. Isidor kocht Kaffee, sucht in der Speisekammer eine Packung Kekse, kippt sie in eine angeschlagene Steingutschüssel, zündet sogar eine Kerze an und entschuldigt sich für die saure Milch. »Geht's besser?« fragt er, als beide sitzen. »Damals im Dom warst ja nicht so gut b-beieinander ...« Franz sieht ihn verständnislos an.

»Schon gut«, sagt Isidor. »Wie geht's denn jetzt?«

»Tja ...« antwortet Franz und reibt sich die Hände. Sein Haar ist fettig und grau, die Nase geschwollen. Seine Krawatte hat Flecken. Isidor fühlt leisen Ärger, ohne zunächst zu wissen warum, aber dann lacht Franz tapfer wie früher übers ganze breite, gutmütige Gesicht, und Isidor liebt ihn wieder.

»Du hast gefragt, ob ich Z-zeit habe? Natürlich habe ich Z-zeit für dich! Worum geht's?«

Franz meint: Ach – er habe immer schon kommen wollen, seit Isidor hier lebe; er denke – doch! Wirklich! Er denke regelmäßig an ihn, und was für schöne Tage das doch damals gewesen seien am Seminar. Er singt sozusagen Arien mit seiner immer noch wunderbaren Stimme. Damals war die Welt noch in Ordnung, singt er ... Jetzt sei sie natürlich auch in Ordnung, kein Thema, aber man wird alt – er habe jetzt zwei Bypässe, ob Isidor das wisse.

Isidor weiß es nicht.

Eine schwere Operation. Er habe – ja, auf Privatstation! Er beklage sich ja nicht! – in einem Doppelzimmer mit einem Jura-Professor gelegen, und der Professor bekam jeden Nachmittag Besuch von seiner Frau, die Blumen aufstellte, seinen Lieblingstee in einer Thermoskanne mitbrachte, seine Taschentücher wusch, Geschichten von den Kindern und Enkeln erzählte, naja. Zu ihm aber, Franz, kam keiner. Er lag dort zwei Wochen lang, und niemand, niemand kam.

»Warum hast mich nicht angerufen?« fragt Isidor.

»Ach Isidor – München! Du hättest eh keine Zeit gehabt!« sagt Franz, und er hat recht, aber Isidor argwöhnt hinter der Großzügigkeit etwas anderes: Hochwürden braucht a Distra.

»Und sonst – die Arbeit?« fragt Isidor. »Was machst denn eigentlich jetzt genau im Ordinariat?«

Naja – er bearbeite Briefe. Denunziationen, mit einem Wort.

»Ach du hast mir damals den Hugo g'schickt«, wirft Isidor sarkastisch ein.

»Ich? Nein!!! Das darfst du nicht glauben!«

»Na guat. Is ja wurscht, wer's war«, platzt Isidor, für

344

sich selbst unerwartet, heraus. »Schickts, wen ihr wollt. Und wenns mich rauswerfts, dann könnts mich.«

»Isidor! Was meinst du? Wir beschützen doch unsere Leute!«

»Ja, ihr beschützt eure Leute! Deshalb laßt ihr sie auch allein im Krankenhaus liegen!«

»Isidor, was hast du?«

Isidor schafft es nicht, seine Wut niederzukämpfen. Er nimmt Franz für die Obrigkeit, weil er weiß, daß Franz sich nicht wehren kann, und schämt sich auch sogleich, aber es ist zu spät. »Ihr! beschützt! Euch!« ruft er. »Du! hast zwei Bypässe, dabei sitzt du in deinem Büro mit Vollzeitsekretärin, k-k-konzelebrierst am Sonntag im Dom und setzt dich zweimal pro Woche für eine Stunde in den Beichtstuhl. Weißt du eigentlich, was wir hier leisten? Nein, es wird nicht besser! Schau ihn doch an, unseren Papst! Keine Gemeinde könnte so einer mehr führen und beansprucht die Führung der ganzen Welt! Eine lebende M-metapher ist er für eine ... Kirche im Koma! Was soll denn da besser werden?«

»Nun ja, uns alle bekümmert natürlich der Reformstau«, singt Franz, »Aber um so besser wird der Wandel vorbereitet sein ...«

»Denkst du, daß nachher was besser wird? Es gibt kaum noch einen K-kardinal, der nicht von Johannes Paul II. berufen worden wäre. Was glaubst du denn, wen die wählen?«

»Es gibt auch Wunder. Johannes XXIII., erinnere dich, war einer der konservativsten Kardinäle überhaupt, bis auf einmal der ... Geist über ihn kam.« Der unverbrüchlich loyale Franz: Sich selbst kann er nicht verteidigen, aber die Kirche würde er noch im Delirium verteidigen, da fehlen ihm die Worte nie.

Isidor, halb entwaffnet, erzählt vom Otto Borst, der nach einem Leben in Kälte, Hunger und Höllenangst der Kirche vierhunderttausend Mark vermacht hat.

»Naja, dann starb er doch getröstet!« unterbricht Franz.
»Wer weiß, was er sonst mit dem Geld gemacht hätte?
Vielleicht hätt' er's verhurt und versoffen, und wer
weiß, mit welchem Gefühl er dann gestorben wäre?«

»Weißt du, ich habe einen weltlichen F-freund, der
nicht uninteressante Theorien vertritt. Er sagt, wenn alles sich nur auf Glauben stützt, sei das grundsätzlich
v-verdächtig. In Wirklichkeit gehe es immer um die
M-macht.«

Franz wedelt beschwichtigend mit den Handgelenken und intoniert mit seiner schönen Stimme: »Nicht
ganz neu, aber immerhin... Soso... jaja... hmhm...«

»Du hörst nicht zu!«

»Isidor, paß auf: Alles wird gut, es ist nur eine Frage der Zeit. Man wird Frauen zur Weihe zulassen, der
Zölibat wird fallen – dann wird der Personalmangel
sich geben ...«

»Weißt du, was mein weltlicher Freund sagt?« lacht
Isidor. »Unser Kerngeschäft ist der M-mummen-
schanz. Dazu gehört auch das P-pathos unseres gro-
tesken, einsamen Lebens. Wenn wir darauf v-verzich-
ten, löst sich das ganze Ding in Luft auf.«

»Ja Isidor, wünschst du das denn?« Franz ist jetzt
immerhin erschrocken. »Ich erkenne dich nicht wieder!«

»Wir haben uns lange nicht gesehen. In der
Zwischenzeit habe ich viel gelesen ... Ja, all das. Aber
eigentlich hatte ich schon nach der K-kirchengeschich-
te keine Illusionen mehr. Wenn wir irgendeinen Anspruch nicht haben, dann den auf W-wahrhaftigkeit. Eigentlich war es eine niederschmetternde Lektüre. Aber
auch eine große B-befreiung.«

»Siehst du?« ruft Franz eifrig. »Dann hatte doch
alles sein Gutes! Die Kirchengeschichte hat dich befreit ... großartig!«

Aus Franz, dem lieben, hilfsbereiten, freudig trom-
petenden Franz ist ein summender, brummender

Funktionär geworden. Es hat keinen Sinn, ihn zu quälen, da er gar nicht aufnahmefähig ist. Mit jedem seiner Worte hat Isidor eher sich selbst gequält als dieses ... Wrack. Isidor fühlt auf einmal Trauer und brennendes Mitleid. Warum hat ausgerechnet Franz' Gutartigkeit so viele Leute dazu gebracht, ihn zu erniedrigen? Und warum mußte auch noch Isidor auf ihn eindreschen, den einzigen Menschen, der ihm wirklich nie etwas zuleide getan hat?

»V-verzeih mir, Franz!« murmelt er betroffen. »Ich weiß nicht, was in mich gefahren ist.«

»Natürlich verzeihe ich dir! Aber eigentlich habe ich nichts zu verzeihen!« sagt Franz erstaunt.

»Doch. Du warst immer freundlich und g-großzügig zu mir, und ich habe es dir schlecht v-vergolten.«

»Aber Isidor, unter Freunden darf man sich doch auch mal Luft machen! Erzähl, was du auf dem Herzen hast!«

»Nur die – M-müdigkeit. Bin bißl erkältet – K-kopfschmerzen. Aber das entschuldigt n-nichts.«

»Ich wußte, daß du dir so was wie mit dem Mummenschanz nicht einreden läßt«, singt Franz im Tonfall des Seelsorgers. »Denn dann wären wir ja alle Zyniker, oder?«

»Nicht grundsätzlich ...«, sagt Isidor unwillig. »Mein Freund m-meint, der Glaube sei ein W-wahnsystem – m-mit allen einschlägigen K-kriterien: Subjektive Gewißheit. Unkorrigierbarkeit. Unm-möglichkeit des Inhalts.«

»Dann trifft es auf uns nicht zu! Denn Gewißheit haben wir ja nicht! Es heißt schließlich Glaube und nicht Gewißheit, oder?« ruft Franz triumphierend.

Isidor schweigt verblüfft.

Als es an der Haustür schellt, läuft er ziemlich schnell voraus, um den Neffen mustern zu können. Er legt sich keine Rechenschaft über seine Erwartungen ab. Wäre es kein Neffe, würde er das Franz gönnen.

347

Aber der junge Mann, der draußen steht, gleicht Franz auf tragische Weise: Er ist ebenso groß und tapsig und hat sogar denselben klingenden Baß.

Zum Abschied umarmt Isidor Franz zum ersten Mal, wozu Franz gerührt singt: »Also schön war's bei dir, Isidor! Werd nur schnell wieder ganz gesund! Und bis zum nächsten Treffen wollen wir nicht noch mal so viel Zeit verstreichen lassen, ja?«

Isidor kehrt bewegt ins Haus zurück. Er sieht auf die Uhr und freut sich auf die heilige Messe.

Insistenz

Denk an deinen Schöpfer in deinen frühen Jahren,
ehe die Tage der Krankheit kommen und die Jahre
dich erreichen,
von denen du sagen wirst: Ich mag sie nicht!,
ehe Sonne und Licht und Mond und Sterne erlöschen
und auch nach dem Regen wieder Wolken aufziehen:
am Tag, da die Wächter des Hauses zittern,
die starken Männer sich krümmen,
die Müllerinnen ihre Arbeit einstellen, weil sie zu we-
nige sind,
es dunkel wird bei den Frauen, die aus dem Fenster
blicken,
und das Tor zur Straße verschlossen wird;
wenn das Geräusch der Mühle verstummt,
steht man auf beim Zwitschern der Vögel,
doch die Töne des Liedes verklingen;
selbst vor der Anhöhe fürchtet man sich und vor den
Schrecken am Weg;
der Mandelbaum blüht,
die Heuschrecke schleppt sich dahin,
die Frucht der Kaper platzt,
doch der Mensch geht zu seinem ewigen Haus,

und die Klagenden ziehen durch die Straßen –
ja, ehe die silberne Schnur zerreißt,
die goldene Schale bricht,
der Krug an der Quelle zerschmettert wird,
das Rad zerbrochen in die Grube fällt,
der Staub auf die Erde zurückfällt als das, was er war,
und der Atem zu Gott zurückkehrt, der ihn gegeben
hat.
(Koh. 12,1-7)

Im Ausgabeschacht des Faxgeräts liegt ein Fax von Benno, mit dickem Stift in schöner, schwungvoller Komponisten-Handschrift geschrieben:
RELIGION IST NEUROSE!!!

Heiliger Abend

Seid gewiß: Ich bin bei euch alle Tage
bis zum Ende der Welt.
(Mt 28,20)

Fünf Termine: 10:00 Uhr Gottesdienst in der Dreifaltigkeitskirche, 13:00 Uhr Überbringen des Lichtes von Bethlehem durch die Feuerwehr, 15:30 Uhr Kindermette in St. Emmeram, um 17:00 Uhr Christmette in der Dreifaltigkeitskirche, 22:30 Uhr Christmette in St. Emmeram.

Isidor erwacht früh um halb sieben benommen, mit Kopf- und Halsschmerzen und Fieber. Er schluckt zwei Aspirin, liegt schwitzend noch eine Stunde flach und fühlt das Fieber sinken. Die Sache ist nicht ausgestanden, weiß er, es wird jetzt drei Tage lang auf und ab gehen. Aber er kennt das, er regt sich nicht auf, das einzig Dumme ist, daß es ihn diesmal zu Weihnachten erwischt. Er steht auf, duscht, rasiert sich, zieht sich an, trinkt seinen Kaffee, fährt zur Dreifaltigkeitskirche und freut sich, daß auch diesmal während des Gottesdienstes Schmerz und Müdigkeit wie weggeblasen sind. Mittags um dreiviertel zwölf ist er wieder zu Hause und legt sich sofort hin. Eine Aspirin. Licht von Bethlehem. Ausruhen. Die Kindermette am Nachmittag genießt er sogar: die lebhaften Kinder auf den Schößen der Mütter, die Aufregung der Erstkommunikanten beim Krippenspiel, die Rührung in den Stimmen der singenden Gemeinde. Auch die Christmette anschließend in der Dreifaltigkeitskirche wird stimmungsvoll. Nach der Mette geht Isidor im Ornat mit den Besuchern hinaus, steht noch eine halbe Stunde in der Frostnacht neben der Kirchentür, tauscht Dank und gute Wünsche aus und drückt den Arm einer Frau, der Tränen über die Wangen laufen.

Um sieben daheim ein Süpperl mit Zwieback, Tee, dann wieder zu Bett. Fieberthermometer. Achtunddreißigkommadrei Grad. Zwei Aspirin.

Obwohl es im Schlafzimmer dunkel ist, glaubt Isidor, in der Ecke Pfarrer Stettner wahrzunehmen. »Woaßt, Isidor, daß d' scho da herin g'wesn bist?« Die Stimme klingt so lebendig, daß Isidor den Kopf hebt. Er weiß, daß es eine Phantasie ist, aber sie löst ein starkes Glücksgefühl aus. Es ist nicht der müde, zerstreute alte Stettner, sondern der energische aus Isidors Kindheit, der hier offenbar nach dem Rechten schaut; wie immer eilig, unerschütterlich pragmatisch, knapp. Über fünfzig Jahre ist es her, daß Isidor Zuflucht fand in Stettners Haus. Es war sein Schlüsselerlebnis, ohne das läge er jetzt nicht hier. Du hast mich durch die Flut getragen – bitte trag mich weiter!, möchte er sagen, aber er weiß, daß Stettner nicht gekommen ist, um Sentimentalitäten auszutauschen; Isidor muß sich kurz fassen.

Er reißt sich zusammen. »Ist unser Glaube ein W-wahnsystem?«

»Natürlich nicht.«

»Wieso *natürlich?*« fragt Isidor mißtrauisch. »Gibt es B-beweise?«

»Natürlich nicht.«

»'s wär schön, wenn man's etwas genauer wissen könnt«, ächzt Isidor. »Ich hab viel gegeben ... Angenommen, es wär a W-wahnsystem ...«

»Nimm an, es wär eins. Na und?«

Na und? Das war immer Stettners Killerfrage. Früher hat sie Isidor geärgert, jetzt erfüllt sie ihn unerwarteterweise mit Freude. Nimm an, es wär eins. Na und? Dann würde unsere ganze Kultur auf Wahn beruhen, die Heilige Schrift, die Kirchen, die Kunst, die Musik, die Zivilisation – es wäre das schönste Wahnsystem der Welt, ein bunteres und ergreifenderes ist kaum vorstellbar; und wer konnte sich dieses ausdenken, wenn nicht Gott? Isidor faßt sich an den Kopf. Die Stirn ist heiß, das Herz klopft heftig, aber er fühlt sich wach. Aufstehen, nochmals Tee, anziehen. Drei viertel zehn. Das Außenthermometer zeigt minus zwölf Grad. Unten die Kirche ist bereits erleuchtet, durch die Dunkelheit nähern sich erste Besucher, um Sitzplätze zu sichern. Als Isidor um zehn einen Blick in die Kirche wirft, ist sie fast voll. Aber die Leute schnattern wie Zirkusbesucher, deshalb schaltet er das Licht aus und stellt Musik an. Im feierlichen Halbdunkel, unter dem Glimmen der dreihundert Christbaumkerzen und den leisen Klängen des Weihnachtsoratoriums, werden die Leute still. Neuankömmlinge erbitten flüsternd Platz. Isidor legt in der Sakristei das Meßgewand an, zählt die Ministranten und ärgert sich, weil vier fehlen; mit sechs, was ist das schon für ein feierlicher Einzug? Er räuspert sich und zieht das Schultertuch hoch wie einen Schal; er fürchtet ein bißchen, daß der Weihrauch seine gereizten Stimmbänder angreift.

Um halb elf läuten die Glocken. Als Isidor mit den Ministranten durch den Nordeingang einzieht, weichen die Leute zur Seite – das alles im Schweigen und

Dämmerlicht. Die Gemeinde erhebt sich, dumpf rumpeln die Kirchenbänke. Afra Schmalfuß dreht die Altarbeleuchtung hoch: Marias schüchternes Gesicht. Gabriels schimmernde Flügel. Die rot flammenden Säulen des Hochaltars. Die Fresken an der Decke wie ein zärtlicher, lebhaft pastellfarbener Himmel. Isidor im goldenen Meßgewand. Die Glocken klingen aus. Isidor küßt den Altar.

Nach der Messe

Zwischen der Straße der Stadt und dem Strom,
hüben und drüben, stehen Bäume des Lebens.
Zwölfmal tragen sie Früchte, jeden Monat einmal;
und die Blätter der Bäume dienen zur Heilung
der Völker.
(Offb 22,2)

Am nächsten Tag schmerzt nur noch der Hals, nicht mehr der Kopf. Im Frühnebel um acht geht Isidor rüber zu St. Emmeram, um die erste Messe zu feiern. »Liebe Brüder und Schwestern, Weihnachten gibt uns den Schlüssel, mit dem wir die tiefen Geheimnisse unserer Existenz entziffern können«, predigt er. »Immer fragten die Menschen: Warum so viel Schmerz und Angst, warum Demütigung, warum so viel erlebte und erlittene Bedeutungslosigkeit? Warum Tod? Immerzu fragten die Menschen, und Gott – schwieg. Jetzt endlich, im Weihnachtsgeschehen und durch das Weihnachtsgeschehen, spricht Gott. Ja, er spricht nicht nur, sondern er handelt: Er geht in die Geschichte ein und wird Mensch wie du und ich. Gott antwortet nicht auf das ›Warum‹ des Leides – er leidet mit. Gott antwortet nicht auf das ›Warum‹ der Schmerzen – er wird zum Schmerzensmann. Gott antwortet nicht auf das ›Warum‹ der Demütigung – er demütigt sich ...« Während der Messe kämpft sich die Sonne durch und strömt durch die großen Chorfenster herein.

Es wird ein strahlender, frostklarer Tag.

Als Isidor nach der Messe aus der Sakristei tritt, sieht er unter Atemwolken einen Menschenauflauf vor dem Pfarrhaus. Leute drehen sich zu ihm um und öffnen eine Gasse. Neben der Treppe zum Pfarrhaus steht ein Tisch, darauf eine Torte, eine große Kerze, ein Kuchen und ein länglicher Gegenstand unter einem Tuch. Daneben auf einem großen Gaskocher über zischender Flamme ein Zehnlitertopf. Frau Danninger reicht Isidor einen dampfenden Krug und flüstert warmherzig: »Punsch! Ohne Alkohol!«

Seinen Geburtstag haben sie bedacht! »Servus, Leit!« sagt er verlegen, während er nervös an die Messe in der Dreifaltigkeitskirche denkt, die um zehn beginnt.

Der Bürgermeister zieht ihn mit sich die Vortreppe hinauf und hält eine launige Rede auf unseren vielverehrten hochwürdigen Isidor: Ohne Zweifel wird der am 27. Dezember zu seinem Geburtstag wieder aus Bodering entwischen, aber diesmal werden sie das nicht einfach so hinnehmen. In seinem letzten Amtsjahr wolle er, der Bürgermeister, usw. Er wischt sich tatsächlich eine Träne aus dem Augenwinkel, im Alter ist er sentimental geworden, er schnauft und bebt.

Seine Frau, die er mit dem Telefonhörer niedergeschlagen hat, steht unten neben den Stufen und himmelt ihn an.

Ferner sind gekommen: Konrad und Dorle vom Ochsenwirt, der dicke Manfred, der Huntstoßer, der Stöckl Martin, der Steigenberger Sepp, der Malermeister Maier jeweils mit Frauen. (Die Alkoholiker unter ihnen haben glänzende Augen.) Frau Schraml und Frau Danninger natürlich. Tilderl und Lois ... Frau Valin, Frau Zwickl, Herr Pechl mit Frau und mongoloidem Sohn, Frau Birnmoser mit Katrin; einige junge Familien ... Kinder, die sich langweilen, springen zwischen den Grabsteinen herum.

Der Bürgermeister beendet seine Rede: Der Teufel Alkohol ... Die sonstigen Versuchungen (Geraune) ... Sie wissen, daß sie arme Sünder sind. Deswegen wollen sie, in Anerkennung seiner jahrzehntelangen Verdienste um ihr Seelenheil ... aber auch, damit er einmal sieht, wie's in der Fremde ... worauf er ohne Zweifel desto lieber zurückkehren wird, denn dem Bayerwald ist nichts zu vergleichen ... Der schönste Ort aber mit der schönsten Kirche im Bayerwald ist ohne Zweifel Bodering.

Er zieht das Tuch von dem länglichen Gegenstand. Es ist eine hölzerne Spielzeugeisenbahn.

Herr Bauer und Afra Schmalfuß treten hervor, sie mit vornehmem Lächeln, er mit wie immer unbewegtem Gesicht, aber entblößten Zähnen. Herr Pechl klettert die Stufen herauf und reicht Isidor mit einem Handschlag die vergrößerte Kopie eines Schecks, auf einen Papperdeckel aufgedampft wie im Fernsehen. Das Publikum klatscht. Auf dem Scheck steht: Gutschein für eine Fahrt mit der Transsibirischen Eisenbahn bis Wladiwostok.

Isidor erschrickt. Ist das Geschenk nicht zu teuer? Wollte er wirklich nach Wladiwostok? Er lächelt verlegen: »Mei, Leit ... Do m-muaß i ja vui M-mineralwasser eipacka!« Mehr fällt ihm im Augenblick nicht ein. Aber er lächelt immer noch. Er merkt, daß er gerührt ist.

Auftritt Frau Danninger: Und was die Wallfahrt im nächsten Jahr angehe, da haben sie sich überlegt ... Also, wenn er nicht drauf besteht, müssen sie nicht unbedingt nach Konnersreuth. Was hält er von ... Sie beobachtet beinah ängstlich sein Gesicht und fügt sofort hinzu: Aber wie er will.

Jubelschrei hinter einem Grabstein hervor: »Uiii,

super, Herr Pfarrer! Wallfahrtn deama!« Die Reininger Fannerl rennt mit allen Anzeichen der Begeisterung auf ihn zu.

Die Reininger Fannerl ist tatsächlich ein Kind von Isidor insofern, als sie ohne ihn nicht zur Welt gekommen wäre: Er hat nämlich ihrer Mutter geraten, sie auszutragen. Er tut das nicht in jedem Fall mit gleichem Engagement und hätte es fast noch bereut, denn die Fanni war ein Fünfmonatskind. Als sie geboren wurde, war sie so klein, daß sie in einen Maßkrug paßte, und niemand glaubte, daß sie überleben würde. Dann aber hat sie sich normal entwickelt. Einmal im Jahr kommt eine Psychologin aus München, um mit ihr Tests zu machen; sie legt zum Beispiel Kärtchen auf den Tisch, die Fannerl irgendwie ordnen soll, und Fannerl schnippt die Kärtchen in die Gegend und ruft: »Geh wos wuistn mit dem Zeigl?« Sie ist etwas dreist, zugegeben, aber eine Sache hat ihr tiefen Eindruck gemacht in ihrem vierjährigen Leben, und das war die letztjährige Wallfahrt nach Freising. Weil Fannerl zu klein war, durfte sie nicht mit, aber sie war so beeindruckt von den Erzählungen der Leute und der Abfahrt der Gemeinde mit dem großen Bus, daß sie inzwischen sicher ist, sie sei dabeigewesen. Sie rennt die Stufen herauf und schmiegt sich an Isidors Beine: »Gej, Herr Pfarrer, und die Resl nehm' ma diesmal a mit?«

Stephanitag

Und er öffnete den Schacht des Abgrunds.
(Offb 9,2)

Die zweite Messe dieses Tages soll um zehn Uhr im Klinikfoyer stattfinden, aber als Isidor um halb zehn hinkommt, ist nichts vorbereitet, der Zelebriertisch steht nicht bereit, die Patienten fehlen. Isidor bittet die Rezeptionistin, in den Stationen Bescheid zu sagen, damit die Schwestern diejenigen Patienten bringen, die es aus eigener Kraft nicht schaffen. Dann wirbelt er, holt den Altarkasten aus dem Andachtszimmer herbei und richtet ihn her, bringt die Meßkännchen mit Wasser und Traubensaft und die Bücherkisten mit dem *Gotteslob*, baut auf, zündet die Kerzen an, verteilt an die Kranken, die nun spärlich eintreffen, die Gesangbücher, zieht im Andachtszimmer das Meßgewand an und ist Schlag zehn Uhr bereit.

Von da an nur noch ein Zwischenfall: Isidor sieht vom Altar aus, daß der Kreuzpaintner das Foyer betritt, sich neben die Rezeption stellt und ihm ein Zeichen macht. Oder war's ein Irrtum? Kurz darauf wandert Isidor mit der Kommunion zwischen den Kranken herum, die aus Schwäche in ihren Foyersesseln sitzen bleiben, gerät in Kreuzpaintners Nähe und begegnet seinem fragenden, hilflosen Blick. Etwas später ist Kreuzpaintner verschwunden.

Vorsichtshalber geht Isidor nach der Messe noch zur Dreifaltigkeitskirche hinüber und wartet eine Viertelstunde lang in der Trostkapelle. Bei den Kreuzpaintners hat es gestern ein Familiendrama gegeben, das Isidor durch Frau Schramls Nachricht auf Band erfuhr: Der Kreuzpaintner habe sich mit seiner Tochter geprügelt und sei von der Polizei aus dem eigenen Haus in Handschellen abgeführt worden. Am heiligen Tag! Näheres weiß Isidor nicht, aber er ahnt, welche Katastrophe das für den rechtschaffenen Kreuzpaintner bedeuten muß.

Nachdem die Viertelstunde vorüber ist, findet Isidor, daß er seiner Pflicht Genüge getan habe. Kreuzpaintner ist ein guter Katholik, dem man Hilfe anbieten muß, aber wenn er sie nicht wahrnimmt, bedeutet das natürlich eine Entlastung: Isidor kennt Kreuzpaintners ausweglose Lage und weiß dafür überhaupt kein Rezept. Die Tochter ist ein Biest. Der Kreuzpaintner hat ihr ohne Not sein Haus überschrieben, an dem er dreißig Jahre gebaut hat. Eigentlich war der Tochter die Einliegerwohnung im Erdgeschoß zugedacht, aber kaum waren die Papiere unterschrieben, hat sie einen solchen Terror gemacht, daß der Kreuzpaintner ihr die Hauptwohnung überließ und selbst mit seiner Frau in die drei kleinen Einliegerzimmer gezogen ist.

Nichts zu machen! Durch die sonnenbeschienene verschneite Landschaft fährt Isidor nach Hause. Er hat immer noch Halsschmerzen, aber kaum noch Fieber. Noch einen Gottesdienst um halb fünf in St. Emmeram muß er durchstehen, dann hat er Ruhe.

Am schmiedeeisernen Friedhofstürl wartet der Kreuzpaintner.

Isidor führt ihn ins Beichtzimmer. Die Mesnerin hat über die Feiertage die Heizung ausgedreht, das Zimmer ist kalt. Isidor verwirft den Gedanken, Kreuzpaintner ins Wohnzimmer zu bitten, um den Mann nicht zusätzlich in Verlegenheit bringen. Er knöpft den Mantel wieder zu. Kreuzpaintner stößt Atemwolken aus wie eine Lokomotive.

»Im Namen des Vaters und des Sohnes und des Heiligen Geistes. Amen.«

Kreuzpaintner wirft sich im Stuhl hin und her.

»Gott, der unser Herz erleuchtet, schenke dir wahre Erkenntnis deiner Sünden und seine Barmherzigkeit.«

Also, die Schlägerei, stößt Kreuzpaintner hervor. Der Hauptgrund war Alkohol. Vorher hatte es Streit gegeben. Die Tochter hatte gesagt: »Bappa, wanns d' net spurst, verkauf i's Haus, nachher koost schaung, wos d' bleibst!« Als der Kreuzpaintner zum Weihnachtsfrühschoppen ging, hatte sie ihn durchs Fenster mit Schmähreden verfolgt. Als er, verständlicherweise betrunken, zurückkehrte, nahm sie ihn mit Schmähreden in Empfang. Wütend warf er die Tür hinter sich zu.

Aber die Tochter hatte einen Schlüssel zur Einliegerwohnung. Der Kreuzpaintner hatte gerade den Fernseher angeschaltet, da fiel ihm das ein. Als er aufsprang,
drehte sich bereits der Schlüssel im Schloß; Kreuzpaintner schob einen Stuhl unter die Klinke, da wurde
die Tür aufgestoßen, nicht ganz, weil er sie mit dem
Fuß blockierte, aber doch so weit, daß der Stuhl ihm
gegen das Schienbein fiel und, als er danach trat, zer-
splitterte. Nun schäumte der Kreuzpaintner, gedemü-
tigt von Tochter und Stuhl; er beschloß, sich zuerst mit
der Tochter zu befassen, und warf sich mit seinem ganzen Gewicht gegen die Tür. Aber die Tochter hielt dagegen, immer noch war die Tür etwa dreißig Zentimeter offen, und durch diesen Spalt flogen plötzlich die
Fäuste. Sie hat auch was geschrien, sagt er, aber was,
daran kann er sich nicht erinnern. Plötzlich ist bei ihm
die Sicherung durchgebrannt. Er riß die Tür so weit
auf, daß die Tochter ins Zimmer flog, schlug mit einem
Bein des zerbrochenen Stuhls auf die Liegende ein und
schrie ebenfalls. Und zwar: »I bring di um, du Hur!«
Der Schwiegersohn konnte ihn nicht von ihr trennen
und rief die Polizei. Gottseidank ist der Tochter nichts
Ernstliches passiert, ein paar blaue Flecken halt. Aber
die Polizei im Haus, vor aller Augen, und die Schande,
die Schande!

Isidor hört den Kreuzpaintner stöhnen und ahnt,
mit Absolution ist es nicht getan, etwas steht noch aus.
Der Kreuzpaintner stöhnt weiter. Er ist von Beruf Installateur, ein braver Mann, nur etwas impulsiv, vielleicht manchmal ungeschickt, aber guten Willens. Er
wollte auch nur glücklich sein und geliebt werden. Vielleicht war sein Pech, daß er eine viel gescheitere Frau
geheiratet hat, eine zähe, willensstarke »Bißgur'n«
(sein Ausdruck), die ihn immer, wenn sie unzufrieden
war, mit Nichtachtung strafte. Das geschah oft. Isidor
kennt auch ihre Sicht der Dinge, denn im gleichen
Beichtzimmer hat sie ihm einmal erzählt, daß der

Kreuzpaintner, wenn sie sich im Schlafzimmer einsperrt, oft bis vier Uhr nachts vor ihrer Tür jammert, nicht nur, weil er betrunken ist, sondern er kann eben nicht ohne, ist das nicht ein Grauen? Nur damit die Tochter schlafen konnte, ließ die Frau ihn schließlich ein, aber wie kann man so einen achten, der sich nicht beherrschen kann, und wie kann man ohne Sünde bleiben, wenn man so einem unterliegt?

Warum hat sie ihn geheiratet, wenn sie ihn verachtet? Warum hat er sie geheiratet? Nun machen sie einander das Leben zur Hölle und zerstören das schmucke Haus, das der Kreuzpaintner in dreißig Jahren mit eigenen Händen gebaut hat, damit sie alle darin glücklich würden.

So sitzt jetzt der Kreuzpaintner vor Isidor und quält sich und bleibt wohl nur sitzen, weil er sich zu Hause noch mehr quälen würde. Wie hält man das aus? Wie hält Isidor es aus? Seine Füße sind kalt, er spürt Sehnsucht nach der blitzenden Sonne und dem sauberen Schnee. Er fragt in möglichst geduldigem Ton: »Magst du mir sonst noch etwas sagen?«

Der Kreuzpaintner schreit auf: »Naa!« und beginnt bitterlich zu weinen.

Weshalb haßt die Tochter ihn so? Sie selbst hat einmal in der Beichte gesagt, er sei ihr »halt z'wider«. Weshalb hat er ihr das Haus überschrieben und sich in ihre Hände begeben, wenn er »scho immer g'wußt« hat, »daß' a Luada is«? Was hat sie ihm durch den Türspalt zugerufen, daß er so in Wut geriet, und warum erinnert er sich nicht daran? Warum erinnert er sich nur daran, daß er sie »Hur« genannt hat? Warum »Hur«? Warum schlägt sie ihn? Sie hat ihn nicht nur einmal geschlagen, erinnert sich Isidor jetzt. Sie hat auch – Du lieber Gott! Plötzlich wird ihm klar, was sich schon in etlichen Beichten durch Jahrzehnte hin andeutete, ohne daß jemand aus der Familie es beim Namen genannt hätte, nämlich, daß der unbeherrschte

359

Kreuzpaintner sich an seiner Tochter wohl früher, als sie ein Kind war – vergriffen hat, um es kurz und schmerzhaft zu sagen. Isidor zuckt zusammen. Er wollte es nicht wissen. Was wurde gesagt? grübelt er rasch. Etwas in der Art: *Wenn Sie wüßten.* Oder: *So was kann man nicht verzeihen.* Isidor erinnert sich nicht mal an die Gelegenheit, bei der das gesagt wurde. Er hat nicht nachgefragt; vorgeblich, um die Kreuzpaintners zu schonen, in Wirklichkeit aber, um sich selbst zu schonen; vielleicht dachte er auch, es renke sich wieder ein. Wie konnte er? So etwas renkt sich nie wieder ein! Was jetzt (falls es stimmt)?

Soll er den Kreuzpaintner zu einem Geständnis bringen (wie)? Wenn's nicht stimmt, wäre der zu Recht empört. Wenn's aber stimmt, was würde das Geständnis nützen? Schaden kann man nicht mehr verhindern, aller Schaden ist schon geschehen. Auch wenn der geschehene Schaden nicht mehr gutzumachen ist, schützt sich die Tochter inzwischen zumindest physisch sehr effektiv. Auch ihr Mann schützt sie und haßt den Schwiegervater. Was aber den Sünder anbetrifft, so hat der sich selbst mit seiner häuslichen Hölle mächtig gestraft. Es sieht nicht so aus, als würde er je wieder unsittlich seine Hand ausstrecken; der Mann ist die verkörperte Reue.

»Pfarrer!« Der Kreuzpaintner knirscht mit den Zähnen.

Was, wenn er jetzt gesteht? Was soll man ihm raten? Sich anzuzeigen? Das wäre dann nicht nur sein Ende, sondern auch das der Tochter, denn die wäre damit im Dorf erledigt. Wenn man ihm aber rät, Frieden mit der Tochter zu machen und nicht mehr zu trinken, wird sich seine Qual erhöhen, weil er das nicht kann, und er wird am Ende die Tochter erschlagen, auch damit ist niemandem geholfen. Soll man ihm also raten, umzuziehen in eine andere Wohnung, wo er nicht jeden Tag mit der Tochter streiten muß? Aber das kann er sich nicht leisten: er hat sich für das Haus nicht nur psychisch, sondern auch physisch und finanziell völlig verausgabt.

Besser, er gesteht nicht und hält es aus wie bisher. Und Isidor wird nicht noch schuldiger, als er sowieso schon ist, weil er nicht rechtzeitig Maßnahmen ergriffen hat. Um Gottes willen, was tun die Menschen einander an?

»Gibt es noch etwas, das ich wissen sollte?«

Kreuzpaintner schüttelt wild den Kopf und springt auf. »Scho guat! ... Geht scho wieder.« Es schnalzt, als er sich mit seiner dicken Faust die Tränen aus dem Auge wischt, dann verläßt er das Zimmer. Er hat Isidor keine Gelegenheit zur Absolution gegeben! Vielleicht glaubt er, keine verdient zu haben? Aber das geht nicht, das hält so einer nicht aus! Isidor folgt ihm. »Komm rein, Kreuzpaintner, geh renn doch net fort. Wir können über alles reden!« Kreuzpaintner steht schon in der Haustür, eine gequälte Gestalt im weißen Viereck der Tür, und schlägt mit der Faust gegen den Türstock. Dann zündet er mit zittenden Fingern eine Zigarette an und raucht gierig, wobei er den Qualm nach draußen bläst.

»Vielleicht hob i ois foisch g'mocht!« stöhnt Kreuzpaintner.

»Das glaube ich nicht. Niemand macht alles falsch, und niemand macht alles richtig. Wir alle machen schwerste Fehler ...«

Kreuzpaintner springt mit einem Satz die kleine Vortreppe hinunter, jetzt steht er am Friedhofstürl.

»'s hot ois nix g'nutzt!« ruft er Isidor zu, auf einmal voll Grimm, und beginnt in kurzen, heftigen Sätzen Schuld zu verteilen, bis er wieder aufschreit: »Himmi naa!« Isidor geht ihm langsam entgegen. Kreuzpaintner wankt; es sieht aus, als werde er in die Knie gehen. Aber dann bleibt er doch stehen. Er schlägt zwischen sich und Isidor die schmiedeeiserne Tür zu und brüllt: »Fümfazwanzg Jahr in der CSU, und nix hot's gnutzt!«

Abend

Als du noch jung warst, hast du dich selbst gegürtet und konntest gehen, wohin du wolltest. Wenn du aber alt geworden bist, wirst du deine Hände ausstrecken, und ein anderer wird dich gürten und dich führen, wohin du nicht willst.

(Joh. 21,18)

Fast zwei Stunden später als geplant kommt Isidor zu seinem Mittagessen. Er erhitzt eine Leberknödlsuppe aus der Dose und ein Stück Gselchtes mit Sauerkraut aus dem Tiefkühlfach und trinkt Wasser dazu. Dann setzt er sich in seinen Lehnstuhl und deckt sich zu. Der Hals ist geschwollen. Die Augen brennen. Er setzt sich die Lesebrille auf und greift nach der Zeitung von vorgestern.

Er schläft ein. Nur noch ein Gottesdienst heute, denkt er im Wegdämmern, und: Gut, daß er danach keine Verabredung mehr hat.

Als das Telefon klingelt, greift er sofort nach dem Hörer.

Normalerweise würde er kurz überlegen, ob er sich stören lassen soll, aber schon im Hochschrecken denkt er: Kreuzpaintner. Da ist er gefordert.

»Isidor, wie klingst du denn? Bist du erkältet?« flötet eine Frauenstimme.

Die Gundula. Um Gottes willen.

»Ja«, krächzt er.

»Aaaach! Armer, armer Isidor! Und niemand da, der dich betuttelt! Mein armes krankes Häschen! Mein tapferer Zinnsoldat!«

Die Gundula ist die Studentin, in die Isidor vor fünfunddreißig Jahren kurz verliebt war: die im entscheidenden Augenblick »Zu viele Noten!« sagte, was Isidor entzauberte zu seiner nicht hoch genug zu preisenden Rettung. Denn die Gundula hat zu ihm Kontakt gehalten, weshalb er genau weiß, wie es mit ihr weiterging.

Warum hat sie Kontakt gehalten? Zuerst aus Neugier. Sie war nicht gläubig und fand kurios, was ein junger Priester auf sich nimmt. Dann angeblich aus Solidarität. »Wie, *Bodering*? Aber Isidor, jemand von deinem *Format* sollte doch mindestens Bischof werden!« Was weiß sie von meinem Format? dachte Isidor. Naja, sie wertet wahrscheinlich ihre Freunde auf, um sich selbst aufzuwerten. Wenn ich die Erwartungen nicht erfülle, wird sie mich vergessen.

Hier irrte er: Gundula war erstaunlich treu. Sie schickte ihm zu allen Weihnachts- und Osterfesten Geschenke – manchmal sogar großartige Freßkörbe, von Dallmayr – und rief ihn einmal im Jahr an. Am Telefon redete fast ausschließlich sie, weshalb Isidors Hemmung nicht ins Gewicht fiel. Gundula selbst deutete ihre Anrufe altruistisch: »Man darf dich in deiner Pampa doch nicht versauern lassen!« Einmal verbrachte sie mit Mann und Kindern einen Kurzurlaub in Bodering. Dem Mann gefiel es nicht. Deshalb kam Gundula das nächste Mal allein, residierte im Steigenberger Hotel und besuchte Isidor im Minirock, bunt geschminkt. »Ach, Isidor, du bist so *dröge*! Was finde ich nur an dir!«

Sie redete viel, weil ihr zu Hause Ansprache fehlte. Die Ehe lief mäßig. Gundula hatte in einer Art Torschlußpanik mit achtundzwanzig Jahren einen Finanzbeamten geheiratet. Der Finanzbeamte war sechsunddreißig, ebenfalls übriggeblieben, »ein Langweiler«, meinte Gundula, ohne etwas Genaueres über ihn sagen zu können; sie kannte ihn tatsächlich nicht, obwohl sie mit ihm zusammenlebte. Diszipliniert schien er zu sein, und wohlhabend. Großartig aber war er nicht, und sie hätte lieber jemand großartigen gehabt, entweder weil sie sich selbst für großartig hielt, oder weil sie ahnte, daß sie es nicht war; vielleicht auch

363

noch aus einem anderen Grund – wer kann schon wissen, warum Menschen einander fertigmachen?

Jedenfalls wußte sie mit ihrem Leben nichts anzufangen. Als der Mann nach Bonn ins Finanzministerium berufen wurde, bauten sie eine Villa in Bad Honnef, in der Gundula vereinsamte. Sie war andauernd krank (Herzanfälle, Lähmungen) und hatte die Familie fest im Griff. Eine Strategie lief darauf hinaus, den Mann aus dem Schlafzimmer zu verdrängen – er zog schließlich in die Dienstmädchenkammer. Eine zweite Strategie zielte auf die absolute Unterwerfung der Töchter. Gundula machte mit den Kindern Hausaufgaben, redete ihnen Krankheiten ein und bestimmte ihre Lektüre. Einmal schwärmten beide Mädchen von einem idealistischen Deutschlehrer, der »selbständiges Denken« zum Lernziel erklärt hatte. Gundula erkannte sofort den Feind und setzte sich ans Telefon. Sie engagierte einen Privatdetektiv und stellte fest, daß der Lehrer ein »Linker« war; zu jener Zeit von Radikalenerlaß und Sympathisantenjagd ein gefährlicher Vorwurf. Gundula also schaltete den Verfassungsschutz ein, intrigierte bei anderen Eltern, erpreßte den Direktor und ruhte nicht eher, bis der Lehrer aus dem Schuldienst entfernt worden war. So begabt war sie, so intensiv und so beredt, daß sie es schaffte, die Existenz dieses ihr unbekannten jungen Mannes zu zerstören, ohne auch nur das Haus zu verlassen. Ihren Töchtern erklärte sie: »Der will uns unsere Villa wegnehmen!«

Längst ist sie tablettenabhängig und manchmal am Telefon so betäubt, daß sie lallt. Sie begründet das mit Sorgen: Die Töchter versagen in der Ausbildung, der Mann hat Lebensangst und dreht immer die Heizung runter, um Öl zu sparen. *Deshalb* bleibt sie im Bett. Soweit Isidor versteht, geht sie seit Jahren nicht aus. Lebensmittel bestellt sie telefonisch bei einem Delikatessengeschäft.

Der neuste Stand ist dieser: Die Töchter sind zweiunddreißig und neunundzwanzig, leben immer noch im Haus und kriegen sechzig Euro Taschengeld. Wenn sie zum Friseur wollen, müssen sie die Mutter anbetteln. Die Ältere bereitet sich nach dreizehn Jahren Studium auf den Magister in Anglistik vor. Gundula schreit: »Aber was nützt denn der Abschluß, es gibt doch nirgends Arbeitsplätze!« Diese Tochter bekam Unterleibsschmerzen, weil sie unglücklich in ihren Professor verliebt war, weshalb Gundula erwägt, ob man sie totaloperieren soll. Die jüngere Tochter arbeitete eine Zeitlang als Praxishelferin, aber Gundula meldete sich bei dem Arzt so oft mit Forderungen und Bedingungen, bis das Kind gekündigt wurde. »Dort hatte halt niemand ihr Niveau!« beschwert sich die Mutter. »Erhard« (der Mann) ist jetzt in Rente und sitzt zu Hause. »Er hat gar keine Freunde!« wundert sich Gundula, die selbst keine Freunde hat. »Er sitzt nur rum und sagt, daß er zu nichts Lust hat ... Er redet vom Sterben!«

Sie verstummt. Was soll Erhard auch sonst tun? fragt sich Isidor still an seinem Ende der Leitung.

»Aber was klage ich? Eigentlich geht's uns ja blendend! Wenn ich bedenke, was du durchmachst in deinem schauderhaften Bodering!«

»Es g-geht sch-schon.«

»Mein tapferer Zinnsoldat! Ja, du bist ein Philosoph, das habe ich immer gewußt! Sag, Isidor, du kannst mir sicher etwas raten: Vielleicht sollte ich Erhard *Viagra* geben?«

Ein Gutes haben die Gespräche mit Gundula: Sollte Isidor gerade an seinem Beruf oder seiner Berufung zweifeln, kurieren sie ihn sofort. Vor seinen Augen entsteht das niederschmetternde Bild einer vollkommenen geistigen, moralischen und spirituellen Verwahrlosung, und obwohl das Priesterleben in diesem Vergleich nahezu glänzend abschneidet, braucht Isidor Stunden, um sich von dem Eindruck zu erholen. Warum sind wir Menschen nur so verrückt? Warum

365

schlagen wir das Angebot des Evangeliums aus und richten uns zugrunde, und dann noch auf so unwürdige Art? Waren nicht Gundula wie Erhard eigentlich Begünstigte des Schicksals? Gundula war schön und charmant, Erhard tüchtig und wohlhabend, beide verfügten über Begabung, Intelligenz, sogar Kompetenz, und *nichts* kam dabei heraus als Langeweile, Lüge und Zerstörung. (Ganz nebenbei versöhnt der Eindruck auch jeweils wochenlang mit dem Zölibat. Oh Gott. Der einsamste Pfarrer, der nachts in seinem leeren Haus RTL2 schaut, ist ein Glückspilz im Vergleich zu diesem Erhard.)

Nacht

Aber das ist eure Stunde,
jetzt hat die Finsternis die Macht.
(Lk 22,53b)

Um Mitternacht klingelt das Telefon. Er hört es, während er unter der Dusche steht, findet aber keine Nachricht auf dem Band. Dann wird's nicht so wichtig gewesen sein. Manchmal zeigt der Automat zwanzig Anrufer an, von denen nur drei eine Nachricht hinterlassen. Wenn er aber ans Telefon geht, wollen von zwanzig Anrufern siebzehn wissen, wann die hl. Messe beginnt, weil sie zu faul waren, in der Zeitung nachzuschlagen. Wer immer es diesmal war, Isidor muß es nicht wissen. Die Rubrik Familiendrama haben wir heute schon abgearbeitet. Kreuzpaintner, falls da noch was gewesen wäre, hätte das Band besprochen, da ist sich Isidor sicher.

Dann klingelt es wieder. Isidor, der schon das Licht ausgeknipst hat, dreht sich in der Tür um. Er glaubt dem Anrufer eine Chance geben zu müssen und wartet auf den Beginn der Ansage, um nach dessen Stimme zu entscheiden. Aber der Anrufer legt nach dem Piepston auf.

Isidor überlegt, ob er sich Sorgen machen muß. Kein Boderinger, da ist er sich sicher, würde jetzt um Mitternacht anrufen, um zu scherzen. Wäre er aber in Not, würde er was sagen. Was, wenn es ein Feriengast ist? In Glaubenskrise? Ein einfacher Mensch, der Anrufautomaten nicht gewöhnt ist?

Als es zum dritten Mal klingelt, hebt er ab. Ein unbekannter Mann sagt auf Hochdeutsch mit sehr ruhiger Stimme, ohne seinen Namen zu nennen: »Ich hätte gerne den Herrn Pfarrer gesprochen.«

»Das b-bin ich.«

»Ich habe eine Frage. Wir wollen eine Krippenparty feiern, haben aber nur einen weiblichen Säugling zur Verfügung.«

»Was h-heißt V-v-v-verf-fügung?«

»Na, es sollte doch ein männlicher Säugling sein, oder?«

»W-was ist eine K-k-k-krippenp-party?«

»Das wissen Sie nicht?« Der Anrufer spricht von der Muschel weg: »Er weiß es nicht!«

»Was w-w-wollen Sie?« fragt Isidor.

»Wissen Sie wenigstens, was eine Kreuzigungsparty ist?« fragt die ruhige Stimme zurück.

»Nein!«

»Da binden wir zu Ostern einen an ein Kreuz und schänden ihn. Jetzt zu Weihnachten haben wir eine Krippe statt einem Kreuz, aber der einzige Säugling, den wir besorgen konnten, ist weiblich. Geht das?«

»Wer s-s-sind Sie? Von wo rufen Sie an?«

»Tut nichts zur Sache! Wir wollen nur von Ihnen wissen, ob das wirkt. Weil, ein weiblicher Säugling hat ja mit Christus nichts zu tun!«

»Jeder Säugling hat mit Christus zu tun!«

»Vielen Dank!« Der Anrufer legt auf.

Was war das?

Isidor knipst das Licht an. Er ist wieder hellwach. Sind wir jetzt also so weit? Vor Jahren hat ihm ein evangelischer Stadtpfarrer erzählt: Zu Weihnachten um Mitternacht rufen die Psychopathen an. Isidor dachte: Na gut, in München! und war froh, daß er in seinem Bodering saß. In Bodering gehen die Uhren langsamer, die Leute kommen zur Messe und treten nicht aus der Kirche aus. Sie mühen sich und machen Fehler, na gut. Sie saufen, huren und zocken, aber auf sie ist Verlaß.

Nun ist die Großstadt nach Bodering gekommen, und der Gedanke entsetzt ihn. Er glaubt nicht, daß diese Leute einen Säugling schänden wollen – wollten sie das tun, hätten sie nicht den Pfarrer angerufen. Sie geilen sich an der Phantasie auf und, leider, an seiner Reaktion. Verflucht sollen sie sein.

Es gelingt ihm nicht, die Geschichte zu verdrängen. Schon die Idee macht ihn krank. Daß es das gibt, wovon sie reden, wollte er keine Sekunde für möglich halten. Aber es gibt diese Sachen. Wer ... auch nur daran denkt, das zu tun, ist krank. Aber wer solchen Genuß noch durch die Idee zu steigern versucht, daß er Gott schände ... was ist mit dem? Jeder, der schändet, wen auch immer, schändet Gott.

Bin ich dafür zuständig? Nein! Andererseits: Wer, wenn nicht ich? War es ein Fehler zu sagen: Jeder Säugling hat mit Christus zu tun? Isidor hat das zu schnell und zu scharf gesagt. Aber was hätte er sonst sagen sollen? Wie redet man mit solchen Leuten?

Er muß das mit jemandem besprechen. Aber mit wem? Ludwig Ebner! fällt ihm ein. Dem ist zuzutrauen, daß er noch auf ist. Vielleicht hat der Wahnsinnige auch ihn angerufen, dann können sie einander beraten. Isidor wählt die Nummer und hört Ebners Ansage. Auch der geht nicht ran. Aber wenn er meine Stimme hört und zu Hause ist, wird er abnehmen. »Servus, Ludwig«, spricht Isidor auf Ebners Band, »ich hatte grad einen ziemlich beunruhigenden Anruf – ich würd gern mit dir darüber sprechen – bitte, wenn du das hörst, ruf mich doch zruck. Es ist dreiviertel eins, ich geh noch net schlafen, ruf einfach an, wennst mich heut Nacht noch hörst.«

Und nun fällt ihm ein, daß er anderthalb Telefongespräche lang nicht gestottert hat.

Er versucht das Psychopathen-Gespräch zu rekapitulieren und erinnert sich, daß er gefragt hat: »Was w-w-wollen Sie?«, aber von anschließenden Stotter-Krämpfen weiß er nichts. Und Ebner, dem hat er aufs Band geredet wie ein Buch. Das ist der Schreck, sagt er sich. Früher hat man Leute durch Erschrecken vom Schluckauf geheilt, aber was ist ein Schluckauf gegen die Plage des Stotterns?

Mal sehen, ob die Wirkung bis morgen anhält! denkt er, nun froh über die Ablenkung. Wen könnt ich denn jetzt nur anrufen? Rosl in Teneriffa – da ist's jetzt noch zwei Stunden früher als hier. Aber würd ich mit ihr diese Sache besprechen wollen, und könnt ich andererseits so tun, als wär nichts gewesen?

Gregor! Er wählt Gregors Nummer, auch dort nur der Automat. »Gregor, hier is Isidor, i würd gern was mit dir besprechen. Wannst mogst, ruaf mi doch zruck.« Auf Hochdeutsch fügt er hinzu: »Es handelt sich um eine seelsorgerische Frage von einiger Brisanz.«

Staunen.

Wie wäre es, wenn dieses verfluchte Joch des Stotterns von mir genommen wäre?

Wär ich es früher los geworden, hätte ich dann anders gelebt? Wäre es mir besser ergangen? Zum Beispiel ...? Er ergreift einen imaginären Telefonhörer und spricht: »Servus, Judith! Dies ist ein Versuch. Nun wird es sich erweisen! Jetzt kommt die Wahrheit ans Tageslicht. Hallo! Nein, nicht auflegen, hier ist Isidor, nein, ja, ich redete nur vor mich hin, ein technisches Experiment sozusagen ... Bist du noch da? Judith. Vor zwölf Jahren bist du von uns gegangen ... oder sind es dreizehn? Dreizehn Jahre ... Für Gott ist das nur ein Wimpernschlag, aber hier unten sieht's anders aus – hm ... für mich die Wimper, für dich den Schlag«, kalauert er peinlich berührt, aber flüssig. »Judith, merkst du, daß ich nicht mehr stottere? Seit wann? Gerade erst, und wenn ich dir erzählen würde, wie das kam, du würdest es nicht glauben. Aber ich werde es nicht erzählen. Ich frage mich nur, was geschehen wäre, wenn ich früher ... Andererseits, lag es wirklich *daran*? ... Tja, Judith. Kann sein, daß ich ein ... Idiot war. Aber ... vielleicht auch nicht?« Er merkt, daß er keucht. »So, du mußt zum Singen? Mitten in der Nacht? Ach, bei euch ist immer ... Tag, natürlich, wie ... konnte ich das vergessen. Also, vielleicht rufst du mich mal bei Gelegenheit an? Wie bitte? Ja, dir auch!«

Es ist drei Uhr nachts.

Was hat das jetzt alles gebracht? fragt sich Isidor. Mühsal, ja, und guter Wille – sehr guter Wille! –, aber wie hat er Gott damit gedient? Was hat er zum Beispiel heute geleistet? Dem Kreuzpaintner konnte er nicht helfen. Der Gundula konnte er nicht helfen. Dem unbekannten Psychopathen konnte er nicht helfen. Damals hat er Judith nicht helfen können. Nun, vielleicht war ihnen nicht zu helfen. Aber wozu ist er dann da?

Wie heißt es in der Offenbarung? *Wer siegt, wird ebenso mit weißen Gewändern bekleidet werden. Nie werde ich seinen Namen aus dem Buch des Lebens streichen.* Also, ich habe nicht gesiegt, überlegt Isidor, um dann immerhin mit seiner neuen Freude an langen Sätzen fortzufahren: Ich habe weiß Gott alles versucht; aber in diesem Fall auch nur von einem Teilsieg zu sprechen, wäre wahrlich übertrieben. Ich bin besiegt, um es genau zu sagen. Mein Name ist aus dem Buch des Lebens gestrichen, schon jetzt.

Morgen

Wenn man alles aufschreiben wollte, so könnte,
wie ich glaube, die ganze Welt die Bücher nicht
fassen, die man schreiben müßte.
(Joh 21,25b)

Er erwacht früh nach unruhigen Träumen und phantasiert im Halbschlaf vor sich hin. Ihm ist, als sähe er im weichen Schein der tiefstehenden Sonne seine Boderinger lachen und tanzen. Ein Teil von ihnen zieht aus dem Hochtal über die Kuppe des Schattenbergs davon, er sieht sie als Scherenschnitt vor dem fahlen Himmel; für sie ist das Fest zu Ende, und Isidor weiß nicht einmal, wohin sie gehen, ob ins Licht oder in die Finsternis. Er beobachtet alles mit Ruhe, aber dann löst sich aus der Gruppe der Tänzer eine Gestalt und läuft den Scheidenden nach, und Isidor erkennt Schwester Marianne und erschrickt. Er will sie zurückholen, aber Kaplan Meier versperrt ihm den Weg und ruft höhnisch: »Anathema!« Isidor ist jetzt unter den Feiernden. In einer Ecke hinter Bierfässern kniet Pater Ulrich und flüstert: »Die Bibel ist kein Buch von Gott, sondern eins über die Sehnsucht nach Gott!« Marian Kompraß, der feurige Maulwurf, kniet bei ihm und fragt: »Warum darf ich niemanden liebhaben?« Isidor versucht, die Richtung wiederzufinden. Ausgerechnet Beneke weist ihm den Weg. Während Isidor nach Dankesworten sucht, lächelt Beneke mitleidig: »Nicht wahr, Isidor, der Lack ist ab?« Isidor kämpft sich wieder durch das Getümmel, das immer weniger feierlich ist; er muß entkommen, bevor sich das übliche Boderinger Gelage entwickelt. Aber dann dreht er sich doch noch einmal um und sagt wie in einer Eingebung: »Auf den Lack kommt es nicht an. Es kommt nicht mal darauf an, ob dein Name im Buch des Lebens steht. Es ist schon ein Geschenk, wenn du darin lesen darfst!«

Beneke ruft ihm nach: »Wie?«

Dann steht Isidor auf dem Schattenberg, sieht von oben ins Hochtal hinab und fragt Beneke: »Stimmt es, daß man von einem bestimmten Moment im Universum gar nicht sprechen kann?« Beneke nickt: »Relativitätstheorie. Unser Begriff der Gleichzeitigkeit ist unhaltbar.« Isidor denkt: Wie gut, daß ich das alles erleben durfte.

Er sieht jetzt sein ganzes Leben in einem großen Bild, und all seine Leute sind dabei, jeweils in einem entscheidenden Augenblick. Die Mutter fragt: »Geh wos lernst'n oiwei, wosd' eh scho guade Noten host?« (Er hat jetzt Gelegenheit zu sagen: »Es tut mir leid!«) Franz überreicht Isidor *mit liebender Gebärde* einen Band Hölderlin. (Es tut mir leid!) Der junge Gregor schimpft: »Der Widerspruch ist nicht vollkommen, sondern total!« (Es tut mir leid.) Pachl: »Isidor, machst dich lustig über mich?« (Das tut mir nicht leid.) Es gab so gute Augenblicke! Wie er von Pfarrer Stettner durch die Flut getragen wurde, und wie er zum ersten Mal ohne Stottern sprach: »*Ihr Kleinmütigen, seid getrost und fürchtet euch nicht. Seht, unser Gott kommt und erlöst uns*« und spürte, wie er von Hoffnung erfüllt wurde, obwohl er bis dahin nicht einmal gewußt hatte, was Hoffnung war. Seine Euphorie bei der Priesterweihe, als er auf dem Boden des Passauer Doms lag und durch die Allerheiligen-Litanei das Dröhnen der Glocken hörte. Wie er später während irgendeiner Krise auf dem Turm das Schild las: *Sieh an Gottes Welt, die so wunderbar ist!* und sich fühlte wie beim Anblick des Sonnenaufgangs. Sie ist wunderbar, das stimmt ja! denkt er, egal, ob man's versteht – nicht wahr? Ludwig Ebners ratlose Frage: »Und was hat das mit Böhmen zu tun?« Die Latzhosenkünstlerin, stolz neben ihrem rostigen Sebastian stehend, strahlend: »Sieht er nicht *super* aus?« Bennos ekstatische Rufe: »*Meine Tempi! Meine Tempi!*« Marianne und der junge Soldat auf dem brau-

nen Foto, herbstlaubumkränzt. Isidor, der vom Hochkreuz in den Wald hinabwandert, und weil er sich ein-
bildet, Judith gehe neben ihm, lächelt er die ganze Zeit.

Alle Bibelzitate außer denjenigen auf S. 18 folgen der »Einheitsübersetzung der Heiligen Schrift. Die Bibel. Gesamtausgabe», Stuttgart 1980

Inhalt

I

Advent	7
Isidor	15
Vormittag	24
Nachmittag	32
Bodering	36

II

St. Emmeram	47
Fehler	52
Entwicklung	56
Not	65
Gregor	68
Offene Worte	72
Konzept	78
Entscheidung	85

III

Höher	93
Seminar	98
Widersprüche	102
Föhn	106
Höhepunkt	113
Dienst	118
Fragen	126
Alltag	132

IV

Hochkreuz	143
Der Goldene Steig	158
Buße	166
Fassung	173

V

Glück	179
Einspringen	192

Kunst	198
Gedanken	206
Wiedersehen	211
Krebs	216
Geistliche Begleitung	221
Passau	230

VI

Distra	240
Keks	248
Soziale Kompetenz	251
Leitsatz zwölf	255
Das Eine	259
Anfechtung	265
Tiefpunkt	271
Roswitha	277

VII

Haushalt und Ertrag	287
Fußnote	292
Exerzitien	293
Beneke	297
Der kleine Fritz (Arabeske)	299
Roswitha geht	305
Wunder	309
Benno	312
Krise	321

VIII

Wirtshaus	331
Franz	342
Insistenz	348
Heiliger Abend	349
Nach der Messe	352
Stephanitag	355
Abend	362
Nacht	366
Morgen	371